1853

2003

我哥刁北年表

刁斗 著

作家出版社

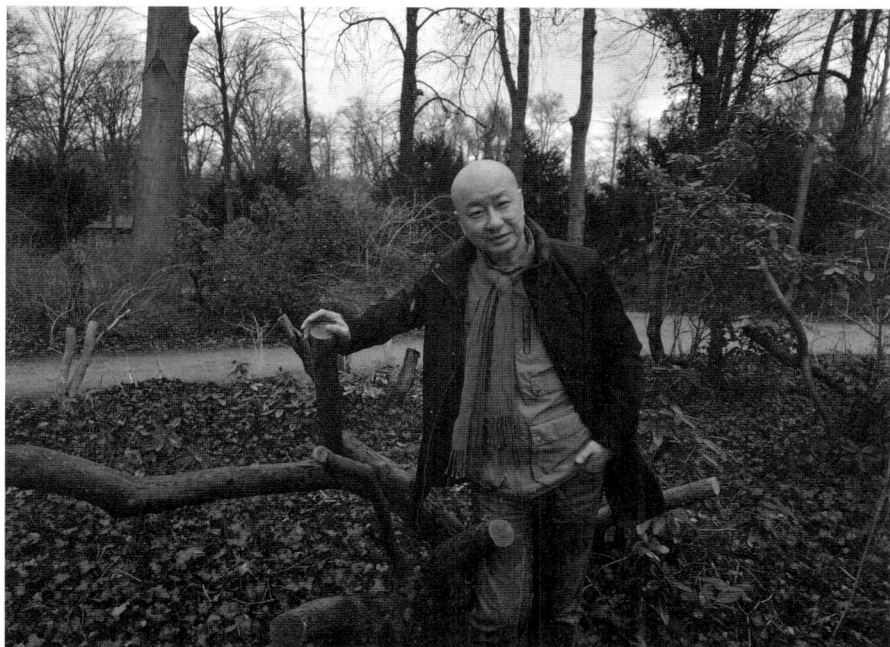

刁斗

一九六〇年出生，一九八三年毕业于北京广播学院，曾当过新闻记者和文学编辑，现专事写作，居住沈阳。已出版的著作单行本有：诗集《爱情纪事》，随笔集《一个小说家的生活与想象》，长篇小说《私人档案》《证词》《回家》《游戏法》《欲罢》《代号 SBS》《我哥刁北年表》《亲合》，小说集《骰子一掷》《独自上升》《痛哭一晚》《为之颤抖》《爱情是怎样制造出来的》《重现的镜子》《实际上是呼救》《情书考》《出处》，另有被译为法语和英语的六本小说集在海外出版。

一

　　我爸死前，严重脱相，除了脸肿肚子大，其他地方皮包骨头，体重一百斤。他的身高一米七八。那些日子，他腹水的肚子鼓突出来，乌亮乌亮，像半只气球。有时他疼，会发出呻吟，类似枭鸣，我们就轻揉那半只气球，仿佛怕伤及里面的胎儿，这样他能好受一些。他好受时面部松弛。到后来，有时不疼他也呻吟，呢呢喃喃，如同他本人就是婴儿。都十天了，他下不了地，不和我们说话也不看我们，连眼皮都很少翻动。他的肝癌，是两个多月前查出来的，一查出来就是晚期，我们请教了几个专家，个个都是老刽子手，判他死刑眼都不眨，只是一个月还是五个月的缓刑期有长短的不同。被判刑前，我爸挺健康，有点轻度的小脑萎缩，没什么症状。可随着医生帮他发掘出晚期肝癌，他倾诉的欲望突然强烈，絮絮叨叨，还疯疯癫癫，一个能把深沉玩得炉火纯青的中等级别的官场中人，竟一下子变成了职业醉汉。他酒量不大，很少喝酒，一般喝了也不会多，偶尔多了也不耍酒疯。肝癌刺激人的语言中枢吗？没这说法。我们只知道，大量喝酒易导致肝癌，而小脑萎缩，倒擅长为语言设置障碍。我爸的状况，全拧巴着，让人怀疑他这两项毛病都系误诊。没误诊。经验总有不完备处。我爸是疯癫一个月后，忽然沉默的。他刚疯癫时，对那些来探视的外人，我们总是这样解释：他糊涂了。一个人活到七十八岁，糊涂容易得到理解，即使伟人，七十八岁也该糊涂了。我用"疯癫"描述我爸，不是仅仅指他话多，而是说，他胡言乱语的内容，愈益离谱且愈益荒唐。他思维乱了。晚期肝癌查出来后，他的身体迅速衰竭。我们没告诉他得的啥病，这说明，不是过大的精神压力击垮他的。他已基本不认识人，一个长点的句子，他也很难一气说完，但他宣泄的欲望无以阻遏，只要面前有人，他就拼命说，没人知道他是否清楚自己在说什么。说话时，他常张冠李戴，把希特勒说成克林顿，将巴以冲突和抗日战争混为一谈，见到我妈，他喊郭兰英或才旦卓玛，握着我手，他要么说政委来啦，要么叫老张或小王——不知他指的是哪个政委与哪个老张及其小王。他话题博杂，涉猎广泛，从一只不时偷袭他的苍蝇，能说到中国该如何建立空中霸权，又能把悬在医院对面一座破败小楼上的横幅标语，与张铁生黄帅连在一起——那标语是："认清形势，享受政策，抓住机遇，按期搬迁"；而张铁生黄帅，都是"文化革命"时的"反潮流英雄"，前者是靠交白卷上大学的还乡知青，后者是与老师唱对台戏的小学生。依惯例，他说得最多的，还是以前他感兴趣的那些东西，由党内历次路线斗争，引发出对未来的判断思考。按中央以前的说法，党内的重大路线斗争只有十次，后来连这十次也不提了，在十次之外，就更没有了；可我爸坚持认为，党内的路线斗争有十四次之多，在林彪之后又加了四次。他悄悄对他们单位的办公室主任说：斯诺先生，你是中共的老朋友了，我可以把我们党内这十四次路线斗争的内幕都告诉你，为你《西行漫记》的续篇提供素材……他对这十四拨人的名字如数家珍，对他们犯错误的顺序和所犯错误的内容也表述准确。如果你乍一听他娓娓道来，会以为他是个身经百战的党国元老，在谈笑他令"胡虏灰飞烟灭"的往昔壮举。只有多听一会，被他夸张的、扭曲的、神秘化的表情和用词牵拉着走下去，你才会发现，这原来是个停留在旧时代里不肯前行的谵妄者、躁狂人。但有趣的是，陈述旧事时，他又能熟练使用时尚新词："华山论剑"、"独孤求败"、"联手"、"比拼"、"作秀"、"力挺"，这使他的连篇呓语别有妙处。在有些人听来，比如我儿子刁阿斗或我妹刁星的女儿李小璐，这十四次路线斗争中的二十来个头目，活脱脱是些江湖杀手武林刺客：陈独秀、瞿秋白、李立三、罗章隆、张国焘、王明、高岗、饶漱石、彭德怀、刘少奇、林彪……提到他们，我爸总把声音放低，好像担心隔墙有耳。他胆小怕事的性格特点，在使命感和责任心的缝隙间忽隐忽现：堡垒最容易从内部攻破；忘记过去就意味着背叛；过七八年再来一次……通过反复引用伟人语录，他把一层层保护釉彩涂抹到身上。直到十天以前，他去厕所，忽然感到路途迢迢，无力举步，主动向别人伸出了乞求之手，这才住嘴，戛然告别了他关注的任何事情。厕所就在病房里，距床只有五六步远。我爸是凌晨死的。有些人死前有回光返照，他就有。那天轮到我妹刁星的丈夫李宇在医院值班守他过夜。子时左右，李宇坐在硬板凳上，双臂和头搭着床沿，打起了瞌睡。忽然，他听到我爸大声说话。他被惊醒了。他看到，我爸挺着乌亮的肚子，不知什么时候坐了起来，那双嵌在胖肿大脸上的小眼睛，精光四射地扫视左右。这是夏季里一个无风无雨的闷热夜晚，令人窒息，在一片昏黑的特护病房里，我爸缄口数日后忽然出声，还艰难地挺着肚子坐了起来，并眼放精光，这把李宇吓了一跳。他本能地想退后几步。他没退。"老刁家人呢？"他听清了我爸在说什么。"老刁家人，都往前坐……"我爸的声音威风凛凛，有些暗哑，但很清晰，语调不躁狂，用词不谵妄，好像出自被小脑萎缩和晚期肝癌击中之前的我爸之口。李宇木呆呆地有点发蒙，既对我爸的清醒感到惊讶，更为不知在我爸看来他算不算老刁家人感到困惑。他不姓刁，姓李。他伸手摸索我爸肚子，说：爸，爸，我是李宇，你疼吗？喝水不？饿不？有尿没……我爸不看他，把他手从自己肚子上使劲推开，说：老严呀，咱们居然跨进这二十一世纪了，不易呀……又说：你们俩都挺有出息的，在新世纪里……显然，我爸的"老刁家人"里没包括李宇，他的话，是说给"老严"和"你们俩"的。"老刁家人"肯定包括我和我妹刁星这个"你们俩"，这没说的，"老严"虽然和李宇一样，不姓刁，但她是我妈，是我爸的妻子，是创造"你们俩"这"老刁家人"的另一半功臣，也可以归属在"老刁家人"里。

李宇脑子稍一转弯，就把这关系理顺溜了，他立刻给我妹刁星打电话，我妹刁星又与我电话合计，我们一致认为，我爸这是回光返照。我们把电话打给我妈，接上她，去医院。这时的我爸，不显糊涂，见了我们三个"老刁家人"，有种孩子似的亲近与兴奋，他呼呼哧哧地给"老严"和"你们俩"做报告，"新世纪"是报告主题："这样的观点嘛，我同意，新世纪就是……中国的世纪……"我低声对我妈和我妹刁星说，看样他不行了，叫我哥吧。我妹刁星也说，叫大哥吧。我妈最后说，叫刁北吧。我就出屋到走廊上，给我哥刁北打电话。这时是凌晨，东边天际正微微泛青。我哥刁北往医院赶时，我妈和我妹刁星一边一个地抱我爸拍我爸哄我爸，揉抚他肚子，不论我爸说什么，只要插得上话，她俩就一替一句当然也是轻描淡写地往我哥刁北身上扯：老刁你别光"你们俩""你们俩"的，他们是三个，还有刁北嘛，应该"你们仨"才对——哦，也不对，还得包括晚晴和李宇呀，还有阿斗和小璐……爸呀，你看你精神头多足，这说明你身体好了，叫大哥来吧，大哥一来，"老刁家人"就齐了，等天亮了，咱一块回家……她们说话时，大家都紧张，包括站在门口的我，也包括站在床脚、毫无意义地摆弄我爸被子的李宇和我妻子晚晴。我们都担心我爸发火。多少年了，我爸不能听人提我哥刁北，别人提他他就发火，他常说，老刁家人里没这个畜生。但那时他更受理性主宰，发火的方式主要是不屑，只偶尔开骂。后来小脑萎缩和晚期肝癌击中了他，我们说什么，他都一阵明白一阵糊涂，唯有涉及我哥刁北，他光明白不糊涂，开骂已经不知道节制。有一天，我哥刁北过来看他，他非说我哥刁北是赫鲁晓夫派来的苏修特务，是使用了易容术的克格勃，害完斯大林又害毛主席来了，他要把我哥刁北驱逐出九百六十万平方公里的中国领土……可这回，我妈和我妹刁星的火力侦察没遇到还击，在"刁北"和"大哥"这两个词反复灌入他耳朵时，他的演说渐渐停止了，好像在听两个女人的劝说，又好像在想什么心事。与此同时，他的眼睛越睁越大，但很空洞，似乎黑眼仁一下涨满了眼眶。"来，刁北，离我近点，"忽然，我爸把头向我转来，是向门口转来，冲着我——冲

4

着门口伸出了双手，"我看不清你……"我急忙上前，把我爸的双手握在手里："爸——""新世纪了，你也该，振作了……"我爸的精神头似乎又一下没了，说出的话有气无力。我连连点头，声声答应，替我哥刁北点头答应。"我知道，你说过，人和屁，一个样……哈，爸这辈子，就是个，是个屁。可你不是，你天赋好，又赶上，新世纪了，你不是屁，不是……"话没说完，我爸就死了，死去的瞬间，他盯住我，挺羞怯地笑了一下。他这是向我哥刁北发出的笑。敌对多年的一对父子，终于握手言和了，这让他这个好面子的父亲有点不好意思。这时候，我哥刁北正走下出租车，正冲进医院大门，正跑步上楼，正融入"老刁家人"都在的特护病房。他把我爸抱进怀里。我爸已经不是活人，但肌肤柔软，余温尚在，虽然眼睛闭上了，可活着时发出的羞怯的笑，还留在他胖肿的脸上。我哥刁北哭了。没有声息，珠玉成串。他泪水落在我爸的笑上。

　　二〇〇一年元旦过后，五号早上，我哥刁北回到沈阳。他坐的是北京始发的五十三次直达特快。这是一种新型客车，车厢整洁，卧铺舒服，很适宜睡眠。可我哥刁北睡得不好，整整一夜怪梦连连。他梦到个女孩，在空中飘飞，不断膨胀，像欲爆的气球。她想落地，却越飞越远，就又哭又喊，求他救她。我哥刁北救不了她，只能醒来。下了火车，走出站台，我哥刁北愣了一下，他发现，站前广场鬼影幢幢，满目都是骷髅与干尸，要么青面獠牙，要么骨架嶙峋。他怀疑他还在梦里。他摘下眼镜，揉揉眼睛。站前广场宽阔杂乱，乍望过去还对不准焦距，但移动其间的是些什么，不揉眼睛也看得清楚，看不清楚也猜得出来：没有鬼影，都是人影。只不过，欲雪的早晨浊气笼罩，乍亮的天光阴晦幽暗，人在咫尺，看上去也五官模糊，也衣饰朦胧。有时候，某人与某人凑得很近，已分得清彼此眼睛的大小与鼻梁的高低，也辨得出对方羽绒服的颜色与皮大衣的长短；但寒冷的早上，人们出现在站前广场，不是无事可干来闲逛的，不是来欣赏别人或被人欣赏的。某人与某人，即便恰好撞到一起，也都情急切切，脚步匆匆，会迅即分开各奔东西，道句对不起或骂声眼瞎啦的时间都没有。他们视网膜上，假设曾留下过别人清晰的五官与确切的衣饰，也很快会再度模糊，重新朦胧，使每个人在每个人眼里，都如同鬼影。

也许别人不这么认为，是我哥刁北心思诡异。

我哥刁北汇入翩翩鬼影，踌躇片刻，走向广场西南角的公共汽车始发站，登上由站前广场开往天堂墓园的九路汽车。他没什么行李。他由沈阳去北京或由北京回沈阳，就像由东单去西单或由省图书馆回北陵小区一样，轻装简从。

破旧的公交车走走停停，蜗足龟爪。我哥刁北不以为忤，缩在车厢后边的硬塑椅上，比其他乘客显得安详，或者叫麻木。他腿上架着牛仔包，手上托本不厚的书。他上车早，有条件选择靠前的座位。他去了后边。在后边读书不惹人注意。书是屏障，我哥刁北一读上书，车内的人，车外的景，就全被他隔离开了，留在隔离带里侧的，只有他和路德维希·维特根斯坦。维特根斯坦是瑞士人，哲学家，成年后，物质生活一直简朴，甚至寒酸；但他并非天生的穷人，没优裕生活可过。他爸是欧洲工业巨头，死后留有大笔遗产。可维特根斯坦像处理几双多余的袜子那样，把巨额遗产送了别人。这不足怪，富人向外撒金散银，是历朝历代都有的善举。维特根斯坦的与众不同之处在于，他的钱没送给穷人，没送给社会慈善组织，没送给某一研究机构或某一研究项目；除了个别穷朋友，比如诗人里尔克，他的钱，都给了比他更富有的哥哥姐姐。读到这里，我哥刁北沉思起来，眼睛里边没有了文字，但阅读的姿势一如此前。紧接着，在心里，他偷偷笑了，是会心之笑。他是穷人，却会心于一个富人。他读的书，是《维特根斯坦传》。他双脚冻成了两块冰坨。

维特根斯坦一生低调，六十二岁时死于癌症，死前曾受多种疾病纠缠折磨，特别是间歇性的精神危机，经常让他感到绝望。他留给这个世界的临终遗言费人猜想，因为那更像罗素或萨特那种哲学家发的感慨："告诉他们，我度过了精彩的一生！"

车厢内的跺脚声杂沓零乱，伴随着它们，我哥刁北度过了五十分钟的精彩阅读：九路终点到了。我哥刁北下车，快速步行五分钟后，钻进设在天堂墓园门口的保安室。保安之一认识我哥刁北，招呼我哥刁北取暖喝水时特别热情，但却腼腆。他总为称呼我哥刁北大哥还是叔叔感到为难。这个唇上尚未长出绒毛的孩子，考上过大学，因家里太穷没去报到。他和我哥刁北讨论过三本不同人写的《苏东坡传》。我哥刁北没落座的意思，捧着热乎乎的纸杯说明了来意。小保安松弛下来，在墓园示意图上略一搜索，麻利地指出我哥刁北要去的位置。"喏，这呢，遇毓的墓。"我哥刁北也看到了，示意图上，一个红数码边上标俩黑字：遇毓。我哥刁北颇感意外。他没想到，两个叠音字的前一个居然是"遇"。几年前，这名字在他耳边最初出现时，他脑子里没有"遇"的概念，他还以为，那"YuYu"爸妈和墓园有关人员所称呼的，是死者乳名："玉玉"或"郁郁"或"昱昱"或"豫豫"。她居然姓遇。这个姓，比刁还少见。我哥刁北应了一句："唔，是遇毓。"

天堂墓园在棋盘山南麓，地势甚高，这时已先于市内飘起雪花。零星细雪中，胳膊粗的松树和青灰色的石碑横平竖直，规规矩矩，像识趣的死者家属列队等候领导接见。那些墓碑上，按统一格式，正面镶有死者照片并镌着死者的名字及生卒日期，背面则刻有字数不等的临终遗言。正面的东西货真价实，没人在亲人墓碑上为别人广告；但背面文字，就多有折扣了，它们很少是死者真正的遗言，大部分创意属于我哥刁北。比如，一个打架被人捅死的小痞子，临终遗言是"给我报仇！"但按死者家属意思，我哥刁北得把小痞子的境界拔高一截，让原本站在市内柏油路面上横行霸道的他，一跃成为矗立于郊外棋盘山顶的宽厚圣人："原谅一切！"那小痞子，挨着遇毓。我哥刁北大步越过一盎盎墓穴，没东瞧西瞅。对他的杰作或不杰之作，他都没兴趣把玩。他径直来到遇毓碑前，止步细看："嘘——睡眠真好，它让我安静！"我哥刁北端详着它，无法安静。他呼呼直喘。山上风大，他想闭严嘴巴少吃点风，却做不到。他看她照片。就像头一次知道她姓遇一样，他也头一次见到她长啥样。她是一块美人坯子。他半蹲下身子，以便看得更清楚些。可往下一蹲，肚子一受挤压，一路上吸进肠胃里的空气活跃起来：噗！一个响屁溜出他肛门。

"遇毓，我能帮你写条更精彩的临终遗言，"他贴近遇毓，一脸神秘，仿佛和她说悄悄话，"'告诉他们，人是大自然放出的屁！'"

"人是大自然放出的屁"，我哥刁北在生命后期，常把这话挂在嘴边。

这不难理解。好多年里，我哥刁北为死神服务，有充裕的时间琢磨生死。触景难免生情，有感自然要发，用句自以为精当的妙语表情达意，也不算拿起鸡毛就当令箭。不能说我哥刁北是肤浅之人，但他的爱好，的确稍微小儿科些。他这一生，始终喜欢格言警句，多半还都歧义丛生——前期的偏于花哨，后来的趋于质朴。至于这句话，"告诉他们，人是大自然放出的屁"，如同他掌握的其他格言警句一样，属于他的发明原创呢，还是引自别人的奥论玄学，我不得而知。它的前半截"告诉他们"，显然来自于维特根斯坦，但这半句说明不了什么问题。作为"人是大自然放出的屁"的引导句，包括作为"我度过了精彩的一生"的引导句，"告诉他们"可有可无，没特殊意义，完全可以忽略不计。而且，我哥刁北也知道，"告诉他们"这种语气，源头也不是维特根斯坦，它来自《圣经》，来自上帝。

与多数人一样，我哥刁北经常放屁。他喜欢吃炒黄豆、红烧肉、大蒜、萝卜蘸酱。但对屁，像对人体固有的其他生理现象一样，诸如咳嗽、打嗝、打哈欠、阴茎勃起、月经来潮、笑时眯眼睛哭时淌眼泪，等等，他都既不欣赏也不歧视。这表明，他的"人是大自然放出的屁"是中性判断，并无贬义。至于有人认为他的譬喻不雅不敬，不恭不恕，那是"有人"自己的毛病：瞧不起屁。

同样，我哥刁北也很清楚，任何譬喻都是蹩脚的。

有一天，面对我和我妹刁星，我哥刁北突然推翻前言，郑重宣布，他要否定"人是大自然放出的屁"这一说法。那天是在他家，他羞答答地过五十岁生日。

"为什么呀？"我和我妹刁星齐齐发问。这两年多里，"人是大自然放出的屁"这一论断，已成为我俩在生活中应对某些问题的坚固盾牌。我们喜欢它的讥诮与洒脱。我哥刁北的思想、观点、说法，绝大部分，肯定超过五分之四，我和我妹刁星都奉为圭臬，全盘吸收并广为传播。

"这句话，不太对，不太好，我收回，我再不会这么说了。它吧——倒也不光是矫情蹩脚，似是而非，怎么说呢？它，太草率了，太轻浮了。爱默生说，人是丧失地位的神；叔本华说，人是地球上的魔鬼；尼采说，人是动物与超人之间一条绷紧的绳子；帕斯卡尔说，人是会思想的苇草……这些，都很经典，可我觉得，好像也都失之草率轻浮。人嘛，就是人，人太变化多端五花八门了，不可形容，没法譬喻，拿什么打比方都是盲人摸象……"

我哥刁北打着手势，想尽量把他关于人的结论说清楚些，说准确些。我和我妹刁星听得云里雾里，觉得他的解释言不及义。我们没再往下追问。我们怎能追问我哥刁北呢？追问就是怀疑，就是不信任。至少表面上，我们习惯于对他迷信。

在我眼里，尤其我几岁十几岁二十几岁甚至三十岁时，我是孩子或年轻人，我哥刁北则始终是大人，是与众不同的大人，和爸妈那种大人判若云泥。他的一切言行，都强烈地吸引着我。早年的他，曾两度被政府视为敌人，劳教一次坐监一次，却不是因为杀人放火强抢强奸，而因为政治。在中国，政治向来神乎其神，高不可攀，它的蛊惑性大于一切，大于恐龙再生和外星人造访，在我几岁十几岁二十几岁甚至三十岁的意识里，政治与信仰、理想、叛逆、斗争、良知、公正、道义、革命、解放、大同……这样一些庄严的字眼息息相通；认识到它只是利益的奴婢，是后来的事。在我往昔的想象之中，我哥刁北是失败的英雄，舞动着一柄以卵击石的反抗的长矛，豪气凛然，义无反顾，将一股异端的力量传递给我。异端的力量强大诡谲，是我思想的养分精神的支柱。那些年，我哥刁北是我心中的圣人，我对他充满崇拜景仰。我估计，我妹刁星也是如此。

圣人有资格翻云覆雨。我哥刁北和我妹刁星说起了别的。"新，就是将陈腐庸俗的东西做新鲜化处理，闻，就是让瞒骗视听的谎言风闻于公众。"我哥刁北给我妹刁星当新闻专业老师。我妹刁星这个昔日的新闻本科生，现在是《北方都市报》新闻部总监。我思维没被他们牵走，低头想我的。我哥刁北眼观六路，与我妹刁星说话间隙，也能看透我想什么。"别乱想了刁斗，"他转头关照我，"变异并不都有显在理由，理由也不一定都具备可阐释性，真正的逻辑是地下的潜流，起主导作用的规律，总在事物内部……"

"哈，啊？明白明白……"

我不明白，我哥刁北没说服我。但也只能如此。我努力把我认为有价值的背景酵母，揉进联想这团面里，以蒸出我哥刁北的心理动因这锅馒头。

二〇〇三年的我哥刁北，经历了生命中的几件大事，至少我这么认为。我很想效仿我妹刁星那个行当里的人惯常的做法，替他归纳个什么"十大"，强制清理记忆的门户：十大国际热点问题；十大腐败案；十大乌龙球；十大明星绯闻；十大感动中国的普通百姓……可惜我使出吃奶的劲，也凑不齐"十大"，我只能替我哥刁北罗列出"六大"：

一，冬天，他见到了由日本回国探亲的女儿刁婵，他们阔别十六年了；

二，春天，他找到了他的第一任恋人纪学青——三十年过去了，这时她叫纪安妮；

三，还是春天，作为SARS疑似病人，他在北京火车头医院留院观察二十一天；

四，夏天，我爸死了；

五，还是夏天，他的第四任恋人周铁燕因丈夫被"双规"患失忆症，不认识他了；

六，秋天，即此时此刻，他过起了生日，五十岁生日。

对最后这点，我得多说几句。过生日其实算不上大事，不光对我哥刁北，对任何人，对那些讲究过生日的人来说，比如刁阿斗或李小璐，也不算大事，时间那种周而复始的轮回更迭，能说明什么呢？说明这人活着？可你掐这人一下这人喊疼，也能说明这人没死。活着算好事不算大事，算的话，也不必非通过过生日的形式加以证明。我哥刁北就是这样的想法，从他记事至四十九岁，没过过生日，别人给他过他也拒绝。可这回，五十岁，他破天荒地找来我和我妹刁星，像模像样地宣布了他的年龄，显然，第五十次翻动生命记分牌这码事，被他当大事了。不知他赋予了它怎样的意义。既然他认为它非比寻常，我这当弟弟的冲他挥解剖刀时，也看重一回他的五十岁就不算毛病。我没想到的是，他赋予他五十寿诞的意义是死亡：他过生日，为交代后事。

"五十岁了，可以死了，也应该死了。"我哥刁北严肃地说。

"那——大哥呀，你死时，碑上打算写点啥呀？"我妹刁星想解构他的严肃。

我哥刁北也媚生日之俗，这让我和我妹刁星没心理准备。可我们又知道，他一提生日，我们就来句"祝你生日快乐"，也不会是他的本意。我们有点为难。好在他没让我们为难太久，紧接着，他就把死亡并置在了生日旁边。他的俗，媚出了点不俗的味道。我和我妹刁星都好办了。一般来讲，我俩不主动与我哥刁北乱开玩笑。除非他先开了，我们跟上。在这点上我俩被动。这回我妹刁星主动了一回，我便随我妹刁星当了把主动的B角。

"嗨，这几年哥的经典语录是啥？'人是大自然放出的屁'嘛！他要死了，咱就给他写上这个。"

"不不，不，"我哥刁北没以玩笑应对我和我妹刁星的玩笑，继续一本正经，"我宣布收回这个说法，收回。'人是大自然放出的屁'，不能成立。"他表情尴尬，但态度认真，好像他墓碑上，马上要被我们刻上字了，刻上"人是大自然放出的屁"了。

日常生活里，在口语中，"屁"有很高的使用频率，包括以"屁"为词根的"放屁"一词。但人们把它挂在嘴边，多取引申义：或相当于激烈的骂人话，或等同于轻慢的否定词，或类似于撒娇的嗔怪语。巧的是，这三种比较典型的情形进入我哥刁北大脑沟回，是在同一天，又发生在同一家人身上；同样巧的是，与他共同目睹那三幕的，亦是同一个人。自那之后，我哥刁北这个文雅之人，最高级别的粗话可以与"屁"有关——与女人做爱时除外。做爱时的放肆表达不算粗话。在两性之爱的范畴之内，表达没有文野之分。

那时的我哥刁北，童蒙已过，慧心初开。

那是个中午。秋天了，大街上骚动的人群比天气热。倪可强从人群中揪出我哥刁北，像手里的热水杯终于有了置放的地方，他粗鲁地一推，就把倪可心塞进我哥刁北怀里。倪可心是倪可强的妹妹，但那时，我哥刁北恍然觉得，倒是他，天然地对倪可心负有责任。后来的事实证明，倪可强这么干，的确先期预告了我哥刁北与倪可心间的责任关系——应该说，是种反向的责任关系。当时倪可强甩掉倪可心这只热水杯后，还真搓搓手，与人们挨完烫后的反应一样。他用严厉的目光最后看一眼自己的妹妹和自己的同学，纵身一跃，跳上他同伴之一的自行车货架子，嘴里大喊"丫的反了"。我哥刁北敢怒不敢言，受人之托，亦是受人之迫，只能拉着倪可心，吞咽着倪可强他们自行车轱辘卷起的尘土，往明星电影院方向走。他边走边回头回脑，心思还放在身后工艺美术服务部的台阶上，对手边羸弱瘦小如同猫崽的倪可心毫无感觉。他扭向后边的视线，受到许多人背影的重重阻隔，映入他眼帘的一幅幅图像，全是脑勺肩背屁股脚后跟，没脸。

我哥刁北拉着倪可心，很快也回到明星电影院门前。被围观者围在场子中央的两拨红卫兵，不是一小时前他曾看到的那两拨了。他们没动手打架。他们隔着幅巨大的毛泽东泳装照片，分伙站开，用嘴骂架。那幅照片，记录的是不久前毛泽东畅游长江的一个瞬间，浑身水淋淋的毛泽东憨厚地笑着，一视同仁地冲围绕在他身边的两伙人招手致意。在毛泽东左手边那伙人里，我哥刁北先看到的是倪可强与倪可心的姐姐倪可竞。她站在她那伙人前列，像个官儿，她身后的兵中，有她弟弟倪可强，和用自行车把倪可强从我哥刁北身边载走的那两个家伙。他们是三个痞子，没穿军装没戴军帽没戴红卫兵袖标不说，还侧歪着膀子，立棱着眼睛，手里分别拎着棒子板砖和铁锹。其他人，那些穿军装戴军帽戴红卫兵袖标的人，包括倪可竞这伙的，也包括毛泽东右手边那伙的，都没拿棒子板砖铁锹等武器，他们手里舞动的是《毛主席语录》。《毛主席语录》就是他们的武器，包括他们的嘴和嘴里说出的话，也是武器：

"你们放屁！"

"你们放屁！"

"你们才放屁呢！"

"你们才放屁呢！"

"你们放的是反动派的狗臭屁！"

"你们放的是封资修的螺旋屁！"

"你们放的是你妈个骚逼的稀屎屁！"

"你们放的是你爸个鸡巴的毒气屁！"

……

倪可心憋着小嘴欲哭又止。我哥刁北轻拍她脸蛋，说不哭不哭，同时往前挤，冲倪可强招手跺脚。"可强，可强……"见倪可强看他，他指指倪可心。倪可强正骂得眉飞色舞，明白了他什么意思，不耐烦地说："滚蛋，滚蛋！我革命呢……"倪可竞也看到了他们，同样不耐烦地说："小屁孩，别干扰斗争大方向，要么站到毛主席革命路线上来，要么回家！"对倪可竞倪可强这姐俩，或者说对老倪家人，除了手边的倪可心，我哥刁北都有点怕。他只能哄着倪可心，离开明星电影院门前，往明星胡同东口走。

明星胡同东口距明星电影院不足五十米，在明星电影院南边。我哥刁北拉着倪可心，两三分钟后就进了胡同，往西又走不远，来到一群下象棋的男人身边。将那群男人聚拢在一起的，是两棵相距数米的老榆树。这会儿树上的枝叶已经枯黄，但看得出，夏天里，这两株老榆树一定浓荫如盖，并能通过相互的交融，为下棋人搭顶天然帐篷。这里是明星胡同及周边棋迷下棋的备用场地，窄小了些。明星胡同及周边棋迷下棋的主场地，是明星电影院的门左门右门前，那里地盘大，人们一般都往那聚，除非那里演电影开大会搞辩论，下棋的人才启用备用场地。

我哥刁北率倪可心走近老榆树时，第一眼就看到了倪可心的爸爸。

倪可心的爸爸没参与下棋，他面朝胡同口这边，很醒目地坐在一把藤条圈椅里。他两腿都架在一只红漆板凳上，但两条腿的颜色和形状并不一样。着工装裤的右腿正常，右脚上也有鞋，而左腿，则打着石膏缠着绷带，左脚也没装在鞋里，也可以说，石膏和绷带是把他左腿左脚连在一起的一只大鞋，大白靴子。他手里摆弄着一对拐杖。他的左脚，踝骨碎了。前些天，毛泽东第五次接见红卫兵时，他和两个工友往广场混，想见识见识领袖真人。有几个南方不知哪省红卫兵，自行组成纠察队拦截行人，不许他们进入广场。他是工人不是黑五类，几个毛孩子居然怀疑他们工人阶级欲对领袖图谋不轨，他有意见，就说人家是南蛮子。南蛮子们不高兴他说他们是南蛮子，就抽出腰间链子锁打他，没两下，他便趴下了。当时，人家用南方不知哪省的方言嘀嘀咕咕，他就忘了，他听不懂人家方言，人家却听得懂他的北京官话。他对与他同行的工友说：哼，南蛮子，跑北京爷脚底下抖威风来了。人家的链子锁就没客气，真在他脚底下抖起了威风，尤其链子锁一头的圆疙瘩，比厂里的冲压钻还蝎虎生猛，几下子他就服了人家。这会，他没下棋，正板着脸和另一个也没下棋的、嬉皮笑脸的男人争论什么，好像在说刘少奇到底娶过几个老婆。下棋的摊子与他们有点距离。看下棋的和扎堆聊天的，比下棋的多。

"……你丫就充明白吧。"

"我充明白？操，你丫屁也不是！"

"行，我屁也不是，你是屁还不成。"

14

"我当然是了——我也不是!"

我哥刁北拉着倪可心走了过去。

"倪叔叔,可强让我把可心送回来。"我哥刁北与倪叔叔说话有点发怵。

"爸,我饿了……"倪可心这个病猫似的小丫头,跟她爸说话也怯怯的。

"哦,谢你了刁北。不来一盘?"倪叔叔对我哥刁北挺客气,替下棋的人虚让一句。也有其他看下棋的人冲我哥刁北点头,意思是留他在老榆树下玩一会。他们都是大人。我哥刁北腼腆地笑,但摇了摇头。倪叔叔又回脸招呼倪可心,不耐烦地往胡同深处晃晃脑袋。"找你妈去。"

我哥刁北和倪可心离开老榆树,继续往前走,像走在一根没洗净血迹的猪肠子里。前些天,搞"红海洋",明星胡同家家动员老少上阵,往胡同两边的灰山墙上刷红油漆,把胡同变成一根粗大的血肠。但很快,据说是周恩来的指示传达了下来,说热爱毛主席也不能把全北京都涂红了呀,那让外宾从飞机上往下一看,还以为北京是块血豆腐呢。明星胡同的大部分人,也觉得整天穿行在猪血肠里感觉不好,有两个孩子和一个妇女,还得了癔症。没人敢猜他们得癔症与什么有关。人们就又重新动员重新上阵,刮红漆,刷灰浆,给明星胡同恢复原貌。原貌很难彻底恢复,斑驳的红色没法根除,明星胡同只能是根洗不净血迹的大肥肠。我哥刁北还和倪可心走在一起,但已不为送她。进了胡同,就等于到家了,不用送,倪可心不至于让洗不净血迹的大肥肠吓出癔症。是我哥刁北回自己家,不送倪可心也得往前走。两棵老榆树在胡同东头,靠近一号院,倪家在胡同中间,是二十一号院,我哥刁北住胡同西头,住四十三号院。

走过倪家窗口,我哥刁北扭了下头。他扭头,是下意识动作。临胡同的窗子,家家都不开,开的话,也扇扇都有布帘挡着,扭头也看不进窗子里边。可这会儿,倪家的窗子却冲外敞着,还没有窗帘随风飘动,那敞着的两扇窗子,一扇被擦得干干净净,另一扇上,搭着一干一湿两块抹布。

"滚，别动手动脚的！"我哥刁北听得出来，是倪婶在小声说话。接着他也看到了，倪婶背对窗子站在屋门口。

"喊，摸一下呗……"是个男人的声音，也不大，听上去有点耳熟，想必是个邻居。我哥刁北看不到那说话的男人是哪个邻居，他被倪婶和门挡住了。

"回家摸你老婆去。"

"她？哼！她胸脯还没我鼓溜呢，你这对大奶子才是宝贝……"

"屁——你轻点！好了滚吧，掐出印儿来，老倪回来剁了你爪子……"

这时我哥刁北拉着倪可心，已快步拐过她家窗口，站到了她家那座院子门前。"可心，"不知为什么，这时叫一声倪可心，我哥刁北竟声音发颤，脸色通红，好像他在向她求爱。成人以后，我哥刁北与倪可心谈婚论嫁时，倒没再声音颤过脸色红过。急于回家的倪可心，根本没注意也不可能注意，我哥刁北声音颤脸色红。她饿了。于是，这个瘦小、羸弱、懒叽叽的七岁女孩，面对我哥刁北，竟像她哥哥姐姐还有爸爸那样，露出满脸的不耐烦来。

"干吗？"

"你先，进院后，你先喊一嗓子再回屋，喊妈我回来了！"

多年以后，《春天的故事》一曲风行，眨眼之间，唱遍了中国的城镇乡村。不知它流行之前还是之后，西方国家对中国的经济制裁陆续停止，倪可心的一笔笔日元，像扑向樱花树的漂亮蝴蝶，伴着《春天的故事》的优美旋律翩跹而至，假我妹刁星之手，换为人民币，成了我哥刁北标本柜里丰厚的收藏。

给我哥刁北汇钱之前，倪可心先与我妹刁星通了电话，确定了她的详细地址，又责成她通知我哥刁北她的决定。只是通知，不是征求意见。倪可心离开我哥刁北七八年了，只是最初，他听到过一点她的消息，后来这几年，五六年吧，她游离在他的记忆之外。这天，我哥刁北采购回来，正在个本子上做开销记录：《心灵战——威胁还是幻觉》（五元七角）；《人道主义的僭妄》（两元一角五）；《外国历史大事年表》（两元七角）；猪头肉（五角）；挂面（三角）；洗衣粉（三角）……忽然门铃唱了起来，还有我妹刁星的叫声：哥！他收好本子，起身开门。我妹刁星进到屋里，想先卖个关子，可她不擅长掩饰喜怒，三秒钟后，嘴里就吐出了倪可心的名字，和她委托她对我哥刁北下达的通知。我哥刁北有点尴尬，像个素来矜持的贵妇，为一把短斤少两的菠菜对个商贩破口大骂时，发现看热闹的人里有个熟人。他不肯配合我妹刁星的勃勃兴致，不看她，只看窗外，同时冷冷地问：谁是倪可心——当然，他没问出口。他问出口的是：你过来怎么不先打电话？他知道，如果他问前一个问题，那叫欲盖弥彰，也叫矫揉造作。他接下来说的是，明天上班，你给倪可心打个电话，告诉她我不接受施舍。

"哦，对了，我嫂子说你不应该拒绝，她有四条理由。"我妹刁星拧歪歪地陷在靠窗的单人沙发里，喝我哥刁北那只大白瓷缸里的茶水。

"理由？还四条？"我哥刁北自然起来，给我妹刁星往缸子里加水。"新沏一杯？哼，你就瞎编吧，她还会找理由？"

"你看你看，瞧不起人。我嫂子这么多年漂洋海外，闯荡江湖，还能一点不进步呀。"我妹刁星一二三四地伸出右手的四根手指，在我哥刁北眼前晃动。"我说的可都是嫂子的原话。一，那是一笔早年欠款的本金与利息——她啥时候欠你钱了？二，那是对变卖我姥房产的补偿——哼，那房子现在卖的话，值老了钱了；三，那是作为妻子交给家里的生活费——应该嘛；四，那是刁婵为她将来有收入后提前预支给爸爸的孝敬费——这条有点……"

"完了？"我哥刁北好像睡着了，好一会后，才有反应。

"完了。"

"知道给穷人留面子的善人，那叫真善。倪可心，就是真善，得谢谢她煞费苦心的四条理由。可惜的是，它们太牵强了——不牵强我也不接受。"我哥刁北恢复了正常，眼睛在眼镜片后边微眯起来。他看墙上的世界地图。绿色的日本躬着身子，如同在朝拜粉色的中国，借光接受朝拜的，包括土黄的朝鲜、明黄的韩国，以及赭色俄罗斯的一块边角。"刁星你告诉倪可心，我不缺钱，我过得很好。"

"我说了。哎，那她，是不有事儿求你？"

"这不会，她不是玩心眼儿的人，有事儿她能直说。"

"那——哥呀，那这钱就不是施舍，就真是补偿。她就是欠你太多嘛……"

"住嘴！你懂什么！"我哥刁北厌烦地皱眉，做出逐客的手势。

我妹刁星与倪可心通话时，倪可心要我哥刁北的电话号码，说本来她不想与我哥刁北直接对话，因为不知说什么，可现在——我妹刁星说算了吧嫂子，他这人，还像以前那么不近人情，你心意到了就行呗，别拿热脸贴冷屁股了，犯不上让他训你。倪可心说不会，你哥从来不训我。倪可心的自信让我妹刁星惊讶。我妹刁星更惊讶的是，当晚电话里，我哥刁北与倪可心聊了近二十分钟，虽然也说了"无功不受禄"、"嗟来之食"甚至"自尊"这样的话，但始终和颜悦色。这是七八年来，这对夫妻间的第一次通话，他们声调平缓，口吻自然，好像在议论前一天晚餐的质量，或计划下一天的卧室布置方案。

"我没你想象的那么穷，再说你知道，我不喜欢占别人便宜。"

"你看你刁北，我是别人吗？"

"我不是那意思，我意思是……"

"别和我争了刁北，你知道我不会说话。"

"那——反正你实在愿意寄我也管不了，可我不会花，也许，我会把你的钱送给更需要的人。"

"你想这么干我管不了。我只负责寄，怎么花是你自己的事儿。"

这之后，我哥刁北又建议，那你别月月寄吧，太麻烦了，一年一回行吗？倪可心想了片刻说，一个季度。我哥刁北说，半年吧。倪可心说，做生意哪？讨价还价的。就一个季度。两人一齐在电话里笑了。

自那以后，每个季度，我妹刁星都能替我哥刁北收到东京汇款。有同事问我妹刁星是不是当了日本特务，怎么总有活动经费。再后来，《春天的故事》不流行了，城镇乡村，陆续流行《爱江山更爱美人》、《中华民谣》、《东方之珠》、《走进新时代》、《常回家看看》、《无言的结局》。不论流行什么，我妹刁星的特务经费总如期而至。

二

　　二〇〇〇年十二月三十一日深夜，我哥刁北应朋友之邀——应潘秋菊的朋友之邀，去康乐大厦参加聚会。他俩没一同前往。这天晚上，潘秋菊有采访任务，与发改委一位副主任搞年终对话。康乐大厦的聚会开始时间定在二十三点四十五分，名曰"随中国跨世纪酒会"。乍听这名目，谁都会以为它的主办方是国务院或中宣部。不是，它是民间行为。国务院或中宣部开会，找一亿代表，也轮不上我哥刁北。

　　我哥刁北在复兴路与西四环中路交叉口的东北角下车后，东张西望地辨别方向。他先看到的是马路南侧中国人民解放军总医院暨三〇一医院的大牌子，再仰仰头，就看到稍远处康乐大厦顶楼的霓虹灯标志了。"康"字缺个"广"，"大"字没有"人"。就郢意思吧，也能看懂。我哥刁北在心里测算一下大致距离，觉得时间还早，不必太赶。这夜的北京朔风如刀，星寒月冷。我哥刁北不在乎。他身上的灰羽绒服长及膝盖，桶似的，沈阳的冷风都打不透，抵御北京的夜寒绰绰有余。我哥刁北跨过复兴路来到三〇一医院附近，没继续南行，而是向医院门口凑了过去。此时的街上，车少人稀，可医院门前的开阔地上，却聚群姑娘——也有骑士般环护左右的个别小伙，一望而知，他们是某些她们的男友。这群结构松散的年轻人约亖十名，穿着鲜艳，打扮时尚，像准备参加新年联欢的中学生大学生。但走近看，却

20

发现他们——主要是他们中的她们，神色凝重忧心忡忡，在昏黄街灯下，有些人还泪眼婆娑。我哥刁北不是冲她们的年轻貌美凑过去的，是她们怪异的表现吸引了他。还不到十一点半，他有空闲关注点什么打发时间。观察一会那些姑娘，我哥刁北得出结论，她们没有请愿示威或冲击公共设施的意图。她们有的溜边独处，以手抚胸，仰首望天念念有词；有的三五成群，搂肩抱膀，焦灼地往医院院内探头探脑；有的则不断找寻交流目标，由此处快步走向彼处，以简洁具体的对话，进一步确认彼此的志同道合：

"放屁了吗？"

"还没放呢！"

这样的对话一本正经，问者声调低沉，答者表情严肃，不像搞笑，倒像地下工作者的暗号联络。我哥刁北肃然且悚然。在他看来，秘密接头这种事，只能发生在电影里，而最著名的接头语，也只能属于他这辈人的青春记忆，而不应点缀在她们的青春之中：

"消灭法西斯！"

"自由属于人民！"

或者：

"脸红什么？"

"精神焕发。"

"怎么又黄啦？"

"防冷涂的蜡！"

再或者：

"刀出鞘，"

"鞘离刀；"

"对故人，"

"正可交。"

在此之前，我哥刁北对"屁"及"放屁"的引申义已多有了解，对几十年前的那一天也记忆犹新：倪可竟倪可强式的激烈的骂人话，倪叔叔式的轻慢的否定词，倪婶式的撒娇的嗔怪语……但此时的

"屁"，"放"自一群如花似玉的女学生之嘴，还那么郑重，这逸出了我哥刁北的经验范畴。他忍不住，靠上前，问一个看上去冷静些的、悲伤度不那么高的、似乎年龄大些受教育程度高些的丰壮女孩，是这么多人的亲人同时在这元旦前夜生命垂危了接受抢救呢，还是一会的午夜零点，这里将诞生世纪婴儿？他估计，后者的可能性更大。这世界上，有许多人愿意给时间赋予意义，或把意义与时间扯在一起。那些邀他跨世纪的朋友便有此嗜好。潘秋菊转达那些朋友的邀请时，他没好意思说，其实一年前，一九九九年的此时此刻，他已应邀跨一回世纪了。当时在沈阳。沈阳的朋友认为二〇〇〇年是新世纪起点，这一点，与北京的潘秋菊们有点分歧；潘秋菊们把新世纪的起点派给了二〇〇一年。当时在沈阳，在各大医院，冬日夜晚的十一点多钟，也有一批产妇正按压肚子或夹紧阴门，巴望子宫里的孩子能按自己愿望定时出生，成为世纪婴儿。可抢救病人与零点分娩，跟放屁有关吗？

"喊，哪跟哪呀！"

那个看上去冷静些的、悲伤度不那么高的、似乎年龄大些受教育程度高些的丰壮女孩，不屑地翻棱一下眼睛。但接下来，她还是对我哥刁北做了解释，她们说的"放屁"，没"法西斯"或"自由"与"精神焕发"或"防冷涂的蜡"以及"刀"和"鞘"那么复杂，不是暗号，不是隐语，其意思就是放屁的本义。

事情是这样的，这天晚上，香港著名影视歌三栖明星——哦，名字我就不说了吧，只叫他×××，我得尊重他人隐私。人家特意从香港赶来北京治病，为的就是保守秘密——在三〇一医院做疝气手术，肚子至腹股沟一带将挨一刀。得知消息的数百名×××迷，如同玩具跳蛙被上满了弦，在这岁尾时刻，分别从东单西单高碑店石景山甚至天津石家庄赶来，为×××祈祷手术成功。现在，手术结束了，大部分×××迷也已散去。可这时，有学医的大学生说，做过腹部手术的人，肠蠕动会出现反射性抑制，胃肠内的气体和液体会产生积滞，只有等一段时间，排气放屁了，即身体机能运转正常了，手术的隐患才算最后消除，手术也才算最后成功。于是，一些铁杆×××迷，就是剩下的这五十余人，大部分女孩及个别女孩的男友，便瑟缩在将裹挟着人类跨进新世纪的刺骨寒风里，耐心等待×××放屁。

我哥刁北惊愕不已。此前对×××他一无所知，可这时候，他也像个忠诚的×××迷那样，东一头西一头地听那些吐气如兰的女孩子讨论×××的腹股沟、疝气、屁。不知过了多久，忽然有人宣布：×××放屁啦！我哥刁北如梦方醒，在那五十余名姑娘小伙的欢呼叫喊声和喜极而泣声中，离开三〇一往康乐大厦跑。跑了几步，他又停下，模仿着一部早年的苏联电影，回头冲那些姑娘小伙高声宣布：

"列宁同志也不咳嗽啦！"

这天晚上，与潘秋菊们比，我哥刁北跨入二十一世纪的时间晚了一会，晚十三分钟吧。此后的几天，他虚心请教潘秋菊，学习使用互联网，搜索到不少屁的资讯。他四号夜车离开北京，五号早上回到沈阳。

天堂墓园是中国殡葬协会会员单位，是天朗集团的下属公司。天朗集团以给活人造房子起家，也干其他营生，从一九九二年起，新增了给死人建居所的项目。集团老总是女的，姓郎，叫郎甜，"天朗"是"郎甜"倒过来的谐音。郎甜和我哥刁北吃过一回饭，认准了我哥刁北不是凡人。"刁兄异才，相见恨晚哪。"郎甜说话瓮声瓮气，表达好感也不甜腻。她身胚比我哥刁北还显壮大。我哥刁北和我爸一样，一米七八，但瘦，竹竿型。郎甜的"恨晚"主要是客套，他们认识一年多了，没再交往。但郎甜的客套又不虚伪，她"甜"人的地方不在嘴上。"刁兄呀，我这有点寒碜人的活儿，不知你肯不肯出手帮忙。"这就是郎甜"甜"人的地方：一，她始终记挂着我哥刁北生计无着需要工作；二，她知道如何给我哥刁北留足面子，把给我哥刁北找活儿干反说成是求他帮忙。电话里，我哥刁北再三说我自己过去，可郎甜的紫红别克，还是抢先开进北陵小区，恭迎他下楼。"抱歉刁老师，郎总那边临时需要接待个客人，没亲自来接您。"看郎甜司机那种客气的样子，我哥刁北恍惚觉得，"刁老师"是土地局局长或银行行长。

郎甜的司机也是女的，小巧玲珑，妩媚婀娜。

"是这样刁兄，为了让天堂墓园特色更鲜明，我想了个主意。"这时候，紫红别克已经回公司又接上郎甜，开到了棋盘山南麓。眼前是一块号称按园林化设计的缓坡荒地，郎甜兴致勃勃，仿佛能从八千亩山地上看出几万盏穴位，看出那穴位里生长的钱。我哥刁北不行，只能看到萧条和寒冷。这时是冬天。"从墓园开始营业起，一年内，下葬天堂墓园的死者将得到公司馈赠的代拟临终遗言，一年后，视情况决定是否收费及怎样收费。这么干，我基于两个考虑。一个是，我知道有领导倡议过，搞殡葬现代化，应该在死者墓碑上记录死者的临终遗言，人之将死其言也善嘛，人死时说的肯定是好话，这有助于精神文明建设。提这建议的领导很有实权，我估计，以后上边会要求所有公墓都设这项目。我希望先下手。再一个，我认识你，如果你肯做这个临终遗言的专职代拟人，我这买卖就做得过。"

"代拟，临终遗言？这怎么讲？"

"替死人说话呀，说些精彩的、漂亮的、打动人的、有哲理的……不瞒你说，产生这想法，除了是我揣摩领导意图的结果，也是上回听你聊天，我受启发的结果。"

"噢，我好像，明白了……替死人，说些让活人，舒服的话。"我哥刁北努力回想他赴郎甜饭局那回都说了什么。他记不住了。

"我和许多人商量过，有人说这活儿挺卑鄙，往死人脸上贴金其实相当于抹屎；还有人觉得这活儿不吉利，给多少钱都不会有人干；更多的人认为，死者家属不能容忍别人替自己的亲人编造语录，这活儿注定了毫无效益毫无市场不说，还得挨骂……我就想，再让你帮我拿拿主意……"

"主意你拿。你要立这个项，我就接这个活儿。"我哥刁北不等郎甜把话说完，就做出了答复。"这事儿好玩！"山风很硬，他有点冷。"咱可以回去了吧？"

我哥刁北失去固定收入，都两年多了——他不把倪可心的"施舍"当成收入。倒也能零星挣点小钱，但数量太少，时间也没准。出版社的有些编辑，那些自主权较大的编辑，处理有难度的书稿时，仍然找我哥刁北校对把关。我哥刁北是好校对员，他的同行都不讳言他是高手，且不嫉妒。这与他有工作时也是临时工有关。

本来，有八年校对史的我哥刁北，已列入出版社行将实施的临时工转正计划，都有了被破格任命为编辑的可能。如果他有学历，肯定早转正了，早当上正式校对或编辑了。可恰在这时，一九八九年下半年，各行各业都清理整顿，出版社清理整顿的成果表现在解雇临时工上。没了工作的我哥刁北，没有了早年游手好闲时的洒脱，他慌了手脚，放下了清高。他不认为自己清高，但他的性格、他的生活态度和生活方式，给人清高感。对别人的感觉他毫无办法。他放下清高的标志是，以前不肯挣的钱现在肯挣了，还主动请朋友替他广而告之，说他以后创收不再挑剔。他不再挑剔的意思，也不是像二十年前那样，装卸工的钱也挣，而是不再拒绝一些他以前拒绝过的收入——比如，替人大代表政协委员写收费的提案议案，替大学生研究生写有偿的作业论文。他的职业底线是靠脑子和笔支撑生活。

我哥刁北认识郎甜，就是这时候。郎甜当好几年区政协委员了，很想混个市级资格，那阵子，其他门路她都疏通好了，但提交一点有价值的议案让她为难。她也知道，当哪一级的人大代表或政协委员，与你交了什么档次的提案议案没必然联系。可她尚有诚朴的一面，她觉得既然想当市政协委员，就得对得起"市政协委员"这顶帽子，就应该弄几条见水平的议案证明自己。这样，我哥刁北的准经纪人朋友，替我哥刁北揽这个活儿时，就特殊强调，对这个活儿得多下工夫。许多人大代表和政协委员，求我哥刁北写提案议案都没要求，他们写它，一如小学生写生活日记。之所以写，不是真的有话要说，是为了向老师或者家长交差。日记不算作业，没人打挑画叉，写成啥样都无所谓。所以，以往我哥刁北代写提案议案，只按自己心思，好像他是人大代表或政协委员，他写的东西，就不可避免地，常常与那提案议案署名者的眼光和心念相差太远。有个卖烧鸡卖成人大代表的下岗妇女，对中国历史文化一无所知，在电视上答记者问时，说李白的代表作是《唐诗》，杜甫的代表作是《宋词》，可我哥刁北替她写的提案，却是如何保护沈阳郊外的辽代陵墓。这一回，天朗集团老总有特殊要求，报酬还翻番，我哥刁北不能率性了，得好好合计合计，他/她的议案，怎样才能与上级领导的意愿合拍。我哥刁北先研究市里主要领导的近期活动及各种讲话，再换位思考，把自己想象成市长或市委书记，经过几番主题变动和文字修改，他交给准经纪人三个信封：一个装的是环保，一个装的是公交，再一个装的是私企与国企如何在管理方面取长补短。人大代表政协委员的提案议案，一般都是一人撰文，多人署名，好像群众集体写上访信，并非所有落名群众都参与过信的写作，甚至有人连信的内容都没细看。以前，郎甜总在其他人的议案上凑数，很不好意思；这一回，她不仅可以让别人在她的议案上不劳而获，她的三条议案，还有两条得到上边重视，这让跟着她凑数的人都很荣耀。当上市政协委员后，郎甜大宴友朋，也通过我哥刁北的朋友约了我哥刁北。

"你穷疯啦，这活儿也干。"有朋友反对我哥刁北为死人服务。

"这种创意，应该是我的。"我哥刁北摇头叹息，除了遗憾还有点自责。"你知道毕加索临终时说的什么话吗？'我不再喝了，我必须工作。'可另一个画家，英国人透纳，他说的是，'再喝一杯吧！'"

我哥刁北已进入情况，谁再说他也没用了。人们还发现，他接这活儿，似乎与收入关系不大，肥硕的郎甜在付酬时，有点薄瘦。朋友们多半了解我哥刁北，没认为他是看上了郎甜，他们认为，他是从这个古怪的工作里找到了乐趣。成了专职的临终遗言代拟人，有了基本的生活保障，我哥刁北立刻推掉了那类害人的活儿，比如，替大学生研究生写作业论文。他认为替别人长知识做学问是变相害人。

一年下来，代写临终遗言的经营项目大受欢迎，其程度超过郎甜和我哥刁北的想象，特别是有几个大领导大名人的亲属死后，被郎甜收罗到天堂墓园，又被我哥刁北代拟了别出心裁的临终遗言，这在没什么主见只喜欢看别人眼色行事的老百姓那里，收到了极好的广告效果。当然了，这项服务让人接受，主要是它有心理学依据。一般来讲，虽然活人都能理解自己有些偷鸡摸狗的大小毛病，却又都愿意死去的亲人能成为圣者，即使明知那死者生前是个魔鬼，死后没可能进化成天使，还是不惜对其大肆粉饰。死者为尊嘛。在规格不一大小不等的追悼会上，什么样的死者都能把天花乱坠的喑文悼词当锦旗盖，就是这道理。理想的人性境界，只存在于死者身上。一年之后，天堂墓园不再免费赠送临终遗言，他们出台了收费标准。死者家属没有怨言，讨价还价的都没有，甚至他们更渴望花点小钱，让他们亡故的亲人能唱出不同凡响的天鹅之歌。我哥刁北是谱写这曲天鹅之歌的功臣，他的收入相应提高了。从这时起，那类也许有益，但让人感到屈辱的活儿他也不接了，比如，替开"两会"的人大代表政协委员写提案议案。他认为替别人参政议政既是屈己也是辱政。

一年前，他不代写作业论文后，许多大学生研究生骂他有病；一年后，他不代写提案议案了，许多"两会"代表又骂他有病。

"放着那么好挣的钱不挣，这姓刁的，是不有病呀？"

这是一种罕见的病，其症状是持续放屁，名曰"屁超多症"。

遇毓十九岁时，患上了此病。

屁的产生有三个途径：一，吞咽食物时，空气会随之进入消化道；二，肠道中食物经细菌发酵会产生气体；三，血液中的气体会渗入肠道。这些体内废气，需要排出，排放它们，就形成了屁。显然，放屁与咳嗽、打嗝、打哈欠、阴茎勃起、月经来潮、笑时眯眼睛哭时淌眼泪一样，是自然之事。除了×××那种情况，腹部手术后，需要屁来传递福音，可以把屁视为好事，其他时候，放屁并不振奋人心。也不至于让人垂头丧气。在科学看来，倒是那些不放屁的人，可能存在身体隐患，他们更容易腹痛、腹胀、便秘、肠梗阻、肠鸣音亢进或者消失。

但凡事有度，如果放屁次数过多，就是"屁多症"。

一个人每天放屁五七八次，十几二十次，都算正常，排出的气体约五百毫升。若有人每天放屁过多，三五十次了，七八十次了，还连续多日不绝如缕，那就是患上屁多症了。屁多症是小毛病，一般情况下，注意点饮食也就行了，无须治疗。屁的多少，与饮食的关系最为密切，只要别过多进食豆类、薯类与蛋白质类食物，就能大大减少排气。当然，屁多，也可能是生理机能产生障碍的警示信号，它指向的，是消化不良、胃炎、消化性溃疡及肝、胆、胰等脏器存在的疾病。

单纯的屁多并不罕见，也不可怕，罕见又可怕的，是"屁超多症"。顾名思义，此类患者每天放屁数和持续放屁时间，要数十倍数百倍甚至数千倍地超过屁多症患者。

屁超多现象，国外的医学文献资料记载稍多，有十例，距今最近的一例，时间为一九五七年，地点在肯尼亚南部港口城市蒙巴萨，患者是位少妇，她在连续放屁五年之后，死于直肠癌。在中国的医学文献记录中，只有三例，前两例在清朝康熙年间，对患者的具体情况语焉不详，后一例发现于六十多年前。当时，中国人民解放军第四野战军的一支医疗小分队在深入小兴安岭地区访贫问苦时，发现了一对姐妹患者，她们年龄都二十出头，姐姐已婚，连续每天放屁不止的时间已超过一年。擅长外伤的军人医生对此病一无所知，或者，并不认为这也算病，他们开给两姐妹的治疗方案，是禁食加上服用水调酵母粉。很快，医疗小分队又转赴他方了，禁食和服用水调酵母粉是否有效不得而知。估计没效。在中外全部十三例病案中，无治愈记载。有一点令人不解的是，罹患此病者均为女性，年龄都在十八至二十五岁之间。真是匪夷所思呀，难道此病的患者，二十五岁之后即可自愈吗？病例太少，又缺乏系统研究和跟踪观察，无法断定是否真的如此。

遇毓的发病毫无预兆。那天下午，高考结束了，晚饭后，妈妈陪她去看电影。她喜欢看电影。她长得美，文静雅致，小家碧玉，这她自己相当清楚。美是当明星的先决条件，她的梦想就是走上银幕。她没为梦想做过努力。当演员，也需要胆量，可她，只想想在众目睽睽之下表演做戏，就脸红心跳。她只肯看镜子里的自己脸红心跳。她性格内向，羞怯腼腆，说话沈阳味太重。她通过大量看电影支撑梦想。她专挑那种有年轻漂亮的女演员担任主角的电影看，尤其喜欢白种女人。有个暑假，爸妈出去旅游一周，家中没人监督她学习，她就租碟看一周电影，还给朱丽娅特·比诺什写了封信，长达十页。"亲爱的朱丽娅特·比诺什……"那个应该写"小姐"或者"女士"的地方，她空了下来。在信中，她谈她眼神中永远不会消失的恐惧感，谈她那种纯洁的风骚，问她为什么她快乐的时候好像也绝望，而绝望时也那么迷人。信没邮走。她拿不准该称她"小姐"还是"女士"。也没地址。可最近半年，由于高考临近，她不光没进过电影院，连影碟都不租了，连电视都没怎么看。她埋头背书，拼命演题，渴望一举过关以避免复读。她的动力非常实际，就是考上大学后，可以没有心理负担地疯看电影。她讨厌像奴隶一样背书演题。她从电影里知道，备考的生活是奴隶的生活，除了吃饭睡觉，没有休息娱乐。高考生强于奴隶的地方，是吃得好穿得好，不会作为商品被人买卖。她还知道，高考之后的生活也会很奴隶，只不过，那是另一种意义上的奴隶。

那是个法国电影，上座率不高。年轻漂亮的女主角脱衣服时，准备与情人上床做爱时，本来就没多少观众的放映厅安静极了。银幕上，卧室地毯上趴着的狗，是安静的表率。银幕下，说话的人，嗑瓜子的人，走来走去的人，都主动把狗当成榜样。狗的视角是指向大床的最佳视角。暗红的光线中，法国女郎已赤身裸体，她的半瓣屁股像半只鲜橙，饱满、结实、精致、绚烂，虽然放肆，但没有淫猥，只有美。

面对迷人的屁股，面对接下来可能出现的半遮半掩的做爱场面，其他观众间——其他结伴而来的，情侣、同学、同事、朋友间，会有怎样的感受怎样的反应，这很难说。但他们间的关系构成，更容易使他们处理好自己的感受与反应：情侣、同学、同事、朋友，感受与反应应该相对一致。遇毓的结伴状况与别人不同，与她结伴的，不是理念接近的同龄人，而是妈妈。母女也能成为朋友。母女间，年龄不同经历有别，但思想意识情感方式，也有许多相同相近的。可遇毓知道，她与妈妈不是朋友，妈妈是个一见电视里有接吻镜头就要调台的女人，女儿不敢为实现演员梦做任何努力，也与妈妈的阻挠有关。妈妈四十三岁，却像三十四岁，只比女儿丰腴一些，也美，是美妇人。遇毓试图安抚妈妈。这电影是她主张看的，妈妈好心陪她，她不能让妈妈认为她做过选择——事实上，她真不知道影片中有裸体镜头。片刻之后，她想到的安抚妈妈情绪的方式，是利用银幕上那半个屁股展示的美，来抵抗妈妈有可能从中发现的淫猥。"真美呀……"她想这么感叹一句。只要感叹自然，银幕上的性内容就能被抹去。她的声音将会很轻，一如女演员落到地毯上的丝质睡衣，加之她的嘴将贴上妈妈耳朵，那三个字吐出来时，只会比呼吸声粗重一点，此时的放映厅里，粗重的呼吸声此起彼伏，它们比她将说出的"真美呀"喧嚣多了。她的嘴唇，悄悄靠近了妈妈耳朵……

可是，她的"真"字刚刚出口，"美"字也才吐出一半，而"呀"字，尚深藏于喉咙之中，就有一个尖锐的、富于穿透力的、比粗重的呼吸声嘹亮干脆的、以她的下部身体为震源的突兀声音，势不可挡地炸响开来：

噗——

她放了个屁。

这屁放得不合时宜。放映厅里太安静了，由于没有了说话声走路声嗑瓜子声，它便成了锐利的针，能扎进所有人的意识深处。可以肯定，所有人都悸了一下，至少大部分人，在心里，悸了一下。好在银幕上的半瓣屁股特别迷人，比一个响屁引人入胜，另外，可能观众也都教养良好，知道放屁是正常生理现象，就没人以笑声，或注视，强化遇毓和妈妈的难堪。偌大的放映厅里，与两秒钟前一样安静，甚至更安静。可惜的是，安静没能持续下去。一方面，是银幕上半瓣屁股的主人与她情人和那条狗不安静了，两个人一叫喊着开始蠕动，狗就不干了，也上蹿下跳地大喊大叫；另一方面，遇毓这个含蓄的姑娘，忽然丧失了自控能力，随着第一个响屁脱颖而出，几乎只停歇短短一瞬，就接二连三地响屁不断了：噗——扑、匍、普、瀑……放映厅里没法安静了，最渴望看银幕上做爱场面的人，最懂礼貌体谅他人的人，也都回过头，扭过头，侧过头，探过头，看屁的震源，看遇毓和妈妈。

"你忍着点。"妈妈像遇毓想说"真美呀"那样，贴在她耳边小声说。

"我忍不住……"遇毓哭了。

母女俩逃出了电影院。银幕上的一场好戏，被银幕下的一串响屁彻底毁了。银幕上的屁股很美，肯定也放屁；但此时它没放，她的魅力就少了成色，就没遇毓的屁那么耸动视听。银幕上的屁股败给了银幕下的屁。

"重放！重放！"

逃到门口时，遇毓听到有观众这么喊。她有点发蒙。观众是要求她回到放映厅里重新放屁吗？还是要求放映员重新播放这一节电影？她没理睬观众的要求，不知放映员理睬了没有。

床对面的玻璃茶几上摆着电视。茶几是双层的，透过上层的玻璃能看到，下层的玻璃格里，摆着VCD。我哥刁北坐在地毯上，看一张纸上的手写VCD使用说明，同时打开VCD，把张碟片放了进去。碟片背面，有《职业：记者》这个电影名字。也是手写的，由黑色碳笔写就。播出正常。我哥刁北松了口气，他会看碟片了。他长长的身子退了两退，退到床边，边擦汗边看《职业：记者》。屋里不热。

VCD，碟片，地毯，包括VCD使用说明，都是我妹刁星家淘汰下来，送给他的——VCD使用说明不是，那是我妹刁星专为他写的。他家为数不多的奢侈品，都是我妹刁星家的淘汰货，他不拒绝捡她的剩。我和我妈给他东西他一般不要。以这种方式厚此薄彼，他没解释过为什么。这让我妈伤心，我就试着替他解释。我说，我妹刁星和李宇是这个物质主义时代的消费样板，其特点是，舍得买也舍得扔，既不吝惜钱更不吝惜物，好像他们生活的乐趣只存在于买和扔中。市面上一有新玩意儿他们就手痒，可常常搬回家后，还没用呢，就又发现了换代产品，他们只能淘汰旧的添置新的。这我们行吗？我们的消费观，刚从缝缝补补又三年里摆脱出来，还停留在新三年旧三年阶段呢。而我哥刁北，不过是以接受我妹刁星淘汰品的方式，对她的暴殄天物进行被动补救。我这样说，我妈能好受点，我们也都被动地补救过我妹刁星对天物的暴殄。我哥刁北接受我妹刁星的VCD，基本没用，他看书，不看电影，看电视只看新闻类节目，是故事片电视剧的门外汉，他眼里，张艺谋陈凯歌冯小刚是同一个导演。可我妹刁星给他VCD，他不能说不要，他那么说的话，当天深夜，那VCD就会出现在我妹刁星家楼下的垃圾箱里。那让人心痛。许多东西，我妹刁星也不好意思白天扔，都是夜里，李宇受她指派，鬼鬼祟祟地捧个大包或拎个大兜，偷东西似的去扔东西。现在我哥刁北有VCD了，自然要顺手翻弄一下随机器而来的碟片，结果，就看到了《职业：记者》这电影名字。这两天，他正要替一个死去的记者写临终遗言。

　　呈现在他眼前的是部怪了巴叽的意大利电影，导演米开朗基罗·安东尼奥尼的名字，让他身体抖了一下。这么巧，是他吗，那个曾经与他有过间接关系的、当年被中国人骂得狗血喷头的意大利导演？那时他从报纸广播里知道，安东尼奥尼特别反动，是肆无忌惮的反华先锋，拍个纪录片《中国》向中国挑衅。如今这么多年过去了，怎么意大利又冒出个当导演的安东尼奥尼来，且拍的电影还对他心思。我哥刁北看不出《职业：记者》拍于何时。看完片子，他赶紧跟懂电影的人打听，就知道了，此安东尼奥尼正是彼安东尼奥尼。乘着兴致，他又找来几部安东尼奥尼的片子看：《奇遇》、《红色沙漠》、《春光乍泄》、《扎布里斯基角》。安东尼奥尼的电影，是我哥刁北电影概念中的异数，他越看越想探究下去，一个整体风格这么内在收敛的人，要以外在放纵的方式表达反动思想，实现对中国和中国人民的侮辱丑化，会怎么做呢？他很想找《中国》看看，又打消了念头，他觉得，他无须看它也知道它。安东尼奥尼与他的间接关系也早不存在了。

　　在某些事上，我哥刁北没好奇心，在人尽好奇的事情上尤其如此。但不能就此认为，他好奇心匮乏。一个本性中缺少好奇的人，不能像他那么喜欢读书，尤其不能喜欢哲学。是他兴趣的指向与多数人不同。放在当初，批安东尼奥尼那会，为看《中国》，他没准都肯给让他看的人当几天奴仆。可那时候，人人骂《中国》，却没几个人有资格看，我哥刁北怀疑，给两报一刊写批判稿的，也不一定个个看过。是那之后，那种社会性的好奇，我哥刁北才逐渐没的，如果"《中国》事件"不是发生在一九七〇年代初，而是发生在一九九〇年代后，别人把《中国》塞他VCD里，他都不一定按"Play"键。我这样说，有证据的。一九九〇年代以后，贾平凹的《废都》和卫慧的《上海宝贝》，都被有关领导宣布为禁书，出书的出版社挨整受罚。领导禁令是变相广告，那书立即风靡起来，读它们的人，比在证券市场被"熊"得两手空空的人还多。中国盗版事业特别发达。《废都》与《上海宝贝》的时代，比《中国》的时代有更多缝隙。那两次，有关领导封杀《废都》与《上海宝贝》那两次，我都主动给我哥刁北提供过正版的那两本书，可他不动心，根本不看。"你拿走吧，我对当代文学没什么兴趣。"他这么解释。他没为彰显个性，强调对人人好奇的东西他没兴趣。他一般不作茧自缚。他知道，如果他强调自己超凡脱俗，也是俗，是又一种俗。

但终于有一天，他克制不住对《中国》的好奇了。

"那你手头，有《中国》吗？"我哥刁北不无忸怩，对面前六十八元一杯的咖啡不大敢下口。"我想看看。"

那是在北京，在国贸大厦咖啡厅里，他与纪学青／纪安妮阔别三十年后又见面了，是连续三天里的第二次见面。面对略显瘦削的我哥刁北，丰腴的纪学青／纪安妮有些激动，但更多是冷静。我哥刁北从天而降，一时之间，让她拿不准主意：是该理解他不忘旧情呢，还是要批评他贸然相约？好在多年的外交生涯，训练出了她的涵养与镇定，即使回溯往昔，也能语调安详，词句温和。她的表现十分成功，抑制住了我哥刁北欲燃的热情。我哥刁北没办法迅速切入正题。他以最俗常的好奇心作为过渡，以推进他们涩滞的谈话。不过，我倒愿意认为，此时此刻，我哥刁北的好奇并非出自俗常心理，他的好奇与热闹时髦没有关系——此时的《中国》，早成冷饭了。他的好奇，指向的不是公共事件，而是具体，具体为一个和自己切肤相关的人，以及一件与和自己切肤相关的人相关的事。在此之前，他已先问过与之相关的另一个问题：那时安东尼奥尼来中国拍片，真是被中国政府作为左派导演邀来的吗？纪学青/纪安妮做过肯定的回答。

"你擦一下嘴角。"

可这回，纪学青/纪安妮避开我哥刁北的请求，把一张餐巾纸往对面推去。她以为我哥刁北是个手段传统的中学生吗？把《中国》的碟片作为图书，通过借和还，来增进与女同学的交情友谊。两人相对而坐的桌子很小，如果纪学青/纪安妮伸手，够我哥刁北的耳朵都不成问题。他们身边几乎没人。

与同学比，纪学青不算最幸运的，但算少数几个幸运者之一。她的同学，一帮学了好几年外语的大学生，一毕业，都被打发到边疆军垦农场劳动锻炼去了，有的干脆下放农村。而纪学青，根红苗正，中共党员，既不是最偏激的造反派，也不是最落后的保皇派，能让各方面领导都感到放心，恰好有基层单位向大学要人，她就被直接分配了工作。内蒙古中部的德耳布尔前旗贫穷落后，但她能到这里的外贸局挣国家工资，还做着牛羊制品出口朝鲜这种外事工作，足以让她高人一头。有一天，她去丹东出差回来，在北京转车时，没立刻踏上回程火车。就咸牛肉出口事宜，她出色地独自完成了与朝鲜人的谈判，她想留在北京游逛一番，以此奖赏自己。是离开车站一小时后，她碰到那几个外国人的。

在大栅栏的扬威胡同，纪学青为要不要回学校看看犹豫不决。不回去吧，挺想的，为搞文化革命，她这届学生晚毕业一年，在魏公村那个古雅清幽的大院落里，她生活了五年；可回去，看谁呢？昔日的老师同学，多半去了农场农村，萧条的空院子值得看吗？纪学青想不好怎样合适，就走得慢，而那几个扛着摄影机四处乱拍的老外和围观的中国人，便很快从后边靠近了她，包围了她，淹没了她。胡同窄，人多，陷入人圈的纪学青没处闪躲，与那几个老外挨在了一起，好像她和他们是一伙的。她陷入一个尴尬的处境。也不特别尴尬，她的外院学生背景，让她有别于一般面对外国人的中国人。这时，有个没扛摄影机的女老外正抬头看一幢四合院房顶，没留意，险些撞在纪学青身上。她表情夸张地冲纪学青连道对不起，使用的是英语和另一种纪学青不熟悉的语言。纪学青学英语专业，二外是法语。纪学青忽然技痒起来。她礼貌地对那女老外回了一笑，用英语和法语分别说没关系，然后问人家哪国人，分别又用了一回这两种语言。

"你好！你们是哪国人？"

"你好，意大利人。哈，你会说英语和法语！"

"可惜不会意大利语。"

"已经很了不起了。去过意大利吗？"

"没有，但我知道意大利，亚平宁半岛，地中海风光。"

"啊，你熟悉意大利？欧洲都熟悉吗？"

"当然了，我们中国人胸怀五洲放眼世界，哪都熟悉哪都关心。为了解放天下三分之二受苦人，你们欧洲的资产阶级反动派，意大利的资产阶级反动派，很快都会被我们消灭。"

"对不起对不起，你能再说一遍吗？我没太听懂，可能我英语水平太低。"

"你放心，你们在水深火热之中不会生活太久的，我们很快会去解放你们……"

女老外的英文水平的确一般，纪学青的话让她发蒙，她耸肩摊手挤眉弄眼，表示她的惊愕和困惑。但她不想放弃纪学青，听不懂也不放弃。为留住纪学青，在纪学青的演讲告一段落时，她巧妙地改变话题，带点炫耀地，介绍他们一行的情况。纪学青能猜到，在这之前，女老外一定多次尝试过与中国人说话，可那些本来与她挨得挺近的围观者，一听她问话，就笑嘻嘻或急慌慌地闪到一旁，缄口不言，不知是听不懂她的话还是不想搭茬。这时出现个中国姑娘，居然会两种欧洲语言，女老外像见了故交。而纪学青，受到外国人重视的荣誉感，在中国人里出了风头的满足感，让她不觉飘飘然起来，与这几个老外也就真成一伙的了。女老外说，他们这个摄制组，是受中国政府邀请，来北京并准备去河南和南方的一两个城市拍纪录片的，片名可能就叫《中国》；她又用崇敬的口吻说，他们导演，是大名鼎鼎的米开朗基罗·安东尼奥尼，是中国政府的高规格朋友。说着，她指指一个壮年男老外。这时候，那在女老外嘴里大名鼎鼎，在纪学青印象中毫无概念的安东尼奥尼，正站在一个肩扛摄影机的小伙子身后，往取景器里看。他瘦削高挑，穿咖啡色夹克，身子微微向前探去，一只胳膊翅膀般伸开，胳膊前端的手指间夹支黑粗雪茄。那支雪茄，已久受冷落，缕缕孤烟又柔又淡。纪学青觉得这安东尼奥尼的姿势很潇洒，她目光就没离开他。而女老外，可能以为纪学青对安东尼奥尼的大名有所耳闻，甚至崇拜他，就在安东尼奥尼离开小伙子后，冲他打招呼，指着纪学青说句什么。安东尼奥尼匆匆过来，与纪学青握手，然后道声抱歉，又去和另一个摄制组成员交谈什么。他们的交谈，肯定与纪学青无关。可纪学青好像受了安东尼奥尼启发，也与女老外打声招呼，就朝人圈外挤。纪学青告辞的招呼有点突兀，令女老外一愣，她忙凑近她伸出双手，试图来个分别的拥抱。纪学青生硬地甩开了她。

也许女老外认为，是安东尼奥尼的匆匆一握冷淡了纪学青，她才突兀离去，还拒绝她拥抱。可纪学青知道，正是安东尼奥尼的匆匆一握，吓出了她的一身冷汗，她意识到，她得离开这几个意大利人。可能他们真是国家的客人，但他们毕竟不来自阿尔巴尼亚呀，除了阿尔巴尼亚，整个欧洲，包括罗马尼亚南斯拉夫，与哪国人聊天握手都很危险。

纪学青能这样想问题已经很不错了，但仍有漏洞。基层生活是瞎子和聋子的生活，只需要上级领导的具体指示：该批林批孔了；该退耕还草了；该学大寨修梯田了——德耳布尔前旗没山，修不成梯田，这让旗领导非常苦恼……《人民日报》和中央人民广播电台的新闻和报纸摘要节目，表面上也覆盖德耳布尔前旗，可不与具体的人和事发生关系时，德耳布尔前旗的蓝天和草原则会把它们稀释得不存半点形迹，就像成吉思汗的坐骑留下的烟尘。纪学青是德耳布尔前旗人，而德耳布尔前旗人，对中国与阿尔巴尼亚这对铁哥们刚刚反目成仇的新闻，可以不了解。

三

一九五二年下半年，我爸得到一个机会，作为调干生去北京学习。

几年前，作为战斗人员，他进入过这座城市，没费一枪一弹就成了胜利者。他有点遗憾，好像胜得不够体面。这回，在学业上，他希望自己体面获胜。拿到中国人民大学政治系的学生借书卡后，他别好校徽，挎只崭新的军用书包，一次就把三大本《资本论》背回了宿舍。图书馆规定，一次借书不得超过三本。一个多月后，计有九百多页的《资本论》第一卷，他才读到一百二十二页，书签夹在《2.流通手段》那个小标题下。对成为一个体面的学业上的胜利者的难度，他有了初步认识。他怀念不费一枪一弹就到手的胜利。他还回《资本论》二三卷，又借来两本小册子：收有保尔·拉法格和威廉·李卜克内西同类文章的《忆马克思恩格斯》，尼·奥斯特洛夫斯基的《演讲集》。图书馆还规定，每本书的借阅周期是四十五天。我爸这个二十七岁的陆军军官，有十年军龄八年党龄，个子高挑，文雅俊逸，仿佛天生是儒生学子，而非嗜血的军人行武。可就是一个这样的我爸，入学九十一天后，第二次办完《资本论》第一卷续借手续的下一天，却强奸了我妈。我妈当时是卫校学生，十八岁。

我爸我妈是十二月二十六号认识的，那天毛泽东虚岁六十。民间老话讲，大寿贺虚不贺实。六十花甲，是大寿亦是重寿。伟大领袖六十寿诞，万民欢呼，举国同庆。这样说取的是那意思。人们多半只在心里欢呼，私下同庆。领袖本人廉洁自律，无意用自己的生日惊扰天下。二十六号晚上，我爸所在班级邀来一群护校女生，公开名义是开迎新联欢会，本意是为领袖祝寿。据小道消息称，这天晚上，毛泽东有可能来校微服私访。我爸的调干生同学里有人通天。若恰好老人家走进校园，在一片书声中又听到歌声舞曲，定然会好奇地走来看看，那样，他便能发现，这个迎元旦联欢会原来是民间自发为他搞的祝寿晚会，他该多高兴呀。这天晚上，我爸表演一节能剧片断，这是他在东北读伪满国高时日本教师教的，我妈则朗诵长诗《时间开始了》的片断，这首热情讴歌新政权领导者毛泽东的诗，曾给我妈带来过骄傲——哦，倒不是说她创作了它。《时间开始了》是文学名家胡风的作品，几年前我妈读到它后，曾给胡风写过长信，是封与这首诗一样，激情饱满语句浪漫的信。当时胡风可能情绪颇好，于百忙中，给十五岁的女学生做了回复。一周之内，我妈把那封回信读四十多遍。

据小道消息称，毛泽东若来学校，时间应在九点以后。

晚会七点开始。唱歌跳舞，朗诵讲演，花生糖块，热茶汽水，大学生和应邀前来的护校女生，很快熟成了一团，打成了一片。我爸我妈也成团成片了。最初，她教他说普通话：使用不是"死用"，胭脂不是"胭子"，柔软不是"油远"……其后，经由对一些东西方节日的讨论，受我妈给胡风写信启发，我爸建议，应该上书中央，建议以后每年把毛泽东的生日增设为中国的法定节日：感恩节。

时间一点点过去了，九点，九点半，十一点，十二点。每次有人表示晚会该结束了，都有人说，再等会吧，毛主席习惯夜里工作，也许工作之余，偶然起身抽支烟看眼表，就能想到他微服私访的计划，而他来得越晚，越容易注意到我们的祝寿晚会。直到十二点，毛泽东的诞辰之日已经过去，人们才意犹未尽地结束联欢。我爸我妈意犹未尽的程度最高。

所幸的是，他们有联名上书中央的约定。建议设立中国的感恩节，多有意义呀！此前我爸想法一出，我妈就要和大伙商量。我爸阻止我妈放弃知识产权。

"这份神圣的政治荣誉，只能属于你我。"我爸说"你我"时，盯得我妈满脸绯红。

"为什么？多点儿人集体上书，影响力大呀。"我妈避开了我爸眼睛，但她声音，却模仿着我爸低了下来。

"不用。你不懂。"我爸的声音转为严厉。然后再温柔。"如果只有咱俩署名，这事儿成了，毛主席至少周总理就能接见咱们；可人一多，那可能性就一点儿也没了。"

我妈再次满脸绯红，这回她敢直视我爸了。"毛主席，周总理……"我爸被我妈看得血流加快，尽管他知道，这时我妈眼里没他，只有毛泽东周恩来。

隔一天，二十八号上午，他们又见面了。这天是星期日。早上我爸吃过油条喝过豆浆，匆匆忙忙又刷遍牙，按地址，找到了东单北大街的明星胡同四十三号院。他身上的棉军装有点臃肿，手拎网袋里黑黢黢的冻秋梨个个精干。我妈家的全部成员，只有我妈我姥。我姥在北京火车站的站内商店当营业员，卖水果点心，大两班倒上班，这天不休息。

强奸应该发生在下午，上午他们要给中央写信并反复修改。我爸懂得先公后私。

我爸后私前，从二十六号晚上到二十八号下午，这四十多个小时里，我妈肯定也喜欢我爸。但喜欢不意味着就能上床做爱。五十年后，新世纪了，让一个十八岁的姑娘与她喜欢的男人上床做爱，也不像有人渲染的那么便当。我妈还清楚，调干学习结束以后，我爸几乎没留京可能，他任职的炮兵部队，在沈阳东郊，快到抚顺了。她怎么能给一个在沈阳抚顺之间的乡下驻扎的军人当妻子呢？作为北京姑娘，作为一个长期与母亲相依为命的孝顺女儿懂事孩子，即使她决定嫁我爸了，也得三思五思十二思后，甚至结婚后，才肯把贞操奉献出去。我爸不许我妈思，只想自己私，他利用我妈对他的好感，以及女学生身体上的纤弱与性格上的懦弱，将精子射入了她的阴道。具体细节他俩绝少描述传播，但有三条证据能说明问题：一，我妈保存多年的、被我爸撕破了的薄市布齐头碎花裤衩和无袖白背心；二，留在我爸左手背上、一个我妈的指甲抠出来的、在我爸吃过几十年茄子后仍未复原的小小疤瘌；三，他们联合签名的已眷写完毕的给中央的建议信，不仅始终没寄出去，还一直与我妈的破裤衩烂背心收藏在一起。我爸是文职军人，但也长于武力解决问题，且弹不虚发，一箭中靶。我妈怀孕了。

一九五三年九月三十日与十月一日相交的时辰，我妈生出了我哥刁北。

一九七三年一月的北京比往年冷，冰天雪地，呵气成雾。一天早上，五六点钟，有个晨练者路经一盏路灯，忽感眼前暗了一下，然后听到一声脆响，再然后，他脖梗子有些发凉。跑步已使他身体微热。他摘下手套，抹下脖子，一股钻心的疼痛蜇他一下，他忙止步。这时他已靠近下一盏路灯。他看到，他的手上渗出鲜血，再回身仰头，看前一盏路灯，他记得刚才它有亮光，可此时，只有根黑黢黢的柱子与他对视。他明白了，是路灯的灯泡被冻碎了，掉在脖子上的玻璃碴划伤了他手。他不该用手去抹脖子，应当低头晃动脑袋，甩掉玻璃碴。他忿忿地骂句粗话，重新看手。可这一看，把他吓住了，眨眼的工夫，他手掌上那条长长的伤口已不再流血，一道红色的冰凌横亘在掌心。血小板的凝血速度没这么快。他对寒冷有了直观的认识。

这个倒霉的晨练者不是我哥刁北，同样因为寒冷，这个早上的我哥刁北是幸运的人。五六点钟的黑暗里，正是他钻进一辆加长解放车的驾驶楼的时候。十小时前，提前解除劳动教养的通知书送到他手上，他立刻给我姥写信报喜，他以为，还得耽搁几天才能回北京呢。由南汀劳教所去往南汀县城的公交车两天一班，由南汀县城去往唐山的公交车一天一班，得到了唐山，才回得了北京。我哥刁北幸运，那趟由唐山来教养所提货的大解放提前返唐，司机收了他两盒烟后，答应捎他。南汀劳教所为炼油厂加工石蜡，那是紧俏货。下午三点，在北京市内的公交车上，我哥刁北沉浸在激动和幸福中，直到身边那个脖子上手上都缠着绷带的晨练者开口说话，向同伴描述他多倒霉时，我哥刁北才像他一样，也对北京的寒冷有了直观的认识。这时候，他发现，他身上的蓝棉猴比纸还薄，他这个人，已经冻透腔了。

好在到家了。

直到走进明星胡同四十三号院，我哥刁北也没敢指望能直接回家。我姥年纪大了，身体不好，已经不倒班了，日日白班，下午三点多，她一定还圈在站台小卖店里守柜台呢。四十三号院住三家人，我哥刁北先往那两家的门上看，至少，这个时间，那两家的总共七个孩子里，应该有一两个在家"猫冬"。那两家的门上都挂着锁头。我哥刁北气得想哭。他没抱任何指望地把目光扫向自家门口，这完全是下意识行为。他惊讶地看到，他家那油漆剥落的门框门板上，两只牛舌头般的门鼻齐刷刷地伸出，那把黄得发黑的"成城"牌铜锁头，没挂在那里连接它们。我哥刁北又差点哭出来，这回是喜的。他想叫一声姥，可发不出声。他的嘴唇肿胀麻木，已不会开合，如同两条僵死的青蚕，无意义地横卧在他脸部的下方。他径直过去开门进屋。他的身体，作为一个凝结了的整体，不是自己走进屋的，而是被某种力量挪进屋的。

灶屋地上，直对着房门，有人从低处看我哥刁北。是个女人。不是我姥，她比我姥年轻多了。她头发下垂，衣袖高挽，坐在马扎上，怀里抱个大洗衣盆，从洗衣盆里支出来的搓衣板，死死抵在她胸腹上。她满眼恐怖，满脸慌张，冰雕一般纹丝不动，仿佛她和她屁股下的马扎身前的洗衣盆与搓衣板，也被寒冷凝成一体了。这不可能，室内比外边暖和多了。她身后是煤球炉子。我哥刁北的眼镜上布满霜雾，看不清面前冰雕的细部，只能看个大体轮廓，而她轮廓的重心，是她暗紫色紧身毛衣下突出的乳房。不久之后，我哥刁北将知道，她的乳房并不太大。可当时，搓衣板抵着她的肚子，她的头又用力上仰，加上毛衣紧小，她胸脯就异常高耸。那暗紫色毛衣是我姥的，我哥刁北认得。我姥瘦削，个儿也不高。也许与室内的温度有关，也许，更与刚出劳教所，许久没见过女人有关，已经被冻僵的我哥刁北，在骤然开始的缓解过程里，思维飘忽，逸出常轨产生了偏差。他忘记了应该关注的是我姥在哪，而面前的陌生女人又是哪位。他摘下眼镜，任凭幻觉牵着他游荡。幻觉把他拉回六年以前，拉回到六年前的明星电影院门口和倪可心家窗外。先是在明星电影院门口，一个以词牌子介绍刑罚方法的女红卫兵，挺着被武装带勒出来的硕大胸脯，说女地富反坏右们，奶子越大越反动；接下来，在倪可心家窗外，他听明白的是，倪家屋里除了倪可心妈妈还有个邻居男人，而他赞美并且摸了她的乳房。后一件事强化了前一件事。有男人要摸倪可心妈妈乳房这件事，使他对女红卫兵胸前的乳房和嘴里叫骂出来的女地富反坏右们的乳房，产生的想象飞翔起来。那天晚上，他有了平生的首次手淫。此前他曾有过梦遗。这六年来，我哥刁北也见过其他大奶子女人，但唯有那个个子不高的女红卫兵和倪可心的妈妈，能唤起他手淫的欲望。此时，面对面前紫毛衣里的胸部，他不合时宜地，居然很想来一次手淫，尽管他知道，面前的女人既不是女红卫兵也不是倪可心的妈妈。我哥刁北又戴上眼镜，走出了谵妄。倪可心的妈妈就甭提了，她是上一辈人，即使拿年龄接近的女红卫兵与面前洗衣的女人比较，她们也没有相同的地方——除了都有饱满的、波浪一样微微颤抖的性感的胸脯：女红卫兵个子矮小，身体圆胖，赤红的脸上长个朝天鼻子；而面前的女人虽然坐着，却不难看出，她身材修长，五官秀丽，肌肤白皙——哦，她的肌肤，完全是苍白。

"刁北?"

"学青——姐……"

我哥刁北以"罪行轻微、不够刑事处分的反革命分子、反党反社会主义分子"之身，被判劳教两年，十六个月后即获解脱，是因为立功。冬季的汀水水面没冻结实，从冰窟窿里，他救出了关光。

关光是关庆祝的儿子，关庆祝是劳教所政委，关光的元旦来劳教所过，是因为他妈和他爸离婚了，他代表姐姐，来陪伴和看望爸爸。

不为政治原因，不因出身相异或立场相左，那年头，人们一般不离婚。没人有勇气把生活原因当离婚理由。关庆祝的老婆是个特例，她敢以两地生活为由离婚——据说这是好听的说法，与领导谈话时，那女人难听的说法让领导脸红：性生活不和谐。关庆祝是模范管教干部，读过师范，会木工活，既能有效地避免斗殴逃跑等恶性事故在劳教所发生，又善于从劳教人员的表现中发现阶级斗争新动向，还主要不靠刑罚，而靠思想工作，把三百多劳教人员管得服服帖帖。他获得的荣誉称号里包括"爱所如家"。他家在唐山，晚上回不去很正常，可他星期日也不怎么回去，节假日也不怎么回去，他最大的乐趣是慈母般地帮劳教人员整理内务，或严父般地找劳教人员个别谈话——那谈话，包括了聊天审讯规劝批评等诸多内容。他老婆是牙科医生，每天在面对无数枚糟烂的牙齿之余，也需要关庆祝整理家中内务或与她谈话，当然还得干些别的。关庆祝做不到，即使干家务和谈话能做到，别的也做不到，他老婆就提出了离婚。领导跑去找那女人，说这样会影响关庆祝做好革命工作，还说要帮关庆祝调回唐山。那女人没理睬组织，她带着儿女离开了关庆祝，准确地说，是她和儿女把关庆祝扫地出门了。但她的儿女也是关庆祝的儿女，她不想丈夫却不能干涉儿女想父亲，元旦那几天，儿女都要来南汀看爸爸。姐姐是女孩，来劳教所这样的地方不方便，就由弟弟代表。弟弟关光十二岁。

　　劳教所里壁垒森严，没什么玩头，关庆祝也没闲心带儿子玩，他更感兴趣的是听那些满身故事的戴罪之人的细致供述。十二岁的关光没有故事，更不戴罪。好在浩荡的滦河赴渤海途中，要流经这里，而汀水这条滦河支流，恰好有六七十米的婀娜身段，毫无道理地拐了个弯，被甩出一截，那被甩出来的"U"形水域，就成了劳教所铁丝网里一幅活泼的景观。夏天玩水更有意思，在元旦的寒风中，关光只能玩冰。

　　一副冰滑子两根铁钎子，这是个前工程师教养员给关光做的。连续几天往来在汀水冰面上，关光的滑冰技术突飞猛进，能一气从"U"字的左边顶点滑到右边顶点。南汀气温没那么低，我哥刁北告诫关光，冰可能冻得不那么结实，别往远滑，就在"U"字的底边玩吧。我哥刁北这两天没进车间，裹着蓝棉猴，他无数遍地穿梭在教养院的广阔院子里，为几块板报更新内容，再往几面墙上写标语口号。

"你字写得真好，还能变这么多种体，比我老师写得还好。"在汀水冰面上玩一阵子，关光就来看我哥刁北写字。他在我哥刁北面前挺大方的，可跟别人，包括给他做冰滑子的前工程师，都没什么话说。

"哈，我这是瞎写，写得不好。字是门面，你也得好好练呀。"

"我是在练呀——嘿嘿，这几天在这，一笔没练。"

"是你妈要求你练的吧。"

"是，我爸不管我。我妈和老师都让我练欧阳询的字，可我喜欢颜真卿。"

"我能理解。男孩子嘛，可能觉得颜真卿的字更厚实，更大方，就像这冰滑子在冰上跑那种感觉，有种润劲；欧阳询的字也美，可硬了点，瘦了点……不过呀，你现在小，还是应该听老师的。老师是行家吧？对你会有整体判断的。"

"你这么明白呀，真厉害，你老师也是书法家吗？"

关光给我哥刁北提各种问题，我哥刁北也愿意尽量通俗地为他作答。我哥刁北觉得关光一点不像关庆祝，他很想问关光喜欢爸爸还是妈妈。他没问。这样，就到了元旦那天下午四点。当时，我哥刁北完成了他的全部任务，打算回屋洗把脸参加晚上会餐，可他还没绕过身前的板报，就听到远处有人叫喊。先是一声隐约的"啊哟"，不清晰，应该是关光稚嫩的叫声；然后是高岗楼里值岗士兵的叫声："关光？关光呢？"虽然距离也远，但很清晰。我哥刁北看向冰面，恍惚觉得，"U"字的左顶点处有些异常，可怎么异常又说不好。他拔腿往冰面上跑，边跑边甩掉身上的棉猴，太兜风了；上冰后，他又甩掉大头鞋，笨拙的大头鞋踩在冰上滑，踩在雪上又往下陷，影响速度。关光的确掉进了"U"字左顶点的冰窟窿里，我哥刁北在第一时间把他推上冰面。可我哥刁北要自己爬出冰面，就没可能了，冰窟窿的边沿一点点塌陷，而冰下的汀水，居然流速很急，让他根本站立不稳，连积蓄力量的余地都没有。他在冰窟窿里泡八分钟，后赶来的关庆祝等人救起了他。

"你没想过被打死吗？未经批准进入汀水，值班战士可以开枪。"

"对不起政委，当时我忘了，我光想着救关光了。我请求处罚。"

"如果我处罚你，你心里会不会骂我恩将仇报？"

"不会政委，我违犯纪律挨处罚理所应当。伟大领袖毛主席说过：'加强纪律性，革命无不胜'。"

我哥刁北退烧以后，与关庆祝有过这样的对话，在这样的对话之后，他就接到了立功表扬书和提前解除劳动教养通知书。与此同时，那个给关光做冰滑子的前工程师，接到的是延长一个季度劳教期的处罚书，要不然，过完元旦，他的劳教期也该到了。他是山海关人，按时结束劳教的话，也不可能与我哥刁北结伴回家。

与潘秋菊结伴去黑龙江的念头，是我哥刁北即兴的主意。

"要是——我跟你搭伴一块儿去黑龙江呢，你肯不肯走。"

"真的！"潘秋菊先惊喜一下，然后摇头，"你骗我。"

"当然真的，我不骗你。"

"你想把我糊弄上火车，开到沈阳，你一下车，扔下我一人孤苦伶仃。"

"你心眼怎么多成这样呀。咱找个不走沈阳的车坐行不，看有没。"

这时是下午，在《经济月报》编辑部那幢四合院门外，在阳光下，在一株茂盛海棠的树荫里。我哥刁北利用公用电话让潘秋菊出来，潘秋菊说你进来吧，办公室没人，都去天安门了，老总编都没在。我哥刁北固执地说，那也不，你出来。上午他们分手时，约好了下午潘秋菊得守在电话边上，家里的电话边上或编辑部的电话边上。上午我哥刁北一回到他前几天落脚的关光家，关光就说我妹刁星找他，让他回个电话。我哥刁北当即回了。电话中，我妹刁星告诉他，派出所警察来家里找他，要求他去派出所"报到"。

"我们都说不知道你去哪了。我看你就别回来了，万一他们抓你

45

呢。不过在北京，你也千万别往天安门跑。"

"别那么神经过敏。"想了一下，我哥刁北用不以为然的腔调回应我妹刁星，"他们抓我干吗，我啥事儿没有。我今晚就回去，明早到家。"

"别，你还是慎重些。这样好不好，你离开北京，但也别回沈阳，随便去哪躲躲。钱够不？不够先跟关光或我嫂子家人借点，我这边立刻给他们汇去。"

"他们难为你们了吗？"

"没有，一点没有，他们挺客气。可是，哥，你懂历史，历史的经验是凡事朝令夕改，一阵风。你不回来，就万事皆元，可你回来，他们见到你，出什么事儿就说不好了，没准会逮你。过了这阵风你再回来吧，好汉不吃眼前亏。"

"你这么看？"

"哥，是我爸，这么说……"

"他又小题大做……"

我哥刁北背上自己的旅行包，与关光告别来找潘秋菊，然后两人达成协议，分头行动：我哥刁北去车站退掉回沈阳的票，再重买两张去哈尔滨的，而潘秋菊，要赶紧把单位归她干的事处理完毕，回家收拾东西，再与我哥刁北会合，结伴上车离开北京。

这一路上，太平无事，潘秋菊带上的结婚证书，颇能乱真，照片上潘秋菊的丈夫与我哥刁北都戴眼镜，都挺清秀，倒真有几分相像之处。所有小旅馆都允许他们住在一起。如果不去黑河，也许这仅仅是一次浪漫之旅，不幸的是，在哈尔滨，有热心的采访对象帮他们开了去黑河的通行证，他们的浪漫之旅变成了乐极生悲之旅。在北安去往黑河的长途车上，过个边防检查站时，火眼金睛的边检战士打量过一车三十几人后，独独搜查了他们行李。没有凶器，没有黄色录像带，没有反动传单，但有电话本。是潘秋菊的通讯录。那上边，记录着近百人名和他们的电话，及他们的通讯地址，其中包括严家其的苏晓康的。他们是她作者，在《经济月报》上发过文章。

"你不认识他们？唬傻子呀！"

"通过信和电话，没见过面，要算认识也只能是认识一半。"

他们被扣在边检站里，经过与北京老总编联系，排除了两人偷越国境的嫌疑，也证明了他们并非反革命暴乱分子严家其苏晓康的同伙。但边检战士认为，现在是非常时期，他们去黑河，光有哈尔滨方面开的边防证不行，应该也有他们所在地北京边防局开的通行证。下次再来吧。边防战士客气地说。好的好的。他们慌乱地答。可由黑河开往北安的长途客车启动以后，他们几乎瘫倒在对方怀里。不敢有下次了！这对假夫妻，眼神惊恐地做出交流。在边检站接受审查的十三个小时里，他们没受委屈，通过象棋，和对几个军事史上经典战例的讲解分析，我哥刁北赢得了边检战士的好感和敬重。这为潘秋菊赢来了几小时的睡眠时间，还让她安安静静地写了篇采访文章。

这不算乐极生悲，悲剧上演在北京，在几天以后。他们无论如何想象不到，几天以后，在五大连池，他们探头探脑地打量脚下黑黢黢的火山口时，北京那边，在下班路上，潘秋菊的老总编与潘秋菊的丈夫狭路相逢了。

"哈，回来了哈，秋菊怎么没上班来，你们受惊了吧。"

刚从新疆采访回来的新闻电影制片厂的摄影师是个精干小伙，他感觉到老总编话里有话，就只含糊一下。

"回来了回来了。秋菊说她过几天回来。"

"你俩没一块儿回来呀？那些边检的，揍你们没？"

"呀呀，对对……"

潘秋菊到家时，丈夫正对着电视里批判《河殇》的节目喝啤酒呢，面前茶几上摆盆水煮花生。在哈尔滨上车前，潘秋菊往家打过长途，说了哪车哪铺，几点到站。丈夫没接站，在家又没把饭做好。她压压火气，没把心里的不高兴表现出来。要不给你妈挂个电话，去她那吃？他们给我根兴安岭人参，正好带去给你爸泡酒。丈夫没反对，扔下喝了半瓶的啤酒，起身穿衣服。两人出门，打车去大栅栏。潘秋菊的公公婆婆在大栅栏住。在出租车上，潘秋菊为缓和气氛，讲黑龙江之行，可讲几句就没话了。她没提边检站历险的事。下车走在大栅栏的人流里，两人被挤得无法并行。这挺好，不用找话说了。可是，一直不怎么开口的丈夫却开口了。本来走在前边的他，忽然停下，回身，斜着眼睛问潘秋菊：冒充我和你一块儿在边检站找揍的家伙，丫谁呀？

在大栅栏扬威胡同的人流里，纪学青与女老外一搭话，忽拉一下，原本不肯与女老外开口的围观者都围了过来："他们哪国的？""拍电影呀？""她说什么？"见纪学青不做义务翻译，又有人不高兴了："假洋鬼子！""有啥牛逼的！""蒙事呢吧？"待纪学青挤出人堆逆流而去时，居然也成了有些人的尾随对象。她很难堪。她加快脚步逃跑一样。安东尼奥尼一行更惹人好奇，她很快把尾随者给甩掉了——哦，没完全甩掉，走出好远了，还有两个尾随者步步逼近。开始纪学青没留意他们，她以为她甩开了所有的人。她放松下来，想着阿尔巴尼亚，嘴里就哼起一首与阿尔巴尼亚有关的流行歌曲："北京地拉那中国阿尔巴尼亚，英雄的城市英雄的国家，中阿人民并肩战斗，团结在马列主义旗帜下……"结果，哼到"万岁毛泽东万岁恩维尔·霍查"时，她意识到了身后的人。她不满地停下来。不光停了歌，也停了脚步，她想对那两个牛皮糖一样的男人呵斥两句。没等她开口，那两块牛皮糖先出声了，他们的话，低沉冰冷，有威慑力：

"别声张，我们警察。跟我们过来，问你几句话。"

纪学青差点没吓趴下，连带着哭腔的"我怎么了"都说不出来，更不敢要求人家出示证件。她乖乖夹在两个男人中间，随两个男人拐向耀武胡同，往耀武胡同的派出所走。她成他们的牛皮糖了。

和外国人说话是事实，这否认不了。纪学青也没想否认。口供很快录完了，纪学青身上还有工作证和介绍信，从中看不出半点问题。他们示意纪学青可以走了。可纪学青还没走出屋子，警察之一又叫住了她，提醒道，刚才路上她哼的歌，以后别哼了。

"这，为什么？"

"恩维尔·霍查是希特勒的间谍，阿尔巴尼亚是修正主义国家。"

"阿尔巴尼亚也修了?"

"阿尔巴尼亚也修了。"

纪学青与外国人说话的问题被重新提起，是安东尼奥尼他们离开中国大半年后。纪录片《中国》在海外公映，中国政府看了，认为它反华，丑化侮辱了社会主义中国与中国人民。国家带头，人民响应，一时之间，中国大地上掀起批判纪录片《中国》批判安东尼奥尼的热潮。在德耳布尔前旗，批判的热潮格外汹涌，这与这里以前搞别的运动时不那么活跃形成了反差。后来我哥刁北帮纪学青分析，这主要有三个原因，其中又包括两个次因一个主因。次因之一是，安东尼奥尼这名字，与蒙古族的名字有相似之处，当地人读起来比较上口；次因之二是，这里人对叛国投敌之类的问题比较敏感，前几年斗乌兰夫抓"内人党"，附近一个旗的人口远没有德耳布尔多，却一夜之间枪毙"内人党"近四十人，德耳布尔才毙十六个，这显得他们觉悟太低、战斗力太弱，他们渴望找机会赶上；那个主因，则是当地人已经都知道了，在他们身边，就有里通外国的活靶子，就有安东尼奥尼在中国的代理人，就有国际反华组织的女间谍纪学青。纪学青始终没搞清楚，旗革命委员会和旗公安机关，是怎么了解到她在大栅栏的那段奇遇的。

纪学青被关进牛棚。是货真价实的牛棚，她周围有几十头牛。她吃的东西比牛饲料强，睡的条件没有牛好。牛睡觉时没有干扰，灯泡不晃它们；她睡觉时，前后距她一米远处，各有一只一百瓦的灯泡彻夜不熄，如同为她驱寒的暖气。她真没挨冻。她和牛一样的地方是，都间或挨打。她很羡慕牛比她膘厚。她暂时先接受群众批判，去旗内各单位反复回答如下问题：她是不是意大利间谍？她与《中国》摄制组是什么关系？安东尼奥尼来中国拍《中国》是不是她找来的？《中国》中那些揭露中国阴暗面的东西是不是她出卖给外国人的？她和安东尼奥尼握手时是不是交换过纸条？安东尼奥尼他们离开中国后她的新联系人是谁？帝修反最近还将有怎样的反华动向……纪学青的"安东尼奥尼间谍案"遂成铁案。开始时，她还希望配合组织查明真相，还自己清白。但最后时刻，在她即将被移交公安机关，被判处二十年有期徒刑，被关进有高墙电网的正规监狱时，她明白了，她不认罪是死路一条，认罪也将走上死路。

她选择了逃跑。从牛棚跑比从监狱跑容易多了。

距德耳布尔前旗最近的城市是包头，如果纪学青花一夜时间走到包头，不论在火车站还是汽车站，她面对的都将是失败，是那些审查她的人、看押她的人、收捕她的人为她编织的罗网。她看过的惊险小说和惊险电影起了作用。出人意料地，花三天时间，她去了银川。没人能猜到她会去银川，人们认准了她会回青岛，银川与青岛南辕北辙。她成功了，到达银川等于摆脱了追捕。她顺利踏上前往北京的火车。北京可能也不安全，但那里是她生活过五年的地方，那里地盘大人口多，或许有她的安身之所，还或许，那里允许她喊冤叫屈——这是支撑她冒险出逃的最大动力。她没怎么犹豫，舍弃辽阔的西部，一路向东奔北京而去。她没钱，没食物，连足够的衣服都没有；只是凭借前几年大串联时积累的经验，终于跨过漫漫旅程，踏上了北京土地。

其实，在北京车站，她都走下车厢往站外走了，还不知道应该去哪，是一个将两只烂苹果施舍给她的车站售货员的出现，让她灵光一闪，想到了我姥。她蹒跚着走到我姥面前时，硬撑着挤出一个笑脸，还问刁北好吗。我姥如实答道，刁北被抓了，在唐山那边的南汀劳教所呢。可我姥的回答，纪学青已经听不清了，因为她一下瘫倒在我姥脚下。或者，正因为她听清了我姥的回答，才瘫倒的。

我姥借辆送货板车，把她带回家里，一勺勺喂她半碗加糖的白粥。她好几天没正经吃东西了。她仍喊饿。我姥不再给她吃的，怕伤她肠胃。我姥把炉筒子都烧红了，帮她换衣服擦身子。纪学青衣服上，布满虱子虮子，那些繁殖速度惊人的小生命，密密麻麻，黑白相间，或蠢蠢爬行，或纹丝不动，看去让人一阵阵发麻。精神头有所恢复的纪学青没再提起我哥刁北，望着眼前这些与她朝夕相伴的吸血鬼，她吓坏了。她赤裸着身子，躲开她衣服，蹲在冰凉的水泥地上号啕大哭。这样数量庞大的虱子虮子，让我姥也震惊恐怖，可她舍不得把纪学青的衣服烧掉。它们破旧，但烫烫洗洗熨熨缝缝，还穿得出去；否则，一下给纪学青添置全套衣服，得不少钱。我姥知道纪学青身无分文，而又需要钱，她能想到的，是把钱花在关键地方。我姥把纪学青哄到床上，将那些衣服拎起来抖动，并用笤帚，由上往下，五次三番地一遍遍刷。黑色的虱子纷纷落下，像一场小小的陨石雨落在室内，我姥把它们扫进个鞋盒子里。虱子一离开温热的人体，就僵硬了，不再乱爬，也不单单静止不动，而是就近就便地纠结成一团，像被子里的纪学青，把自己蜷缩成胎儿模样。虱子团足有核桃大小，面对它，我姥不知该怎么办。傍晚，睡了一觉又吃过一顿饭的纪学青精神许多，想趁邮局下班前去发几封电报，我姥陪她去了。她们把那只虱子核桃带出了家门。在明星胡同西口的垃圾箱前，纪学青阻止我姥将它扔掉了事，她拿过它，放地上，仔细端详后踩了一脚。纪学青的那一脚虚弱无力，但捻出的一片鲜红炫人眼目，那片鲜红里，又有星星点点的黑色杂质分布其间，那是磨磨叽叽疙疙瘩瘩的虱身的残骸。纪学青打了个大大的激灵。她跑开几步，蹲在地上，把刚吃下去的东西都吐了出来。

"太恶心了姥姥！我要死了姥姥！"

"没事儿孩子，"我姥抚着纪学青肩头，轻拍她后背，"你们年轻人就是没受过苦，没遭罪的经验，有了那经验，就没什么坎儿过不去了。老天爷憋不死瞎家雀，这世上，不管多大的难，都一挺就挺过去了……"

十九岁的遇毓，生活刚开始，在很多方面都经验不足。但有种经验，她不缺乏，那就是放屁。每个人都有放屁的经验。以前放屁，除了睡梦中，百分之九十九都有预感，肚子里，肠胃中，总会以某种方式，做个或明显或含糊的提示：来屁了。一旦来屁了，可视当时的具体情况，或一放为快，或将其憋住。不光遇毓，许多人在许多时候，都是如此，宁可憋出一个令人噤鼻的臭屁，也不愿喷出一个惹人侧目的响屁。可打从那天看电影起，遇毓对自己的屁就失去了控制，再放屁，也就与此前放屁和其他人放屁都不同了。每有屁来，身体的所有部分都毫无预兆不说，由于她知道，没预兆那屁也会出来，她就有意识憋它，只要挺得住就收紧肛门。可屁很固执，不服约束，不论遇毓怎么使劲吸气收肛，照样能冲出一条血路，乒乒乓乓，扑匐普瀑，好像她肛门里藏着个杀红了眼睛的狙击射手。

遇毓的屁，连绵不绝，持续不断，多时每分钟蹦三五个，少时三五分钟也能挤出一个，如果莫名其妙地超过十分钟没有屁来，那千万别得意，因为下一个十分钟，红眼睛狙击射手就要打连发了。遇毓放的都是响屁，其中有一半带有臭味。老话说臭屁不响响屁不臭，看来不准。唯一让人宽慰的是，据爸妈说，她睡觉时，基本无屁，这使她肛门能得到休息。她相信爸妈说的是真话，因为对医生他们也这么说的——他们不可能欺骗医生。她就设法增加睡眠，不惜借助安眠药片。另外，她大便正常。还另外，她消化系统没有问题，腹腔内所有脏器也无毛病，身体健康得一如高考结束那天以前。

响屁不断，间有臭味，实在太让人难为情了。最初几天，遇毓注意饮食，甚至禁食，希望这股屁旋风能赶紧刮完。可它在她身上扎下根了，日日狂刮，就是不完，好像她肛门是永恒的风口。她穿多条紧体内裤阻隔屁息，往肛门里塞脱脂棉团封锁屁道，但这些方法，治标不治本。他们一家人对沈阳的医院没了信心，一整个夏天，他们又去了北京和上海的七家医院。那时候也有互联网了，但不普及，他们没想过在互联网上发帖咨询，如果发了，回帖里也许有灵丹妙药。后来，我哥刁北这么想过。后来，他还想，不妨冒充一下此病患者，发个帖子，试验一番。他没那么干。他知道，这世界上的热心肠已经不多，他不应该戏弄他们。

在互联网之前，热心肠的热处于隐匿状态，很难转换成光亮照耀别人。遇毓的爸妈只能想当然地猜测谁心肠热。他们误把医院当成了热心肠的聚集地。可两年中，他们发给全国各大医院的求救信达百封之多，得到的回复不足十封，其中三分之二还是例行通报：对此病我院无能为力。这两年里，遇毓接到了大学录取通知书，也读了几天。

对她的情况，学校和同学都很克制，不歧视她不笑话她，至少表面上能做到这些。她自己做不到，做不到不歧视自己不笑话自己。自卑改变了她的容貌，她已不再妩媚俏丽。她没法在人前生活，逐渐地，连爸妈和医生她都回避。我们是爸妈呀！我们是医生呀！爸妈和医生劝她求她开导她。她也知道，他们是真的不歧视她不笑话她，但她就是不想见他们。她对自己实施软禁。只要爸妈在家，她就不出自己的小屋，而家门，她更是坚决不迈出一步。

在被"屁超多症"折磨近两年后，在放出三十几万枚响屁后，在对这个人类世界的医疗技术水平失去信心后，在还差半个月就过二十一岁生日的一个明媚白天，爸妈上班后，遇毓把四十七片利眠宁吞下了肚子。在她只有半页纸的遗书中，出现十二个"屁"字，在遗书结尾她写道："……上帝呀，满足我一个小小的要求好吗，让我的死像睡眠一样平静安稳，不再有屁相伴。"

上帝仁慈，满足了她的小小要求。爸妈晚上下班回家，发现死去的女儿果然和睡着了一样，没放屁。

遇毓的爸妈在棋盘山南麓天堂墓园为女儿买了墓地，立碑时，如同大部分墓园公司的客户一样，请我哥刁北代拟临终遗言。按规矩，收到一百元订金的一周之内，根据遇毓爸妈的倾向性要求，我哥刁北为遇毓写出两条临终遗言，供他们选择：

嘘——睡眠真好，它让我安静！

如果生活必须像来无影去无踪的气体那样流失消散，那就让我的青春和美丽定格在此时吧。

遇毓爸妈选中了前者。我哥刁北分析，他们的理由之一是那条字少，便宜——当时代写临终遗言的价格是：（不含标点符号）五字以内三十元，六字至十字五十元，十一字至二十字九十元，二十一字以上一百五十元；每次提供两条，由死者家属任选其一。

四

我哥刁北久侍死神，也算久病成医，对自己的来日不乏预见，或者说，他具备了为自己的来日排序的能力。这天，他写信给我，邀我当晚去他家吃饭。这甚为奇怪。早年电话不方便时，他常常通过写信找我，可自从家家有了电话，尤其人人有手机后——我忙给他打去电话。他未做解释，只说你有空就过来，也没事儿，想说说闲话。其实，还有一点我也不解。以前，他不论写信还是打电话，都直来直去，干脆利落，像领导对下属发布命令。可这回，他的文风不同以往：文字抒情，措辞客气，态度谦逊——有些地方，像他为人代写的临终遗言那么酸，那么假，那么矫情，那么做作。我心里不得劲，像海蜇水母黏到了身上。顺便说一句，直来直去，干脆利落，不羞羞答答，不吞吞吐吐，这并非我哥刁北独有的风格，我们"老刁家人"，都程度不同地有这特点。

比如，八个月前，癸未春节，全家人正在南市小区的爸妈家热热闹闹地看电视晚会包年夜饺子，我哥刁北忽然打来电话："我想过去陪爸妈过年。"对接电话的晚晴，他都没客套一句，开门见山就这么说。晚晴喜出望外，都结巴了："那就，那哥，你就，快过来吧！"是我哥刁北更了解我家人的脾气秉性。"你先问问爸妈，"他说，"他们同意，我再过去。"果然，晚晴爆出我哥刁北的求和信号，我爸竟一

54

点没受感动，态度强硬一如往昔。他挥一下手，对已接过晚晴电话的我妹刁星说："告诉他，这个家里没他位置。"他这么绝情，并不管我妈已泪流满面。"让他回来，"我妈喊，"让刁北回来……"而我妹刁星，也就如实转达了爸妈的分歧。后来我哥刁北之所以赶来，是在我妈强烈要求下，全家人就此做了公决，搞了民调。多年里，我家一直有着混乱的政体结构，既极权特色鲜明，又民主空气浓郁——其中极权是本质，民主是我和我妹刁星渐成大人后，偶尔带回家里的调料。此时我妈的理由是：这家不是你老头子一个人的。投票的结果可想而知：七比一。我家三口我妹刁星家三口再加我妈，是七，孤家寡人的我爸只有一票。但他坚持光荣孤立。我哥刁北都进门了，都向他问好了，他也不妥协，只威严地点点头，俨然面对投降的敌手。

这的确是我哥刁北投降的时刻。二十年了，父子俩在同一个屋檐下共度除夕，这是头一次，也是最后一次。

春节是二月初，二月初的广州已有SARS。SARS如同时髦的词汇，或流行歌曲，在得港台风气之先的广州普及一番后，在消耗掉美丽花城的成百上千吨食用醋后，开始北伐，抢占北京的滩头阵地。北京的SARS，出现在三月。这么一说，SARS又成了报春的燕子，牵着北回归线朝太阳飞翔。其实上一年年底，SARS已经偷袭广州，只是那时，大部分广州人都没介意。四月中旬，我哥刁北去北京时，人们把这场灾难称作"非典"。没有SARS的说法，自然也没有"杀死"的称谓，"杀死"一说，是我哥刁北后来的发明，是他躺在北京火车头医院发热病区的隔离病室里，耳听人们"SARS""SARS"的恐怖议论，对这名词进行的汉语音译。官方未认可这一翻译成果。我哥刁北"疑似"期间，给我妹刁星写封长信，据说风格颇近瞿秋白的《多余的话》。因我妹刁星把它当成中央机密，只偶尔传播只言片语，从不向我和爸妈呈示全貌，我们就没确切知道那信中还有哪些内容——这也像《多余的话》。好多年里，作为中共早期领导人的瞿秋白，一直是挨批判的反派代表，他罪状之一，就是掉脑袋前写了《多余的话》，算临终遗言。但大部分人，那些声讨批判《多余的话》的人，并不知道它写了什么。我对我哥刁北的信，知道的只是，他在其中，首次使用了"杀死"一词。这与我对《多余的话》的了解也颇相似："中国豆腐是好东西。"我只听说，瞿秋白这么给《多余的话》做的结尾。读过我哥刁北那封"多余的话"，我妹刁星利用职务之便，这篇文章里，将"杀死"一词用上了报纸。"杀死"两字比较刺眼，我妹刁星这么用它，较情绪化。上边领导不傻，看出了这一译法有悖"稳定压倒一切"的中央精神，对《北方都市报》两个相关领导和我妹刁星做了批评，分别扣发了当月奖金。我哥刁北是五月中旬出院的，他出院的理由，自然是他"杀死"病人的疑似身份被排除了。我哥刁北不同意专家结论。他认为，不论"杀死"病源出自衣原体样颗粒还是冠状病毒，肯定都存在于他的体内，医生找不着，是医生医术不精，而他暂时没死，还退了烧止了咳，那只是"杀死"在休憩歇息，此后的日子，他仍然随时会被杀死。他说他不怕死，之所以希望被继续隔离，只是不想殃及别人。但他必须出院。医院不是福利院或养老院。出院后，与人接触时，我哥刁北坚持自我隔离，好长时间里，不再与人同桌进餐，很少参加社交活动，知道我爸被查出了肝癌。炎炎暑热中，他也只是戴着双层口罩在人民医院我爸那间特护病房里出现过一次。那一天的沈阳市民，除了医生清洁工等特殊工作的从业人员，恐怕再没戴口罩的。当时"杀死"已告别人类，据说，跑果子狸身上去了。

我哥刁北甘当果子狸，为拒绝社交找到了理由。对他的状况我感到忧虑，跟我妹刁星议论时，我说他是不患上抑郁症了。我妹刁星诡秘地一笑，没有，我知道他为什么这样。为什么？泡病号对他有好处吗？哈，好处是他不必面对他必须面对的棘手问题，只要他强迫自己相信他有可能传染SARS，他的良心就能让他心安理得地待在沈阳，不去北京。你什么意思，哥最爱去的地方就是北京，他怎么又不愿意去了？大哥他吧，可能同时有两个情人，都在北京，我妹刁星神秘兮兮地说，上回在北京，穿帮了，他躲她们。在沈阳不就躲了吗，何必装病？嗨，大哥又不是无赖，他躲她们，得有理由呀；不去北京解决问题他会自责，可为了不传染SARS不去见人，他就心里平衡了。我妹刁星的理由如海外奇谈，说不服我，况且，我也很难把"两个情人"、"穿帮"、"躲她们"这种事与我哥刁北画上等号。

"还猫着哪哥，'杀死'这回真过去了，你想当毒王都没资格了。"六月份时，电视里天天开战胜"杀死"的庆功会，我也就经常给我哥刁北打电话劝他出笼放风。

"那可未必，这是谁难受谁知道的事儿，我要真没失掉毒王的资格呢？那可就祸国殃民了。再说了，老'杀死'可能过去了，或快过去了，可新'杀死'呢，没准这会儿正准备来犯。'杀死'无所不在，你躲在真空箱里它也找得到你。"

"哈，你这可有点草木皆兵了。"

"只要战争没成遗迹，就一切皆兵，包括草木。"

直到七月中上旬，具体地说是十二号早上，不到六点，他忽然活了，用电话分别惊醒还在熟睡的我和我妹刁星，气急败坏地让我俩马上来北陵小区。有个叫许明的，你们听说过这名字吧？被双规了，很可能被判刑。你们帮我找找关系，看有什么办法，能帮帮他。你们别管我跟他什么关系，对外边也不要说我关注他。这件事儿，你们一定往心里去……我哥刁北满面倦容，眼圈微黑，显然一夜没睡好觉。他没戴口罩，没往地上洒醋，抓着我们胳膊，唾沫星子四处飞溅，完全没了以往的风度。我和我妹刁星什么都没问，只点头应承。从这天开始，我哥刁北才算比别人晚一两个月"战胜""杀死"，许明成了救他命的呼吸机。但后来，我们向他通报许明信息时，他又听得三心二意。不用打听了，不提这事儿了，他说，我那天也是太冲动了，人家那样的人物，我们连汗毛大的忙也帮不上的。这是实话，许明是沈阳地面上有名分的高官。

我哥刁北家，是北陵小区二十三号楼六楼中间那个一室一厅的六〇二房——它产权早期归我爸单位，房主一直是我爸名字，房改后，房主换成了我哥刁北。更换房证的繁琐手续，是我妹刁星跑的，表面看，是我妹刁星为我哥刁北跑出了一份小小的财产。可我们心里都明镜似的，这出自我爸的暗示。我哥刁北没对我爸说过谢字，我爸也从未以此要挟过我哥刁北。我应邀来我哥刁北家这天，是九月三十号。按计划，这天下午我要带妻儿去庄河海边，享受几天黄金周，饕餮几天水产品。可接到我哥刁北的信，我立即给晚晴打去电话，把行期往后推了一天。正在家中与晚晴一起整装待发的阿斗不满意了，指责我朝令夕改，没准主意。我笑笑，没理他。从哪个意义上说，接受我哥刁北的召见都比讨阿斗欢心重要。

我五点半准时来到北陵小区，我妹刁星开的门。我哥刁北没光找我。我倒不嫉妒我妹刁星也在，可此前我哥刁北以信相邀造成的那种神秘的气氛庄重的感觉，还是有了折扣。我哥刁北独自生活，我妹刁星是个女的，对他照顾多些。在我俩间，她与我哥刁北过从更多，这不是秘密。

我妹刁星已来一会了，她系着围裙，正把酒菜杯筷往桌上摆。挺像那么回事。我知道，她除了炒鸡蛋别的不行，那几个菜，应该是我哥刁北一下午的作品。我哥刁北平常不正经开伙，只煮面条，可关键时刻，他有一些下厨的本领。今天的时刻很关键吗？在厨房，我和我妹刁星嘀嘀咕咕，她说她也不知道我哥刁北为何邀约，主要的，是她也不理解他的邀约方式何以那么郑重。但我俩兜里，都带足钱了。我哥刁北已经很久不借钱了，现在他不缺钱。以前他朝不保夕时，偶尔从我和我妹刁星手里借钱，才郑重。

我们兄妹最早相见，是我刚有记忆时：我四岁，我妹刁星三岁。那之前，我哥刁北八岁时，曾只身离京来过沈阳，与我有过兄弟相见。那年，我哥刁北年龄不大，青春期反叛提前来临，发疯似的和我姥吵架，其原因，是他常听到风言风语，说他没爸，是私生子。我哥刁北敏感早熟，明白点儿私生子什么意思。他知道他有爸，虽然他感觉到爸爸和他不太亲近，但骑在去北京探亲的爸爸脖子上招摇过市的印象也还深刻。他只是无法对人解释，他爸爸为什么不在北京，他家户口上，为什么只有他和姥姥妈妈，后来妈妈也没有了。你和你爸你妈，这叫两地生活，我姥这么给他解释，两地生活，是革命需要，是为了，锻炼你这无产阶级革命事业接班人。我哥刁北不那么好唬，他认为我姥也欺骗他，就和我姥吵、闹、赌气，要来沈阳寻找答案。在车站商店当营业员的我姥不算正式的铁路职工，没有定期得到免费车票的待遇，但有机会认识铁路职工。有个常在北京沈阳间替我姥我妈捎东西的列车员朋友，答应捎一趟我哥刁北，这就有了我哥刁北的首度沈阳之行。可惜的是，在沈阳生活近一个假期，他并没为自己的疑问找到答案，也不知道该如何寻找答案。他不懂DNA检测，那时也没有。这趟沈阳之行，他获得的是两项意外收益：一是拥有了"刁北"的名字，二是建立了一种意识，对他来说，姥姥远比爸妈重要。

那时我小，躺在襁褓中，对任何事都没有印象。那时我妹刁星更小，还是虚有，实有的话，顶多是枚受精的卵子，正在我妈子宫里试图立足。

后来我大了，有记忆了，我妹刁星可能仍无记忆。一九六五年，我姥患青光眼，要做虹膜嵌顿手术，我妈打算回京尽孝。我爸对此很不情愿，百般阻挠。后来，我想，我哥刁北对我爸的敌视，就始于这时，而我爸敌视我哥刁北，也许更早，恐怕得追溯到我哥刁北的孕育之初。但作为大人，作为父亲，我爸不好太明确地表达他的敌视，他需要理由。他的理由，是我哥刁北的知识。他不反对我哥刁北汲取知识，恰恰相反，我哥刁北的学识让他自豪；他反对的，是我哥刁北甘愿接受知识的异化——他认为，我哥刁北是个被知识异化的典型，他又认为，"知识越多越反动"这样的话，用在我哥刁北身上名副其实。

"他他妈疯啦？反对江青！江青有多少毛病犯多少错误也是毛主席老婆呀！他他妈白读那么多书了，连这点判断力都没有！"比如，一九七六年九月之前，他这样骂我哥刁北。

"他他妈疯啦？拥护江青！江青是第一夫人就不能反党反社会主义反毛主席啦！他他妈白读那么多书了，连这点判断力都没有！"再比如，一九七六年十月以后，他又这样骂我哥刁北。

我爸这么马后炮地骂我哥刁北，刚好能证明他自己判断力低下，也是自打嘴巴。他不允许别人指出这点，若有人指出，比如我妈指出了，他就用"你不懂"或"你懂什么"呵斥我妈，一脸不耐烦。我妈没与他探讨过"你不懂"或"你懂什么"是什么意思，为什么他"懂"或"懂什么"了就可以出尔反尔。

一九八三年秋天以前，我哥刁北没公开地骂过我爸，他对我爸只是不屑。我爸受不了这个，在他看来，儿子的轻蔑比谩骂还恶毒。他试着以各种方式解决这一问题。问题没解决，还出现了他们间的最终决裂。决裂之后，我爸和我哥刁北基本没有过正面交锋，如果需要提及我哥刁北，我爸只以外号称他：那个博览群书的笨蛋。

"博览群书的笨蛋"，这是我爸给我哥刁北下的定义——非常不幸，这定义的专利归我所有。有一次，看过我的一篇小说，我爸兴奋得大喊大叫，好像突然捡到了便宜："哈，博览群书的笨蛋，博览群书的笨蛋，你给这人物的概括太准确了，这家伙和刁北完全一样，我看你写的就是刁北……"

天地良心，写小说里那个博览群书的笨蛋时，我没想到过我哥刁北。

我哥刁北五岁以前，和我妈我姥一起生活，五岁以后，只和我姥相依为命。自从有了首次沈阳之行，谁伤害我姥，比伤害他还让他记恨。我姥被青光眼搞得视力模糊时，正逢我爸仕途光明，为歌颂毛泽东的丰功伟绩，上级领导特意从乡下四清工作队把他调回沈阳，让他筹办"红太阳展览"。十多年后，那个凝结了我爸聪明才智的"红太阳展览"不复存在时，那幢庞大的、被一片广场衬得孤零零的、称得上富丽堂皇的俄式建筑，变成了一处喧闹的商场。可当时，上级领导给我爸布置任务时雄心勃勃，说"红太阳展览"将千秋万代地存在下去，它将成为中国的卢浮宫与大都会——卢浮宫与大都会，都驰名世界，分别是法国与美国的艺术博物馆。我爸为我妈转述领导勾勒的美妙远景时，激动得很想以头撞墙。他没撞，只用拳头砸了砸墙，惹来邻居几声不满的回砸。他的激动可以理解，一件千秋万代的伟业，要由他当开山鼻祖，虽系"临时负责"，他的生命，也是以与"不朽"

这种字眼眉来眼去。他忙。他不忙也基本不管我和我妹刁星，忙，就更没空闲照顾我们。他说咱们出钱，让你妈雇个陪护。

我妈只得带上我和我妹刁星回明星胡同。

我哥刁北排斥我和我妹刁星我看得出来。他和我妈也不亲。他只对我姥心心念念。他像个明察秋毫的秘密警察，不知疲倦地监视我和我妹刁星以及我妈，仿佛我们是来谋害我姥的杀手嫌犯。他的言行，也没什么不得体的，后来想想，他给我的最深印象，倒是通情达理、少年老成、沉默寡言、嗜书如命。我略有薄名后，常有记者问我，是怎样的童年经验让我想到当作家的，我的回答是：奶奶给我讲民间传说，姥姥给我读诗歌小说。这是胡说八道。我奶啥样我没见过，而我姥，我与她相处的时间极少，除了自己名字，大小多少天地人，她是否还认得别的字我都说不太好。如果一定让我为自己找个文学的源头，我想说，是我哥刁北看书时的样子，打动了我，让我只有四岁时，就萌动了当个写书人的念头——那念头当时是否真出现过，已无法考证，一个四岁的非莫扎特的孩子，能有梦想吗？倒是我上大学后，立志从此献身文学后，我哥刁北有过表示，他主动把多年攒下的两三百本文学书送给了我。在我早期的私人藏书中，它们占有相当大比重。

但有一点，四岁的孩子是有记忆的，明星胡同那一个月里，我哥刁北看书时的样子，如同那年我首次吃到的北京烤鸭，令我一生难以忘怀：委在一隅，佝偻着腰，手中是书本，身旁有纸笔，前伸的脖子比胳膊还长。

"我这辈子，活到头了，需要来个，自我了断。"我哥刁北，开门见山，干下杯啤酒，有备而来地这么扔出一句。我和我妹刁星互望一眼，无以应对。他的说法加上语气，很像为发布临终遗言做的铺垫。他不会吧？"哦，你俩别那么紧张。"他也意识到他的开场易生歧义。"我吧，是想说，今天，嘿嘿，我五十了，今天我生日，我找你俩，是想说说，和你俩说说，我这阵子的想法……"

我和我妹刁星松了口气，尽管仍觉得他这天少有地别扭。

　　是的，九月三十号，是我哥刁北生日。本来，他生日也能算在十月一号，他既出生于九月三十号的二十四点，也出生于十月一号零点。最初上户口时，我爸给他登记的出生日就是十一。十一，国庆之日，与共和国一起成长，多好的巧合呀。可不足二十岁那年，走出劳教所的我哥刁北，自作主张地改了户口。他出示给派出所的理由是：一，我确实是九月三十号生的，不是十月一号，我爸报个十月一号，是为附会国庆节，意思是好意思，却不够诚实；二，我现在是有污点的人，没资格与国家诞生在同一天，恢复生日，也可以少给国家抹黑。他对家人没有解释，他也从来不过生日，如果别人要给他过，他都拒绝，他说，等我混出个人模狗样来再张罗吧。我爸说，他这是仇恨社会的具体表现，我则认为，改生日，是我哥刁北最早起意与历史事件拉开距离，由社会生活退回个人世界的一个标志。至于他总拉不开距离，退不回去，历史事件和社会生活，一直像牛虻一样专门叮他，那是另一回事。"也许我不是当亚瑟的料，只能向约翰·克利斯朵夫看齐。"我哥刁北来沈阳后，在我质疑他生活态度时，曾经这样为自己定位。那年代，许多小说人物都是青年楷模，伏尼契笔下的革命者亚瑟通向人类，罗曼·罗兰笔下的音乐家约翰·克利斯朵夫指向自我。但不论从解放人类的角度讲还是从个人奋斗的角度讲，我哥刁北都不成功，一直没混个人模狗样，也就从来没过过生日。可现在，他竟主动提到了生日。我和我妹刁星觉得意外，但也没表现出什么，是他自己撑了一会，不好意思起来。他一个劲地自斟自饮，以酒盖脸。

　　"我的意思，也不是生不生日。但五十了，知天命的岁数了，这是事实，有些事儿，想在这时候做个了断。这很可笑，我也知道，去年我还觉得五十啥也不算呢，可现在一五十，就觉得，嘿，其实区区五十，邓小平七十多还改天换地呢……没办法没办法，你们没到五十不知道，五十跟四十九都不一样……不多说它，反正五十了我才知道，我这辈子，到此为止了……你们别多心，我没说自杀，活完了的人不一定都得死，死也不仅仅是肉身的特权。人吧，活久了，也就只有游戏的意思了，跟孩子一样。真正的生命，就一般人来讲，结束在五十岁比较合适。五十以前，大体健康，身体心态都过得去；可五十了，就不一样了，就是没什么病，机能也会渐渐衰竭，费劲拔力地活着其实没劲。你看鲁迅胡适他们那代人，四十岁就开始总结一生。人活得越久，越容易荒唐。人心不足呀。当然自杀不一定是太好的办法，但应该有制度，人届五十可以不死，但那只是肉体，心态上，必须认定自己死了，以保证年轻人有做事的空间和机会。有了这前提，五十以后的活，其实也挺好，玩呀游戏呀，让人看到人有死期，物理角色存在社会角色取消，多好，社会问题会减少不少。照说这些东西，我自己想想也就是了，没必要假模假式地说给你们。可人呢，都有个传承的理由，他的存亡，他的生死，又与别人有关，最直接的关系对象就是生你者或者你生者。这关系也是外部强加的，但你就是无法摆脱。摆脱它肯定是在摆脱痛苦，但必然又会遁入新痛苦中，甚至更大的痛苦。人失去自我，常常不是因为敌手，而是因为亲人，亲情是种可怕的病毒。我不主张有亲情。但这不可能，既然不可能，就得尊重它的存在，所以才需要，有所交代。事实上，人之所以要写临终遗言，也是把世界当亲人呢，向世界交代自己。我这辈子一直与爸妈为敌，尤其我爸，以前没太想为什么，现在看，潜意识是在摆脱亲情，以满足独立。可这反人性，太难做到，我最恨我爸时，心里也惦记他。以前我总坚持不与亲情和解，包括你俩。为什么我一直说你们是我朋友，不强调兄妹这个亲情的东西，也是这道理。朋友可以分手，亲情没法斩断。但现在我觉得，人与亲情，得有和解，和这世界得有和解，关键是，得有合适的和解方式……我现在吧，给自己找到一种方式，它能成为我光精神死去而肉身活着的理由。我觉得，有件事，我必须做完……"我哥刁北的表达，没以往简洁，没以往精确，但也渐渐恢复成了我喜欢的方式。

"什么事儿？"

"唔，其实说出来更让人脸红，比我给自己过生日还荒唐。这是件可办可不办的事儿，我就把权力下放给你俩，让你俩决定办不办它。你俩要是都不阻止，我只能办了。"

"我俩决定？什么事儿呀？"

"而且这事儿，也得麻烦你俩，尤其麻烦刁斗……"

这又不是我哥刁北的惯常方式了，他一般说话不卖关子。

"这回找你们，我是写的信，前天下午扔邮筒的，我没想到你们今天都能收到。看来这邮路，也有畅通无阻的时候。刁星经常出去采访，不在报社，刁斗更是不正经上班，你们今天要是看不到信，倒比看到了正常。刁斗一般晚上没事儿，有也无非喝酒玩牌，去不去的无所谓；可刁星晚上就没准了，即使不考虑黄金周的前一天忙，单是人家书记市长宴请外宾庆国庆啥的，你也得侍奉左右发新闻呀。所以，即使你们今天收到信了，刁斗能准时过来，刁星过不来或不能准时过来的面也比较大。我认为，这中间，肯定有哪个环节会出差头，就是说，此时此刻，咱仨不能都坐在这儿。按我的想法，不论出现哪种情况，只要你俩有一个现在还没坐我面前，我的那件可办可不办的事儿，就算否决了，我也就不会再提它了。说心里话，我也是对那事儿是否值得办总想不好，才把这决定权，交给你俩——交给冥冥中的天意吧……"

我哥刁北装神弄鬼，反常得过分。但那种认真诚恳，让我和我妹刁星没法笑他。他细长的眼睛藏在眼镜片后边，不看我们，看手里的酒杯。他手里的酒杯是厚玻璃的，原来装咖啡的那种，虽然杯壁上茶垢重重，但仍然透明，此时有一粒花生沉浮在里边。我和我妹刁星的酒杯没那么大，是带把的白瓷茶碗，不透明，里边有花生也看不出来。

"今天是想让刁星作证，我郑重委托刁斗，写我的传记……"

从南汀劳教所回到北京，我哥刁北听到的第一则大传闻是：江青委托一位美国女记者写她传记，名为《红都女皇》。当时那消息传得很盛，多数传播者都面有愠色语含鄙夷，好像那尚未出版的"江青传"是把大号镐头，能把全中国人所有家的祖坟都给刨开。

我哥刁北没那么沮丧，他不觉得江青渴望青史留名有何不对，委托别人树碑立传有甚不妥——不对不妥的话，那也只是暂时在上层人物的政治日程上，有些时序上的不对不妥，而与平民百姓是否会吃二遍苦遭二茬罪没什么关系。

"出江青传碍你事儿了？"他问那些对江青此举表示不满的小道消息传播者。

"你——"那些人对我哥刁北的反应先感到惊讶，然后是痛心，"你呀，进趟局子就意志消沉了。"他们不允许我哥刁北使用"碍你事儿了"这种个人主义化的说法。"党和国家的利益呀，"他们说，"她碍党和国家事儿了。"

我哥刁北有点成心地，问他们何以得出个这样的结论。他们基本说不出理由。有人认为会泄露机密，有人认为她没资格，有人认为不应该让外国人写，有人认为应该先出毛泽东传周恩来传。后两个问题不值一驳，那等于没说江青不可以出传，只是在作者选择和出版时间上，议论者与江青有些分歧；至于泄密和资格问题，我哥刁北是这样看的：一，这个国家这个党是谁的？毛主席的吧，江青是毛主席老婆，国家和党，自然也是她的，她又不傻，她怎么能泄自家的密呢？另外，如果怀疑江青无知，不清楚什么是密，该怎么保，那他接受采访时，有懂行的人在旁边把关也就行了，而不是不许出她传记。二，在我哥刁北读过的人物传记里，许多传主是普通人，只要稍微有点这样那样的特殊之处，就配被人作传或自己写传，难道江青的立传资格还不及普通人？

有人说："那些普通人，都是外国普通人呀。"

我哥刁北说："那好。可我读过一本写杨开慧的书，也是传。杨开慧给毛主席当十年老婆就有资格被写，江青从一九三八年嫁给毛主席，都三十多年的老夫妻了，难道资格比杨开慧差？"

有人说："江青怎么能和杨开慧比，毛主席为杨开慧写过《蝶恋花·答李淑一》。"

我哥刁北说："那你以为，《七绝·为女民兵题照》和《七绝·为李进同志题所摄庐山仙人洞照》，不是毛主席给江青写的？"

与我哥刁北辩论的人哑口无言。好一会后，又有人说："刁北，我觉得，平常你对江青的许多表现也有意见。"

　　我哥刁北笑了，说："没错，但这是两回事，我还不喜欢溥仪这个人呢，可他出版《我的前半生》，我坚决拥护。"

　　几年以后，丙辰清明，许多北京市民自发地跑到天安门广场悼念周恩来。前总理死于三个月前。那些天，天安门广场是花圈的山峦诗词的海洋，数十万甚至上百万人聚在一起，说什么的都有。北京市民好像个个都有上层内线，传递中央领导的斗争信息时，能不断爆出鲜活猛料。我哥刁北也天天去观风望景。人们好像气都不顺，张嘴闭嘴以骂人为主，并且除了毛泽东周恩来，对哪个如雷贯耳的名字都敢不敬不恭，其中或公开或隐晦地骂江青的为数不少：有的说她蒙蔽毛主席，有的说她迫害周总理，有的说她早就与刘少奇林彪是一伙的，有的说她当演员时性关系混乱……光骂不行，又举具体事例，有人就重提几年前她让美国女记者写《红都女皇》的事。这么一来，又是说到江青有无资格被人立传时，我哥刁北多了句嘴，情不自禁地参与了议论。那天是四月五号。前一天夜里，工人民兵和警察还有解放军已清过广场，花圈条幅对联诗词，都收走了，一些广场活跃分子被秘密逮捕的消息也时有耳闻。我哥刁北吃过专政之苦，不想再惹腥臊。但他没管住自己，写了首《七律》。本来，一把那首《七律》贴到人民英雄纪念碑的东廊柱上，他就打算打道回府了，他已感到，这天的气氛比前几天严峻。可人太多了，每个人都是席卷他人的龙卷风，每个人又都置身于龙卷风的风口中心。我哥刁北只能随波逐流。也是他流连忘返，去意不坚。狂欢的气氛是味迷药，容易让人欲罢不能。所幸的是，他还心中有数：人们往人民英雄纪念碑送新花圈时，他没充当义务布展的工人；人们往人民大会堂挤往历史博物馆拥时，他也只跟在人堆后边喊两声"还我花圈还我战友"；人们几度冲开解放军用臂膀挽起的肉栅栏时，他缩在人圈中间避免与解放军肉贴相抵……后来，也是被人流裹挟着，他来到广场东南角那栋小红楼前。广场东南角的小红楼，是工人民兵警察解放军的联合指挥部，人们冲向那里，是要进去与联合指挥部的头头谈判。谈判得有谈判代表，在小红楼前，人们闹哄哄地推荐起来。有个家伙，不知何故，带几个人缠定了我哥刁北：他，他他，他他他……非说戴眼镜的我哥刁北学问大口才好。我哥刁北急得红头涨脸，他手一划拉说，戴眼镜的多了，我哪够代表的格，边说边挣出人圈，任凭身后的指责谩骂追他撵他也不回头。后来我哥刁北认为，害他的除了他自己的去意不坚，更是推荐他当谈判代表的那几个人。他们不逼他，他就不会转身回跑，而不往回跑，也许再过片刻，他就能绕过小红楼离开广场；可他们一逼，忙乱之际，他不敢绕行只能回跑，就又跑回了广场中央，跑到了人民英雄纪念碑的东廊柱旁。一小时前，他已贴出《七律》公开示众，现在既然又回到这里，他自恋之情油然而生，很想再欣赏一眼自己首次发表的作品——李白杜甫那会，发表作品的主要途径就是壁上题诗。"……长天有星皆拱北，大地无水不朝东……"纪念碑的东廊柱前，他作品还在，不仅没被撕掉，没被覆盖，还有人议论它写得好呢，也有人抄它，有个女的，正用朗诵腔一遍遍高声读它。我哥刁北小有得意，尤其听那女的读出"皆拱北"的"北"字时，就好像他这作者实名制了。他有点冲动。他不好意思声明他是这首《七律》的作者，但又想说点什么，就顺势接过别人话茬，还身子一跃，跳到纪念碑台阶上，占据了个演讲者的显赫位置。他说，江青的确和张春桥姚文元一起迫害了许多老干部，违背了毛主席的革命路线，犯有严重错误；可作为毛泽东妻子，作为一个演员出身而投身革命的小知识分子，作为正在进行着的伟大的无产阶级文化大革命的旗帜性人物，她身份特殊，经历传奇，自己有让人写写的愿望，没什么不对。

"我是个没任何与众不同之处的普通人，但对我自己来说，我就觉得我身上有许多东西值得记录，值得书写，我并不认为我的想法就得受批评，挨嘲笑，就是罪过。我敢说，各位肯定都想多了解江青，了解她给我们提供的一切！所以，我坚决支持出版《红都女皇》！"

一小时后，我哥刁北往家走时，都快到王府井了，一辆普通的绿吉普车，超前几米，在他的必经之路上停了下来。他超过吉普时，两个身着便装的人跳下来，一边一个，反扣住他胳膊压住他脑袋，麻利地将他塞进车里。

"眼镜，眼镜!"他提醒绑架他的人。他眼镜掉到了马路牙子上，没碎。

"除了刁北，我们家人没近视眼，他双眼裸视，一个三百度一个三百五十度，很小就这样。这一细节可以从遗传学的角度证明，他不是我儿子……"

时隔五年，我爸先后两次给组织写信，都为撇开我哥刁北与他的关系。他对我们家人眼睛情况的描述不是假话，除了我哥刁北，我家的确没人近视。后来我哥刁北挖苦我爸，说他是基医组先驱，DNA之父。

"刁北你别恨你爸，那两回，正好，都赶上他要迈沟跨坎。"

"妈我没那么小心眼。大义灭亲丢卒保车，对谁都是无奈的选择。咱不说这个。"

"唉，他也不是要灭你丢你，他那是策略，不得已。他心思细，想得多，有时候可能就小题大做了，自作聪明了，搬起石头打自己脚了。他应该主动向你检讨，可他这人，除了在组织面前，从来嘴硬，心里明知错了，嘴上也不承认，对单位的人更是这德行……"

"妈我懂，这种事儿，说到底是我牵连了你们，我哪能……"

我哥刁北一般不翻旧账，不扒小肠，除了一九八三年秋天。

一九七一年和一九七六年，我哥刁北两度倒霉时，都恰逢我爸的命运出现转机。第一次赶上他将由农村调回沈阳，第二次，是毛远新相中了他，打算把他由市里调到省里，调到自己身边工作。我爸太清楚由农村回沈阳意味什么了，更清楚去毛泽东的亲侄子毛远新身边意味了什么。"远新同志去给主席汇报工作，很可能带我，"我爸俯在我妈耳畔憧憬未来时，声音发颤，"那，我就能见到毛主席了，能直接聆听他老人家教诲了，没准，他老人家还能握我手呢。"他双手紧攥我妈脖子，好像我妈脖子是毛泽东的大手。"你松开松开掐死我了!"

我妈拼命挣扎，险些又抠破我爸手背。当年我爸强奸她时，没掐她脖子。这样一来，我妈虽然鼓足了勇气，也没给组织写信，说明我爸写给组织的信上，她的签名系我爸伪造，而她作为母亲，并不想与儿子划清界限。她向我哥刁北坦率承认，第一次我爸伪造她签名给组织写信时，虽然她也反对，但她没想过应该向组织澄清事实说明真相。第二回她想到了，没那么做。

就我哥刁北两度成为政府敌人的问题，我爸两度给组织写信，并不是简单的、被动的、无奈的、表态式的自我择清，而是气急败坏的批判声讨加上落井下石的揭发检举。第一次，他说我哥刁北因仇视他这个前军人养父，因而从小仇视军人，进而仇视人民军队的直接指挥者林彪副统帅；第二次，他说我哥刁北因为对他这个坚定的布尔什维克养父经常性的批评教育心怀不满，便寻衅滋事，报复社会，煽动了天安门广场的反革命暴乱。这两次，我爸都不惜自曝家丑，暴露隐私，向外人昭告我哥刁北出生在他结婚的两个月后，主动把自己降格为长子的"养父"。这两次，我爸还都伪造我妈签名，表明我妈和他一样，对我哥刁北同仇敌忾，因此他不必与我妈离婚。他这样做，倒保住了家庭，也的确与我哥刁北拉开了距离，可另一个后果是，我妈因为生过野种，成了道德败坏典型，人们为她编造出无数早年的风流韵事，说她当初由北京来沈阳，是因为红色首都曾搞过一场清除黄色女人活动，在被清除的三万名黄色女人中，她名列第一万位。我爸对此听之任之。在政治立场与爱情尊严的天平上，他先负责政治生命。我妈也放弃了申辩权利，没反驳我爸的胡说八道，她甘被丑化，没把我爸的强奸历史张扬出去。

第一封信产生了效果，我爸被顺利抽回沈阳，与大部分机关干部比，他下乡晚回城早，在五七道路上，走得没有别人辛苦。第二封信没起作用，毛远新放弃了重用我爸的打算，这倒让我爸幸运地躲过了政治劫难，没成"四人帮"余孽。

"从这个意义上说，你爸一直感谢你呢。"

"是吗？那——要是毛远新运气好，从他大爷手里继了位呢？"

五

北京话有个特点，尤其女人说时，再悲伤再痛苦再委屈的情绪，表达出来，其悲伤痛苦委屈的成分也会淡化，似乎是撒娇。我妈说北京话。或许与我妈的北京话有关，她哭哭啼啼的表达，让我爸听去，怎么着都好像只是姿态，仿佛她并不特别在乎刚被强奸。我爸就动员我妈吃梨。黑黢黢的冻秋梨在凉水盆里拔半天了，软乎了，可以吃了。我妈不吃，她举着我爸硬塞进她手里的一只冻秋梨哭。

"呜呜呜，你怎么能这样呀，我嫁你了，去沈阳了，我妈怎么办……"这时候，强奸对我妈的打击可能的确不大，既然生米做成了熟饭，也只能如此，早晚也是我爸的人嘛。她更惦记她妈。作为一个寡母拉扯大的孤女来说，家庭责任的分量比贞操重。

"对不起对不起，我，我不能娶你，我有妻子……"我爸的这句回答狠到家了，对我妈来说，听到它，远比失去贞操更让她绝望。她如同经受完暴徒强奸，刚穿好衣服，想对那群救她的人说句谢谢，可救她的人却忽然冲上来，将她重新剥光，又轮奸了她。

啪嗒。咯哦。随着两声怪异的声响，坐在床沿的我妈身子一滑，瘫在地上昏了过去，很像外国电影里，十八九世纪的西方贵妇。我爸立刻慌了手脚，在慌乱中不知该怎么办，就先琢磨那两声怪异的声响是怎么回事，以求循着根线索，找到办法解决问题。他很快明白了。

头一声"啪嗒",是我妈手里那只软塌塌的冻秋梨掉到了地上,后一声"咯哦",是我妈昏厥前,嗓子里发出个类似打嗝那样的动静。厘清两种怪异的声响,我爸镇定了,他甚至认为,我妈是装的,是模仿电影。我妈没装。我妈患有严重的缺铁性贫血症,后来的一些年里,每感劳累或者紧张,缺铁性贫血都能导致她昏厥。但我哥刁北后来的分析,多少对我爸有利一点,他认为,即使我妈当时没装,她的昏厥,也带有女人的心理暗示因素,至少年轻的女性有这特点。女人容易把艺术与生活混为一谈,以艺术性的昏厥回避生活化的矛盾,这是肉体与精神合谋的结果。他认为,女人结婚后,生过孩子后,特别是经历过几番生活的磨难后,许多青春期疾患都能不治而愈。我哥刁北是客观分析,没有讨好我爸的意思。

我哥刁北了解到他出生前后的那些事情,是一九八一年夏天。他女儿刁婵尚未满月,而我姥,把藏在肚子里的故事倒给他后,就撒手归西了。

我姥是我哥刁北真正的妈。我姥身体一向不好,和死亡的关系比较密切。死亡欺生,更愿意威胁疏远它的人。对我姥来说,她不怕死,死亡只是让她遗憾,她为再无法照顾长外孙子感到遗憾。遗憾也得死,这是活的附加条件,我姥能做的,只是弥留之际,强打起精神,为我哥刁北回溯近三十年前的种种往事。我哥刁北早已长成了我爸的模样,常常为和我爸长得太像感到苦恼。不在于我爸的模样美或者丑,是他觉得,外表相像即意味着他承袭了太多我爸的基因。他讨厌我爸。我姥是断断续续给他讲完家门旧事后,咽气的,她咽气时,顺手搂一下熟睡的刁婵。当时刁婵睡她身边,是听太姥姥讲爷爷奶奶的故事时,睡过去的。可这会,恰好我姥咽气了,身子一歪手一耷拉,就搂到了她,把她搂醒了。出生不足一个月的婴儿刚刚会笑,很像新手司机刚买来车,有事没事都试巴几下。刁婵就试笑。她两手舞动,呵呵咯咯,笑得我哥刁北非常为难,一时不知该陪初生者笑还是为已逝者哭。生死相随,悲喜相伴,世间之事竟这等奇妙。我哥刁北面对我姥的衰亡与女儿的生机，首先联想到的，是个简单的数学原理：正负为零。

"零是什么？就是无嘛，即使算有，也似有却无，实无虚有。"近二十年后，我哥刁北给我和我妹刁星解释"人是大自然放出的屁"，像做演讲。那天是周恩来去世二十五周年忌日。电视里很疯狂，正直播声援争夺二〇〇八奥运申办权的歌舞晚会。不是我妹刁星特别想看，电视就关了。她给电视消去了声音。由周恩来我们说到道德，又说到《道德经》，又说到老子以及这世界上是否真有过老子其人这样的悬疑。我哥刁北像有时那样，说兴奋了，站在地中央，左手叉腰，举起右手，先在眼镜框上摸扶一下，然后，劈柴火一样砍向空中。

前推三天，五号上午，我姥故去的第十九年半，我哥刁北在天堂墓园站立良久。他想到了我姥。他有些愧疚。他经常想到我姥，却从没为她做点什么，比如烧纸上香、修坟立碑，我姥的骨灰埋在香山的哪面山坡哪棵树下，他都忘了。可现在，他却来到一个连名字都才搞清楚的陌生女孩墓前，皱着眉头抽烟，像个琢磨不好第一镐头往哪刨的盗墓新手。

我哥刁北看遇毓照片，想象她二十一岁时自杀的样子，他觉得那一幕清晰起来。一个恋爱都没谈过的女孩，让屁搞得尊严尽失，什么样子可想而知，尽管他根本不认识她。他认识我姥，和我姥生活二十八年，可他觉得，他无论如何也想不出二十一岁时的我姥什么样子。二十一岁的我姥是年轻寡妇，带着两岁的孩子艰辛度日。后来，孩子大了，二十一岁时，也有了个两岁的孩子。但接下来，长大的孩子没像母亲那样，独自把孩子抚养成人，而是在二十四岁那年，扔下孩子去了沈阳。是因为我姥的孩子是女儿而我妈的孩子是儿子吗？我哥刁北同样想不好，二十一岁时的我妈什么样子。

"告诉他们，人是大自然放出的屁！"我哥刁北又念叨起来。

就是这时，我哥刁北意识到，把这短语郑重其事地念叨几遍，竟能哑摸出一股掷地有声的庄严味道，几乎能媲美开国建政的宣言公告。他攥着拳头涨红了脸。我哥刁北，是个会脸红的成年男人。当然，这时他红脸，也许是冻的，此前先白，此时转红。他继续模仿抡镐之前的盗墓贼，先四处看看，再清清嗓子，后退了几步。他面前的墓碑低眉顺眼，如同顺民等待训示。我哥刁北使劲吸气，又深深吐气，再下意识地左手叉腰，举起右手，先在眼镜框上摸扶一下，然后，将右手有力地劈向空中。把这个动作一做出来，他就不紧张了。他又咳一声，以某种蓄谋设计过的地方口音，抻着长声，按掷地有声那样的效果脱口吟道："告——诉——他们……"天堂墓园里草木无言，但那些貌似冷漠的水泥石头，竟能与他呼应唱和："人是——大自然——放出的——屁……"他的声音有穿透力，与水泥石头激起的回声竞相冲撞，袅袅远去。可他话没落音，就愕然看到，在他的叫喊声经过之处，西边和北边，各有一对此前并不存在的中年男女与青年男女，从墓碑后边，贼眉鼠眼地探出头来，战兢兢又恶狠狠地看他。他惊扰了人家。他不知道惊扰了人家祭祀还是恋爱。

"说不上啥时候，噗地一下，就没了，就像从来都没存在过。"

他很不好意思。急忙放弃那种许多中国人都会模仿的湖南口音，改说以京腔打底的沈阳话，并专冲那两对男女做出解释。好像，他刚才的结论就是说给他们的，而后边这句，是对他结论的说明补充。他声音比刚才小了不少。

那两对男女身形一闪，先后不见了。

"你和遇罗克一个姓。"我哥刁北重又低头，看遇毓照片，像慈父与女儿聊天。"遇罗克你听说过吗？肯定没有，你妈你爸也许知道，也许，他们也不知道。"我哥刁北再次左手叉腰，举起右手，先在眼镜框上摸扶一下，然后，将右手有力地劈向空中。"不好意思，我这动作，就是模仿遇罗克呢——哦，音调不是。"

第一次模仿遇罗克时，我哥刁北还不近视，或近视程度不特别重。那时他不戴眼镜。没戴眼镜的他要手触镜框，就很滑稽，好在那天目睹他做演讲秀的只是个孩子，一个未上小学的七岁女孩。他的模仿，便没受嘲笑，还帮女孩分散了注意，止住了哭声——她怔怔地看他做完一整套遇罗克式的动作表演，就接受了他，随他而去了：离开王府井，自西往东穿过灯草胡同，再沿东单北大街由南往北走，往明星电影院方向，也即家的方向，走。

那之前约一个小时，我哥刁北正是追随着遇罗克，先沿东单北大街由北而南，再自东往西地穿过灯草胡同，也就是，由家那边，由明星电影院那里，来王府井的。

这是一九六六年十一月下旬一个星期日的下午，天朗气清，风和日丽。我哥刁北发现遇罗克前，正在明星电影院门口看热闹呢。不是看电影的热闹。电影院已不演电影，是有两伙红卫兵，在电影院听完传达毛主席林副主席的一系列最新指示后，利用散场后聚到一处的有利时机，在电影院门外搞"大辩论"。辩题是应不应该实行"红色恐怖"。

我哥刁北凑过去时，辩论的失败方已落荒而逃，胜利方的主辩者正喝水休息，一些副手模样的人，为下一场辩论做着准备。几个男红卫兵把原本插在地上充当辩席围栅的大旗拔出来挥舞，那旗上，分别写着"毛泽东思想万岁！""无产阶级专政万岁！""红色恐怖万岁！"一个站在场子中央的女红卫兵，正从兜里掏出几张白纸，招呼议论纷纷的围观者听她介绍几种革命的体罚手段。这个矮矮胖胖的女红卫兵，口齿伶俐，元气充沛，被武装带逼起来的胸乳上下滚动。她的介绍很有新意，巧妙地把对古典文学的常识普及包含了进去。她每介绍一种体罚手段前，都先背一首《毛主席诗词》里的词，背诵完，介绍完，她会说，对这种体罚手段，我们就用这首词的词牌子命名。于是，围观者便不时一惊一乍地啊哦嘿噢：用衣服夹子夹肉叫"采桑子"，拿烟头烫身体叫"蝶恋花"，把一盆红钢笔水兜头一泼叫"满江红"，让人在布满沙砾铁钉等锐器的水池子里光脚踏步叫"浣溪沙"……毛泽东公开发表的三十四首诗词，我哥刁北全会背，那女红卫兵背时，他也摇头晃脑地背，每句还都抢她前边。他声音不大。但女红卫兵介绍那些词牌子代表的体罚手段时，我哥刁北就只能吸冷气了，他小小的心脏一个劲突突。他胆子，比他背诵的声音还小。但不知为什么，他又听得异常过瘾，望着女红卫兵滚动的胸脯，他阴茎都支了起来。

后来他才明白，给他带来性兴奋的，不只是那个矮胖的女红卫兵，甚至主要不是她，而是她介绍的体罚手段。那些体罚手段强化和扩大了女红卫兵的性魅力。体罚这东西，相当于好多年后一道颇为流行的日本名菜：黑鱼两吃。既可以用于暴力革命，也可以作为情人间的虐恋游戏。区别在于，虐恋源于受虐者自愿，受虐者把它当成享受；而红卫兵对黑五类的革命，未能征得后者同意。流行黑鱼两吃的那些年，有一次，我哥刁北替个喜欢受虐的姑娘写墓志铭，揣摩完她男友的大体意思，他这样写道：你把有形的痕迹刻上我肉身，就是把无形的珍爱镌上我心头。但当时，年少的我哥刁北不明就里。他为他在革命的气氛下性欲勃发感到羞愧。他微躬下腰，以手掩裆，不自然地退出人堆。就是这时候，他看到不远处的东单北大街上，同样腰身微驼的遇罗克正在路西侧往南疾行，同时对路东侧一个扎两只刷子辫穿一身旧军装的女学生大声说话：

"你呀，甭吆喝他了，这会儿他保不准颠儿哪儿去了。"

我哥刁北看不到遇罗克口型，但能隐隐听到他的一口京片子，那声音弯弯曲曲地在空中飘来。路东侧那个戴红卫兵袖标的女学生很干脆地应了一声，跑着与遇罗克会到一起。遇罗克穿一身浅蓝色工作服，拎只糨糊桶，腋窝里夹一卷子大字报纸，没戴红卫兵袖标，脑袋两侧的一对扇风耳朵醒目而滑稽。那女学生是他女友吗？

一九九六年，我哥刁北买到本书：《遇罗克——遗作与记忆》，深蓝色封皮，挺厚，既收有遇罗克自己的作品，也收有别人写他的文章。写他的文章里，有几篇作者就是女人。我哥刁北把那几篇文章仔细看了，但看不出哪篇可能出自当年陪他走在东单北大街上，有点像他女友的女人之手。

一九九六年，八至十月，每周一期的《作家文摘》报连载《痛哭一晚》，那是一部篇幅不短的中篇小说。它写爱情，作者是我。我不大使用爱情一词。但《痛哭一晚》写的是"爱情",还极尽渲染煽情之能事。它是"遵命文学",电视剧投资人的好评是它的标准。"遵命文学"容易获得社会学方面的成功。《痛哭一晚》就是这样,它不光为我赢得过一两次小小的奖励,还吸引来十几封泪水涟涟的读者来信。但那小说,剩个尾巴没连载完。不是版面不够了或报纸停刊了,而是中国妇联有个领导,给报社主管部门打电话说,我小说有损妇女形象,抗议报纸继续登它。领导抗议打败了读者喜欢。这背景,很久之后我才知道,在当时,我只为少两期稿费收入感到遗憾。我热爱妇女,我小说中的女性角色多半可爱。《痛哭一晚》中的小小就形象光辉,我不理解那妇联领导凭什么认为在《痛哭一晚》中我和妇女过不去了。在小说里,倒有个出场不多的女性配角比较可恶,她是个怨毒的妻子与刁蛮的母亲。可小说里有恶妇出现就是诋毁妇女吗?这样的逻辑不值一驳。但这样的逻辑,有中国特色。再说就说到文学概论艺术常识了,打住。

那之后的某一天,朋友拉我哥刁北去吃冷餐,席间结识了周铁燕。那是沈阳地面一个权力精英财富精英知识精英的小规模聚会,出场的三十二人里,只有我哥刁北和周铁燕没有头衔——周铁燕在社科院当资料员。聚会召集者有同情心,可怜他俩头上无衔,为他俩做介绍时,扯出的题外话反倒最多。说周铁燕时,先把她描绘成一个多才多艺的业余作家,再重点声明,她爸是谁,她哥她姐是谁,她丈夫是谁,说得周铁燕都不高兴了——后来我哥刁北发现,周铁燕最不高兴时就是不笑,否则,她总像个沉浸在幻想里的孩子那样面带微笑。说我哥刁北时,先将他塑造成一个曾在政治上介入极深但已看破红尘退居一隅冷眼向洋的前辈级持不同政见者——后来的说法是意见\异见人士,接着重点提及我这地产名人是他弟弟,还歌颂了央视一套正于黄金时段播出的十八集电视连续剧《欲罢能不能》——我是《欲罢能不能》的两个编剧之一。

冷餐是自助性质的,人们自如随意,边吃边交流。渐渐地,三界精英就开始捉对或者结伙联系了,我哥刁北和周铁燕,成了那些绅士淑女展览礼貌风度时的照顾对象。没人搭理我哥刁北比较正常。在经济时代，政治若不与权力结盟，还停留在思想意识阶段，作为画皮披在身上，累赘的成分远大于装饰。况且，我哥刁北的政治还是"不同政见"或曰"意见\异见"。也与沈阳是外省有关。在北京，我哥刁北那些过时的"不同政见"或"意见\异见"，除了记载在公安局尘封的档案里，在民间记忆中也仍有留存。"鸡的屁"的时代也取代不了时代的一切。也没人纠缠周铁燕，这不正常。很快我哥刁北也看明白了，尽管精英们都矜持清高，但纠缠周铁燕者还是大有人在。只因为周铁燕是个官宦家属中难得的另类，像爱笑是她特点一样，有自我意识也是她特点。由于多见，阿谀只能带给她麻木，由于淡泊，她的兴趣就与势利无关。倒是她主动凑向了我哥刁北。当时，我哥刁北正坐在吧台旁，一边转动屁股下的高脚椅子，一边和给他倒饮料的女服务员聊天。"你们酒吧这么豪华却这么冷清，赚钱吗？"这时，周铁燕坐到他的身边，对他提到了我。

"你和刁斗长得不像。"

"是吗？你认识刁斗？"

"不，我，见过他，他不认识我。呵，他在台上讲课，我在台下听。但这不影响我是他崇拜者呀，辽宁作家我最喜欢他。"

"这崇拜，是不有点，啊，就听他白话几句，就崇拜……"

"你想说廉价？那可不是，全中国的作家，我崇拜的不超过五个。我读过刁斗的大部分作品，他的书，我见一本买一本。他是不出过四本书？"

"这，是吧，我也，不太清楚……"

"你不清楚？他的《欲罢能不能》你喜欢吗？"

"电视剧哈，我也，嘿嘿，没看。"

"你，你真是刁斗的哥哥？亲哥？"

至少表面上，我哥刁北不关心我写作，有时我告诉他我正写什么或发表了什么，他只礼貌地啊啊几句。《欲罢能不能》这个扯淡的电视剧，我自己都没兴趣看，更没对他说过。但别人在他面前表示喜欢我作品，他还是高兴，不像周铁燕听别人表示敬仰她父兄和丈夫那么反感。他与周铁燕的对话就挺客气，挺诚恳。他解释说，我们的确是亲兄弟，说他知道我挺勤奋，但我写的东西，他看的不多。"主要是看了也不知道好坏，"他说，"什么事儿都是内行看门道外行看热闹，像我这种人，连热闹都看不出来，只能不看。"周铁燕说也是，像你们的哲学书，我就死看不进去，可你们搞哲学的，却觉得它像小说故事那么迷人。我哥刁北说他们给我戴高帽呢，我哪是搞哲学的，就是以前喜欢哲学。周铁燕说那现在呢？我哥刁北愣一下，不好意思地嘿嘿一笑，说现在也不讨厌。周铁燕也笑了。本来她一直都微笑着，这会笑得更灿烂了。"我相信了，你是刁斗亲哥。"她说。我哥刁北问凭什么，她笑而不答。然后，她转了话题，实实在在地又问一句："你真的，靠替死人写临终遗言为生？"

　　这之后，他们越聊越近边。一般来讲，我哥刁北闲话不多，更不愿意把话题引入私生活领域，包括自己的也包括别人的。可此时，在周铁燕面前，说不好为什么，他竟心甘情愿地随她漫行，让他们的话题走向了家常，连他大倪可心六岁都告诉了她。周铁燕以她本色的天真大惊小怪：哈，真巧，我家许明也大我六岁。周铁燕说话，不矫揉造作或言不由衷，不给人以俗气之感。她的天然、坦率、质朴、热切，能从各个方面烘托出她的真实与快乐，那是能感染人的真实与快乐。我哥刁北有点喜欢她了，她的得体和适度让他舒服。我哥刁北一直以为，他不会喜欢有着周铁燕这种背景的女人，甚至，有了潘秋菊，他都不会再喜欢其他女人。倒不是为了理论上的专一忠诚。他与潘秋菊没有专一忠诚的义务。他只觉得，不会再有潘秋菊那么让他放松又理解他的女人了。和潘秋菊在一起，他有躺在母亲怀抱的感觉。周铁燕是另一种女人，是长不大的孩子，她理解他，也只能肤浅地理解，若她爱他，定然会有点缠人，并带给人某种隐约的压力。他却喜欢上了她。我哥刁北自己都惊讶。当然了，如果没有此后，我哥刁北对周铁燕喜欢的时段将只维持一个下午，冷餐结束，他的喜欢也会结束。

冷餐结束前，周铁燕问我哥刁北，《作家文摘》报为什么不再连载《痛哭一晚》。她猜得出我哥刁北没有答案，也想到了我哥刁北不会知道《痛哭一晚》的结局怎样，但是，她太希望知道故事结尾了。说着，她背出了舒婷《神女峰》的片断："与其在悬崖上展览千年/不如在爱人的肩头痛哭一晚……"

"你看，我知道刁斗这小说的标题从哪来的。"她炫耀才学时，更像渴望得到家长赞美的女孩子了。

我哥刁北对与《痛哭一晚》相关的事一无所知，但知道舒婷，也背过她诗，当年，在一本朋友们秘密传看的地下刊物《今天》上，他读到过并背诵过舒婷以及其他诗人的诗。这时啤酒已经让他脸色酡红，他就借着酒劲，成了一个渴望得到家长赞美的男孩子。

"'黑夜给了我黑色的眼睛/我却用它寻找光明'……"

"'卑鄙是卑鄙者的通行证/高贵是高贵者的墓志铭'……"

"'不仅爱你伟岸的身躯/也爱你坚持的位置，足下的土地'……"

分手时，两人都有点意犹未尽。他们互留了电话。我哥刁北答应周铁燕，会尽快找我要一份完整的《痛哭一晚》。

《痛哭一晚》始发于合肥《清明》双月刊，当时还未收入集子，我只有两册样本，舍不得给人。但我哥刁北要，非同小可。我什么也没问，立刻送去杂志，他说过几天还你，我说不用不用，看完你随便一扔就行。后来，周铁燕去我哥刁北家还杂志，带去了她自费出版的散文集《酽酽心语》和长篇小说《浮萍》，请我哥刁北转我"指正"。这回我哥刁北没痛痛快快地答应她，或者当时，或者事后，他先读了或草草地翻了那两本书，然后，或者电话或者当面地，对她作品提出了批评，等于否定了人家的文学才华。"这种东西给刁斗看，你不觉得是为难他吗？"我哥刁北端详着《酽酽心语》与《浮萍》的封面说，"他说好吧，显然是假话，连我都能挑一堆毛病，他也算这行里的专家了，怎么通得过？可我把书转他，他会知道你是我朋友，他又怎么说不好呢？"

大概就是周铁燕的文学自信被我哥刁北击溃这天，她的女人自信得到了肯定。她被我哥刁北批评得流出眼泪时，我哥刁北张开双臂，有点迟疑地把她搂进怀里。

"你这为死人代言的家伙，怎么那么懂活人的心思……"

北京张开双臂，把偌大的天安门广场搂在怀里，偌大的天安门广场再张开双臂，把成千上万名学生搂在怀里，成千上万名学生同样张开双臂，把冲动、好奇、义愤、恐惧、投机、决绝、凑热闹和恶作剧等种种情态搂在怀里。

一蓬蓬帐篷五彩缤纷，像雨后的蘑菇或水中的荷花，盛开在骄阳下暖风中。我哥刁北走在广场边缘，一副欲留还去的样子。这能反映出他的矛盾心态。他到北京已经一周，一周里，他头一次来天安门广场。此时，他刚去车站买来下一天晚上的票，他已决定回沈阳了。这几天，他天天守着电视，守着关光给他捎回来的报纸，关光问他为什么不去广场身临其境一番他无以回答。电视报纸，沈阳也有。他穿过广场，由东向西，他的步子迈得很慢。他觉得现场固然更有气氛，可电视报纸上，有价值的信息更多更集中。而广场，只有让人眼花缭乱的帐篷和听不出个数的广播。我哥刁北离开了广场。

是走到六部口时，有两辆平板车迎面而来。

我哥刁北往路旁移步给平板车让路，没留意那些拉车的推车的和跟在车旁谈笑风生的是什么人，直到他听到有人叫他："哎！刁北——大哥……"同时他也看到了叫他的人，也惊讶地叫出了对方的名字：

"你是——秋菊？"

"是我。哈，世界真小啊！"

看来，两人变化都不很大。

潘秋菊是那种二十岁就已充分成熟的女人，包括身体，也包括思想。作为我妹刁星大学时代最好的同学，当初我妹刁星做人流时，是她和倪可心陪同去医院的，有需要时，医生只找她说话，好像这三个姐妹，她老大，倪可心老二，我妹刁星是老疙瘩。她小倪可心四岁，小我妹刁星七个月。当时我妹刁星在明星胡同躺一周，她至少来看过四次。学校在东郊定福庄，平常礼拜天她都不怎么进城。后两次，在明星胡同，她看到了回京探亲的我哥刁北。她是天津人，学生会干部，党员。毕业后她留在北京，进《经济月报》杂志当编辑记者。此时，她和她的伙伴们——好几家新闻单位的编辑记者，去广场给学生送水。广场的自来水供水系统被掐断了。两辆平板车上，各摆四只大桶，桶盖盖得很严，但仍溅出少许清水。潘秋菊的伙伴们继续前行，她想拉我哥刁北重返广场，可拉不动，就留下来，与我哥刁北说话。

他们所处的位置，距潘秋菊编辑部不远，去那里说话比较合适。走到编辑部那幢四合院门口，见个修自行车的老头堵在那里，他头发花白，把辆废铁架子似的二八型破自行车倒扣在地上，旁边扔着钳子扳手螺丝刀机油盒。潘秋菊停下，犹豫着是绕过那车摊进院还是不再前行。恰好那老头直起身子擦汗，看到了我哥刁北和潘秋菊。潘秋菊刚想开口说话，是想给他和我哥刁北做介绍的意思，可他张嘴就喊，噎回了潘秋菊要做的介绍，也不顾我哥刁北这个潘秋菊的客人就在身边。

"我告诉你小潘，你可不许不严格要求自己，你是新上任的编辑部主任，要有纪律观念和政策观念。哼，你不去就是违纪旷工，就是自由主义！小徐去不了，他妈癌症了；老宋也去不了，他孩子绝食呢……哎，这是你活儿不？我才想起来，你的活儿你不干，让我找别人替你去，我还就替你找，我脑子进水了是不。告诉你呀你必须去，我这等着发稿呢……"

"我们总编。"潘秋菊瞪老头一会，这么对我哥刁北说一句，转身就走。

"哎哎不好吧……"我哥刁北轻声提醒潘秋菊，知道没用，只好转身跟了上去。他们没进编辑部的四合院。

在不知往哪去的路上，我哥刁北问明白了，这两天，有个去黑龙江的采访任务，按分工应该潘秋菊去，可她这几天长在了广场，吃饭睡觉都没时间，哪有闲心去黑龙江。我哥刁北劝她别跟领导拧着，并建议她，即使留在北京，不去黑龙江，也该猫在办公室远离广场。那是是非之地呀，我哥刁北语重心长地说，参与进去凶多吉少。听我哥刁北这么一说，潘秋菊站住了，瞪我哥刁北。她这回的瞪，和瞪她总编的眼光不大一样。我哥刁北知道她心里在想什么，只笑笑。你不了解我，十多年前，我跟今天一样窝囊，他说，咱们这是去哪？

这时他们拐进一条细胡同，胡同口的灰砖墙上，镶了块红牌，写着"裕祥胡同"。潘秋菊领我哥刁北来到一栋破旧的四层楼前。我家，她说，随即上楼开锁进到屋里。

如果先前知道进裕祥胡同就是去潘家，我哥刁北可能会拒绝，甚至已经进屋了，他也会屁股没落座就张罗告辞。他和潘秋菊原本就不熟，又多年没交往了，对人家的私生活一无所知。他不想给个女人惹出闲话。可是，进屋后，抬头的第一眼，竟让他看到一样本来属于他的东西。他没法走了。

无暇偶待客有闲乱翻书醒时笔纵马梦里腹怀珠
录刁北句于庚戌年深秋菊尽无花之北京梁栋

"这，这，它怎么挂这儿了？"墙上的一方小镜框中，裱着幅龙飞凤舞的草书书法。我哥刁北心里反复吟哦，面部表情是张口结舌。

潘秋菊正在厨房拈茶泡水，听我哥刁北叫，忙跑回来，也看墙上。只看半眼，她脸就红了。"嘻，嘻嘻……"后来她说，她领我哥刁北到家里来，什么都没想，只觉得这里安静，说话方便。作为一场声势浩大的政治运动的积极参与者，她为巧遇我哥刁北这"老政治家"感到惊喜，她愿意听听他的"高见"。至于她家墙上挂幅我哥刁北的诗，她早把这茬忘脑后了，她没雅兴天天欣赏诗词书法。它是一年半前，结婚时，她丈夫为装点新房挂上去的。如果事先她想到了墙上有它，也许都不会把我哥刁北领到这里，毕竟，那幅字是她未经主人允许私下截流的。现在主人发现它了，她得马上开动脑筋，为这幅字出现在她家找点理由，而那理由，一定得比"深秋"与"菊尽无花"这两个词的组合再高明点，再可信点。"嘻，嘻嘻，它怎么不能挂在这儿呀？我是特意带你过来看看，它一直像面旗帜一样，高高挂着呢。你没想到吧？你是不以为，它早不在这世界上了？"

我哥刁北无言以对。一件二十年前的旧物，竟能这样匪夷所思地出现在眼前。是的，潘秋菊没机会事先回家摆布一番。他早把它忘了，更没想过，它是否还在这"世界"上。我哥刁北想到，四十分钟前，潘秋菊与他打完招呼，感慨的第一句话就与"世界"有关，看来这世界真的不大。"是啊，世界太小了，"我哥刁北模仿着潘秋菊的意思说，"它想丢，都丢不出我这视力的范围。"话一出口，我哥刁北就脸红了，这样的表达有点犯酸。但在那之后，他成为临终遗言的代写人后，发现这样的表达挺受欢迎。就一而再再而三地反复使用它的意思，大萝卜脸始终不红不白：

"世界真小呀，才走出去五十年，我就又回到了这里。"

"这小小的世界一直捧在我手心中。"

"眼里世界窄，心头爱意宽。"

倪可竞连续两遍问我哥刁北怎么想的。你打算离婚吗？别说话别说话，我哥刁北冲她摆手。他的心思，没在离婚上，在电台的新闻和报纸摘要节目里。播音员正播送中央决定，王若望方励之刘宾雁，被开除了党籍。

"刘宾雁我知道，那个王什么和方什么也写报告文学的？"倪可竞只能把注意力也转移过来，转向两只摞着的铁皮箱子上的收音机那里。

"离婚？你要离婚？"电台里没有王若望方励之刘宾雁了，播的是岁末的寒流冻死多少美国和欧洲流浪的穷人。"对不起，你坐，把大衣脱了吧，拍拍雪。下雪啦外边？"我哥刁北关掉收音机。

几分钟前，倪可竞敲门进屋时，我哥刁北态度冷漠。好像数年没见面的大姨姐，只是个上门查表的电业局女工。他注意力集中在收音机里，他不想错过新闻提要里预报过的重要内容。倪可竞没想到我哥刁北这么无礼，她坐都没坐，张嘴就问，我哥刁北是否打算与她妹妹离婚。是连问两遍后，她才意识到，我哥刁北没想慢待她，只不过她的进屋，恰好与王若望方励之刘宾雁被开除党籍赶在了一起，而我哥刁北，对王若望方励之刘宾雁关心的程度，超过了对她的关心程度，也超过了对自己婚姻前景的关心程度。但我哥刁北对她的关心，对自己婚姻前景的关心，又超过了对那些在美国欧洲被冻死的流浪穷人的关心，这让倪可竞的愤怒得到了缓解。她脱下大衣，坐下。我哥刁北忙碌起来，倒开水，拿苹果，还用温水涮条擦手毛巾，并絮絮叨叨地问她怎么找来的。来沈阳出差？这中间，我哥刁北叫好几声姐，但叫得生硬，像说英文。直到倪可竞说，前些天她去趟日本，见到倪可心了，我哥刁北才安生下来，点了支烟。

"可心让我告诉你，她挺好的，刁婵也好，你不用惦记。"

"唔。"

"她，她还让我说一声，她和个叫枝子的女朋友一起生活，她说你见过她，她当时去你家，收购可心绣的台布……"

"唔。"

"可心想知道，你，谈朋友没，女朋友，是不是想结婚——可心没别的意思，她意思是你要结婚，得先跟她离婚。"

"唔。"

这样的对话又进行几句，我哥刁北情绪正常了。他说他没女朋友更没想结婚，在是否离婚问题上，他无所谓，倪可心觉得怎么好就怎么办，需要出什么手续他全力配合。我哥刁北的回答里没有指责，不含怨气，是他一向对待日常生活问题的散淡态度。倪可竞似乎受了感动，说可心一直爱你，夸你人好，又说，可心也这意见，如果你想离婚，她一定全力配合，需要什么手续她出什么手续。但如果你同意先不离婚，她非常高兴，她暂时还是"黑人"，跟国内这边交涉离婚，特别麻烦。这之后，他们又心不在焉地聊了些别的，包括王若望方励之是干什么的。我哥刁北送倪可竞下楼时，见楼拐角处，有辆挂沈阳牌照的老式伏尔加停在那里，上面覆层薄雪。倪可竞一走过去，那车右边前门就打开了，有个年龄不大的白头发男人从副驾驶位置上跳下来，满脸堆笑地喊"倪处长"，同时，车里的司机也发动了车。"倪处长"傲慢地两边甩一下披肩长发，给那年龄不大的白头发男人和我哥刁北介绍了一句。再隔一天，年龄不大的白头发男人和那辆老式伏尔加又出现了，年龄不大的白头发男人把一台二十一英寸的日本原装索尼彩电和一封信交给我哥刁北。倪处长昨天走的，年龄不大的白头发男人说，倪处长吩咐，今天把这电视和信给你送来。信上，倪可竞说，电视是倪可心托她转交的。

后来我妹刁星转交倪可心给我哥刁北的钱时，"倪处长"已当上"倪司长"了，去日本的频率，相当于我哥刁北去北京的频率。有一次，我哥刁北去她办公室取倪可心和刁婵的一盘录像带，她只字没提倪可心给我哥刁北寄钱的事。我哥刁北也没提，他估计倪可心没把这事告诉她姐。倪可心寄给我哥刁北的日元，平均下来，兑换成人民币，没我妹刁星工资高，与我的工资不相上下。这么些年，我的工资多次上涨，我哥刁北的收入也相应增加。在我看来，对倪可心的判断有误，肯定是我哥刁北这一生里量人度事上的一大败笔。倒不在于给不给电视寄不寄钱。也许我哥刁北也能想到，倪可心是个有情有义有长性的人，可他绝不会想到，倪可心还是个周密细致有趣的人。如果他们还一起生活，没准彼此会很开心。但对倪可心多了好感是一回事，受人供养则是另一回事。我哥刁北几次利用我妹刁星的公家电话，与倪可心商量离婚事宜，他明确表示，他讨厌当"二爷"。

"现在你有日本户口了，办离婚手续省事了吧?"

"你着急和别人结婚啦?"倪可心蔫蔫地开他玩笑。然后又蔫蔫地正色道，"离婚总比不离麻烦，不过你要想离，我也只好不怕麻烦了。但有一点，离婚了，我也给你汇钱，顶多少汇四分之一，取消我四条理由中的第三条。"

纪学青/纪安妮的警惕是多重的，对婚姻问题的警惕，所占比重应该最大。

她坐得很直，神经绷得如同琴弦，在她温软的身体上弹奏着僵硬。这是她思虑过度的结果。我哥刁北问她腰腿疼不疼或眼睛花不花，她都要从中发掘出五层意思，并为之准备七种答案。至于她要提给我哥刁北的问题，只有一个，就写在她脸上，像烙在宋江脸上的印记那么清晰：你为什么找我？我哥刁北没径直回答纪学青/纪安妮脸上的问题。上一次见面，前天，他们刚坐下，电话就把她找走了。她是忙人。临走她记下了我哥刁北的两个手机号码，一个北京的一个沈阳的。她答应尽快与他联系。她没食言。她也的确太想弄明白了：他为什么找她？总不会就是为了借《中国》吧。隔一天，她来国贸开会，找到溜号的机会，就"尽快"约见了我哥刁北。不能说她一点没有怀旧的热情，但她知道，不那么简单，所以她更想问的，还是那句话：你为什么找我？我哥刁北有点伤心。三十年了，他们之间应该有无数问题提给对方，独独这个问题，可以忽略不问。"为什么"是这世界上最功利的句子。温故忆旧追怀往昔，是人基本的精神生活，一个还乡游子回老家看看，老家能劈面就警惕地问他为何归来吗？女外交官纪学青/纪安妮是个有国际政治斗争经济斗争经验的人，斗争惯性，让她把国际经验引入日常生活，运用到了我哥刁北身上。听我哥刁北简单说完自己的情况，她便含蓄地、渗透式地、漫不经心地、但又态度明确地表达了如下意思：虽然她独身，但也不能与任何人结婚，包括我哥刁北。

刚才窗外还天光晴朗，这会，阴沉沉的，好像要下雨。

"你——这——我说过要和你结婚吗？"

"哦，那就好。那你找我，为什么呢？"纪学青/纪安妮先沉不住气了。

"我，我是想通知你一声，我要见貂蝉。"我哥刁北也沉不住气了。

"谁？"纪学青/纪安妮身子一震，脸白了。她更加的沉不住气了。"你胡说什么你！"好像她坐的是把电椅，刚才没通电，现在通了。"你可能误会了。这我有责任，对不起。"很快，电源又切断了，女外交官纪学青/纪安妮镇定如常。"不要再开这种玩笑了刁北。你想你的刁婵，可以去日本看她，或让她回国来玩。"

"学青，我希望你正视我的存在和我的要求，别以为一打岔就过去了。"我哥刁北调息运气的能力没纪学青/纪安妮强。他没有外交经验。

"刁北，当年我拍那个电报，流露的是一种浪漫的情感，那个'貂蝉的妈妈'，相当于隐讳的情话，真是你误会了。你不该出现在我平静的生活里，我不想回顾过去……"

"学青，我能理解你不愿意回顾过去，但不能配合你抹杀历史，尤其是，那历史不仅仅属于你自己，也属于我，属于我们女儿……"

"你过分了刁北，你这是乱扣帽子。难道我捏造个根本不存在的女儿就是承认历史？"

"没想到，一辈子都活下来了，纪安妮女士还这么，恶习难改。"

"请不要阴阳怪气。你什么意思？"

"我是想到，你三番五次地改名字，这算不算尊重历史呢？你用学青向江青的时代致完意，又用安妮向安东尼奥尼的时代致意……"

"你，你信口雌黄！"纪学青/纪安妮几乎拍案了。但没拍，她的修养不允许她拍。她保养很好的白净的手，也拍不动。她起身，欲走没走又坐下来。"请问刁北先生，江青有什么时代？她再折腾也是她那时代的小角色，我犯不上向她致意；安东尼奥尼更没有时代，也许他在电影界有时代，在意大利有时代，在中国，都没几个人知道他老大贵姓，向他致意，我能占什么便宜！我可以给你解释，我叫纪学青，是因为纪艳丽这名字太俗气了，而我又生在青岛；我叫纪安妮，是因为读研究生时，外教要求我们必须有英文名字，是外教给我取的这个Anne……"

"对不起学青，我有点冲动，我胡说八道了——"

"没关系刁北先生，得我说对不起，因为我又要先说再见了，我部里还有工作呢。"

我哥刁北的视线追在纪学青/纪安妮身后，一直追到她钻进一辆红色出租车，红色出租车又驶进了灰蒙蒙的细雨。他掏出电话，愣一阵神，按通了纪学青/纪安妮的手机。连按两次，纪学青/纪安妮都不接，都按了切断键。我哥刁北写了条短信："学青，我不光知道纪貂蝉的情况，也知道纪飞燕以及已故纪德先生的情况。"短信发走后，等了十分钟，纪学青/纪安妮没作回复。也许她手机没短信功能，或者她不会收发短信。这样想去，我哥刁北轻松一些。他起身朝咖啡厅门外走。纪学青/纪安妮看不到短信倒更好些，否则，那几行未经思考打出的文字，太像讹诈了，至少是威胁。

六

　　我哥刁北把遇罗克的人和名字对上号时，是一九七〇年，三月五号。这天，距一九六六年十一月下旬那个星期日，三年多了，而再过三小时，在我哥刁北将继续苦苦寻求答案的这个世界上，遇罗克将走到问题的尽头。后来我哥刁北看到的材料说，被判死刑后，遇罗克不断要求上诉，他申明他有这权利。国家不给他任何权利。

　　一九七〇年，刚参加完"复课闹革命"，我哥刁北面临初中毕业——复课对他只有象征意义。那时已无高中可升，更没大学可念，我哥刁北为他走出校门后的去向忧心忡忡。"四个面向"的说法倒出台了，但尚未普及到基层学校。我哥刁北前边的路，还是上山下乡，只是上山下乡。他没勇气离开北京。当时的情形，不同此前，大部分人，已从国家化的欺骗与强暴中清醒过来，明白了接受贫下中农再教育是怎么回事，最初的返城溪流，正从有门路的知青那里开始流淌。这些情况，我哥刁北知道。但他没勇气离开北京，与这些无关，基本无关吧，或者说，正是这种社会性的现实，坚定了他的个人化想法。他仍然信奉这样的口号："埋骨何须桑梓地"，"好儿女志在四方"，"广阔天地大有作为"……他已积累了不少书本知识，他渴望通过亲身实践，去了解社会认识生活改造世界，他把去三大革命第一线经风雨见世面当成生理需要。可他绕不开我姥的存在。他不忍心甩开我姥自己去革命。既然没机会上学读书，他的第二选择，毋宁是挣钱养家，以让我姥得到歇息。在有作为与尽孝道二者间，我哥刁北的理性在于，最冲动时，也分得清"修齐治平"的先后顺序。他和我姥商量过，问她可不可以去沈阳生活，好让他无忧无虑地"志在四方"。可我姥这个老北京，不肯别离桑梓之地。"你妈败家，当了闯关东的盲流，"她说，"你这条根要是再拔出去，地下的祖宗得骂死我呀，我就没法活了。"我姥说，除非有人拿枪把我哥刁北押走，否则她一天也不能看不到他。后来我姥自己打过自己嘴巴。嘴角的血先染红了手，经过手，又染红了她灰白的头发。她怪自己乌鸦嘴，一语成谶了。作为罪犯，我哥刁北两度被囚于北京之外，出北京时都有人押解，押他的人，都端着枪。我姥活着时，我哥刁北主动跳出她视野，唯有八岁去沈阳那回。还有一回，他差点离开北京，但最后又留了下来。大串联时，有一天，我哥刁北瞒着我姥，随几个大孩子爬上列火车，它将把他送往湖南送往湘潭送往韶山。是突如其来的一阵尿急，让我哥刁北犹豫起来。火车没开，厕所门还锁着，望着车厢里几乎撂成撂的同龄人，我哥刁北能够想见，等一下，即使厕所门开了，要钻进去，也不会比前往数千里外毛泽东的故乡容易多少。拥挤的车厢里也没法看书。我哥刁北在伙伴们"逃兵"的笑骂声中，于火车开动前，爬着车窗跳回站台，抢在我姥下班前，收起了他在家中留的纸条。

"康德就一辈子没离开过家乡哥尼斯堡，"他对我姥说，"心里照样装着宇宙。"

我姥不认识康德，不知道哥尼斯堡在哪，不关心那么大个宇宙如何装进人心，但她愿意我哥刁北成为康德。"如果北京城只容得下咱家一个人，也是你留下，我走，我去哪都行！"我姥的口气不容商量，"可没到那份上，咱俩就都不走，都当康生，哦……康德。"

再过些年，依了我爸的傻主意，我哥刁北丢了北京户口，事后他觉得，他这是配合着我爸在谋杀我姥。此后他与我爸决裂，很难说，他不是在以抛弃我爸的方式祭奠我姥。

而当时，很快，"四个面向"就成了针对中学毕业生的"基本国策"，我哥刁北作为"独生子女"，没上山下乡，成了北京第三粮库扛粮包的装卸工人。当时他比粮包还细。

但"四个面向"的"国策"夏天才有，阳春三月，在国家领导人脑子里，它还是个朦胧的构想。国家领导还举棋不定呢，教育局和学校领导，对它当然一无所知。于是，初春时节的我哥刁北，由于不积极报名上山下乡，就是学生中的落后分子，作为落后代表，三月五号这天，他被安排去工人体育场看公判大会。在工人体育场，他坐西区，坐落后代表席，紧挨着再偏一点的牛鬼蛇神席。落后代表没剃秃子，也没人看押；牛鬼蛇神则一律光头，几个不光头的押解者坐他们周围。

置身十万看客中，我哥刁北被吵得头昏。按习惯，去哪他手边都带本书，这时他身上带的小册子，是《马克思主义与语言学问题》，斯大林写的。他看不下去，把精力集中到毛泽东身上也看不下去。小学毕业前，老师讲过一则故事，说青年时代的毛泽东，为锻炼意志，特意去人多的地方看书学习。从那以后，他不光在家手不释卷，出门兜里也不能没书。可此时，他没法不受环境干扰，而受干扰看不了书，他心中就很不好受，他为时间的白白流逝感到痛心。读鲁迅时，他特别认同这一句话：浪费时间等于谋财害命。鲁迅说的是浪费别人时间，我哥刁北则引申为，浪费自己时间也不行，那是自杀。

我哥刁北不想自杀。在满体育场的口号声中，他小声向身边一个小老头打了声招呼。他没说"你好"，说的是"哎"。

"哎，请问，恩格斯会多少种语言？"

小老头是那群牛鬼蛇神中的一个，挨我哥刁北坐着，此前，我哥刁北听他正给另一个牛鬼蛇神讲恩格斯轶事，中间还夹着外文。我哥刁北会点英文俄文，确定那小老头说的不是英文俄文后，他估计，他说的是恩格斯的母语德文，而一个会说德文的人，大约对马克思恩格斯能了解得多些。这时候，那小老头听我哥刁北唐突发问，眼神之中充满恐慌，脸发白，不吭声。那个听小老头讲轶事的牛鬼蛇神不太胆怯。"这位，这位革命小将，"他挤着笑脸说，"对，对伟大的革命导师恩格斯……"

"是这样的，"我哥刁北觉得跟他们说话太费劲了，直截了当起来，"最近我正读恩格斯的《家庭、私有制和国家的起源》，我觉得，你好像挺了解恩格斯，也许你对这本书也有研究，我想请教几个问题。我问恩格斯会多少种语言只是个铺垫，我听说，他会二十多种。"

我哥刁北态度谦卑，语调恭敬。可他话说到这份儿上了，小老头还是疑疑惑惑。不那么恐慌了，也张开嘴了，可反反复复只说："《起源》吧，恩格斯吧，当时摩尔根吧……"正在这时，体育场里一下静了，叮当作响的手铐脚镣声，把所有人目光都吸引了过去，吸引到主席台下方的临时审判台上。我哥刁北也往那看，还点数一下，他看到那溜犯人有十九个。与此同时，十万人的口号声又响起来。我哥刁北把视线从那十九个受审者身上收回，想利用重新响起的口号声作掩护，再与小老头说几句话。可他忽然觉得有什么不对。他一激灵，让视线再度移向那十九人，并专注在其中一人身上。于是，那个让他印象深刻的身影越来越清晰，好像站到他面前了，甚至那对如同后贴在他脑袋两侧的扇风耳朵，我哥刁北都伸手可及。那对扇风耳朵的主人已被剃成秃头，鼻梁上也没戴眼镜；但我哥刁北的近视镜已配上很久，只一眼，他就认出了他。接着，也就知道他是谁了。他胸前牌子上打着红"×"的三个字是：遇罗克。

三小时后，遇罗克被执行了枪决：噗！后来，我哥刁北谈及此事，使用的象声词的确是"噗"。他打听过，单发子弹钻入人体，不是像点炮仗一样"乒"的一声，也不是像钉钉子一样"啪"的一声，而是放屁一样"噗"的一声。

人是大自然放出的屁！

"四人帮"垮台后，政治犯一般不会被杀头了。只有个别人，点子坏运气糟，像吉林的青年工人史云峰，因为反对"四人帮"被抓进监狱，却在"四人帮"垮台两个半月后掉了脑袋。他一定属于喝口凉水都塞牙那种人。王洪文张春桥江青姚文元则点子不坏运气不糟，属于啃牛蹄筋也不塞牙那种人。都说他们民愤极大，罄竹难书，可中央领导宽大为怀，没让他们去见阎王。公审"四人帮"那些日子，我哥刁北看了些材料，看过之后，他认为，遇罗克应该算点子尚可运气尚好之人——他进而认为，长扇风耳朵的人多半有福。在辽宁，一九七五年，一个叫张志新的女政治犯被枪毙前，为防止其喊口号，是切断了喉管才押赴刑场的；在江西，一九七〇年，一个叫李九莲的女政治犯被枪毙前，曾在囚车上被摘除肾脏，是在血水涌流疼痛煎熬的情况下吃枪子儿的；在上海，一九六八年，一个叫林昭的女政治犯被枪毙后，政府竟向她妈索要五分钱子弹费——这对死人倒没什么，可给活人的感觉是，那母亲在花钱屠杀自己女儿……这么一比，不能不说，遇罗克点子不坏，运气不糟，他接受的镇压相对文明。通过分析那些材料，我哥刁北认为：在承认通常的三大差别外，还应该承认"都外差别"，即首都与外省的差别。他的理由是，遇罗克之所以能享有相对的好点子好运气，主要在于他的死亡之地是首都北京。首善之都，人性化程度自然好于外省。他由衷赞叹我姥的直觉。我姥不愿意他由京城臣民变成化外百姓，不能说她只是老马恋栈，是对中国文化的深切体悟，让她有了那样的态度。比如好多年里，沈阳市民每人每月只有资格吃三两豆油，北京市民却能享用半斤。难道北京人笨或者保守，以为炸油条必须使用纯油，沈阳人聪明或有创新意识，往油锅里兑水也炸得出油条吗？继续思考，在"都外差别"外，我哥刁北又得出条结论：华夏文明仇视女人，尤其仇视女人参政。比如吕雉武则天慈禧太后，作为号令天下的女领导，祸国殃民时，肯定不比大部分男领导为害更甚，可她们担的骂名，远多于比她们更坏的男人。推演下来，不能不问，如果张志新李九莲林昭不是女人，他们能死得比遇罗克惨吗？

　　不过，有一点，我哥刁北想不明白。若干年后，这一男三女，像那个时代的许多政治犯一样，都获得平反，被撤销了判决，可为什么，只有张志新得到广泛宣传和热情颂扬，被通讯报道、小说诗歌、话剧歌剧、报告文学、她第一故乡的天津快板和她第二故乡的东北二人转，一致推举为烈士英雄，被追授为"共产主义战士"，而其他三人，则很少被提及，好像他们没存在过。他们是蝼蚁身子蜉蝣命吗？我哥刁北百思不解，只能狭隘地去考虑一个微末的细节：张志新曾是中共辽宁省委宣传部干部，而其他三人，党员都不是。张志新也长了对象征福气的扇风耳朵吗？

一九九九年春夏之交，巴尔干半岛上演科索沃危机，北约飞机在目标定位系统的精确引导下，对南联盟实施连续轰炸。现代战争有多种功效，其中一项是培植理性。人们坐在电视机前，捏着啤酒罐嚼着爆米花，本意是要看杀人的：一边寄托自己的暴虐凶残，一边表白自己的良善悲悯。杀人的吸引力大于足球赛和肥皂剧。可现代战争杀人，不够直观，不掐脖子不捅刺刀，更多地依靠武器远程摧毁武器，杀人成了捎带的事。这对看客的知识结构有了要求。于是，欣赏现代战争，就得像欣赏现代派艺术品那样，对自己的思维角度和想象方式进行调整，以从非血肉横飞尸横遍野的场景中看到血肉横飞和尸横遍野。也就是说，在获得现代战争看客的资格证书前，上岗培训的首要内容，不是幸灾乐祸或心生怜意，而是对那些杀人武器神奇的技术性能有所了解。技术让人理性，理性使人客观。事情也有另一侧面。如果那技术不光指向电视里的别人，也指向电视外自己的啤酒罐和爆米花，客观又会解构理性，而理性也要忽略技术，技术那种杀人的本质，将重新凸显。五月八号凌晨，中国的啤酒罐被击穿了，中国的爆米花被震撒了：美国飞机上，三枚导弹从天而降，从三个不同角度，袭击了中国驻南联盟大使馆，让三名中国人死于非命。美国人可能是有意为之。多少年了，中国哪受过这等欺负！一个解构理性忽略技术重现本质的时刻来到了。不等政府发布号令，更等不及几天以后两国首脑江泽民克林顿打越洋电话交换意见，国内许多大学生，当天就停课走上了街头。群情激奋，游行示威，除了喊口号发檄文，还向美国驻中国的大使馆及驻各地的领事馆扔砖头瓦块鸡蛋西红柿，也有个别人，打算效法当年的抗美援朝与抗美援越，组织抗美援南志愿军，去与以美国为首的北约刀对刀枪对枪地厮杀一场，像瓦尔特保卫萨拉热窝一样，去保卫贝尔格莱德——萨拉热窝这个著名城市，已不属于南斯拉夫，过去曾属于的，是过去那个南斯拉夫；也是过去那个南斯拉夫，拍过反法西斯电影《瓦尔特保卫萨拉热窝》，每个中国城市居民，平均看它三点七五遍。那时候，中国的电影观众饥肠辘辘，一旦政府开恩，允许百姓看什么电影，许为观众就会撑着，能一直看到恶心反胃。欲组织抗美援南志愿军这茬中国青年，基本背不出《瓦尔特保卫萨拉热窝》的台词，"瓦尔特"属于他们父辈。但遗传这东西，有股神秘能量，抗美援朝还是他们祖辈的事呢，可那精神，那勇气，那志趣，同样也都遗传了下来。他们对此展开了讨论：

"这事儿可行！"

"这事儿不行！"

"这事儿有戏！"

"这事儿没戏！"

"你们别争了，去听听黎老师意见吧。"

"好哇好哇，去黎老师那。"

展开讨论的这些人，是潘秋菊的朋友，我哥刁北随潘秋菊来天坛公园与他们聚谈，有隔世之感。潘秋菊比我哥刁北小九岁，而她的朋友，基本比她再小九岁。快两代人了。我哥刁北插不上话，也没想插。他悄悄对潘秋菊说，咱们走吧，回去做爱。潘秋菊说，还是先革命后爱情吧，咱去黎老师家看一眼。她磨我哥刁北，去吧去吧，看一眼就走，你也瞧瞧，并不是所有高龄前辈都像你这样意志消沉精神颓唐。我哥刁北不计较潘秋菊敲打，也习惯了。如果说他喜欢潘秋菊的，正是她意志总不消沉，精神总不颓唐，也不算错。某种意义上，她是他的寄托。他家不远，潘秋菊说。我哥刁北和潘秋菊跟在年轻人后面，往天坛公园北门走。我哥刁北顺嘴问，这黎老师是哪路神仙，居然还有新新人类把他当人？潘秋菊笑道，这黎老师呀，是个新新新的新人类呢。然后又说，他没工作单位，不是老师，是个屋都不怎么出的老头，病人，严重的哮喘病。可他思维特别活跃，谈吐极有魅力，特愿意跟年轻人来往……那他，叫什么？叫黎鹏程。

"黎鹏程?"我哥刁北站住了,"又瘦又矮的哮喘病人?"

"对呀——也不特别瘦,你认识他?"

"唔,认识,也算朋友呢。他不是老头,只大我四岁。"

"那太巧了,旧友重逢啦。你们什么时候认识的?"

"秋菊,我不想去了。"

潘秋菊看我哥刁北一眼,停下脚步低声说好吧。他不想说的话她不多问。她也知道,我哥刁北不喜欢和以前的朋友再打交道,不一定因为闹了矛盾。

"我们是狱友,在晋城认识的,"我哥刁北搂住潘秋菊肩膀,以示感谢她的理解,"我出来时,他案子还悬着,就没来往了。"

"我知道,我明白,"潘秋菊说,"不过,你也可以,既去他家看一眼,又不必见他。去他家的人,都是那个照顾他的男保姆开门领进客厅,五分钟后,他才会从书房或卧室出来见客。黎老师这人,有贵族气,喜欢摆那种谱。还有就是,他家客厅有个宣传栏,上边经常写些稀奇古怪的东西,可好玩呢。你怎么想也想不出还有他家那样的家。"

我哥刁北搂潘秋菊的那只手加了下力。他也理解她。她对各种另类人物另类事件,都有兴趣,年龄的增长并不改变她这一特点。"你喜欢我这个人,还是喜欢我身上那些所谓的传奇?"曾经有一次,我哥刁北这么问她。他很少提这种幼稚的问题。潘秋菊笑了,原谅了他的幼稚,深思熟虑地回答问题:"不是你这样一个人,又何来传奇?而没有传奇,你还是你吗?"我哥刁北经常能从潘秋菊身上看到自己。

随着那几个意欲组织抗美援南志愿军的年轻人,他俩出了天坛北门,等红灯,过马路,进了天坛路与祈年大街交汇处的一栋公寓楼里。那楼二十层高,黎鹏程家住一楼。男保姆把七八个客人带进客厅。这是个粗壮阴郁的小老头。看得出,他不认识来者中的任何人,可他什么都没问,甚至打头的来客没说"我们来看看黎老师"时,他就敞开了迎客的大门。他脸上毫无欢迎的意思,也没拒绝的意思。他面无表情,动作机械。他是一架被输入了固定程序的机器。

这是一处经过较大改动的三居室。进门后，是条走廊，走廊尽头两个房间的门都关着，只有靠外的客厅宽门大敞。小走廊非常幽暗，黑黝黝的客厅比小走廊亮不了多少。窗子关得严严实实，酱紫色丝绒窗帘半垂半拢，轻轻一碰都能抖落灰尘。沙发椅子茶几倒一尘不染，褪色的木地板也擦得干净。屋里弥漫着一股腐烂的气味。进到客厅里的人，都挺随意，没人落座，没人拘谨，都自然而然地靠近东墙。墙上就是潘秋菊说的"宣传栏"了。我哥刁北也往那凑，看写在半截教学黑板上的粉笔字。粉笔字的字体，他还依稀记得，同时他还依稀记得，黑板上的内容，他也与这粉笔字的主人一块儿背过。当时，教他背诵它的人曾做过判断：全中国，看过这段文字的不会超过两百人，能琢磨这段文字的不会超过二十人，而背得出这段文字的，不会超过两人。那是一个自负的判断。

> 起初他们追杀共产主义者，我不是共产主义者，我不说话；
>
> 接着他们追杀犹太人，我不是犹太人，我不说话；
>
> 后来他们追杀工会成员，我不是工会成员，我继续不说话；
>
> 此后他们追杀天主教徒，我不是天主教徒，我还是不说话；
>
> 最后，他们奔我而来，再也没人站起来为我说话了。
>
> ——录自美国波士顿犹太大屠杀纪念碑

在半截黑板的一端，贴着张照片，是个短发妇女的黑白头像。有十寸大小，翻拍效果不好。照片下端，写着一个名字和生卒年月，字体较小。潘秋菊和其他年轻人都探脖子看那照片下的名字，我哥刁北没探头。对照片上的妇女，他不陌生，那是张志新。他之所以对张志新也多看一会，是想确认，她长没长一对扇风耳朵。

接到我姥拍来的电报，都半夜了，我爸还是起身骑上破飞鸽车，飞往沈阳站前的通宵邮局，给北京发回电："清空杂念温习功课全力以赴备战高考"，估计次日早上，我姥收到电报时，我哥刁北刚坐上由太原开往北京的火车。我哥刁北服刑的晋城，在山西南部，去太原的长途汽车要跑一夜。我爸的电报没得到回复。三天后，我爸又给我哥刁北发封长信，再下一天，他去邮局，打算寄些高考资料。快到邮局时，他改了主意，折向车站售票处排队买票。当天夜里，他把自己这个人送上火车，发往北京。

下车后，我爸在站台售货亭找到我姥，我姥要拉他吃点东西，又要请假带他回家。我爸饭也不吃家也不回，他说我去西单找他。他气哼哼的。我哥刁北不好好复习功课，一大早就去西单看大字报，这让他生气。我姥说，早上我哥刁北像上班人一样，和她一起出的门。对刚获自由的我哥刁北来说，西单的诱惑力大于书斋。这我爸能想到，可还是觉得我哥刁北太不懂事。他暗怪中央领导取缔西单墙的力度不够。他知道，上边已宣布了取消"四大"，可西单墙的温度，顶多下降三分之一。

在西单路口，一下公交车，我爸就感受到了西单墙剩下的那三分之二热度。一溜两米多高的宽大围墙上，贴满花花绿绿的大小字报，簇拥着的看客挤挤压压；灯光球场那边，还有两个演讲者和两圈听客大呼小叫。我爸凑到近前，很快被吸引了，一度忘了他来此为何。可天地良心，他下车后径直来此，真不为看热闹，真为找寻我哥刁北。但我哥刁北却犯了混，见到我爸，话没说几句，就以"虚伪"指责我爸。"这一两百米，你溜达俩钟头才找到我?"我哥刁北说，"别那么虚伪，看大字报又不是写大字报，有什么不敢承认的。"我哥刁北的话让我爸伤心。我爸发现我哥刁北，是接近电报大楼时。从西单路口到电报大楼，的确不足两百米远，走两百米花俩小时，怎么说时间都长了点。我爸是从背影认出儿子的。当时，我哥刁北撅着屁股，托着脖子上吊着的黄书包，正看最新一期《探索》上的文章摘介。我爸知道，这本叫《探索》的民间刊物，已被定性为反动刊物，它的主编魏京生，不久之前刚被逮捕。我爸觉得周围的看客都像便衣警察，除了他和儿子。他立刻出手把我哥刁北拉出人圈，几乎也是立刻，对他不好好待在家里复习功课提出了批评。

"你关心国家的前途命运，始终不坠青云之志，我不光一点不反对，还支持，只要你的一言一行都接受四项基本原则的约束就行。可是，要报效祖国，为实现四个现代化做贡献，当务之急是考大学呀。"穿行在长安街边桃花初绽的行道树下，我爸的声音越来越高。他们周围没有别人，像不像便衣警察的人都没有。

后来我哥刁北与我爸决裂时，很偏激地提到了这几天。"我从监狱出来，你拍封电报，十六个字里，没一个祝我获释出狱；然后你又写封长信，都超重了，也只有一行半话与高考无关；再然后，你在民主墙那儿找到我，可直到回家都吃上饭了，三个小时里，你没问一句我在晋城的情况。你这叫关心我？"

也得承认，我哥刁北犯混使性不讲理的时候并不很多，他偶尔发出的偏激言辞，应归属到吵架没好话骂人没好嘴的范畴之内。

那天就是，父子俩一路争争吵吵，都不耐烦，我爸甚至捶着自己半秃的额头说，我他妈真是贱呀，大老远地找气生来了。可一回到明星胡同，他立即从皮包里掏出一大叠卷纸，分门别类地查验一下，铺到桌上，连钢笔铅笔都预备好了。他对我哥刁北说，他带来的，是七七七八两年所有科目的高考试卷及标准答案，这次来京，他要出任考官之职，试试我哥刁北到底程度如何。这次考试，除了考场不能设在外面，其他一切都按规矩来，且判卷子时，他会从严出发。他没能力批改的数学卷子和外语卷子，他将带回沈阳，求人审阅。一九七九年高考，非外语专业考生的外语成绩只按百分之十计算。

"开始好吗？"他看看表，问我哥刁北。

"我能不能先吃口东西？"我哥刁北在抽烟。我爸不抽烟。

"哦，对，我也饿了，早饭我还没吃呢。"

我爸在北京待一周，每天考我哥刁北三至四科。应考前，我哥刁北没时间复习，也不知道该复习什么，更复习不进去。临阵磨枪不快也光的俗语在这里没有意义。我哥刁北得分不低。语文政治历史地理的卷子，我爸都能判，判卷速度只比我哥刁北答卷速度慢半天左右。数学和外语，不用劳驾别人，我哥刁北对着标准答案自行裁判，也大体不谬。捧着考分，父子俩都挺激动，好像那考分是大学的录取通知。我爸激动的方式是对我哥刁北赞不绝口。一般他不赞美别人。我哥刁北激动的方式是低调面对我爸的赞美，鸡蛋里边挑骨头似的，继续找寻自己的毛病：爸，这里可能会再扣半分。

我爸和我哥刁北的自判考分不是大学录取通知，是蜜月证明，它为这两个男人一生中也曾有过蜜月时段提供了佐证。我哥刁北请我爸放心，他不再去西单墙也不再看"没用的"书了，他的目标是北大哲学系。可我爸回沈阳后，我哥刁北的高考报名却受到阻挠，相关人士认为，一个蹲过监狱的人，尤其为政治问题蹲的监狱，怎能有资格参加高考呢。没人肯定地说我哥刁北无权高考，但谁又都不说我哥刁北可以高考，人人都说我哥刁北的情况得请示上级。我哥刁北打听不出哪个上级能决定他命运，他只能向我爸这个上级汇报情况。我爸再度前往北京，找到各种名目不同的"上级"去解释游说，他说我哥刁北不是江青的人，而是反"四人帮"的，应该算英雄；他还指出，有好几所著名大学，为了照顾一些著名的四五英雄，上一年年底他们一出狱，就破格免试招他们入学了。

"刁北不需要照顾，允许报名就行。"

"这个……哎呀……"各种名目不同的"上级"，大致都作如下答复，"老刁同志呀，我们理解您这当父亲的心情，也希望您儿子是四五英雄。可是，他有英雄证明吗？有平反证明吗？有误抓证明吗？有冤假错案证明吗？这是严肃的政治问题，打不得马虎眼呀。他支持江青出版《红都女皇》，这铁证如山，您说没支持，还反对江青，有证据吗？当然了，我们是具体办事儿的，做不了主，如果上级有批复，说您说得对，我们非常愿意每个年轻人都能走进大学校门。可其实呢，话又说回来了，正像您知道的那样，大部分四五英雄都去年下半年放的，还有更早出来的，而您儿子，为什么比别人晚出来半年？要说呢，如今党的政策这么宽松，您也该知足了，出来就不错了嘛……"

我哥刁北只有一纸措辞含糊的释放证明。我爸无言以对。

我们家人，总喜欢规避麻烦，都缺少迎难而上的热情。只有这次是个例外。七月份的高考之前，我爸代表我哥刁北进行了一系列上访投诉活动，从北京市公安局到晋城监狱，从教育部到团中央。当然无用。这年我哥刁北的高考卷子，又是在家答的。成绩的确很好，可也只有确信自己能力的意义。七月份以后，我哥刁北在我爸的催促下亲自写申诉信，其实是把我爸申诉信的草稿抄写数份，寄给许多中央领导。中央领导不是胡风，没有一个像胡风回复我妈那样，给我哥刁北回信。

必须有个相应的对策。若在沈阳，我爸有关系给我哥刁北弄到准考证，他便决定，将我哥刁北户口迁沈阳来。对此，我姥强烈反对，我妈举棋不定，但我哥刁北觉得，来沈阳就不用继续邮寄那些永无回音的申诉信了，他支持我爸。通过离开北京的方式寻找新出路，这证明的，不是我们家人有灵活性，而是面对麻烦时只知一味逃避的性格特点。倒也有另一重考虑，认为只要我哥刁北能参加考试，以他的能力，获得去北京读书的资格不成问题。一九七九年年底，我哥刁北便成沈阳人了。当然，除了考试那几天他得待在沈阳，其他时间，他仍是北京人，是个没北京户口的北京人。高考报名的一应事宜，都是我爸给他办的。一九八〇年是我们刁家的高考年，二十七岁的我哥刁北，十九岁的我，十八岁的我妹刁星，七月的七八九三天，都是在高考的文科考场度过的，二十天后，又在同一家医院接受了体检。当时不公布高考成绩，一切情况由组织掌握。但我爸有神通，他查到了他三个孩子的具体分数。老大最高，老三次之，老二最低，但最低的我，也能上所一般大学，而高分的我哥刁北和我妹刁星，杀入北京的重点院校不成问题。

我妹刁星成了北京广播学院新闻系学生，我成了辽宁大学中文系学生，可政审关，继续是我哥刁北攀不上去的峭岩。十月下旬，我和我妹刁星都念过一个半月书了，经过我爸四处求告，我哥刁北才接到位于新民县城的沈阳师范学校分校的录取通知。沈阳师范学校新民分校是中专，学制两年，以培养郊县小学教师为目标，学生毕业后，不光没可能分往北京，想进沈阳市区都是妄想。我哥刁北拒绝去报到。

"我对读书已没兴趣，它不再能给我带来快乐，以后我不会再进任何学校。"在写给我爸我妈的感谢信中，他这样写道，同时，他还公布了一个惊人的消息：他要结婚了。"如果你俩来参加婚礼，我不反对——当然，根本也谈不上什么婚礼，只是两家人一块儿吃一顿饭，而且肯定的，是顿无聊无趣的饭。"

我哥刁北说他"对读书已没兴趣"，这个"读书"，应该指上学而非阅读。他对之不做进一步阐释，我认为，是故意混淆两种"读书"概念。为让这种混淆产生更大的误解效果，他还借口收拾新房处理旧物，把他的书装箱打包寄给了我。他想把从此远离书本的印象留给我爸。但我发现，他送我的只是文学书，还有人物传记方面的书，对那些哲学类思想类的书，他没提没念。他的那一类书我也喜欢。

直至我哥刁北声称的死期，他一直狂热地喜欢阅读，他以马克思毛泽东等读书好手为榜样，采用"笔读式读书法"。他读书时，笔头子勤，在书的天头地角都写满批注，还专门备有用于摘章抄句的笔记本。即使不读书，做别的事，他的手也常常拿笔，想到了睿语隽言，构思了妙句佳词，别人的也好，自己的也罢，都要信手写到纸上。别人的，写一下，能起到加强记忆的作用；自己的，记下来，以备整理到笔记本上。

他戴着疑似"杀死"病患帽子回家那天，我拎一堆水果过去看他。他先不让我进屋，我硬进，也进去了。他匆匆戴上双层口罩，弄碗陈醋往地上泼，远远地坐在书架前的一只板凳上，不正眼看我，也不怎么说话，好像他目光和声音也传染"杀死"。如果目光能传染"杀死"，被图钉钉在书架上的叔本华就倒霉了，因为我哥刁北一直歪着脑袋与他对视。那不是活着应该有二百多岁的叔本华本人，是一小幅他的铅笔素描头像，他头发像火苗一样朝上蹿动，目光比我哥刁北阴郁三倍犀利五倍——若说传染，他的目光应该比我哥刁北的目光传染力强。这幅叔本华的铅笔素描头像不是我哥刁北画的，他没那两下子；是鲁迅美术学院一个崇拜他的研究生，和他长聊二十四小时后仍然不困，于我哥刁北睡去后奋笔疾画的。我远离叔本华和我哥刁北，坐在窗台下的破沙发里甚是无聊，满屋的醋酸味让我恶心。可来了不能立刻走掉，我就抽烟，看窗台下的暖气，以及暖气与沙发间一小片密度过小的蛛网。暖气片原本银灰色，也叫太空色，由于长期缺少清洗，成了黑色，这样，夹在暖气片与墙壁缝隙间的一张纸，就醒目地暴露出来。它可能是从窗台上掉下去的。我无事可干，拿起沙发扶手上的一本杂志，一本十六开本的《哲学研究》，挺费劲地，扒拉那纸。好一会工夫，那纸捏在了我右手的食指与中指间。那是张某私立英语学校的广告传单，光洁的铜版纸上，广告词说得天花乱坠。我估计，这是我哥刁北下火车后，在站前广场，被人塞手里的，而周围没垃圾箱，他没法顺手将它扔掉。站前广场，也有几个垃圾箱，只是彼此距离遥远，又很隐蔽，让人难以找到它们。扔垃圾的人找不到垃圾箱，把红袖标藏在兜里的卫生管理人员抓人罚款就容易一些。我想把广告传单扔厨房的垃圾袋里，没爱起身，顺手将它夹进《哲学研究》。是夹的时候，我注意到，这张广告传单背面空白处，龙飞凤舞地写着两段圆珠笔字，那种匆忙划拉出来的笔迹，是我哥刁北的。前一段话的后边写着：（奥地利）托马斯·伯恩哈德《历代大师》；后一段话的后边写着：化自（奥地利）托马斯·伯恩哈德《历代大师》。

　　他们对我犯下了两桩罪行，两桩重罪。他们没问我什么就造就了我，把我生出来，然后就像他们造我生我一样又压迫我，他们对我犯下了生产罪和压迫罪……我总是在想，一个人怎么会庆祝生日呢？如果人们把他们的生日定为一个纪念时刻，借以不要忘记他们的生身父母对他们犯下的罪行，我倒可以理解，可它怎么也不能成为一个节庆日呀！
　　没有什么比庆祝生日的虚伪和谎言更让人厌恶的了。

我们对你犯下了两桩罪行，两桩重罪。我们没问你什么就造就了你，把你生出来，然后就像我们造你生你一样又欺骗你，我们对你犯下了生产罪和欺骗罪……

我哥刁北偶尔扭头，看到了我手里的广告传单，已看到了我在看它。他先无动于衷，以为我只是闲极无聊浏览广告。他忘了他在这张纸的背面写过什么。可很快，他就意识到这张广告传单背面有什么了，也意识到了我为什么看得专注。他忙起身，走向我，夺去这张光洁的铜版纸。

"嘿嘿，嘿嘿。"他尴尬地笑，同时把那纸对折两次，叠起来，揣进兜里，还小心地在口袋外边压了一下。"嘿嘿，嘿黑……"猛地，他仿佛一下想到，他的声音、目光，包括身体，都曾与我距离很近，如果近就意味着传染，我也应该患"杀死"了。"真糟糕！你快走刁斗，回去量量体温拿醋漱口，这两天，别和晚晴阿斗他们娘儿俩一桌吃饭……"

我不能不走了。他偏要拿"杀死"当墙，把它作为与他人隔绝的理由，我没办法。如果他真抑郁症了，我能做的，也只是帮他找找医生。但此时，我太想问了，你那化自前一段话的后一段话，那"他们"对"我"向"我们"对"你"的转换，是什么意思？你是在替爸妈设计台词吗？我没问。我知道问也不能问出结果。

我哥刁北出狱返京后，除了去西单墙，也逛书店。可买之书越来越多，他没收入，不敢挥霍，喜欢的书也不能都抱回家。但不买是不买，见见它们，摸摸它们，心里也舒坦。有一天在西四一家书店，他发现了人民文学出版社出版的诗集《天安门诗抄》，书名由华国锋题写。两年半前，毛泽东去世不足一月，华国锋即抢先下手，将毛泽东的妻子江青侄子毛远新以及王洪文张春桥姚文元等人关进牢狱，赶下了中国的政治舞台。他的尚方宝剑是毛泽东手书："你办事，我放心"。"四人帮"也有尚方宝剑，也有毛泽东手书："按既定方针办"。两份手书不偏不倚，都六个字，前者比后者多个逗号。后来，华国锋为《天安门诗钞》题写完书名，他的使命也告完成，他比较自觉地从中国政治舞台的台角侧门退下场去，担于一身的三项要职，中共中央主席、中央军委主席、国务院总理，分别被胡耀邦、邓小平、赵紫阳扛到了肩上。我哥刁北没过久欣赏华国锋书法，怀着某种期待，他迅速跳过封面，一猛子扎进诗集内文的深水之中，仿佛他知道那里有条大鱼。几分钟后，翻看第五十九页时，那条不甚真实的大鱼一下活了，带着串水花跃出水面。我哥刁北鼻子一酸，抓住了它："……长天有星皆拱北，大地无水不朝东。纵是人间多鬼魅，自有英灵护苍生。"那书摆在降价摊上，两角一本，他花一元买了五本。稿费制度已恢复了，他一时动念，想去出版社说明一下，这首诗的作者是他。他没去。他无法证明他是作者，能证明他也不好意思去。一首七律，给稿费的话，大概只够他按处理价多买五本《天安门诗钞》。买那么多送给谁呢？

江青居于一人之下万人之上时，人们对出版她传记义愤填膺；但后来，她成了垃圾渣滓人民公敌，入狱坐监直至死去，对坊间流行的数种中外作家写的《江青传》，却再无人表示异议。据统计，江青的传记，与二十世纪活跃在中国政治舞台上的其他著名人物的传记比，与刘少奇的王光美的，与周恩来的邓颖超的，与林彪的叶群的，与朱德贺龙陈毅的，与陈伯达张春桥姚文元等的比，发行量最大，她那茬人里，只有毛泽东传邓小平传的印数能超过她。那些写她的传记，我哥刁北多数见过，但没怎么读，只通过它们，补充和修正了自己的一个早年记忆：当年《红都女皇》事件中的美国女当事人，叫维特克，是个大学的历史系副教授，不是传说中的新闻记者。另外，出于专业敏感，我哥刁北这个临终遗言代写人，也把江青在秦城监狱度过的最后时刻存入了记忆。江青于一九九一年五月十四日凌晨上吊自杀，再有两天，就是毛泽东发动无产阶级文化大革命二十五周年的纪念日了。江青的临终遗言，不是说出来的，是写出来的，写在前一天的《人民日报》上。前一天的《人民日报》上有篇社论，与文化革命毫无关联，显然，死去之前她认真读过。"主席，您的学生和战士来看您来了。"我哥刁北认为，两个"来"字，应删掉一个。他做校对时，经常扮演编辑角色。编辑们不反对他适度地代他们行使职权。

七

　　强奸完我妈，我爸蒙了。他犯罪了，这他清楚，至少犯了错误，生活作风错误。那两天，他倾其所有，又借些钱，买一旅行包衣服和日用品，打算利用元旦假期去安抚我妈，求我妈原谅。可这时，校方通知他去校办一趟。他去了。一进门，看到坐在长椅上嗞嗞哈哈喝茶水的那两个人，他都认识。认识的程度，没到拍拍打打嘻嘻哈哈那个份儿上，但每回见面，也点头笑笑。他们是他所在部队的保卫干部。他很惊讶，愣一下，想让自己挤出笑来。他们则像从未与我爸点头笑过，并不给我爸笑的机会，他们严肃的表情，一如校办墙上裱在镜框里的"校纪校规二十二条"。我爸把头垂到胸前，都想主动伸出双手，请两个保卫干部给他戴手铐了。看来我妈把他告了。他想不明白的是，这两个级别不高的保卫干部，何以这么快就到了北京。那时候，飞机不是一般人出行概念里的交通工具，能否坐它与钱无关，它是特权的标志。当时我爸的猜测是，这两个保卫干部，此前恰好在北京公出，是临时接到部队命令，来捉拿他的。搂草打兔子。这时是十二月三十号下午三点。

　　呼呼哧哧的蒸汽机车又蠢又笨，缓慢北行。车厢里暖气烧得好过分了，闷热诱发出多种气味：酸、臭、腐、骚……熏得我爸几近休克。他恐惧、茫然、紧张、绝望，像一头先期预见到肉联厂里恐怖情形的猪。火车次日到沈阳时，快十点了。来接站的，是辆破旧的北京吉普，那个以前与我爸挺熟的司机，也带搭不理。我爸随两个保卫干部一个司机上了破吉普，颠颠簸簸往北而去。吉普车开到沈阳北郊三台子法场时，被组织过来看杀人的数千群众正在散去。我爸被人扯着进了法场警戒线，一眼就看到一长溜死尸，躺在雪地上，像距离相等的人碑地标。那溜死尸有三十多具，还很新鲜，每具眉围，血痕面积都不很大，让人乍一看去，误以为那只是负伤的活人。我爸是行家，他知道他们死得彻底。他们白花花的脑浆全喷了出来，尽管脑浆与雪白成了一体，毕竟也是两样东西。他们脑袋上中的是开花子弹。我爸的脸色，与脑浆和雪同样惨白，他想不到，强奸我妈竟该当死罪，而且还要立即执行。他脚下一滑，坐到雪地上，手杵地时，左手被我妈抠破的地方，那层刚结薄痂的细嫩皮肉，又震裂了，有一丝血流了出来。两个保卫干部架起他，拖向一个摆出蛙泳姿势的男尸跟前，指点他辨认。他看到半张熟悉的脸。那半张脸上的一只眼睛，半睁半闭，不友好地看他，像活人在表达某种情绪。

"认识他吗？"

"他是，我，我妻子的哥哥……"

我爸稍稍想明白了，他被带回沈阳，与强奸我妈无关，有关的是他妻子的哥哥。

我爸前妻的哥哥，与我爸念国高时即是好友，两人一起离开学校从戎抗日，我爸跟上共产党，那妻兄跟的是国民党。我爸一路春风得意，好消息不断传回家中，那未来的妻兄，则无声无臭好像已蒸发。多年以后，我爸与追随着他也成了共产党的军人妻子回沈阳郊区老家完婚时，他还不知道，他当年的好友如今的妻兄，既没死掉也没去台湾，而是在黑龙江一个林场安上家了。什么都不知道好，不知道省心。我爸和他妻子就一直省心。可那妻兄多愁善感，不肯彻底从人间蒸发。他除了琢磨怎么锯树，还遥遥关注故乡的消息。后来，他知道了当年的好友已成了妹夫，就乡情愈浓乡思愈重，秘密回了趟沈阳郊区娘娘屯老家，与父母兄姐聊了一天，与妹妹妹夫聊了一宿。这是找死的一天一宿。他以为，这样短暂的一天一宿，神鬼都不会有什么知觉。他错了。有些警惕性高的邻居，眼睛和耳朵是给别人长的。他被发现并告发了。此时的全国，镇压反革命的工作正轰轰烈烈。我爸老家娘娘屯的领导，立刻与黑龙江林场方面取得联系，说我爸妻兄参加过国民党，是历史反革命。林场领导政治敏感度差，他们说，此人的历史问题早有结论，他没血债，表现也好，可以光监督改造不做处理。娘娘屯领导不满意林场领导的消极态度。他们要争镇反先进单位的荣誉，年终之际，市里将掀起新一轮镇反高潮，他们应该有献礼成果。他们专程去黑龙江林场，把我爸的妻兄押解回来，将他的指标，算在了沈阳的镇反名额里。这之后，沈阳这边就把我爸的妻兄和另外三十多个反革命一起毙了，毙前召开了有反属参加的公判大会。我爸作为反属，应该到场接受教育。是地方与军方的沟通环节出了问题，等部队派人带回我爸，他看到的只是残局。当然了，只要我爸看到死人，残局也行，灵魂也算受到了触及，下一步的事，是他怎么与前好友现妻兄划清界限了。

我爸反复说清楚后，有的领导认为他划清界限了，有的认为没划清。而只要他还存在没划界限的可能，就没人敢做主放他离开沈阳去北京读书。一个多月后，领导们终于统一了意见，认为他基本划清了界限。但界限划清了，他也是历史反革命的妹夫，是反属，不让他离开部队就不错了，怎么还能让他作为调干生留在北京读大学呢。他的学习资格被取消了。他获准去北京取回行李。

又过几年，一九五九年，我爸还是离开了部队，转业去新成立的舆论监督局任期刊科科长。我爸我妈都很困惑，不清楚期刊科是怎么回事，只能认为，这是组织上继取消他的调干学习资格后，对他这个前反革命家属的又一次惩罚。组织上没这么说。与我爸谈话时，组织上说这是重用。"……是的，右派分子的猖狂进攻，被毛主席来个引蛇出洞之计，一举打退了，我们已经对那些控制着无产阶级舆论阵地的右派分子进行了清洗。"组织上这样说了，我爸仍想不好组织上是不是要算计他，是不是也要对他"引蛇出洞"。几年来目睹的风风雨雨，早把他吓成惊弓之鸟，凡事只敢往坏处想。"但谁能保证，"组织说，"新右派不会再跳出来，不会利用他们窃取的舆论阵地，再说些让党反感的话呢。所以，为了使党的喉舌和号角不再落入异己之手，加强监督势在必行，只有这样，才能确保我们的舆论只为社会主义革命和社会主义建设欢呼和鼓劲，为总路线、大跃进、人民公社这三面红旗欢呼和鼓劲，哈，恰如彭总的诗句所云呀：'我为人民鼓与呼'……"听组织上说到这，我爸才基本把心放平。看来，让他去新的工作岗位，说明组织上没把他当异己而是当亲信了。

"请组织放心，到地方的新单位任职，我一定要像彭总要求的那样：'我为人民鼓与呼'……"

这时候，中央正开庐山会议，彭德怀倒台的消息，几天以后就传开了，有人说，彭德怀特别猖狂，公然和毛泽东对骂粗话。我爸不免又一阵心惊。代表组织谈话的领导引诱着他以彭德怀的诗句表达心迹，是不是给他下的套呢？

这时候，我妈来沈阳不到一年，与我爸仍然客客气气，我爸对她也是一样。是又过段时间，客气让他们都很别扭，他们才不客气的，一不客气，就陆续有了我和我妹刁星。我妈见我爸只沮丧几天又梗起了脖子，以为他在哄她高兴，是打肿脸充胖子。

我妈说："对不起，这回是我牵连你了，害得你把枪杆子丢了。"我妈说她牵连我爸，是指她来沈阳前，险些被分配到右派指标的事。

"嗨，哪里话，"我爸的脖子梗梗得更直了，"跟你无关，组织上眼睛是雪亮的，重在的是个人表现。我现在呀，责任重大权力巨大。"彭德怀的诗句没给我爸带来麻烦，组织上没对他搞"引蛇出洞"。

我爸负有多大责任，我妈一直没看出来，但很快，她看到了他权力多大。环卫局有本内部杂志，每期都有篇"编者寄语"，短小精练，印在扉页上，花花草草写得抒情，审刊时我爸挺爱看的。可有一天，我爸对那些花花草草有了意见，忽然意识到，写这种贴近自然远离人群的东西，其效果是取消阶级斗争。我爸就对环卫局一把手说：你们办杂志的人，是资产阶级吧？环卫局一把手比我爸级别高，人也傲慢，但在这件事上，他不敢与我爸辩白，不出两周，环卫局就给杂志社来个大换血，四个人里调走三个，主编副主编和一个骨干编辑，都被下放环卫所了，去身体力行地亲近花草。

"环卫局的同志负责环境的清洁，我负责他们这里的清洁。"我爸这样告诉我妈，将手指点上我妈左胸。那里除了乳房，还有心脏。

环卫局杂志社那三个倒霉者中的副主编，叫胡晓娜，是女的，与我爸同龄，下基层的第一周，就遇了车祸。扫大街时被车撞了。倒不重，但也住院近一个月，巧的是，她正好住在我妈任护士的病房里。那一个月，她与我妈成了朋友。主要是我妈先知道了她是我爸权力的牺牲品，感到内疚，对她特别好，才使她们成朋友的。我妈回家对我爸说，你真冤枉人哪，人家晓娜，可革命呢，没准比你政治觉悟都高。后来胡晓娜和我爸也认识了。他们果然有共同语言，成了无话不谈的异性朋友。其间倒也闹掰过一回。那是几年以后，环卫局一把手挨批判时，就他当年给杂志社大换血的问题做了交代：舆论监督局期刊科的刁科长说你们是资产阶级，我怎么敢用你们呢？

胡晓娜来找我爸时，握把剪子，扎不着我爸，就把搭在椅背上的一件旧军衣铰成一挂串珠式门帘。旧军衣是我爸看书时披背上保暖的。我妈横在两人中间，胡晓娜够不着我爸，气得直跺脚。估计能够着，她也不至于真下剪子。我爸提醒胡晓娜，铰军衣有毁我长城之嫌。胡晓娜不管那个，骂我爸是算命先生，是反革命一贯道，用相面的方式寻找敌人。我妈一个劲替我爸讲情，说老刁知罪了，这几年，我们一直在通过与你友好相处的方式弥补过失。我爸当时春风得意，已把"红太阳展览"办成沈阳的政治品牌，虽然心里有愧，但嘴上不软。他说晓娜呀，你不要歪曲一个革命者的政治嗅觉和判断能力，我是通过看你们文章得出结论的，这不是相面，这叫推理；但在寻找敌人这件事上，即使如你所说，我采取了相面方式，也不是就站不住脚，只是，我还没练就那样一双革命的火眼金睛。

"你还记得你给我讲的云南那个赵健民叛徒案吧？"我爸镇定地望

着胡晓娜。

"你打什么岔——你想说什么？"这时胡晓娜早不是披星戴月的清洁工了，在环卫系统"铁扫帚"造反兵团里，她任主要领导。

"我刚听到一些上边的消息，关于这个案子的后续消息——唔，应该是前续消息。"

"我没闲心听你扯没用的。"

"等我说完你再判断它有没有用。"

"那你有话就说有屁就放。"

"你把剪子放下。"

胡晓娜犹豫一下，借坡下驴，把剪子交到我妈手里。了解政治信息比报仇杀人重要。

前段时间，胡晓娜去云南外调，给我爸带回一个消息，说中央在云南定性个"赵健民叛徒案"，极为轰动，这一叛徒案的主角赵健民原来是云南省委书记。省委书记是叛徒没什么新鲜，不值得轰动，"赵健民叛徒案"的不同之处在于，赵健民领导的叛徒组织特别庞大，光云南，就牵扯进去两三万人，大部分还是县团以上级别的干部。当时我爸和胡晓娜连连感慨，认为云南的造反派好运气，能在一个地区集中挖出这样一大批高级别坏人，太过瘾了。他们没明说什么过瘾，但一批坏干部倒下去，就得有一批好干部顶上来，对这一点他们心照不宣。我爸和胡晓娜，都是根红苗正心红志坚的好干部。

"赵健民叛徒案是康老发现的。"我爸说。

"康老？康生？"胡晓娜顺着我爸的思路走了。

我爸说，几个月前，在京西宾馆一个会上，康生见到赵健民时，觉得他不顺眼，便指着他鼻子说："你肯定是特务，要不就是叛徒。"赵健民与康生没共过事，不怎么熟，他赔着笑脸请康生同志别拿这么大的事开他玩笑。康生没有开玩笑的意思，他进一步认定，赵健民把他的指控歪曲成开玩笑是心里有鬼。对着惊愕的众人，康生高声说："凭着四十年的革命经验，凭着共产党人的政治直觉，我有这敏感。"接下来，一调查，果然就找到了赵健民先当叛徒再做特务的如山铁证，并顺着这根藤，摸出两三万小叛徒小特务的瓜。

"再后来，才是你讲给我的那些情况。"

胡晓娜没词了，憋半天，忽然喊："好你个姓刁的，你自比康生同志！"

对此我爸已有准备。"与康生同志比，我做个小学生都不合格，所以我的判断不十分准确。你不是资产阶级，在你身上我有失误。但你们那个主编，还有那个编辑，你能打保票他们也不是资产阶级？"

我爸等于间接承认了错误。已经好几年前的事了，又是志同道合的朋友，胡晓娜只好不再追究。最主要的是，她无法证明与她一起倒霉的另两个人不是资产阶级，而证明不了，就说明我爸的判断至少有三分之二正确的可能性。

这是后话，前话是，我妈生我时，是胡晓娜一并给我哥刁北和我取了名字，还等于给我妹刁星预留了名字：北斗星。

"多好呀！"胡晓娜眼望北斗星，嘴上夸自己，"我这就叫神来之笔。"

但我爸觉得不好，觉得我哥刁北的名字不好。北是什么，是败北，是找不着北，是背时背运走背字儿那个"背"的谐音，是倒霉落魄没指望的意思。他这样说。我哥刁北倒喜欢这名字。"我叫刁北"，"我是刁北"，"我刁北"，多少年里，对生人介绍自己，或给人打电话，头一句话他总这么说，简洁、干脆、明晰，从不拖泥带水地用"我姓刁"或"是我"过渡。这名字刚属于他时他喜欢它，只因为它怪异，更可以用它替换我爸我妈给他的名字；长大后他仍然喜欢，则恰恰因为它隐喻着我爸分析的那些含义。"名正言顺呀。"他这样表达他的意见。我想象得出，他的"正"与"顺"都指什么。

在此之前，我妈给他取名大宝，除宝贝之意，还有命大之意。我爸不同意我妈的名字，他明里不好说，暗里的想法估计是，一说起这孩子命大，就会联想到他致我妈怀孕的非正常手段，这让人尴尬。我爸坚持称我哥刁北小翔。他名字里有个"祥"字，叫我哥刁北小翔，既有血脉传承的意思，又是对我哥刁北将来有出息能发达的良好祝愿：飞翔！我哥刁北登记在户口本上的名字，最初就是刁小翔。但日常生活里，我妈我姥坚持管我哥刁北叫大宝。我妈叫时强调"大"，我姥叫时强调"宝"。"宝宝"，我姥一般这么叫，尤其当我爸面，更这么叫。这是我姥的明理之处，她以行动声援我妈，又给我爸留足面子。几乎所有大人，都管孩子叫过宝宝。

　　我哥刁北表面随和，内里倔强，对我爸我妈起的名字都没好感，更让他反感的是，为怎么称呼他，我爸我妈总争来辩去。以前争辩，他小，不理解那分歧起源于对他的称呼。可来沈阳"寻根"，他八岁了，作为八岁的大孩子，他分析得出他名字是爸妈分歧的引线。他觉得委屈，但又无奈。他不喜欢"刁小翔"，是觉得我爸对他不好，这次沈阳之行，不仅没挽回他对我爸的不良印象，反倒坚定了我爸只是他养父的看法，他不想承袭一个对他不好的养父的名字。他也不喜欢"刁大宝"及其派生的"宝宝"，是觉得这名字太俗、太滥、太土。他已开始看闲书了，从书本里，他知道，他对别一风格的名字更感兴趣：柔石、巴金、黄胄、舒同，丰子恺、艾思奇、于是之、闻一多……简洁利落，出其不意，甚至有点莫名其妙。他的这一兴趣指向，对他为什么一生喜欢格言警句也解释得通。但当时，他脑子里没有改名的意识，只能在爸妈的争辩中忍气吞声。我爸我妈知道我哥刁北敏感，争辩时，一般避免在他面前。可一个假期一起生活，这种事是避不开的。这天，胡晓娜拎一篮鸡蛋来给我妈下奶，发现我家又气氛不对。刚生下我的我妈正埋怨我，意思是她生我是我的错。扎她头上的一条手巾歪歪扭扭，本意是要挡住额头，可这时，它盖住的只是头顶，脑门则露着。我在睡觉。我哥刁北在背李商隐的《安定城楼》。我爸站在窗前看外面的星星，手里捏本从中间翻开的杂志，那被攥皱巴了的杂志，像根没炸透的泛白的油条。除了我，屋里的人都暗自怄气，包括我哥刁北。胡晓娜按躺下我妈批评我爸，紧接着就弄清楚了，我爸我妈又为怎么称呼我哥刁北发生了分歧。

　　"他有正经八百的名字，他叫小翔。"我爸说。

"可我更喜欢叫他乳名，叫他大宝。"我妈说。

我妈不干涉我爸叫儿子小翔，我爸坚决反对我妈称儿子大宝。

"多大个事儿呀，"胡晓娜对我爸我妈的分歧不以为然，也是她不清楚什么是他们分歧的核心原因，"名字不过是个代号，叫什么不一辈子。"

我爸去厨房给我妈煮红枣粥，胡晓娜顺手把我爸手里的杂志接了过来。揉平纸页，她看到那杂志叫《文艺红旗》，我爸正读的那篇文章上，画了不少杠杠和问号，都红笔画的。不知是否受到那篇文章中哪条杠杠或哪个问号的影响启发，胡晓娜很快放下杂志，巧妙出手，化解了矛盾，至少表面上，平息了我爸我妈在我哥刁北名字问题上的持久战争。那之后，我爸总说我哥刁北的新名不叫个玩意儿，但他的不满说不出口，他必须接受"刁北"的叫法。

当时，胡晓娜这个天天起早扫大街的知识妇女，两手平压《文艺红旗》，微微扭头看向窗外。窗外的夜空里，有我爸刚才凝望过的闪烁星斗。"我就不拿自己当外人了，不正好老二也没名吗，我给这小哥儿俩一块儿起了，保证是好名。"我爸我妈都在气头上，没反对，都说好好。"可有一条，我起完了就得算数，以后你们都得按我的名叫，别再'小翔''大宝'地分庭抗礼——啥事儿呀，弄得我叫他都左右为难。"我爸我妈也被这无聊的名字之争搞疲沓了，就没拒绝，都说行行。"来，"胡晓娜先不急着对我爸我妈公布创意，她把一旁含泪默诵"贾生年少虚垂涕王粲春来更远游"的我哥刁北叫到身边，"你是大孩子了，胡阿姨帮你起名得你自己同意。我想了三个，觉得都挺有意义也挺有意思，我叨咕叨咕，你琢磨琢磨，看喜欢哪个，只要你喜欢，你爸你妈就会喜欢，你姥也会喜欢，以后所有人，包括你的同学老师，都得叫你新名。你明白胡阿姨意思不？"我哥刁北当然明白，他点点头。胡晓娜低声嘀嘀咕咕，像个玩小把戏的孩子；我哥刁北凝神倾听，如同审慎持重的大人。胡晓娜说完，我哥刁北继续沉吟，同时用手在李商隐的诗集上写写画画。不知写了几遍画了几回，他怯怯地抬头瞄我爸我妈，见爸妈都是默认的表情，再看胡晓娜，并在胡晓娜手心描了起来："它行吗？"胡晓娜说，"有眼光，我重点推荐的就是它嘛！"这之后，我哥刁北笑脸灿烂，以他不大喜欢展示给爸妈的孩子气口吻叫："嘿，回北京我就让我姥改户口本去！"他还冲胡晓娜鞠了一躬："谢谢胡阿姨！"胡晓娜夸张地亲他一下，一本正经地问："怎么谢？"这倒让我哥刁北没话接了。

多年以后，胡晓娜又给我哥刁北一份工作，让他连续几年有固定饭碗。我哥刁北是大人了，胡晓娜却延续着她老套的玩笑一本正经地问：怎么还？她意思是：你想怎么还我的情？我哥刁北心中有数，取名字，给工作，的确都应该感谢并且还情，可被问的当时，他又的确回答不了怎么谢与怎么还。幸好有天意。又过些年，胡晓娜试图自杀，我哥刁北猛扑上去，救下了他。只是，这种回报增加了他的矛盾心理：他不愿意违背一个有行为能力的成人的意志，又必须违背。

在当时，我爸我妈有着与后来的我哥刁北相近的心态。从本心讲，他们不愿意接受胡晓娜的命名，但冲动之中，他们赋予了胡晓娜权力。覆水难收，他们只能信守承诺。他们在无条件接受胡晓娜送给他们两个儿子的名字之后，又按胡晓娜要求，郑重地、严肃地、由衷地，把我哥刁北和我的新名字叫了出来。爸妈叫时，别别扭扭，生硬拗口，不像呼唤倒像谩骂；但他们毕竟叫了出来，完成了对我哥刁北和我的命名：

"刁……北！刁斗！"

"刁斗！刁……北！"

刁北刁斗同时诞生了。

我哥刁北知道"刁北"诞生了，喜悦而羞涩地分别应答了我爸我妈；我对"刁斗"的诞生毫无知觉，只在睡梦中，用一泡尿在我身下的小褥子上画了幅地图；至于我妹刁星，还没影儿呢．她是一个被预定的名字勾出来的人。

我妹刁星二十出头时，比十八岁出头的我妈漂亮．这个新闻系二年级女学生，遇到了与我妈当年同样的问题：怀孕了；怀的是个有妇

116

之夫的孩子；那有妇之夫也是军人；我妹刁星也一度绝望——有一点这娘儿俩不同，我妹刁星是在知道那男人有配偶的情况下，志愿多次与其性交的。那八十年代初叶的军人没经过战争洗礼，远不如我爸这个从铁与血中杀出来的五十年代军人敢作敢当。我妹刁星上他床前，他承诺将弃旧迎新，可我妹刁星怀上孕后，他却成了缩头乌龟。我妹刁星没缺铁性贫血症，绝望之时，也没昏厥。那个让我妹刁星怀了孕的，有睡觉前做四节二十四式哑铃操习惯的，方正大脸上凶悍之气掩饰不住无助苦相的营职军人，他爸是个名气很大的国民党战俘，许多共产党人饱受磨难时，他和他家人照样吃香喝辣。我妈不顾女儿反对，要告他，有人说了他爸是谁，说你告不倒的。无计可施的我妈，只能偷偷画个纸人，日日展示她当护士的拿手好戏，以针扎之："老国民党，怎么不镇压你！老反动派，怎么不枪毙你！"

我妹刁星近四十岁时，去了趟台湾，与那里的新闻同行交流十天。她隐瞒了她的中共党员身份。是组织上让隐瞒的。"隐瞒"是个危险信号，我妈为此担心忐忑，她怕我妹刁星被某个甫志高出卖，被关进台湾的渣滓洞白公馆。她先阻止，未果，只能多看电视报纸上关于台湾的消息。以前她反感台湾的消息。她看到一个叫李登辉的国民党头目，经常在电视上抛头露面，也长了一张凶悍之气掩饰不住无助苦相的方正大脸。有一次，他接见什么人或受什么人接见，不知恐慌还是急迫，还是什么别的原因，竟脚下拌蒜地快走了一步，像急于从地上捡只钱包。他那个始终微笑的妻子拉他一下。明显的，他意识到了妻子的意思，可他没理妻子，只对面前的什么人谄笑媚笑。作为台湾人，这有失风度，对他人尤其是女士的示意做出呼应，本是他们的礼仪习惯。一两天后，行事仓皇的李登辉，不论睡觉前是否也有做四节二十四式哑铃操的习惯，反正他代表国民党，混丢了在台湾执政的权柄，一个喜欢眯眼睛假笑的叫陈水扁的男人，代表民进党受到了更多百姓的拥戴，实现了台湾的改朝换代。我妈这个讨厌政治也不明白政治的退休护士，那些天里，直至我妹刁星从台湾回来，一直把喜气洋洋的目光投向陈水扁，夸这个只大我哥刁北两岁的政治明星眯眼假笑的样子有魅力。"民进党打垮国民党，也是替共产党出了气呀！"那些天的早上，与我妈一同在公园跳健身操的老姐妹们，几乎都听到过她解恨似的介绍，"哼，没辣气的国民党，当年丢了大陆，现在丢了台湾。该！"

那个叫王子玉的小伙子表情严肃，选位置站好后，用日语对刁婵说句什么。刁婵表情茫然，但很顺从，点了点头。他们分别从身上取下挎包，脱下羽绒衣，堆在雪地上。那片雪地也颜色灰暗，像块洗不出本色的浅色桌布，但平缓舒展，没受到踩踏。我哥刁北上前几步，想替他们抱过衣物。来不及了。两个年轻人已并排站好，背北朝南，跪下，三叩头。本来周围没什么人，可一瞬间，像从地底下冒出来一样，至少围来十个男女老少。日本人？人们议论纷纷。有个妇女贼眉鼠眼，想从雪地上顺走刁婵的女式皮包，我哥刁北制止了她。他们日本人，那妇女说。哪国人的包也不能随便偷呀，我哥刁北说。那妇女剜我哥刁北一眼，日本鬼子侵略过咱呀，她批评道，真不爱国！

面前背南朝北的，是一排新修葺过的破败平房，土黄色，孤零零的一溜三间，勾连在一起，中间的高些两边的低些，从所处位置和架构形状看，像三座并置的公共厕所。没人那么并置三座公厕，它们每间的大小再局促逼仄，也超过一般公厕两至三倍。它们组成的是个小小火车站，火车站的名字叫皇姑屯。在车站正面，也就是北面，王子玉和刁婵叩头的地方，也是我哥刁北和围观者站着的地方，看不到铁轨。这三间大于公厕的土黄色平房和它们周边的铁红色栅栏，以及与它们拉开一点距离的、那一趟趟在大小和架构形状上更近似公厕的民居平房，共同挡住了人们视线。只有火车通过时，人们才会意识到，那里趴着冷硬的铁轨，若偶尔再有列火车停一分半分。从车上再下来几个扛行李背包的乘客，人们才会进一步意识到，这车站还不是废弃的古迹。

他们在沈阳只待两天，刁婵和王子玉。他们是对行事严谨的年轻情侣，他们的日程，一个月前就定好了，二十天前，我哥刁北就知道了：东京至高雄七天；高雄至台北一天；台北至香港一天；香港至北京五天；北京至沈阳两天；最后由沈阳飞回东京。不是他们通知我哥刁北的，也不是倪可心通知我哥刁北的，是倪可心通过我妹刁星通知我哥刁北的。尽量避免与我哥刁北直接对话，是倪可心恪守的原则。刁婵是三年级大学生，读东京一所大学的服装设计系，她的理想像她的相貌一样平庸具体，开一间自己的裁缝铺。她已经是活脱脱的日本姑娘，皮肤白皙，个子不高，谦卑，略胖，走起路来步子细碎。从她身上，看不出一点我哥刁北的影子，也看不出倪可心的影子，不知为什么，我哥刁北觉得，刁婵更应该是曾与他打过一回照面的枝子的女儿。枝子没女儿，儿子也没有。她没结过婚。"你——好——"刁婵和枝子悄无声息地出现在我哥刁北面前的时间，相差了二十年，但恍如同一幅画面的两度浮现。她们同样深弯下腰，满脸堆笑，带些羞涩，中国话说得怪腔怪调。"刁先生"，这是跟在枝子的"你好"之后的称呼；"爸"，这是跟在刁婵的"你好"之后的称呼。她们的区别，似乎只存在于对我哥刁北的称呼上。王子玉是刁婵的未婚夫，是个大刁婵五岁的男科医生，台湾高雄人。他现在在东京一家男科医院工作，与刁婵同居。刁婵大学毕业后，他们将结婚，他还将把刁婵带回高雄，他开自己的男科诊所，她开自己的裁缝铺。这是他们严谨而务实的未来计划。"子玉也是东北人呢，"倪可心告诉我妹刁星，"他祖上先人中，有好几位分别在张作霖张学良父子身边效过力，曾与张氏父子非常亲近。这回去沈阳，他希望能看到两个地方，张氏父子生活过的帅府，和张作霖被炸死的皇姑屯火车站。"倪可心没提刁婵想见爸爸那类话。我哥刁北知道倪可心喜欢有一说一。

见到刁婵，我哥刁北肯定高兴。刁婵再不像他，再不想他，也由他的精血凝成。生命是种简单的现象，但也是复杂的奇迹。如果刁婵在他身边长大，一切也就习以为常了，可刁婵不光成长在他视野之外，还成长在他想象力之外。忽然之间，一个二十多岁的大姑娘叫他爸爸，这让我哥刁北无所适从，他既觉得庄严又觉得滑稽。好在刁婵只会说些日常汉语，与他交流很少。英语倒能帮他们有点交流，可我哥刁北英语口语能力太差，而刁婵的英语，同样只局限在日常用语和服装专业上，也没法交流。这又让我哥刁北若有所失。很难说他的失落不比高兴强烈。他的女儿，与他客客气气，一天要鞠躬点头"你好""谢谢"无数次，但他在她眼里只是导游，要说点感情方面的，思想意识方面的话，还需要王子玉居间翻译。父女俩无法单独对谈。王子玉会讲一口好听的"国语"，有点像某个我哥刁北叫不上名字的台湾歌手，有"磁性"的嗓音。长得也有点像，下巴稍稍向外翘出，似乎象征了他牙齿的根基多么坚牢。但有几句话，我哥刁北却必须绕开这个能说会道的下巴直接说给刁婵，他就时不时看一眼刁婵，然后叹气。

两个年轻人离开沈阳前那个下午，去了张氏帅府，除了我哥刁北陪他们，我也去了。好多年里，我供职的作家协会，一直以帅府为办公地点，我知道哪个房间枪毙过杨宇庭，哪个窗口是赵四小姐深情凝望张学良的地方，我玩遍了那里的角角落落。从张氏帅府出来，吃奉天街的小天鹅食府，由我做东。前一天晚上吃勺园，我妹刁星做东。这也是我们事先商量好的，两个白天我哥刁北陪两个年轻人东走西转，吃东北小吃，算他们一家人的自由行动，晚饭则要刁门全体十多口人聚到一起。刁门全体济济一堂，需要我爸与我哥刁北共处一室，这是二十年里，两人为数极少的相聚时刻。他们像路人一样互不理睬，但都得体，能确保他们中间的壁垒形影无迹，让刁婵和王子玉看不出破绽。我爸与刁婵很亲，他会几句日语。我妈稍显冷漠，除了不会日语，也与王子玉是台湾人，是国民党的后代有关。可能有关吧，她没说过。虽然国民党无权统治台湾了，却没彻底垮掉，那个年老的连战、年少的马英九，不时对陈水扁叫阵挑战。我妈替陈水扁和他的民进党捏了把汗。共产党把国民党赶上了孤岛，民进党就应该把国民党推进大海。宜将剩勇追穷寇嘛。等菜时，大家聊得热火朝天，我哥刁北缩到包房一角，坐在沙发背上，与人说电话，说几句后，叫过刁婵，把电话塞到她的手里。后来我才知道，这是这两天里，我哥刁北与女儿唯一一次正式交流。仍然没在他们之间单独进行，也通过了翻译。这回的翻译，不是王子玉。

"你好刁婵，我是你爸的朋友，叫霍长和。"霍长和是沈阳师范大学教授，能说流利的日语。他用日语与刁婵说话。

"你好霍先生——霍叔叔。"用日语说话，刁婵自如多了。

"你爸说，你这回回来，给他带来一枚非常漂亮的戒指，是你送他的礼物。他觉得它非常珍贵，也非常喜欢它。同样，你这回回来带来了你的男朋友，未婚夫，你爸对这小伙子印象很好，他为你找到这样一个意中人感到高兴，他想送他一样礼物，以表达他对他的满意，也是借此祝福你们两个生活幸福。我的话你能听明白吗？"

"明白霍叔叔。"

"太好了。是这样刁婵，如果你爸把你送他的戒指转送你男朋友，你觉得是不是合适，从你们的礼仪上讲，有无不妥之处，另外，你妈妈有没有可能不高兴？"

"为什么呀——倒也没什么不妥，妈妈也不会不高兴，戒指已经是爸爸的，他怎么处理是他的权利。可是，可是我还是不明白，他为什么不留下它……"

"你爸说了三点理由。第一，那戒指对他来说有特殊意义，你和你男朋友对他来说也是有特殊意义的人，他愿意把特殊的礼物送给特殊的人；第二，送你男朋友一样礼物，这是你爸必须做的，可在日常生活中，他是个比较麻木和茫然的人，除了买烟和买书，他对其他商品的价值与意义都缺少认识——这点你妈更了解他，除了这枚戒指，他不知再把什么作为礼物送给你男朋友更合适些；第三，尽管戒指也有保值功用，但主要是用于佩戴的，可你爸永远不可能在手上戴一枚戒指，而保值，对他来说也没兴趣。你爸说，即使那戒指不再属于他了，但它的纪念意义，也会永远在他心里……"

在我妈保存的那包"有纪念意义"的旧物里，和她的破裤衩烂背心以及写给中央的信放一起的，本来还有离婚报告。是离婚报告副本，是我爸与前妻离婚时写给组织上那份离婚报告的副本。有一次，夫妻亲密时，我爸说这些旧物影响感情，让我妈烧掉，痴醉之间，我妈也就动手烧了。可刚烧完离婚报告，又想烧别的时，她忽然觉得这是我爸的阴谋，是我爸要割断历史。她熄灭火炉，并立刻为烧了离婚报告后悔起来。

当时，领导取消了我爸的调干学习资格，但没剥夺他自由，更没打碎他脑袋，他们允许他去北京取回行李。领导没把我爸与他当过国民党兵的反革命妻兄看成同伙。我爸感到了某种安慰。政治身份上的与良心情感上的双重安慰。他可以顺便看我妈了。这一个多月近两个月里，他给我妈写了十一封信，平均四五天就发一封。这固然有他急于安抚我妈的意思，怕她告他，但也能证明，他发自内心地感到懊悔。他第三封信发走以后，曾换回一封我妈的信，我妈说，她再也不想见到他这个人和他的信了，他在她那里已是死人。死人是什么意思？就是不会成被告了，我妈在暗示，她不会告他。我爸心里踏实不少，可他继续写信安抚我妈。显然，在男女问题上，我爸肯于负起男人的责任。他不是无赖。

我爸出现在我妈家时，我妈不理他，他在她眼里已是死人。可他在我妈的妈妈他未来的丈母娘眼里却是靶盘。我姥阻止我妈赶走我爸。

"阿姨——"

"就是你作的孽呀，你让她——"

"妈你别说！"

"对不起阿姨。"

"我能不说吗？她怀孕了！"

我爸一下被惊呆了。一次那么匆忙的性交，没有合作，缺少美感，甚至都不快乐，可我妈居然就怀孕了。我爸和他妻子，在两年的婚姻生活里，性交不会少于四百次的，有时一夜就两次三次，可他妻子的月经，准时得如同军营里黎明的号声。

我爸与他妻子感情很好，唯一的不满是她总不怀孕。一九八四年，我大学毕业时，我爸觉得我彻底算大人了，对我提出两项要求，希望我三十岁前能完成任务：第一，生个儿子，生不出儿子女儿也凑合；第二，入党。他这个老共产党员，把入党排在了生殖后边。我如期完成了他的两项任务，向他交卷时，他都隆重设宴举家同贺。生儿子的家宴比入党的家宴更为隆重。在我爸眼里，我们刁家只有我能承传香火。我妹刁星是个女的，而我哥刁北，已相当于零。

"你这辈子，最后悔的就是一九五三年冬天吧？"一九八三年我哥刁北与我爸决裂时，暗藏杀机地这么问道。

"你什么意思？"我爸上当了。

"如果当时你就和我妈肚子里的我的胚胎划清界限，后来，也就不用反复划了。"

我哥刁北这么说话是气我爸，其实，他也承认，一九五三年的我爸足够仗义。如果他当时即与我妈"划清界限"，那这世界上，不光不会有我哥刁北，连我妈，甚至我姥，都会早早就消失的，我和我妹刁星就更没有了。那个时候，普通百姓的私人生活正开始结束，任何道德瑕疵，都有可能被置放于政治祭坛，未婚先孕及婚外恋情，足以将我妈妖魔化为新社会的敌人。刮宫手术没多复杂，可我妈不可能开到人工流产证明，而开不到证明，就没医生敢为她冒险。别无选择，她唯一的解脱办法是一死了之。否则，被社会这张大嘴咄咬咀嚼，作为一个没有尊严的人屈辱地活着，比死痛苦。

我爸的及时出现，把我妈留在了活的此岸，又没让她遭受活的痛苦。

我爸许诺对我妈负责到底，我妈我姥都不相信。但两个女人也知道，与我爸吵闹毫无意义，那也不是她们的风格。我妈继续蹦跳、勒腰、击打肚子、吃腐烂食物以通过呕吐拉稀引发流产；我姥则走乡串镇，四处寻找尚未被政府镇压干净的民间游医，希望他们手里的锈钳子钝剪子能清除我妈肚子里的孽障。都没用。我哥刁北命大，什么人什么办法都剥夺不了他出生的权利。我妈没再昏厥，她默默选择着自杀的方法。后来我爸问她，你为什么没选择告我？告了我组织上就能允许你流产。我妈说，流产我不照样丢人？要是告完你流完产我就不丢人了，你以为我不会告你！三天后，我爸回沈阳前，再次来到明星胡同。他说他把能想的办法都想到了，没人能帮他，谁也救不了我妈。我妈说你走吧，你心意到了，也就行了，剩下的问题我自己解决。我爸拿出一封信给我妈看。我知道你想死，我爸说，可你能等等吗，等到我——等到肚子鼓起来吧。如果我不能离婚娶你，我来找你，咱俩一块儿死。我妈看着那封我爸写给组织的离婚申请，一点也高兴不起来。我爸的离婚理由，是与反革命的妹妹划清界限。

"你这是雪上加霜，往人家伤口撒盐。"

"我管不了那么多了，现在我更需要对你负责！"

"你——你就不能说是因为更爱我才要离婚？"

我爸的嘴唇吧嗒两下，没发出声。

我妈知道，即使我爸能吧嗒出声，他也更爱妻子。我妈这一生，自卑感较强，与她嫁的男人不最爱她大有干系。至于他们的感情一直还好，多半是婚姻中的理性使然。

我爸的离婚还算顺利，组织上很欣赏他的觉悟，反对他继续在北京学习的那些领导，都略有愧意了。我爸的结婚小有波折，在我爸这边，是有领导觉得他刚离婚就结婚，不大好，倒也说不清哪里不好；在我妈那边，是她还在读书，而学校要求学生就读期间最好不结婚，尤其不能生孩子，可这两条她都绕不过去。竟是我姥沟通广大，他求到一个在大领导家当保姆的姐妹，夸大了我妈的缺铁性贫血问题，大领导给我妈就读的护校拨个电话，我妈休学一年的申请就获得了批准。我爸我妈结婚两个月后，我哥刁北没作为私生子，而是作为正常的婚生孩子来到了人世。

顺便提一句，在我哥刁北诞生的同时，我爸的前妻，那个因喜欢我爸，也于十七岁时投笔从戎、为人妻两年未怀过孕的女军官，用子弹击碎了自己脑袋。这是夸张之辞。她那把手枪，那把一九一〇年的老式七点六五口径勃朗宁自动小手枪，能将枪膛内的七分之一发子弹射进她太阳穴就不错了。她将枪口顶上脑袋时，肯定想过，也许这装饰性胜于实用性的轻巧玩意已射不出子弹，能射的话，没准也得多勾几回扳机。她担心七发子弹是否够用。够用。她只勾一下扳机，它就击发了，子弹钻进她右太阳穴，再由她左太阳穴出来，击碎了她那个映在墙上镜子里的脑袋。这把勃朗宁，是当初我爸与她定情的信物。我爸说你打一发试试，看好用不。女军人亲吻着冰凉的枪身说，我不打，好不好用没有关系；我不许它不完整，我要让它永远装满七发子弹——"妻"。这一次，她用了它。它不完整了，枪膛里少了一发子弹。破碎的镜子下有张桌子，桌上有她写的遗书。遗书有三又三分之二页，三页讲她对党的忠诚，对军队的热爱，大半页讲她对组织上指派她当镇反运动反面典型感到委屈，结尾时，以一行半的文字提到我爸，说她赞赏他弃她而去的革命行动，不责怪他，仍然爱他。

顺便再提一句，我说在男女问题上，我爸肯于负起男人的责任，这落实到他对前妻的态度上好像矛盾。其实不然。我爸离开前妻，表面看是两难相权，对两份责任，他只能负担一份放弃一份。但生活中，任何责任，还都有个负得起负不起的问题。对负不起的责任硬负，那不叫负责任，那叫蚍蜉撼树以卵击石直至同归于尽。我爸前妻作为历史反革命的妹妹，有可能在灾难的泥潭里挣扎一生，我爸再爱她，又怎能负得起把她拖出泥潭的那种责任呢？负不起就不负，这叫灵活性。我爸做选择的主要动力，应该是环境，我妈怀孕只是借口，是个比较特殊的借口。我爸一向志存高远，他很清楚，只有离开反革命的妹妹，他前程才可能一片光明，至少不会一团漆黑；否则，他的未来就定型了。一个首先对自己负责任的人，才谈得上对别人负责。据我哥刁北推断，没我妈出现，我爸也会选择离婚。

八

进入青春期的我哥刁北，日日埋头闲滥杂书，夜夜笔记纷纭思绪，唯一的消遣是下街边象棋，而无暇——主要是没那意识，像其他男同学那样，与女同学眉来眼去。他身体还是一潭死水。恰在这时，在明星电影院门前，他注意到了那个矮胖的毫无姿色可言的女红卫兵，并在她介绍"清平乐"体罚手段时，于大庭广众之下，昂然勃起了青涩的阴茎。"……明白了吧？那些地富反坏右的老妖婆们，奶子越大的，越是我们红色政权的敌人，是毛主席的敌人，对她们的大奶子，我们要用钢板和铁丝……"我哥刁北听得毛骨悚然，看得心惊肉跳，他庆幸他裤子肥大上衣襟长。是这之后，他追随着遇罗克去王府井的。

这一阵子，看书之余，我哥刁北也像高年级学生和大人那样，热衷于到处看大字报。他看大字报没有动机，没有目的，与龟缩家中读《蒙田随笔》，读《鲁迅杂文》，读《托尔斯泰日记》没有区别。文字本身就能给他快乐。他不愿意拉帮结伙，也没人找他入宗入派——他已小学毕业，还未去初中报到，中学停课闹革命呢。形单影只，独羊孤雁，对别人来说，对百分之九十九的人来说，都不是滋味，可我哥刁北却很坦然，很少产生失落之感。他一生如此。这一生里，间或地，他也会对某人发生兴趣，但那兴趣，主要是他单方面的事情，与兴趣对象仿佛无关。兴趣对象是面镜子，他反复打量，看的是自己。比如，这时的我哥刁北，对遇罗克已经有好感了，换个人，大概会上前表达出来——遇罗克若不理睬，只当他是可笑的孩子，那是另一回事。可我哥刁北不去表达。与遇罗克身边跟个女学生有点关系，但关系不大。语言怎能说得清感觉呢？他只默默尾随，跟着遇罗克，以及遇罗克身边的女学生，来到工艺美术服务部门前，简单地扫一眼他们贴出去的大字报，然后就冷静地、专注地、审慎地、赏析般地，看遇罗克这个人。

　　工艺美术服务部毗邻东长安街，是王府井这个繁华之地繁华的开端，每天有成千上万北京人和外地人穿梭在这里。这段时间，外地红卫兵正蝗虫般地扑向北京，把北京看成一片茂盛的庄稼。此前，毛泽东已六登天安门，一边接见来自全国各地的红卫兵小将，一边利用新闻报道，整合他身边那些陪同接见者的排名顺序。江青的名字已跃居三甲，刘少奇的名字则连连后移。多数红卫兵不是政客，不关注排名顺序，只关注毛泽东周而复始的挥手致意。几十年后，有个笑话，多少能说明当时的气氛。一个农民目睹了接见场景，回去对村里人说，城里人呀，也不咋的了，见啥买啥，连顶帽子都要抢购。毛主席在天安门城楼上举着帽子问：谁买帽子？就有成千上万的人想要：我——买——我——买——我——买——好多人有帽子戴了还要买，结果把自己头上戴的帽子都挤丢了……其实丢的不光是帽子。每次接见完，清洁工打扫天安门广场时，收罗到的鞋、袜子、衣服、皮带、书包、书、水壶、眼镜、馒头、面包、药瓶药盒、比较小巧便于藏匿的管制刀具，等等吧，都能装满几辆货车。眼下，马上要进行第七次接见了，王府井多热闹可想而知。这时的遇罗克和女伙伴往墙上刷大字报，等于在王府井热闹的大潮中又添朵浪花。

　　大字报的标题是《出身论》，文后署名"北京家庭出身问题研究小组"。对这样的题目和署名，十三岁的我哥刁北兴趣不大。他乐于看的，是那种有点历史史实的东西：彭德怀为何要对毛泽东之子毛岸英的死负责，王光美陪刘少奇出国访问时佩戴项链说明了什么，都有哪些证据能证明朱德是军阀贺龙是土匪而陈毅一打仗就开小差……两个月后，《出身论》被印到一张自办小报上，那报纸立刻成了流行读物，到处有人高价买它。我哥刁北忽略了贴在墙上的《出身论》与印在报上的《出身论》之间的必然联系。三年半后，在工人体育场，听着政府对遇罗克的公审，我哥刁北才恍然大悟。他开始找它，却遍觅不得。好多年后，在《遇罗克——遗作与回忆》那本书中，他首次看到《出身论》全文。但看到了，却心静如水，感觉麻木，觉得它与他当初在大字报上看到的不是同一个东西。

遇罗克贴完大字报，退开几步，打量那面墙。这时，他一定也看到了我哥刁北。我哥刁北已开始浏览大字报了，还下意识地，凑过去，把一张大字报没粘牢的一角往墙上拍拍。从遇罗克的眼神中，我哥刁北知道，遇罗克看他不是因为认出了他。他略感失望。看大字报的人越来越多，他们挤开遇罗克，也挤开了我哥刁北。我哥刁北没坚守阵地，他在人堆外沿瞄着遇罗克移动脚步，直到看着他早有准备地站到工艺美术服务部门前的台阶上，他才也在原地站稳。我哥刁北站在台阶下，与遇罗克的距离远了一些。在"赏析"遇罗克的过程中，我哥刁北注意到，他与一个多月前不一样了，可不一样在哪，又说不好。他还是那么瘦削、微黑、精干、戴着眼镜、微驼着背、支棱着一对特别显眼的扇风耳朵。可能是，穿的衣服不一样吧？我哥刁北这样对自己解释。一个多月前，他穿的是件半袖汗衫，而此时，他敞怀穿件蓝色工装。他两条胳膊上的袖子挽得不一边高。

"谁和我辩论？"忽然，遇罗克开口了。他左手叉腰，右手扶了扶白眼镜框，有点傲慢地环顾左右，一副信心十足的样子。

我哥刁北热血沸腾。哈，这扇风耳朵，不光贴大字报，还要与人辩论！我哥刁北游走京城，对辩论的阵势见识多了，但单枪匹马设擂叫板的，还第一次遇到。陪同遇罗克的女学生没走上台阶，她拿出笔和本，好像要记录过一会的舌战。我哥刁北耳听遇罗克说话，眼扫周围，看有没有人前来应战。

"你想辩论什么？"有人跃跃欲试。

"就是这《出身论》呀。第一问题，是社会影响大于家庭影响，还是家庭影响大于社会影响？"

"哼，老子英雄儿好汉，老子反动儿混蛋，基本如此，这还用辩？"

"这副从封建社会山大王窦尔敦那借了半句话的对联，的确不值一辩！我想说的是，我为什么认为它是错误的，是反动的。毛主席说，任何真理都是符合于人民利益的，任何错误都是不符合于人民利益的……"

我哥刁北听得津津有味看得津津有味。遇罗克的手势有点夸张，但充分、有力、气度不凡，他那双滑稽的扇风耳朵本来只随脑袋摇晃，但此时，好像也在配合他的手势。我哥刁北有点溜号，在心里设计着，一会遇罗克结束辩论，他该怎样上前表达敬意，甚至互通姓名。可就在这时，他觉得他那并不扇风的耳朵被人揪住了，顺着那股揪他的力量，他斜着身子退出了人圈。是倪可强。

"操，你丫在这呀？你丫在这正好。替我把可心带家去。"

"干吗你可强！我这有事儿呢！"

"你妈逼你有啥事，他们辩论你不听能死呀！没看我哥们儿找我来了。"

"你们不两辆车嘛，一辆驮你一辆驮可心呗。"

"你妈逼你傻呀？有人欺负我姐，我打架去，我带可心打架去呀？"

"可我这——"

"刁北我可给了你那么多书，你丫这操性把书还我！"

我哥刁北不吱声了，乖乖把倪可心揽进怀里。

前些天，倪可强领几个小哥们儿钻朝阳区一所学校的仓库。他们打算偷彩旗，打算回来装扮明星胡同。仓库里没彩旗，只有许多书堆成小山。有个小哥们儿说，这些封资修书里，准有黄的。倪可强说，那就带点回去。带回家后，近百本书里，没挑出一本黄书，这让他们感到扫兴，他们就把书堆院子里，想点火烧了。正好我哥刁北从倪家住的二十一号院门口走，就凑上去，翻那些书。"别烧可强！给我吧可强！"虽然是同学，又是邻居，平常俩人没什么来往，可这时，我哥刁北有点低三下四。倪可强推开我哥刁北，他想过一回革命的烈火在他手下熊熊燃烧的瘾。赶巧的是，恰好刚刚下班的他妈走进院子，包没放下就开口骂他："小鳖犊子，我看你敢把院里弄得冒烟咕咚！"他只好借坡下驴。"对了我忘了你丫爱看书。"倪可强不理他妈，对我哥刁北说，"我给你书，你给老子什么回报？"我哥刁北连说谢谢，问倪可强要什么回报。"给哥儿几个弄盒烟吧。"倪可强小声说，然后大声说，"你丫要够意思，以后我划拉的书都给你。"后来，他还真又给过我哥刁北好几回书，其中有不少都被我哥刁北视为至宝，多少年里借人都不肯。

这会，见倪可强一行扬长而去了，我哥刁北想拉倪可心再挤回人堆。倪可心没兴趣听大人辩论，她咧开小嘴，现出哭相。我哥刁北很是为难。情急之中，他一挪倪可心，让她正面朝向自己，然后，他先一手叉腰，一手扶扶耳边并不存在的眼镜腿，停片刻，再把扶虚有的眼镜腿那只手很有风度地往外一挥，往下一劈，以一个典型的遇罗克式造型，哄住了脚下这个未上小学的七岁女孩。

未上小学的七岁女孩倪可心赢弱瘦小，可十多年后，摇身一变，成了个玲珑婀娜的妩媚姑娘，还和她妈一样，勤快麻利会做家务，又和我姥一样，心灵手巧擅长刺绣。二十一岁这年，她嫁给了我哥刁北。

当时，已是沈阳人的我哥刁北，留恋北京排斥沈阳；可倪可心这个北京人，好像嫁丈夫是为嫁出北京，蜜月没度完，就急三火四地去了沈阳，且只身一人。没多久，她又厌倦了沈阳，带着八个月的身孕回到北京。再过不久，我姥死了。我姥的死解脱了我哥刁北。为份工作，他离京赴沈，可作为妻子的倪可心，却从此不在沈阳露面。这对夫妻，好像在北京沈阳间轮流换防。结婚二十多年里，他们至今拴在一条绳上，可在一顶屋檐下生活的时间，加在一起不足两年，性生活的次数都未必过百。但促成他们婚事的倪家父母与我姥没管这些，他们也没能力预见这些，他们把两个年轻人绑到一起时，都觉得他俩天造地设——大体天造地设吧。在我哥刁北那里，他的婚姻大事不必考虑爸妈意见。他对倪可心说："我的意见都不重要，我姥愿意就行。"不知倪可心对这话有没有意见。倪可心是个寡言的人，对什么都不发表意见。后来，我哥刁北意识到，他的话，其实也是倪可心要说的话：我的意见都不重要，我爸我妈愿意就行——如果倪可心开口，肯定会做这样的表态。意识到这点，我哥刁北又不无失落。最初，我哥刁北不想找爸妈参加婚礼，是我姥和倪家父母做过工作，他才发了邀请。婚礼很草率，我爸我妈仓促赴京，好像只为吃顿便饭。我妹刁星在北京读书，有机会用那顿便饭填个半饱。我在沈阳不方便请假，连块喜糖都没吃到。我爸我妈回沈阳时，唉声叹气，绝口不提北京之行，我也就没敢问，我哥刁北都没想着给我捎盒喜烟？我首次见到嫂子倪可心，是他们婚礼结束的两周半后。

一见倪可心，我就觉得她和我哥刁北不天造地设。我不指外表，也不比学问，我的意思是，他们并非同一类人。从倪可心的角度说，我哥刁北有二进宫的历史，没北京户口不说，还与大学断了缘分，又长她六岁。年龄这东西，显现在不同年龄段的效果大不一样。把四十一岁和四十七岁放一起比，差距就像只有六天；可让二十一岁面对二十七岁，却有着孩子与成人的差距。从我哥刁北的角度说呢，依我看，倪可心外表的无可挑剔只是小优点，勤劳能干善于持家也只是中优点，我哥刁北心目中的大优点，应该是思想世界广阔精神生活丰富。但倪可心缺少的恰恰是这个。她是标准的小市民，对知识性学习没半点热情，一摸书本脑袋就痛，一张嘴全是柴米油盐。他们唯一的共同点是，都没工作。

"可心在北京不没工作吗，怎么总不过来？"

"哦，也有，她给外贸干计件刺绣的活。"

我哥刁北来沈阳后，总有人这么问他，他也总这么回答，倪可心去日本后，他也这么回答。问他的是沈阳人，不会去北京搞倪可心外调。在沈阳，与我哥刁北交往稍多的人，渐渐发现他有不少优点，稳重、和气、正派、聪明、爱学习。那时这些品质还算优点。发现了他优点的人的询问有种种动机，他们想知道，他那个并没正式工作的妻子，为什么不嫁鸡随鸡嫁狗随狗地来沈阳生活。他们隐隐希望我哥刁北的夫妻关系能出现问题。这些人里，除了一些未婚的姑娘及她们父母，连胡晓娜，都为她已婚的女儿佳佳关注我哥刁北的婚姻生活。佳佳丈夫是轴承厂钳工，有暴力倾向。

倪可心不随我哥刁北来沈阳，不光外人不理解，我爸我妈也有意见。但从我哥刁北那，他们找不到答案。找不到答案只能想象答案，他们想象的结果是，当初我妈纵容了倪可心的离沈返京，才使得她选择了眼下这种生活方式。对此我妈深感自责，我爸则有点幸灾乐祸。有一点点吧，他认为这是我哥刁北草率结婚的报应。

倪可心蜜月未完即来沈阳时，与我爸我妈同处不出三天，他们就开始喜欢她了。当时我家的情况，和一年后我哥刁北来沈阳时情况一样，我和我妹刁星都不在家，能让倪可心住得宽绰。而倪可心在沈阳生活的六七个月，是我爸我妈近三十年的婚姻生活里，最有家庭味的一段时间。倪可心有孕在身，却一点不娇惯自己，还基本没什么孕期反应。她肚子一天比一天大，可毫不影响她买菜做饭打扫卫生整理内务，最主要的是，她干活时无声无息，有条不紊，全是蜻蜓点水一带而过，而质量上又有绝对保证，好像这个把什么事都做得十分到位的人，是个并不存在的隐身幽灵。我妈一辈子都不大会做家务。

但没过多久，她后悔了，后悔离开北京来沈阳生活。不是因为我爸我妈对她不好，也不是因为想我哥刁北或者爸妈，更不是因为沈阳与北京的生活质量有多大差距。她没理由。一定要找理由，只能是故土与他乡、京城与外省那种说不清道不明的含糊理由。倪可心倒没说什么，但我爸我妈看得出来，尤其我妈，儿媳妇与她经历大体相近，她理解她。我妈更理解的是，她后悔了还可以埋怨我爸，可儿媳妇后悔，却说不出口。我哥刁北都不愿意来沈阳她却愿意，脚上泡是自己走的。这对婆媳，在一起常说的话题是北京，是王府井，是明星胡同。他们用北京话谈论北京、王府井、明星胡同。

倪可心说："妈呀，我觉得咱俩挺像的，咱都是北京女人，可一嫁给老刁家男人，就都成东北人了。"

我妈说："你比我强，你户口还在北京呢，你还是北京人。"

倪可心摸不准我妈什么意思，就说："我倒也想把户口迁来，姥姥不让。"大概就在她们婆媳这么对话时，倪可心的户口正离开明星胡同二十一号院她自己家，往明星胡同四十三号院我姥家的户口本上进行迁移。这可能是户籍史上距离最近的迁移之一。

我妈说："你姥不让迁对，这对孩子的未来有好处。"这么说时，她挺眼馋地瞟着倪可心的肚子。"大人在哪都无所谓，可孩子，有可能的话，得尽量属于一个好点的地方。你像前两年吃肉，在沈阳，每人每月发半斤票，可在北京，排一回队就能买半斤。现在吃肉倒不限制了，可谁能保证以后总不限制？还有北京的电影院戏园子、商店学校名胜古迹、玩的地方学习的地方，多多呀，也都比沈阳好。刁星上大学后，写回来的第一封信就发了个感慨：北京人仗着是北京人，占大便宜了。她班上的三十多个同学里，外地的一般一个省一两个，可北京的，八九个，分数还普遍比外省的低。"

我妈这么一说，倪可心就觉得她们婆媳像姐妹了。"那，妈呀，那当初您怎么离开我姥来沈阳了呢？嘻，不放心我爸一个人在这边呀？"

我妈没介意儿媳的玩笑，仍严肃着表情。"我和你爸五三年结婚，五七年才过来，不得已呀。我不来，他们就要打我右派——其实，宁可当右派也不该来，右派也是北京人呀。后来我就接受教训了，后来下乡那会儿，他们让我跟你爸去西丰，我挨多少批都死活没去，保住了刁斗刁星的沈阳人资格，没让他们耽误学习。"我妈最后总结道，"我的三个孩子，都没受过下乡的罪。"可话一出口，她又有点不大自然。她那三个没受过下乡罪的孩子里，有一个却受过劳动教养和监狱服刑的罪。"唉，就是刁北命不好，没一直在我身边生活，摊上了……"说到这，她又说不下去了，难道我姥没带好我哥刁北，才让他摊上了牢狱之灾？我妈没这个意思。她不知怎么表达好了。她求援似的看倪可心。这婆媳俩，都没能力解释别人的命运，连自己的命运都解释不好。

倪可心说："您后悔当初来沈阳时没带刁北？"

我妈说："嗯……可能更后悔的是，我自己没留在刁北身边。"

这回轮到倪可心不知说什么好了，她飞速地在花绷子上绣香山红叶。

我妈是受胡风牵连来沈阳的。准确地说，是我妈来沈阳的决定，与胡风事件有关。

年轻时的我妈，不是文艺青年，中老年后更不是了。她这辈子，读过的小说不超过二十本，读过的诗不超过五十首，好多还是被动读的。她读《钢铁是怎样炼成的》，是为完成团支部写读后感的任务；她读《水浒》，是为参与批宋江反投降的政治运动。她读过的诗，基本是古体诗，李白杜甫白居易。不是出于喜欢。除了学语文的少年时代不得不读，再后来，就是陪小时候的我和我妹刁星以及再下一辈的阿斗小璐玩时，"工作"需要了。她能为一首诗给胡风写信，匪夷所思，倒很像几十年后，一个歌星与"饭厮"的对话：

"你能说说为什么喜欢我吗？比如我的声音，有什么特点？"

"我喜欢你是因为你太让我着迷了啦，你演唱吧，好吸引我哦，好打动我哦……"

"能具体点吗？"

"具体的——说台上风格好吗？"

"好的好的，你说吧。"

"你演唱时吧，那么一跑一跳，胸前这对假乳特自然特真实哦，半隐半现，波波颤动，好诱惑好性感好酷的啦……"

世间任何大的事变，与化学药物都有同等功效，如改朝换代。一九四九年十月一日，操着湖南口音的毛泽东，以他拖长的声音在天安门城楼向世人通报："中央——人民政府——成立了……"这是注入二十世纪绝大部分中国人静脉里的强效兴奋剂。对这针兴奋剂，每个具体的人反应不同，但共性的东西，也是有的，高估自己与行事冲动，可说是两项最突出的特点。比如，胡风这个文艺批评高手，竟摆弄起了政治抒情诗这样一种陌生的文体，把洋洋洒洒的《时间开始了》发表在一九四九年十一月二十日的《人民日报》上；而我妈作为一个乳臭未干的中学女生，还未把诗中生字念对读准呢，就提笔给大作家写信，写完还真扔进了明星电影院南侧的绿铁皮邮筒里。

> 海
> 沸腾着
> 它涌着一个最高峰
> 毛泽东……
> 他屹然地站在那最高峰上
> 好像他微微俯着身躯
> 好像他右手握紧着拳头
> 放在前面
> 好像他双脚踩着一个
> 巨大的无形的舵盘
> 好像他在凝视着流到了这里的
> 各种各样的大小河流……

　　读完《时间开始了》，我妈的热血也开始沸腾，比对我爸有了好感，但没受到强奸时沸腾得还厉害。她彻夜不眠，给胡风写信，以班门弄斧式与井底之蛙式的荒唐表达心情。荒唐这东西也能传染。我妈的荒唐，传染了胡风。不是说他给我妈这个毛孩子回信荒唐。那是礼貌，不是荒唐。他的荒唐在于，针对我妈的满纸天真话，他耐心的回复更为天真：他给我妈讲毛主席何以英明伟大正确，共产主义什么时候能够实现，人民怎样当家做主，文艺如何启人心智……那之后，我妈继续荒唐，其荒唐，就比胡风过分多了——于此可见，小人物与大人物确有差距。我妈不光当即复信胡风，对他的复信表示感谢，还把胡风"很愿意经常看到你的来信"的客套话当真，此后又两度给胡风写信。参加工作后，她说她正积极投身社会主义建设，并略带歉意地汇报说，她已结婚——她没好意思说孩子都生了；后来她从新闻中知道，她眼中的大人物胡风，像她这个他脚下的小人物给他写信一样，作为一个更大人物脚下的小人物，也给毛泽东写了封信，还长得吓人，毛泽东是真正的大人物，没像他对我妈那样当孩子哄，而是翻脸批评了他，我妈就又给胡风写信，劝他不要萎靡，鼓励他听从毛主席的批评教导，努力改造世界观。后来我爸常说我妈是政治白痴，看不出眼色；我妈则反击我爸同样白痴，说他受我妈给胡风写信启发，还想上书中央，建议把毛泽东生日设为中国的感恩节呢。我妈说，那信寄出去，保不准也会惹出灾祸。我妈这样一说，我爸就没话了。我妈以为我爸理屈，为终于在有一个问题上可以说个上句洋洋得意。其实，我爸这擅辩之人不再吭声，是怕再说下去，引出他强奸我妈那个话头。严格说，我妈不算特别白痴，她给胡风写最后那封信时，报纸上只说胡风文艺观点有错，是人民内部矛盾。等后来，曾发表过《时间开始了》的《人民日报》把毛泽东那个著名的编者按一发出来，"胡风反革命集团"一被定性，我妈就站稳立场，不理胡风这个"大朋友"了。她转而热衷于用刚学会的"波浪针"给我爸织毛衣。

　　一天值夜班，我妈正向另一个护士传授我姥教她的"波浪针"的细部技法，本已回家休息的医院院长和党委书记，一同出现了，他们亲自叫上她，把她带到以前她从未进过的医院保卫部。保卫部办公室里，会见她的两个陌生人横眉立目，他们让她交代与胡风的关系。此后，在那间办公室，她又反复地、多角度多侧面地、一个细节一个细节地，向另两个或再另两个陌生人交代问题。很快她就知道了，那些陌生人，是胡风专案组的办案人员，抄胡风家时，他们看到了我妈的信。我妈的信里，没反动言论，但他们怀疑我妈使用了密码，比如：表面上说"解放台湾，统一祖国"，实际意思是"光复大陆，分裂中国"。后来我妈没被打成胡风反革命集团成员，没入监坐牢，只是作为胡风反革命集团的外围成员，留原单位接受监督改造，这样的结局，得感谢中央一个大领导的讲话。有一次，大领导针对一个给胡风写过多封信的人说：他给胡风的信都超过五封了，能不是反革命集团成员吗？"五封信"就成了杠杠。我妈写过四封信，在杠杠以下。多年以后，我妈又知道，她人在北京，占大便宜了，就像遇罗克因人在北京，能受到文明镇压一样。北京执法者的政策水平就是高于外地同行。在外地，比如在她后来生活的辽宁，有个鞍山的青年工人，只给胡风写过一封信，就被作为胡风反革命集团成员投进了监狱。

胡风对我妈的牵连没到此为止。如果止了，我妈也不会丢掉北京户口当沈阳市民。两年后，我妈所在医院抓右派，抓完许多专家权威，还不够数，为使胜利成果更为丰富，想再抓几个普通医护人员。我妈胡风反革命集团外围成员的身份被重新提及。我妈倒没觉得当右派是多大的事。她这个已有两年资历的胡风反革命集团外围成员，除了不再作为党外积极分子受到重视，别的并无太大影响。是我爸敏感，他特意来北京对我妈分析，虽然眼下对右派还算客气，只触及灵魂没伤及皮肉，但下一步，很有可能会收监一批，流放一批，枪毙一批。我妈在我爸的恫吓下，又在我爸的具体操作下，稀里糊涂地离开北京，来了沈阳。倒还当护士。可以前的她据守京城中心，是东城中心医院的高贵公主，后来的她，则只能出入外省郊区，成了三六二兵工厂医院的落魄村姑。有天晚上，睡觉之前，为点芝麻绿豆大的事，我爸一个劲指责我妈。以前他当教师爷时，我妈只以沉默抗议，可这回，她忽然借题发挥，在我爸面前，首次以耍赖撒泼的方式骂起街来：

"你这人，太阴险毒辣诡计多端了你！你利用给中央上书强奸我身体，又利用反右斗争强奸我户籍。你，你才是真正的大右派呢……"

后来的事实，打了我爸一记耳光。大部分右派都没入狱，更没挨杀，送往工厂农村劳动改造的算是流放，也没想象的那么恐怖。恐怖的西伯利亚属于修正主义苏联，不属于社会主义中国的工厂农村。"嘿嘿，我是故意把形势估计严酷的。"为开脱自己，后来的我爸常这么说。他意思是，他不做出过头判断，我妈就不能调沈阳来，我妈不来沈阳，两地生活就是架在文火上的一口大锅，能再度煎熬出他强奸的邪念。他敢想不敢干。七十岁时，他每月的性生活为两至三次。

"他的解释你们信吗？"我哥刁北与我和我妹刁星议论这事时，有些刻薄。"我不信，他是给自己找台阶呢。他一贯过分估计形势。"我哥刁北客观地分析说，"他心中有种恶的东西，总唯恐天下不乱。"

也许我哥刁北的分析没错，我爸性格里，的确有种恶的东西——至少可以称作异化的东西。比如他对反右形势预测失当后，不是从体制特点或决策者身上查找原因，而是将一肚子怨气撒向右派。"毛主席太软弱了，"几年以后，他那股劲还没过去，与人议论摘帽右派时，居然连毛泽东都敢埋怨，"对这帮坏蛋，不杀就够便宜了，怎么能摘帽！"而再过几年，他那股劲仍梗在喉中，见右派与地富反坏列在一起成"黑五类"了，其中有人上吊跳楼抹脖子了，比刚当右派时境遇更糟，他那个高兴呀："看看看看，我怎么说的，不是不报，时候未到。"待又过些年，健忘的人早就"向前看"了，可他不，某些事情从外部一刺激，他当年那股劲还会被再度激活。"虽然曾经的右派朱镕基可以当总理了，但中央并没从根儿上否定反右。"他不厌其烦地向别人解说，好像负有某种义务。"反右只是扩大化了，像章伯钧罗隆基那样的人，像抱怨中国是'党天下'的储安平那样的人，永远都是历史耻辱柱上的跳梁小丑！"

我爸一直对右派不依不饶，就像我妈一直不依不饶国民党。我爸不认识多少右派，也不特殊仇恨哪个右派，更没因反右斗争还不够惨烈而降职丢官吃什么亏。

在有些问题上，他一根筋，现在把那种固执的心念称作"情结"。

好多年里，他盼望战争，与台湾摩擦时，与印度摩擦时，与苏联摩擦时，与阿尔巴尼亚朝鲜越南摩擦时，他都主张用枪杆子说话。他的理由是，和平让人柔软、懒散、离心离德、私欲膨胀，战争能使人强硬、纯洁、富有活力、万众一心。可惜中国总不打仗，偶一为之的局部战事，像老夫老妻间的抚摸一样不疼不痒。他退而求其次地盼望政治运动。"没有硝烟的战场也是战场嘛。"近些年，政治运动少了，有的话，也不像以前那么激烈，那么诡谲，那么翻云覆雨变化莫测，这让我爸无精打采，如同演员没有舞台，或也有舞台，但找不到配戏对手，找不到观众，找不到伴奏的报幕的化妆置景打灯光的。我爸憎恨这个时代的平庸。任何与政治无关的事物，他都视为平庸。有句名言从国外传来：经济是最大的政治。我爸听过但不以为然。这种话，是持续软化政治这根血管的阿司匹林。所幸的是，他最有活力的生命时光，赶上了一场场既触及皮肉又触及灵魂的政治运动。没有什么能软化他，他坚韧的血管里，源源流淌的全是由国营血库高质量供给的骄傲与光荣。他有回忆滋养晚年生活。还不仅仅是回忆。他能骑着"向后看"这匹回忆的骏马，驶向"向前看"的未知世界。离休后，与那些颐养天年的同龄人们，他玩不到一块儿，平均每天，在翻书看报跑图书馆之余，他伏案写作不少于三个小时。他重新梳理中共党史，他具体的研究内容，是党内十次路线斗争。他也知道，"十次路线斗争"的提法早废弃了，但他认为，党内从来都有路线斗争，不能因为过去的提法不科学、有漏洞，就泼洗澡水也倒掉孩子。我爸希望在有生之年，在过去那个不科学有漏洞的"十次路线斗争"的基础上，经过对大量最新资料的研究整理，为未来，撰写一部全新的党内路线斗争史：也许十次，也许十四次，也许以陈独秀、瞿秋白、李立三、罗章隆、王明、张国焘、高岗、饶漱石、彭德怀、刘少奇、林彪这些人为主角，也许主角不再是他们。但不管怎样，我爸坚信，一个社会，一个政党，暂时放弃阶级斗争和路线斗争也许可以，但长此下去，就会像人久处暗室，缺钙必然导致骨质疏松，而骨质疏松，必然导致粉碎直至湮灭。我爸认为，要保持社会和政党的活力，唯有让阶级斗争和路线斗争如火如荼。近些年，吃喝嫖赌甚嚣尘上，贪污腐败蔚成风气，这强烈激发了他将"十次路线斗争"扩展为"十四次路线斗争"的热情。他多次打算上书中央痛陈心曲：如果大搞阶级斗争，哪里还有吃喝嫖赌！如果大搞路线斗争，哪个还敢贪污腐败！他敢想不敢干，始终没给中央写信，就像与我妈两地生活那会，他只能一任强奸的邪念煎熬着他。

　　我爸对他研究内容的形象比喻是，中共党史是一根竹子，十或十四次路线斗争是一个个竹节，他的工作，是通过那些竹节把握整根竹子，以使整根竹子永远苗壮。

在他生命的最后时刻，他预见到，那竹子他不可能打理好了，在心里，就不免常常念叨我哥刁北，希望他帮他完成使命。这是我感觉到的。他的嘴像成年的竹子那么顽硬，心口不一已是长在他身上的一块骨头或一片皮肉。他很清楚，三儿女中，唯有我哥刁北具备成为他衣钵传人的素质与能力。

"你们俩呀，太不像我。"他这么说我和我妹刁星时，是变相肯定我哥刁北。"你们思想上不开展，政治上太麻木，缺少忧国忧民之心，没有改天换地之志，只满足于动物性的衣食温饱，找不到精神性的目标方向……"

我和我妹刁星悄悄问过我哥刁北，是否有意把我爸的接力棒攥到手里。他可以不同意他的观点，但作为一家之言，立此存照，于公于私，也算个交代。我们说我们同情我爸的未竟事业。"他弄那玩意儿，跟别的老头玩麻将打门球一样，是个由头，一个他自以为高雅高尚又有高度的由头，但毫无价值。他那么个思想干瘪的小官僚，精神荒芜的小市民，根本没资格研究一个政治团体的复杂历史。"我哥刁北对我爸毫不客气。我们看得出，他对他的评价不是怨毒，只是单纯的判断。但再单纯，他这意思我们也不能转述给我爸。

我爸慨叹完对我和我妹刁星的失望，又会把话往回找找，不让我们感到，我们对他那么好，他心里却没有我们，我哥刁北看不起他，他却对他青眼有加。"不过呀，也有一点你们像我。我这当老子的，一生对党问心无愧，不贪不占身直影正。你们俩呢，在如今这物欲横流的时代里也干净清白，对我也算是个安慰……"

但我爸这样发感慨时，我听出的却是悲凉，至少是酸涩。他的两个孩子——姑且不算我哥刁北——不光不呆不傻，还都鬼精鬼灵，在如今这社会上也算有头有脸。可混世多年，也老油条了，却没一个有资格吃喝嫖赌贪污腐败——我妹刁星偶尔接受采访对象的红包礼品，不仅难算受贿，倒几近乞讨。我爸是真心憎恨吃喝嫖赌和贪污腐败，他遗憾的，是我们没有吃喝嫖赌和贪污腐败所象征的权力。他希望的，是我们既有扎根在吃喝嫖赌和贪污腐败肥沃土壤里的种种权力，又能清廉正直，洁身自好。他也知道那不可能。

进入二十一世纪，中国的腐败分子如雨后春笋般钻出地表——据说在世界范围内也是如此——争相接受上级领导的正义审判。但以前，不知根本没腐败分子，还是腐败分子都如过冬的蚂蚁，在泥土下洞穴中藏匿起来，反正在上级领导的审判面前，小打小闹的角色居多，基本找不着巨鲸大鳄。腐败分子的说法不无暧昧，有中国特色。同样，中国特色这一说法，也暧昧得如同遮面的琵琶。比如，腐败之事人人可为，数学家、推销员、工人农民、军人警察，都可以贪污受贿，或性生活糜烂；但"腐败"一加上"分子"的后缀，一般人就没了染指资格，它成了身份与身价的象征标志。像我妹刁星，也有腐败行为，除了经常接受红包馈赠，还在李宇之外，有过俩情人；但说到底，她只是普通记者、业务干部，即使她也是共产党员、部门领导，她的腐败也够不上分子。够分子的，得掌握实权。二十世纪不是这样。二十世纪不养我妹刁星这种幼鱼小虾，即使巨鲸大鳄，也往往不是实权掌握者本人，而是他们的妻妾子女。一九八九年，北京学生散发传单批评国家领导人腐败，历数赵紫阳罪状时，连他打高尔夫球浪费国家钱财都赫然算数。那时腐败程度过于低级。那年头，外国人的腐败也都低级：美国总统克林顿让非妻子的女人口交就算腐败，而英国更惨，首相布莱尔的妻子因有孕在身行动麻烦，挤地铁时没买车票，虽然说了上车再补，可仍被媒体指斥为腐败。二十世纪末期的中国，可能陈希同腐败案影响最大，可过后想想，他也只比我妹刁星那种档次的幼鱼小虾腐败些而已。陈希同曾任中央政治局委员和北京市委书记，三年多时间里，在对外交往中，把接受的一些贵重礼物据为己有，包括八件金银制品、六只贵重手表、四只名贵水笔、三架照相机、一台摄像机，总价值折合人民币五十五万余元。为这么点在二十一世纪完全属于蝇头小利的东西，他就被判十三年刑，加上四年的玩忽职守罪，两罪并罚，被执行的有期徒刑共十六年。

当然了，二十世纪，也有许多官员本人即是巨鲸大鳄，但他们运气比陈希同好，获取的不论小利大利，都没摆在办公桌上，而藏在了家中的夹壁墙里。不搞"文革"了，没人敢抄领导的家。据周铁燕说，她家三次装修新房，每次完工前，许明都会赶走工人亲自上阵，在仓库间或保姆间，自己砌夹壁墙，将他的会议笔记往来通信秘密文书以及金银首饰和钱，工资之外的钱，密封其中。许明自幼心灵手巧，周铁燕说，刚结婚时布置新房，那张小舞台一样结实而又美观的床，就是许明自己打的。

有一天，在我哥刁北那张吱嘎乱响的陈年破床上，周铁燕忽然坐起来，给仰躺着的我哥刁北讲关于陈希同的小道消息。她目光惊恐，语速极快，像个给同伴讲鬼故事的孩子，又害怕说又忍不住说。这种时候她笑不出来。她的小道消息是，上边大领导刚刚决定，欲将陈希同以腐败论处，拟让他获罪十五年左右。陈希同一九三〇年生人，十五年后八十出头。

"刁北，我太害怕了，我有个秘密没法对人说又想对人说，可说的话我只能对你说，不说我就会憋死吓死，可说了，你一定要替我保密呀！"

"怎么了铁燕儿？不管啥事儿，你想说就说不想说就不说，我都理解，也都会保密。关键是你别这样，你这脸色，难看得跟鬼似的——我喜欢你笑。"

"陈希同，陈希同……"

"陈希同那么骄横傲慢，是找死。怎么了？你家许明和他有牵连？"

"那倒不是。陈希同那些事儿，就算腐败，就那么严重，我跟你说吧刁北，许明比陈希同腐败。我怕他出了事儿，还不得判二十五年呀……"

潘秋菊扔给我哥刁北的书封面血红。"你看看不？黎鹏程刚出的，"她的语气，是故意的漫不经心，"你说他能吹不，他说这书的草稿是他服刑期间写脑子里的。"

那书不薄，我哥刁北往脸前一戳，像被"黎鹏程"这个作者署名烫了一下。他忙转身，只让潘秋菊看他脊梁。《政治谋杀》，书名的四个黑体大字伸胳膊蹬腿，像个活人刚被肢解。我哥刁北心跳加快，摩挲着它，像偶遇一件让他触景生情的陈年信物。它是新书，版权页标明，它出版于两个月前。我哥刁北翻过血红的封面，看扉页，看"送秋瑾式之巾帼女丈夫秋菊"那串钢笔字，再翻过扉页，看目录页，沿着后边缀有页码数字的那些题目，看一个个名字。那些当年黎鹏程多次对他叨念过的名字，此时仿佛还滴着血：庞培、恺撒、卡里古拉、亚伯拉罕·林肯、弗兰茨·费迪南德、列昂·托洛茨基、吴庭艳、约翰·肯尼迪、马丁·路德·金……还有些名字，黎鹏程没叨念过，当初他与我哥刁北交往时，那些人的血，还在血管中正常流淌。是后来，他们的血才冲破血管，四溅开来，染红了政敌的双手，也染红了自己的声誉，还染红了黎鹏程这本书里的目录题目以及内文的若干页码：朴正熙、英迪拉·甘地、拉吉夫·甘地、依扎克·拉宾……

我哥刁北转回身，脸色已经平静下来。"他没吹牛，这的确是他二十多年前就开始结晶的心血，他有韧劲。"

"哦。"从我哥刁北脸上，潘秋菊看不出他是赞赏还是讽刺。她不知该怎么接茬。"对这种事儿，他可，太有兴趣了。"潘秋菊尽量不做判断。

"其实他更看重的，可能是他也写完了的另一部书。"

"可他说，这是他出的第一本书——唯一一本。"

"那本书写得再好，恐怕也出不了——至少在大陆没人会出，那本书叫，《红卫兵运动向何处去？》。"

"噢——哎刁北，你知道吗？当初他进去，是成立了什么反革命组织？"

"他自己说他成立反革命组织了？那年头，有不少松散的青年组织，可在我看来，根本没有反革命的——倒一个个的比着革命。现在大家都说当年太左了吧，可那会，有许多黎鹏程这样的人，都认为中共太右，在世界范围内实现共产主义的步子迈得太慢。他们恨不得把革命当成空气和粮食，怎么能反呢。顶多是在革命的方式方法上有点分歧。就像现在，人人想的都是赚钱，只不过有的认为应该办工厂，有的认为应该开酒店。黎鹏程惹麻烦，是因为组织了一支游击队，'格瓦拉红色支那纵队'。这个组织，倒有点特殊，它纲领完备，计划严密，目标明确，但也还是纸上的东西，落实在实际里，则是人员不整，没有武器，光用嘴巴建功立业。按他的打算，是先筹款，再买枪，再训练，再去国外，先去东南亚吧，暗杀政府高官，支持当地的反政府武装，然后按照中国模式建立共产党政权。他被抓的罪名是，借援助第三世界伙伴之名，行训练地下武装图谋政变之实。"

"他真异想天开！这年头，他一个陈胜吴广级别的人……"

"他是个怪物。他从小就有暴虐倾向，嗜血嗜杀，没赶上战争年代是他最大的遗憾。如果不受身体限制，他肯定早当间谍杀手了——他不会当流氓。他喜欢黑社会那一套，但不会真混黑社会，他的暴虐必须与政治有关。他是政治狂热主义黑社会。"

"政治狂热主义黑社会？哈，这定义好。那——刁北，我知道你和他不一样。可你们，你当年的'乱翻书'读书小组，也都热血青年胸怀天下呀，就光想用理论完善制度，没想过用恐怖和暴力手段创造制度？"对于往事，我哥刁北很少提及。此时我哥刁北难得话多，潘秋菊不愿错过这个了解我哥刁北过去的机会。

"跟组织游击队比，闭门读书有什么说的。这个黎鹏程，他比我强。杀几个资产阶级政府高官的理想没实现，著书立说传播思想的理想终于实现了。他关注的问题有长远价值。即使另一本，红卫兵那本，我相信他肯定也写出来了，没人出，那不怪他，那是这世界没有眼光。红卫兵问题，关系的不是'文革'一个特殊历史时段的问题，那是永远存在的青年与社会的问题，是青年与时代使命，与政治理想的问题。我惰性大，没出息，我那本书，即使也写出来，也有人出，也没啥意思了。我没远见，抓不住社会中的根本性东西，在当时，我思考的问题滞后一百多年……"

我哥刁北没正面回答潘秋菊的问题，还把话绕糊涂了。潘秋菊没再追问，没试图明白。她知道我哥刁北一绕圈子，就是改变谈话路径的意思。她觉得够了。她感谢手头这本《政治谋杀》。她没问我哥刁北曾打算写什么书，也没为我哥刁北曾有过写书的打算感到惊讶。我哥刁北这样一个读书人，如果没想过写本自己的书，才让人惊讶呢。

九

　　常去巩益病家的年轻人，共同特点是喜欢读书，有几个还跃跃欲试，希望写书或已开始写书。他们不算团体组织，算的话，核心也不是巩益病，而是费文华。起先是费文华，在我哥刁北进入巩家前，那里的核心是费文华；后来，我哥刁北成巩家常客了，那里的核心变成了梁栋。虽然活动地点是巩益病家，巩益病从来不是核心。费文华年龄比巩益病和他后来的位置继任者梁栋都大，是我哥刁北的小学老师。他只给我哥刁北当过很短一段时间班主任，却特别喜欢爱读书的我哥刁北，两人常聊些课外话题。他们之间产生友谊，是我哥刁北小学毕业之后的事。那时，我哥刁北看的书越来越多越来越杂，看过了渴望议论交流。同龄人中，没有像他这么乱看书瞎想事的。费文华成了他汇报请教的对象。倪可强给我哥刁北偷来的书里，有几本让他特别着迷：英国人莫尔的《乌托邦》，意大利人康帕内拉的《太阳城》，俄国人克鲁泡特金的《面包与自由》，还有介绍圣西门、欧文、傅立叶的人物传记。

　　"费老师，中国人的想象力没西方人发达吗？"

　　"怎么这么说？中国人不比任何人差。"

　　"外国有那么多类似于共产主义的畅想，中国有吗？"

　　"这——有陶渊明的《桃花源记》呀。"

费文华一说，我哥刁北记起来了，在一本大学古典文学课本上，他读过陶渊明的《桃花源记》。回家后，他找出《桃花源记》连看了三遍，不知为什么，觉得不过瘾。

"费老师，我觉得陶渊明式的共产主义憧憬太空洞了，是痴人说梦的东西；您看人家莫尔他们那种，讲财产，讲集权，讲法律，讲培养新人……多具体呀，是可实行的。没有实际依托的想象力太虚幻了。"

"啊，虚幻是空想的特点，只有马克思以后的科学共产主义，才脚踏实地。"

费文华没能说服我哥刁北，我哥刁北坚持认为，陶渊明式的理想国度就是不如乌托邦式的理想国度让他亲切。他替中国古代的思想者感到遗憾。

"费老师，我们现代的新人，应该有自己对共产主义的贡献，应该写一本书，写出在世界范围内实现共产主义之前，在中国实现共产主义的那种图景，展开中国人的想象力。我认为，这本书对毛主席领导中国革命和世界革命肯定有帮助……"

"这恐怕……哦，这倒是个好主意。现在大部分人关注的都是现实斗争，可你的特点，倒是耽于幻想——这当然没错，毛主席就说他是个爱幻想的人。我看呀，从现在起，你就可以为写这样一本书做些准备……"

"我哪行费老师我是希望您——"

"听我的刁北，千万别说你才十五岁还是孩子，你记住，你不比我的任何朋友差。你至少可以先试试嘛——那批乌托邦的书吧，我虽然也喜欢，可看得粗，说实话，深入下去，又觉得它们和我们的现实远了一点——我这感觉肯定不对，但这种阅读障碍已经形成，知道不对也难以清除。可你呢，由于没有认知模式，所以能看得那么投入，这没准呀，是种预兆，预示你在这方面也许能有所突破。好了刁北，开始琢磨它吧，不惜花上十年时间，五年收集材料，五年写出它来。怎么样？书名嘛……就先叫《新桃花源记》吧。"费文华提到两个五年时，先伸出一只张开的左手，又跟出一只张开的右手，十只长长的手指竖在他和我哥刁北中间，既像认输投降，又像要抠向挠向我哥刁北。

《新桃花源记》这个书名，从此开始抠挠我哥刁北，三年多时间里，它规定着他的阅读方向。我哥刁北有一只两面都写着"小心轻放"和"白梨罐头"的纸壳箱子，里边攒的，都是与《新桃花源记》有关的材料，随着它被越填越满，我哥刁北也越来越恐慌。别说动笔，打开它翻看，他都有被压瘫的感觉。一九七三年一月，纪学青离去后，我哥刁北大病一场，本来就瘦削的身体又瘦一圈。他怕自己胡思乱想，不敢让自己有空闲时间，他的全部生活都用于读书。是这时候，有两本书出现了，未及细读，它们就让他眼前一亮，它们给了他整理那个写着"小心轻放"和"白梨罐头"的纸壳箱子的勇气。那本《自然法典》，作者是法国人摩莱里，比较破旧，缺最后几页；那本《共产主义ABC》，作者之一，是我哥刁北久闻其名但未见过其著的共产主义叛徒尼·布哈林，扉页下端，印一枚"张军藏书"的方形大戳。这两本书让我哥刁北想到了费文华和费文华的建议。这时候，我哥刁北已想明白，费文华帮他确立的这个几乎没有可操作性的选题，哄骗孩子的成分大于郑重嘱托的成分。但我哥刁北没想责备他，只想感谢他，是他让他这几年的读书和思考都有的放矢了。我哥刁北打开"小心轻放"和"白梨罐头"，一股甜腻的气味扑面而来，很难说那味道好闻还是难闻。用去一天一宿时间，他把箱子里的纸页整理一遍，之后，捧着那个红塑料皮上印有雷锋头像的笔记本，对着《新桃花源记》这个题目，他良久发呆。发完呆，他睡一觉，睡醒后，他开始对比《自然法典》、《共产主义ABC》、《乌托邦》、《太阳城》、《新桃花源记》这些书名。最终，他拿起毛笔，把"新桃花源记"几个字彻底涂黑，再翻到下页，用钢笔写下了《桃花源——共产主义实验县》这个题目，然后他又翻开一页，仍用钢笔，一字一句地写了起来：

　　中国是一个幅员辽阔的大国，既物产丰饶，人口众多，文化类型繁杂，又有共产党一党执政这个意识形态的保证，因此，从东南西北不同地域拿出几个县作为实验模型，回答共产主义进程中的疑难问题，创造共产主义的管理经验，是完全可行的。实验成功了当受益无穷，即使失败，对整个国家也无伤大局。这不像在全国一窝蜂地搞运动，伤一发都会危及全身……

这之后，他逐一列出若干篇目：政治篇、经济篇、文化篇、道德篇、法制篇、战争篇、婚姻篇、教育篇、卫生篇、财产篇……

我哥刁北第一次见到遇罗克，是在明星电影院门口下象棋时。那是他在王府井听遇罗克与人辩论的半个月前。

那天在明星电影院大门南侧，有好几拨人下棋，都是大人，只有我哥刁北是个孩子。但明星电影院一带，没哪个大人敢轻视他，他天天和那些大人一块儿排队接班，赢了坐庄，输了下台，交出位置重新排队。那天我哥刁北已夺过一擂又守了一擂，与个鸭舌帽下第三盘时，满盘棋子还没什么伤亡，他就觉出，棋不顺当。随着他一只黑马被逼进死角，他意识到，他不是鸭舌帽对手。他望着黑马手足无措。会下棋的都看得出来，再往下走，只要红棋不出昏招，黑棋会输得更加难看。我哥刁北涨红了脸，说我溜号了。是认输的意思。鸭舌帽鸭子一样嘎嘎笑了：缓一手？我哥刁北脸更红了。在明星电影院门口守擂攻擂的，没人缓棋。你小孩嘛。鸭舌帽大度地看看观众，但眼含嘲弄。我哥刁北不吭声，开始抬屁股，边抬边心有不甘地盯着棋盘。这时，一只不太有劲的手在我哥刁北肩上按了一下。

"黑棋不输嘛，"那手的主人说，"小伙子，多琢磨琢磨，再走几步没准能翻盘。"

包括我哥刁北在内，众人都看哈他身后那个戴白框眼镜的年轻人。他脸上的突出特征不是白框眼镜，而是脑袋两侧，有对大大的扇风耳朵。我哥刁北停止了挪动，但没敢接茬，他怕这大人是耍戏他。

"嘿，这位同志，看您眼生呀，瞧这意思，您有本事起死回生？"鸭舌帽把嘲弄转给了扇风耳朵。

"我觉得这孩子还有戏。"扇风耳朵倒没生气，专注于棋盘。

"那您给他支支招吧。"鸭舌帽说。

"那哪成呀。我就是觉得他这棋可惜。"

"那这么着，您来，您能把这盘棋走和，我就下台让位。"

"那这样吧，"扇风耳朵想了想说，"我接着这孩子再走几步，但不管什么结果，这擂主都是您的——我真是不想糟蹋这局棋。"

鸭舌帽哼一声，该您的。我哥刁北想起身让位。扇风耳朵提了步兵，那手往回一带，又拉住了我哥刁北。我哥刁北没站起来。一只马扎，他和扇风耳朵各坐半边。两人都偏瘦，屁股小。扇风耳朵下出来的，是步看去平常至极的提兵，再下一步，又是个出车的俗手。但鸭舌帽估计到了来者不善，每次应对，都很警惕，都想一会，才拍子落地，然后再不以为然地"嘁"一声。鸭舌帽的"嘁"声越来越密，这说明，他越来越懒得思考，我哥刁北也觉得黑棋并无神来之笔，暗暗为他的赞助人捏了把汗。可就在这时，扇风耳朵一步顺水推舟的炮二进五，使棋局陡然发生变化，鸭舌帽的整个右路，被"拴"死了。鸭舌帽张开大嘴，但发不出"嘁"声，倒是包括我哥刁北在内的观战者，都"啊"起来。鸭舌帽脸红了，比刚才我哥刁北的脸还红。他认输了。扇风耳朵道句承让，起身离去。有人留他，他指指腕上手表说，等朋友呢，就往明星电影院正门前走。鸭舌帽斜一眼我哥刁北，你赢了，坐庄吧。我哥刁北一言不发，也站起来钻出人堆。

我哥刁北看到，明星电影院正门前，戴白框眼镜的扇风耳朵正东张西望。他等的朋友没出现呢。我哥刁北朝他走去。倒也没想打招呼，他不知该叫他叔叔还是大哥。是扇风耳朵一扭脸，看到了我哥刁北，并顽皮地，把眼镜后边的眼睛冲他眨了两眨。

"他太狂了哈。"

他说的是鸭舌帽。我哥刁北点点头，由衷地说："你真厉害。"

扇风耳朵左手叉腰，右手扶了扶白眼镜框，得意之中，又有点不以为然。"你都把'顺炮横车弃马局'的势走出来了，却不再发展，急死我了。"

"'顺炮横车弃马局'？"我哥刁北说，"我不知道有这谱呀，是乱走走出来的吧？"

"哦，你没看过《桔中秘》？"

"没看过，我就翻过点《中国象棋谱》。"

"那书没劲，老是双方平稳，"扇风耳朵边说边看手表和左右，"有空你找《桔中秘》看看，嘿，那杀法才痛快呢。"他拿下扶眼镜的右手挥了一下，像与一万人说话。"你棋不错，应该有点信心，争取两年之内，明星电影院这片儿找不到对手。"说"这片儿"时，他右手挥出的范围更大，包括的人好像已不止一万——但首先，包括进来的，是除了他和我哥刁北之外的另两个人。那另两个人中，男人顺势握住他右手，女的在一旁淡淡地笑。扇风耳朵这才看到他们，也笑，说我等你们半天了，又说可能我妈饭都做得了，又说再见。这后一句，冲我哥刁北说的。我哥刁北想回句再见，可嗓子干涩，发不出声，只能本能地伸出手去，冲扇风耳朵和他那一男一女两个朋友的背影，招了一招。他目送他们消失在明星电影院的另一侧拐角。

如果那天我哥刁北不那么紧张，他将提前知道，扇风耳朵叫遇罗克。当时，遇罗克的两个朋友走过来时，嘴里是叫了声遇罗克的，至少男的叫了。可我哥刁北太紧张了，两年之内在象棋盘上称霸"这片儿"的历史使命吓住了他，他忽略了那声称呼。另外，"遇罗克"这三个字音，稍一含糊，也实在不像人的名字，或许，虽然我哥刁北听到了它，却把它当成了熟人间打招呼时的"哎嗨嘿"或"嘿嗨哎"。

街道干部挨院喊人，"哎嗨嘿"或"嘿嗨哎"地招呼大家：都赶紧出来，贴墙根站好，看游街的，接受法制教育……以前也有类似的事，街道干部突然接到命令，便紧急招呼辖区居民，都走出家门，走出胡同，去明星电影院门前集合，然后，站在街边，或短或长地等段时间，就会看到，有游街的卡车鱼贯而来，缓缓行驶在东单北大街上，有时自南向北，有时由北往南。但这回，却特殊，街道干部不是让居民走出胡同去东单北大街站街，而是守在并不宽敞的明星胡同里。游街的车队要进胡同吗？

看游街是政治任务，是政府的统一部署。但这种政治任务不枯燥乏味，倒热闹有趣，没人部署大部分人也愿意参与，就像过年时看天上的焰火，又像平日里看张家死了老人李家娶了媳妇。所以，不去看的，街道干部也不强迫，过后也不上门批评。我姥就不凑那个热闹。我哥刁北回回都去。我哥刁北和我姥一样，对游街示众也没热情，但他有前科，派出所的人总提醒他，是否老老实实地接受各种形式的法制教育，是他对自己过去历史的态度问题。我哥刁北不敢态度不好。

听到街道干部叫喊，我哥刁北放下书，走出家门，口中继续念念有词："洪秀全的金田起义……"他没像别人那么喜气洋洋，只等于暂时改变了温书场所。他站在自家那个四合院门外，眼睛空洞地盯着由胡同东口开来的卡车，注意别站得靠前让车剐着。开来的是一串绿色"解放"。领头的一辆披红挂彩，车厢紧靠驾驶楼处，戳俩手持话筒的警察男女，他们身后，竖着半车武装军人。两个手持话筒的男女警察正介绍后面卡车上被示众者的罪行，听声音看表情，他们既兴高采烈，又义愤填膺。武装军人都面无表情，也许是对那罪行的内容听絮烦了，又站得久了，就打不起精神，连端枪的手都有气无力。他们空洞的眼睛像我哥刁北的眼睛一样，没具体目标。

"……倪可心，犯有破坏社会主义伦理关系流氓罪。这个荒淫无耻的'伦流犯'，效法资产阶级生活方式，败坏社会主义文明风气……"

我哥刁北先是一惊，然后身子一抖，他空洞的眼睛找到了目标，他也明白了，为什么这次游街的车队要钻胡同。

每次游街，车队都要钻胡同的，只是以前钻的是别的被示众者居住的胡同。以前的明星胡同，虽然也有"进去"的人，比如我哥刁北，但从来没有被游街的。我哥刁北嘴里不再念念有词，看一眼倪可心，他扭头东望，望向胡同的中间部位，二十一号院那里。距离尚远，又隔很多人，即使倪家人站在院门口，他也没法看到他们。他再看倪可心。游街的卡车一共七辆，首车是广播车，尾车是塞满武装军人的压阵车，中间五辆，每辆上各有四个白衣警察押着两个五花大绑的被示众者，身后同样有半车荷枪实弹的武装军人，泥俑一般面无表情。被示众者一共十人，倪可心在第五辆车上，在罪犯里，她排名第七或者第八。她身边的被示众者，也是女的，她俩是十个人里仅有的女人。那八个男人，胸前牌子上的字数都少：强奸犯、杀人犯、盗窃犯……而两个女人，胸前牌子上的字数都多：倪可心是"破坏社会主义伦理关系流氓犯"，她身旁的女人是"装神弄鬼妖言惑众封建迷信犯"……

　　第五辆卡车距我哥刁北越来越近，我哥刁北怕倪可心看到他不好意思，想退回院中。来不及了。他挪步时，脚被门槛绊一下，不光没能躲到门后，还差点撞卡车驾驶楼上。好在卡车极慢，如老人散步。卡车微微顿了一下，这一顿，让车上的人随之微微摇晃，又因了这个极小的摇晃，倪可心下意识地抬了下头。我哥刁北与倪可心对上了目光，他看到，倪可心似有若无地冲他笑了，是种欲哭无泪的笑。他急忙还一个滞后的笑，是鼓励性的笑。倪可心没看到，他笑时，她已重新深埋下脑袋。这时候，他们间水平距离顶多两米，倪可心的左耳左臂左乳左髋，都清晰地展现给了我哥刁北。"谢谢你的钱！"忽然，我哥刁北还清晰地听到，倪可心这么说了一句。

　　我哥刁北非常震惊，他没想到倪可心敢这么干。他知道她这话是说给他的。他往前追两步，很想壮着胆子答句"不客气"或者"不用谢"。没敢。他从后边看到，押解倪可心的女警察之一踹她一脚。"别说话——跟谁说呢？"她没得到倪可心回答，就傻呵呵地回头看看左右。她看到了我哥刁北。我哥刁北很快被淹没在左冲右突的人群之中。

　　后来我哥刁北和倪可心讨论婚姻问题时，如果那讨论也算"谈"恋爱，顶多有一段话属于恋爱语言，是倪可心说的：

　　"你给我钱时，我对你还没什么感觉；可游街时见到你，一想你给我的钱全被他们搜走了，我就觉得你那么好，就特想哭。我想到你是有过两回前科的人，你能那么干，得有多大勇气呀。那之前，见我妈哭我鼻子都没酸，我只想跟你哭。当时我就想，如果我这辈子也能喜欢个男人，就是刁北；如果对他我也喜欢不起来，就一定尽我的最大可能，好好报答他。这不是几个钱的事儿，这是拿钱没法衡量的情分！这么一想，那句话就说出来了。"

在南汀劳教所，在晋城监狱，我哥刁北见识过的罪名形形色色：强奸盗窃埋活人，纵火绑架杀亲夫，间谍叛徒分裂党……什么罪都有，唯有倪可心犯的"伦流罪"，他没听说过。轮奸犯倒有不少，都是男人。另外，"轮"和"伦"音同义不同。

有个下乡知青，探家回到青年点时，带不少好吃的：计有一瓶橘子罐头、一听午餐肉罐头、一饭盒炸肉酱、五块月饼。另个知青眼馋，以各种方式打其溜须，希望分一杯羹。前一个知青就说，你要吃我一泡屎，我这些好吃的全都给你。后一个知青说，吃屎有什么了不起的，就同意了。他认为，光为得到那听午餐肉，吃泡人屎就很值得。不少人羡慕他有资格打这个赌。屎这东西，看着不多，真吃起来，难以下咽。后一个知青刚吃三口，就大口呕吐，败下阵来，病了一场。他承认这次打赌自己败了。但毕竟吃了三口人屎，他希望前一个知青至少能给他橘子罐头，或者给他一两块月饼。前一个知青不同意，说输了理应一无所得，后一个知青说那好，我什么也不要了，但你也得吃我三口屁屁，这才公平。前一个知青还不同意，两人就动手了，并让一场小架酿成了一起群殴事件。上级领导做处理时，原谅了后一个知青，把前一个知青抓了起来，指控他犯有打赌吃屎罪。

有个饲养员老汉，为生产队放羊，整天早出晚归地和羊待在山上，是连年的模范社员。有一年又评完模范，另一个已挺模范但没评上模范的社员不服气，就找队长和书记谈话，说那饲养员老汉不够模范。为说明问题，他讲了老汉一桩秘密。说有一天，他从山上走，发现那老汉光着下身，趴在只母羊屁股上正干"那事儿"，弄得母羊惨叫不止。最初他以为看走眼了，又以为那老汉是偶一为之，但以后，有空他就跟踪老汉，发现他是惯犯。他说他一直没向领导汇报，是因为他一直好奇，人羊之间能怀孕吗？如果怀了，将生出来什么怪物？

队长和书记很重视这一汇报，他们特意给另个社员放三天假，按出全勤记工分。然后他们仨就连续三天上山盯梢。不用三天，一天就能证明另个社员没造谣中伤，他们之所以跟了三天，是想看看，在母羊里，那老汉是否已妻妾成群。队长书记认为，如果那老汉感情专一，就减轻一些他问题的严重程度，毕竟他是光棍鳏夫。可那老汉花心，三天换了三只母羊，让队长书记和另个社员非常气愤。他们当场抓了他现行，指控他犯有迫害牲畜罪。

有个衡器厂工人，作为工人毛泽东思想宣传队队长进驻一所小学时，和个女教师有了私情。一天他们在体育器材仓库约会，眼见着窗户被人撬开，四个小男生，泥鳅般从窗口爬了进来。如果工宣队长反应机敏，及时喊一声，吓唬一下几个孩子，也就没事了。他和女教师在暗处，在几个鞍马箱子后边，即使学生感觉到有什么地方不大对头，听到工宣队长呵斥，也只能顺着窗口再爬出去。可工宣队长与女教师蒙了，他们只是屏住了呼吸。四个男孩每人点支烟，在体育器材仓库里嬉闹起来，几秒钟后，他们惊讶地看到，海绵垫子上，瑟缩着工宣队长和女教师两人。衣衫不整的女教师是胖子，匆忙中，指着身边的双杠说：我们，练杠子呢……这之后，学校的许多学生一见那女教师，就唱一首儿歌：大胖子，练杠子，回家叫你男人打一棒子。唱儿歌的学生太多，管不过来，为杀一儆百，工宣队长把那四个抽烟的学生抓起来，说他们偷盗体育器材。他指挥属下扒下他们裤子，在半斤重的秤砣上拴条绳，绑他们生殖器上，向全校男生示众——唱儿歌的基本是男生，致使四个孩子中，有三人睾丸水肿多日。四个孩子出身都好，他们家长不依不饶，四处上告，要求法办奸夫淫妇。女教师没参与往孩子生殖器上吊秤砣，调其他学校教书去了；工宣队长脱不了干系，抓他时，指控他犯有秤砣坠卵罪……

除了强奸我妈，我爸一辈子端庄清正，抬脚迈步循规蹈矩。若不计内心的纵横无羁，至少外在表现上他是这样。可离休十年后，他差点晚节不保，险些被上级调查组以"传播国家领导人谣言罪"绳之以法。

中国百姓对上层的事一无所知，却关心、惦记，瞎想瞎猜瞎议论，很像父母关心惦记长大的儿女。我爸是个瞎关心瞎惦记的典型。但他跟大部分百姓并不一样，他关心惦记的都是"大事"，对领导人的私生活他不感兴趣。

"听说马克思有个私生子，是恩格斯帮他养的。"我曾这么神秘兮兮地告诉他。

"低级趣味！"他这么斥责我。

"爸是不蒋介石以前是花花公子，得过梅毒？"我妹刁星也找他请教过这种问题。

"你个女孩子怎么这么无聊。"他这么批评我妹刁星。

但那天，上级调查组的两个年轻人约见他时，拍桌子瞪眼睛地让他交代问题时，他并不知道他们为何找他，他以为是他的"路线斗争"出了麻烦。他很害怕。现在的潮流是以经济建设为中心。

"嘿嘿，我研究党内路线斗争，是为了，从另个方面证明，作为一个执政党，必须要坚持'三个代表'，必须要狠抓经济建设，而不能总斗来斗去……组织上要觉得我研究方向不对，我改，我改。"

我爸在单位当头头时，得罪不少人，告他的信堆起来能装半麻袋。上边没追究过。我爸不贪污不腐化，不买官不卖官，没有收藏字画古玩金条银元名贵手表的嗜好，冬天和机关普通员工一道上街扫雪，夏天坚持走路上班节省公家汽油，十次去欧美日公款旅游的机会，他能让八次。对这样的干部，追究什么呢？当然了，人们告他，是说他心胸窄，整人狠，搞"文革"中残酷斗争无情打击那一套。可官场上，又什么时候有条杠杠，在得势与失势者间，区别开仁慈与残酷和有情与无情呢？唯有告他思想"左"倾，阻挠改革开放这一条，有时算问题。这不算犯罪，并且，这也不是他的固定形象。有时他确实是改革开放的绊脚石，但有时，他也是正确路线的代表。比如批"两个凡是"那年，我爸被说成是"凡是派"在沈阳的吹鼓手，可下一年提出"四项基本原则"和取消西单民主墙时，他又有了资格在全市局级干部会上介绍他在"四项基本原则"出来之前就坚持"四项基本原则"的事迹……

"别拿那些乱七八糟的东西打岔!"

"老刁你是老同志了,我可以提醒你一句,关于国家领导人的谣言……"

"哦?哦哦,知道了知道了。"后一个年轻人一吐口,我爸心里就安生了。他知道他该怎么办了。传谣言即使算毛病,也是低级趣味的小毛病,而研究问题写专著,弄不好,则是从理论上反党的大毛病。辨得出什么毛病就好办了。"谣言?什么领导的谣言?"前句话我爸没说出口,说出来的是个疑问。他屁股在圈椅里挪了一挪,让自己坐得更舒服些。

我爸已经有所耳闻,最近上边追查的,是关于中央某男领导与某女歌星的"绯谣"。

传播国家领导人谣言是个具体说法,宽泛的说法,叫传播政治谣言。好多年了,中央已不太管这样的事,不知是政治谣言太多,管不过来,还是中央也看明白了,谣言这东西,不论真假,在老百姓那只是乐子,是笑料,是沉闷生活的调味品,堂堂国家犯不上为区区谈资与百姓怄气。对此我爸心中有数。多少年来,哪回的政治谣言也没能真正追查到底。同样,他更不乏应对经验。我妹刁星与李宇一谈上恋爱,我爸就嘱咐我妈提醒我妹刁星,不许承认自己不是处女,更不能坦白曾怀过孕,不论李宇多心胸开阔能理解人,也不承认。我妈问,人家李宇看出来咋办。我爸说看出来了也不承认,一口咬定没跟过别人,至于处女膜啥时候破的怎么破的,就是不知道。后来我哥刁北听说了这事,从理论上,替我爸的意思做了阐释:"如果事实不能带来更大的益处,只存在带来麻烦的可能性时,为避免麻烦真正出现,歪曲事实是最好的选择。即老百姓讲的:提上裤子就不认账。"

"嘀,要抵赖吗?坦白从宽抗拒从严!"

"小伙子,别那么激动,到底什么谣言?"

"什么谣言你知道。你就说你听谁说的吧,不交代谁说的,就是你造的谣，你就要负刑事责任。中国是法制国家，这你是老干部你应该明白，搞人身攻击违法。"

"我懂我懂。可你不说什么谣言，我怎么知道我传没传过。"

"重阳节时，在你们机关食堂会餐，是不你坐一号桌？是就行，桌上的人都检举了，你说了关于国家领导人的谣言。"

那则"绯谣"，我爸确实传过。半年前重阳节老干部会上，他在对中央领导做性格分析情商判断时，为有理有据，曾把那"绯谣"当例证抛出。说它时，为证明消息来源可靠，还告诉别人，他是听北京老战友说的，老战友与上层关系密切甚至就属于上层。我爸边应对面前的两个年轻人，边回忆重阳节老干部会上的一张张嘴脸。

"关于国家领导，我说过不少话呢，可我想不好哪句是谣言。"

"你胡搅蛮缠！"

"你装疯卖傻！"

"年轻人，你们应该对老同志客气点，现在可不是'文化大革命'那会儿！"

"哼！你还扣帽子打棍子了……"

"你看你老刁同志，老局长，你就说谁给你传的谣呗，北京的哪个老战友呀？说了就没你事了，我们也好交差……"

"我是想说，可到现在，我也不知道我当时哪句话有毛病呀。"

"就是——"年轻人之一把国家领导和歌星的名字点了出来。

"他们——还有这事儿？不可能不可能，你们可不许乱议论啊。"

"我是提醒你呀，你听谁说他们相好的？"

"就是你呀，这不你刚说吗。以前可从来没人告诉过我他俩还有这事儿……"

"好哇老刁头，你拒不认罪，还来这手，你等着！"

电话里，我妹刁星告诉我爸，毕文武定的是猥亵罪，判了。简洁的语气里包含着兴奋，但主要是紧张和谨慎。我爸受我妹刁星语气的影响，也谨慎，也紧张，但主要是兴奋。他在家不是在办公室，身边只有我妈。不是强奸未遂呀，他不满意地咕哝一句。他知道，强奸未遂的性质比猥亵重。接下来，可能"强奸"这俩字太敏感了，他又以满意的口吻大声问：判多少年？他还把满意传递给我妈，通过挤眼睛攥拳头做的传递。我妈不明就里。判二缓二。我妹刁星说。

"判二？缓二？这算判刑吗？"我爸有些失望。拳头松开，垂下了手臂。

"算。"我妹刁星用几句法律术语做了解释，仍声音不大。她也不懂法律条文，估计是现发现卖"读者小百科"栏目下的文字。

"哪天见报？"

"不见报了。上边有领导说了，毕文武这事儿到此为止，他毕竟是老同志嘛，受到处罚也就行了，再穷追猛打，是给党抹黑。"

"哼，官官相护！"这时的我爸，不是官了，只在人大挂个虚衔，"他算什么老同志！他是'四人帮'死党，是个政治反动生活腐化的败类。"

骂是骂，我爸还是高兴，还是满意。放下电话对我妈喊，君子报仇，二十七年不晚。喊完，他又及时提醒我妈，他对她讲的私房话，不许告诉别人，连我妹刁星都不许告诉。

"报什么仇？谁又得罪你了？"

"毕文武！"

"毕文武是谁？"

"嘿你个猪脑子！他他妈差点让我妻离子散——也让你夫离子散呀！"

我妈想起来了。

别人都去走五七时，我爸获得留城赦免，他牵头操办的"红太阳展览"有声有色，沈阳的"无产阶级文化大革命"更需要他。那时候，我家住的市直机关家属院冷冷清清。大部分旧邻居已迁走了，大部分新住户还没搬来，我和我妹刁星都没了玩伴。一段时间里，展览馆成了我俩的大游戏厅，那个恢弘神秘的处所，是我俩接受党史教育的启蒙课堂。但好景不常，毕文武出现了，一个高层会上，别人提到我爸时他筋了筋鼻子，会后，我爸便步别的"广大干部"之后尘，走上了通往西丰农村的五七道路。毕文武是军人，是市革命委员会领导班子的主要成员。

"老刁这人在部队上没受重用，就对伟大领袖毛主席创建的人民军队有抵触情绪，这样的人，不适合在展览馆这种重要岗位工作，应该下放。"这是我爸知道事情真相后，用毕文武的家乡口音，复述的他的指示原话。毕文武是大连人，我爸把他的海蛎子味复述得夸张而滑稽。我和我妹刁星笑得前仰后合。那时我爸已抽回沈阳。我妈没笑。她一定想到了在我爸下乡这件事上，她的表现有不体面处。她需要把这事忘掉。她也这么建议我爸。我爸这人挺有意思，一辈子里，多数情况下，心胸狭窄气量不大，谁的仇都记，可唯独对我妈，宽容大度到了娇宠的地步。我想不好这是什么缘故。我不认为这只与他强奸过她有关。此时也是这样。我妈让他忘掉走五七之事，其实是让我爸忘掉她的瑕疵，可我爸好像根本没把我妈的瑕疵当一回事。他说士可杀不可辱。他的矛头，始终是指向毕文武的。

毕文武常来展览馆"视察工作"。我爸很快看出来了，他喜欢第三展室一个解说员。我爸要讨毕文武好，主动给他们独处的机会，每次都让那第三展室解说员陪首长随便看，甚至参观顶楼闲人免进的闲置库房。库房大而安静，有很多过去美术学院的藏品，包括大量裸体油画与裸体雕塑。也有较多灰尘。但把某一块床那么大的地方打扫干净并非难事。毕文武对我爸也挺满意，第三展室解说员转达过首长对我爸的好评。有一次，那个第三展室解说员犯了个错误，在应该说"解放战争"的地方说了个"内战"。按惯例，得开除她，可我爸把事情压了下去。那是冒风险的。

我爸得罪毕文武与女人无关。当时，一组记录井冈会师的幻灯片刚制作完成，毕文武审片时，要求突出片中的另一会师对象，林彪。我爸也承认，他们的设计存在问题，号称井冈会师，却有点像毛泽东带一群秋收起义的农民自己会自己。井冈会师是毛泽东与朱德会。当时朱德没被打倒，但过几天会不会倒没人知道。全国人民都在揣摩毛

160

泽东意图，揣摩的结果是，他除了不想让林彪周恩来江青这三个人倒，想不想让别人倒都说不好。我爸也想过要重点宣传林彪，他甚至预见到，不久之后的九大上，毛泽东会让林彪的接班人地位更合法化。可井冈山时期的林彪，只是基层干部，让毛泽东与个连排长会师，我爸担心也有麻烦。毕文武发表审片意见时说，必须有具体的会师对象——这意见没错，那对象应该是林副统帅——这让我爸为难。但执行命令是天职，我爸只能依令而行。几天以后，省革委会又来人视察，不仅也是军人，还是一把手。全辽宁省的最高统帅陈锡联比在沈阳市的统帅名单上排名四五的毕文武平易近人，他用粗壮的手指指点幻灯片，又用厚重的手掌拍我爸肩膀。还是把朱老总加上吧，否则不符合历史事实，他说，可以让他，陪在林副主席身边嘛。我爸他们再度修改，把与毛泽东会师的对象变成了两个，精干的林彪之外，加个慈厚的朱德。这之后，毕文武再来展览馆时，再看幻灯片时，发了脾气。我爸忙解释，是陈锡联让这么干的，他才停止骂街，但又说我爸用陈锡联压他。一周之后，我爸就踏上了五七道路。

"我那么低三下四地给他打溜须他还翻脸不认人，"我爸学完毕文武，恢复了他自己的腔调说，"这尤其让我感到耻辱！"

耻辱又能怎么样呢？好多年里，我爸也没再骂过他。

好多年一晃就过去了，有一天，有件事传进我爸耳朵，有个四处伸冤的上访专业户，又来人大控诉毕文武了。老军人毕文武为老不尊，八一时，把个去他家拥军的女中学生扣押半天，不仅撕了人家裙子内裤，还以手指代替阴茎，把人家处女膜给捅破了。说者无心，听者有意，对这件事，我爸立刻重视起来。他利用他在人大的虚衔开始关心百姓疾苦。他接见了那女中学生及其家长。那家长没提过分要求，只想得到笔修复处女膜的赔款。"刁领导呀，我要不那么穷，就自己花钱补处女膜了；可我没钱呀！以后孩子还得嫁人是不……"我爸说这不行，光赔钱怎么能达到惩治罪恶的目的。他一边鼓动那家长继续大面积上访，一边找到我妹刁星，要求她与他"父女齐上阵，法制当尖兵"。当时，中央又提倡"法制建设"了。在沈阳地面，我妹刁星已是"名记"，有本事动员她在新闻界或其他界的各种关系，把这事搅得波叠浪涌。也有军地领导想弹压此事。但我爸和我妹刁星计划周密，突然发力，狂轰滥炸，一时之间，给人的感觉是，谁再替毕文武说话，就等于也参与了捅破女中学生处女膜的可耻勾当。连续两个月的跟踪报道，让我爸和女中学生一样，伸了委屈报了冤仇。女中学生家长要给人大送锦旗，拟书"青天大老爷"。我爸制止了。在他暗示下，那家长给以《北方都市报》为主的几家新闻单位送了锦旗，旗上文字，系我哥刁北代拟："铁肩担道义，辣手铸良知"。是义务代拟。我妹刁星求到了他，他没收费。再说了，颂扬文字也不好比照临终遗言的价格标准。

十

周铁燕要求我哥刁北去她家过夜。是请求。许明去澳大利亚了，琳琳去北戴河了，这么好的机会，他们可以像真正的夫妻那样待在一起。"让我当一回咱俩过日子时的女主人吧。"周铁燕在超市打来电话，亢奋的声音混杂在嘈杂的人声和喧嚣的乐声中。

他们好半年了，周铁燕始终处于亢奋状态。她灼热的感情如同铁水，奔流在她的理性之外。铁水奔流的壮观与激烈，足以让我哥刁北目眩神迷，但他心智未乱。他怕被烫伤，略感恐惧。周铁燕与我哥刁北每月约会三到四次，不算频。可后来她告诉我哥刁北，有时不是约会日，她也会来北陵小区，望着我哥刁北家的窗户久久徘徊。那怎么不上来？我哥刁北说，我一般都在呀。我不能不讲规矩没有礼貌，周铁燕说，我不能惹你厌烦。周铁燕自有理性底线。这半年，我哥刁北去北京两次，一次一周一次十天，周铁燕说，也是后来说的，那一周与那十天里，她每隔一天，就特意坐出租车由市府大路金贵家园的家中出发沿青年大街北行穿过北陵大街绕北陵小区一周然后沿黄河大街南行回市府大路的金贵家园。个别对反常行为有好奇心的或热心肠的出租司机曾问过她：你没事儿吧？甚至说：凡事儿想开点儿。她说，不用看到我哥刁北住的二十三号楼，绕北陵小区走一下，就心里踏实。你别烦刁北，你还有别的女人，我也理解也不怪你，谁让我不能天天陪你。我就是太喜欢你太爱你了！换个女人这样，我哥刁北早烦死了。他认为爱即压迫，望子成龙的父母之于孩子便是如此。而所谓爱情，只是一种精良的、狡猾的、特别奏效的压迫工具。可周铁燕的爱情有点例外，它能让我哥刁北受压迫时心甘情愿。周铁燕的笑容言语和行为，都很强势，是典型的压迫，可它们从她那里显现出来时，不知为什么，会自然而然地转化成一种神奇的能量，能把沉甸甸的爱自行消解为轻盈的游戏。她不掩饰自己的欲望，身体消费的欲望与精神占有的欲望。可展览欲望时，她那种天真加混沌的表达，使她很像一株不起眼的野草，雨露滋润时蓬勃一下，无雨无露时，自消自灭也天经地义，甚至并不自觉于自己的自消自灭。比如，她把家中的燕窝海参之类营养品，批发似的搬到北陵小区，让我哥刁北非常反感。我哥刁北对礼尚往来深恶痛绝。可她的解释，却朴素得让人反感不起来：许明吃不了，你再不吃，好好的东西放坏了咋办？好像她考虑的，只是燕窝海参的保质期限。我哥刁北拿她没法，只能一边陪她疯狂，一边打压她的疯狂。铁燕儿呀，咱得降降温了，我哥刁北哄孩子似的说，这样不行，尤其你，露出点蛛丝马迹来，影响太大啦。周铁燕倒永远坚持自我批评：我也知道我挺过分，可我管不住自己呀。她又给我哥刁北戴高帽说，反正有你掌舵，不会有事儿，我下回听你的就行了呗。但下回，她疯狂依旧。我这样，是被你迷住了呢，还是被婚外恋这件事迷住了，还是被我自己的浪漫想象迷住了？好多时候，她又会真心实意地请我哥刁北解惑答疑，一双笑眼天空般清澈——这是比喻，现在饱受污染的沈阳的天空，已经远离了清澈的概念。我哥刁北像无奈于环境污染一样无奈于周铁燕：你呀，瞪着眼睛气人，一点不傻。

"你呀，想一出是一出！"我哥刁北抗议道，"当女主人也不用非去你家呀，在我家，也就咱俩，也像过日子呀。"

"那不一样，好刁北——你家像个临时客栈，没'家庭感'，没气氛，我家……"

"铁燕儿，我是想说，这对许明不公平，那也是仳家。"

"我知道，可只有一半不公平。这家也有我一半呀，我得要我那半的公平呀。这回听我的刁北，就这一回。我都想好了，保证万无一失，你放心吧。"

"那，下不为例。"我哥刁北只能妥协。他也总想，对周铁燕，他为什么这么宽容呢？他的结论，是年纪大了，自我意识已大大衰减。和纪学青好，他十九岁；和倪可心好，他二十七岁；和潘秋菊好，他三十六岁；而和周铁燕好，他四十三了。

"下不为例下不为例，你太好了亲爱的。你一会儿吧……"

按周铁燕设计，左邻右舍人人下班时，我哥刁北也像个正点下班的机关干部那样，潜进了金贵家园七号楼二单元四楼那扇虚掩的"家门"。"我回来了。"进屋后，他应该先冲厨房这么招呼一声。这也是周铁燕设计蓝图上敲定的一笔。可我哥刁北快吓死了，什么也喊不出来，一个劲喘气。周铁燕要把他推出去让他重新进屋，再来一遍，他拉下了脸，说楼道上平均十秒钟就有一个人走过，太危险了。周铁燕只能悻悻地饶过他，让他直接喊下一句和再下一句。下一句是"来，换鞋！"再下一句是"今天给我吃什么呀？"最初，在电话里，周铁燕给我哥刁北设计的台词共有八句，我哥刁北坚决不说，说我不是许明第二。周铁燕说不是因为你是许明第二才说这些，而是因为你是我丈夫，必须这么说。她说许明这么说也是她教的，谁当她丈夫都得这么说。在电话里争了半天，我哥刁北说不去了，周铁燕也几乎哭了，两人才各自做出让步，留下三句。周铁燕的意思是，这三句话，能表现出一个为人夫者良好的修养、威严的霸气、柔弱的依赖感。我哥刁北说这过日子怎么跟演戏似的。他一个人过日子，常常好几天除了吃东西嘴都不用张。

我哥刁北别别扭扭地喊："来，换鞋！"周铁燕模仿日本或者朝鲜妇女，错着碎步，重新从厨房跑到门口，半跪在地上为我哥刁北脱皮鞋换拖鞋。我哥刁北穿船形鞋，口很敞，不系带，脱起来太容易。周铁燕有点意犹未尽。接下来，我哥刁北再大咧咧地陷进沙发，边按电视遥控器边孩子似的叫："今天给我吃什么呀？"这回周铁燕没从厨房跑出来，而是让她的回应曲里拐弯地从厨房传来，唱歌一样——

　　是这时，一股淡淡的熏香味袅袅而至，让我哥刁北想到，在周铁燕最初教他的后五句台词里，有一句与佛事有关。他离开沙发，沿着香味飘来的方向，穿过小走廊，推开保姆室。周铁燕家没有保姆。我哥刁北知道，周铁燕家保姆室里，供了尊菩萨，那菩萨不像观音或地藏或文殊那么著名，但也说道不少，既有复杂的名字和复杂的用途，又有具体出生日期。我哥刁北忘了它叫什么。现在我哥刁北走向这尊说道挺多的菩萨，有些惊讶，他没想到，它居然如此华贵，它的住所又如此堂皇：一架大茶几似的龛桌坐西朝东，半人多高的玉制菩萨盘坐其上，昏黄的灯光照在浅绿的玉上，能制造出一种梦幻的效果，那尊仿佛通体透明的菩萨，恰如活在梦里的生命；在菩萨身左身右和身后的墙上，有三面三角旗分别挂在上面，左右的略小，后边的很大，如同那种写有"优秀班组"或"先进支部"的锦旗，锦旗是红的，它们明黄，它们上边倒也有字，大概也是四个字，可我哥刁北皆不认识，不知是蒙文藏文还是满文；菩萨身前龛桌的延长部分，有两盏长明灯分立两侧，朦朦胧胧闪闪烁烁，位于中央的，是一粗两细三炷薰香，淡淡的烟雾扶摇着升腾，缭绕着散开，几盘挂着水珠的新鲜供果坐落于烟霭之下，一如还携带着薄薄的晨雾；离开龛桌约一米半远的地上，是三只青里泛白的圆形蒲团，编就它们的是精选蒲草，每一根每一条的纠葛缠绕，在规范的紧凑中，都透着润泽的柔韧、庄严、厚重、沉静、稳健，想必一贴近它，甚至一凝视它，就会让任何人都陡生敬畏之心和渺小之感，最坚硬的膝盖，也会情不自禁地向往弯曲……贸然进屋的我哥刁北有些惶惑。他不懂佛事，不知圣仪，不识神礼，他不知道这佛堂的摆设算什么规格，更不知进佛堂后该如何举手投足。他进退两难。他的难倒不在于别的，而在于，他一进屋，就注意到了，在龛桌与蒲团之间，摆只功德箱，他从未想过在家中设佛堂也要摆功德箱。那只比床头柜略高的方箱子里，装半下钱，数额为十元至百元不等。我哥刁北记得，周铁燕教他的后五句台词里，最后一句就是跪拜完菩萨，往箱子里投钱时，对菩萨说的。周铁燕的原话是，如果许愿，你可以想说什么就说什么，可如果捐献，你一定要对菩萨说——针对"许愿"和"捐献"，周铁燕用了两个"如果"，她没说"如果""不许愿""不捐献"该怎么做。我哥刁北没许过愿，也没捐过献。他不是介意往箱子里扔几个钱，他介意的是，这扔钱的形式里，包含了对他的改造功能。他警惕任何来自外部的改造。那箱子，与电视里中央领导民主选举时使用的投票箱基本一样，平滑的顶部，开个口子，像没牙老妪的似笑非笑，既宠辱不惊，又莫测高深。不知电视里的箱子什么材质，但一律有着疏朗奢华的抛光花饰，且封闭完好，不透明；而眼前的箱子，是白玻璃砖的，坚固之中显示着圣洁，襟怀坦白，晶莹透明。我哥刁北犹豫一下，掏出钱包，跨过蒲团，向功德箱靠近。许愿是他自己的事，他有权省略；可捐献，也许在周铁燕家，是有讲究的。他决定入乡随俗。为周铁燕的规矩，他愿意牺牲自己的规矩。他喜欢她。

"来吧老公，吃饭了。"我哥刁北一回头，见系着围裙的周铁燕出现在门口。

"我得——"我哥刁北的目光离开功德箱，有点尴尬，像个在作案现场受惊的贼，"交多少呀？"

"交多少？"周铁燕笑了，"交党费呐，还有规定。"周铁燕的态度随意温婉，让我哥刁北轻松下来。一秒钟前，他还以为，周铁燕一进"佛门"，一来"圣地"，一入"神境"，非把气氛绷成一根舞台上的钢丝绳不可。她没有。她与菩萨的关系，更像一对彼此尊重的新式婆媳。周铁燕是媳妇。"这个没具体要求，关键是心诚。我每天捐，十元二十元没准，许明和琳琳平常不捐，逢大事了，捐个五十一百的。你随便，捐不捐都行。哈，捐的话，你也别以为这钱就被我贪污了，我是什么时候去庙上时，把这些香火钱再捐到庙上。"

我哥刁北把钱包又揣回兜里。"就是说，我不捐对你不会有啥影响？那我就免了，不坏规矩了。哦，我自己的规矩。我团都没入过，没有为思想或信仰买保险的习惯。"

"又瞎说。"这时两人已坐到饭桌前，周铁燕给我哥刁北倒红酒。

糖醋鱼，炒三丝，两小碟凉菜。银制的蜡台上插着红色的蜡烛，没点着，天还挺亮。

"好了好了倒点就行。我觉得呀，钱是物质的东西，也只能用于物质，一用到精神上，就不对了。好好干一下——"

"那书是精神不，你买书不花钱？来来……"

"我自己来自己来——书的第一属性是物质的，精神是它的派生物。"

"不说这个了，来，再干一下，祝我旅途顺利。"

"旅途？你去哪？噢噢拜歪脖子老母去？不张罗挺长时间了吗，一直没去？"

"等他们呗，他们说过组织活动一块儿去。后天走。"

一般一年一到两次，周铁燕会专程找地方烧香拜佛，峨眉普陀五台山，都去过了，今年的计划是拜省内的歪脖子老母。歪脖子老母是锦州那边一个庙里的菩萨，据说特别灵验，前些年造好它，往庙里抬时，尺寸上比门框大了一点。抬她的工人特别着急，安置不好老母就拿不到工钱呀。包工队的工头有病乱投医，仆身跪地磕起了响头。老母老母你偏偏脑袋，他说，偏一点点就进去了，咱就不用返工卸门框了。话音未落，便见老母祥和地一笑，脖子朝一边歪了过去，也就被顺利地请进了庙门。从此，在东北这块缺少名刹古寺的地面上，歪脖子老母的香火格外旺盛，春夏秋三季，每天都有来自四面八方的数百人，为考学为升官为治病为发财为保亲人为咒仇人，向这个歪脖子的女菩萨顶礼膜拜。周铁燕以前去过，说的确灵验，不知她的结论因何得出。这一回她又要去，单位的人听说了，就说党员过组织生活时，大家搭伴一块儿去吧。周铁燕工作的社科院里，有个活跃的党总支书记，每季度都组织党员活动一次。早期是读完报纸喝酒洗澡唱卡拉OK，后来是把每次的党员活动日扩大为三天，甚至一周，以便遍游省内及省外的名胜古迹。这一回，受周铁燕启发，他们打算集体去给歪脖子老母烧香磕头。

"你们那总支书记没长脑子，"我哥刁北说，"这种事，怎么能用党员活动名义搞呢，要让有人找了茬儿，她吃不了得兜着走。"

这时天已彻底黑了，周铁燕没开灯，点上了蜡烛。"你别文革思维，现在除了法轮功，什么都可以信。"

"这哪跟哪呀，"我哥刁北哭笑不得，"听我话铁燕儿，烧香拜佛这种事儿，毕竟不是向党表忠心，不必大张旗鼓。任何关乎信仰的事儿，都只是自己的事儿，它跟追星族的勾当不一样。我也知道，你们其实都没信仰，入党也好信佛也罢，就为求个心理安慰，但你终究是共产党员呀……"

"许明也这么说，他管不了我。"

"你得听他的，别再在外边那么张扬这种事儿，你愿意拜，家里有这么上档次的——这屋有个名目没有——就拜呗。"

"那，那功德箱里钱满了咋办？那是菩萨的钱呀，我能花了它？还有呢，像别人送给许明的钱，吓死人哪，都是不义之财，怎么处理？要没菩萨保佑，许明还不倒大霉呀！"

"哈，那还不好办，取之于民的东西，再用之于民呗。"我哥刁北倒一再拒绝周铁燕倒酒，可一瓶干红还是见底了，干红的红色，挂在他脸上。"菩萨不保佑百姓普度众生嘛，那你这钱，就也给穷人。我觉得呀，你要学雷锋，菩萨保证没意见，还高兴呢——菩萨也知道许明没那么贪，是明知那些财不义可没法拒绝。中国呀，向来讲究个强国富民，可都说了，等于没说，况且，国强了并一定民就富呀。国嘛，只是少数人的，是少数统治者的。对西方那种藏富于民的说法，我倒同意。民富了，国强还不顺理成章。我觉得卡内基的许多说法做法有些道理……"

如果下一天不是三月五号，也许一切都不会发生，我哥刁北的酒话，周铁燕听完也就过去了。可第二天，周铁燕在上班路上，从商场酒店挂出的横幅上，一下意识到这是属于雷锋的一天："学雷锋一楼亏本降价大甩卖"，"学雷锋本周八点八折酒水在外"……从雷锋，周铁燕又想到美国富豪卡内基，路过书店时，她拐进去，用资料室的购书款买来四本卡内基写的和别人写他的书。这天她没做单位的事。在单位，她也没什么事。没什么事的周铁燕读半天卡内基，吃完午饭就回家了。进屋后，先抱一会我哥刁北枕过的枕头闻来闻去，又神色庄严地来到菩萨面前。跪在圆圆的厚蒲团上，她沉思默想十五分钟，然后起身，把功德箱里的钱掏出来点数，再从抽屉里拿一些，将两笔钱凑成一个整数，再出门，打车，去西郊的一家邮局。金贵家园在市中心，距市府广场不远，市府广场的周边，至少有三家邮局。

从晋城监狱回到北京，我哥刁北做的第一件事是去巩益病家，然后，去邮局。在邮局，他打两个长途发一封信。他的第一个电话打往青岛附近的即墨县，接电话的小姑娘说她那里是县委招待所，二一二房间根本没人，更没什么纪学青，一年前，那屋就由客房改成备品库了。第二个电话打往德耳布尔前旗外贸局。先接电话的是个女人，她根本没听说过纪学青名字，后接电话的男人认识纪学青，和她共过事，但不知道她现在在哪。她早不在外贸局了，后一个男人说，也早不在德耳布尔了。我哥刁北的信发往山东聊城，以我姥的口吻，问我姥当年那个老姐妹，与几年以前由北京去聊城找她的那个我姥的娘家外甥女纪学青，还有联系吗？聊城的回信是半个月后到的，我姥当年的老姐妹困惑地问：什么娘家外甥女？什么纪学青？这么些年了，连个北京的跳蚤也没来聊城看过我呀。

我哥刁北只能静下心来，背书做题，准备高考。但他始终忘不了纪学青，忘不了她发来的那封电报：北京市东城区明星胡同43-1号刁北可于三号前来电话二四九三貂蝉的妈妈于二一二客房。电报上有即墨邮局的红戳。我姥是一九七六年十一月一日收到它的。当时的我哥刁北，已经挺适应晋城监狱的各种面食了，与黎鹏程，也一拍即合成了朋友。

我姥应该心中有数，从南汀劳教所出来，我哥刁北就没朋友了，至少朋友没以前多了。但她那么解释，认为那封莫名其妙的电报发自我哥刁北那些容易惹麻烦的朋友之手，也说得通。我哥刁北没刻意想过是否还要结交朋友，但劳教所把他关怯了。恰好没什么人找他，他也懒得去找别人，朋友也就少了。没朋友的好处是，他不会吃别人挂落，别人也不会受他牵连。至于家庭必然受拖累，那没办法。人不能没家，不结婚也有家。他两度被抓，家都被抄了，沈阳的家也没能幸免。沈阳这边倒没他东西，不怕抄，只是爸妈还有我和我妹刁星跟着遭人白眼。我哥刁北的全部罪证，就是一些书和读书笔记，书人家没要，只收走了笔记。第一次被放出来，那些被收走的笔记也随之返还，那个写有"小心轻放"和"白梨罐头"的纸壳箱子，好像从来没人动过，只在政府的某间仓库寄存了一段。就是利用那箱子里的资料，我哥刁北开始了著书立说：《桃花源——共产主义实验县》，他生活中，多了件与想念纪学青同等重要的事。第二次被放回来，什么都没还，包括写有"小心轻放"和"白梨罐头"的纸壳箱子，尤其是里边那本虽然尚属提纲和素材，但已有了雏形的书：《桃花源——共产主义实验县》。它是以三十万字撑持的雏形。我哥刁北认为它不该遗失。与六年前比，这时返还抄家物质力度大了很多。但很遗憾，"小心轻放"和"白梨罐头"成了入海的泥牛。我哥刁北万分沮丧，也表示出了强烈不满。好在，考大学比写一本可能永难面世的书更有意义，客观条件让他放下了《桃花源——共产主义实验县》。外部条件迫使他必须放下。再说了，政府返还的，都是抄家物质，"物质"是什么？是金银财宝，是字画古玩，是房产家具。

我哥刁北对找回他的"物质"已失去信心时，有一天，一个穿身掉色蓝制服的小伙子走进了明星胡同四十三号院，怯怯地站在我哥刁北面前。他怀里抱个挺大的包裹。

"我是刁北，"我哥刁北盯着小伙子手里的包裹，忽略了小伙子激动的表情，"啊，你是返还抄家物质办公室的吗，这是我那箱子里的……"

"我，我不是……刁北哥，我是，关光，这是南汀的一点土特产。"小伙子把手里的包裹递向我哥刁北，脸涨得通红，"你不记得我啦刁北哥，我是关庆祝的儿子，我是关光，你在汀水冰窟窿里救过我呀……"

关光十八岁了，是北京大学法律系一年级学生，通过同学认识的户籍管理部门的熟人，把我哥刁北查了出来。太好查了，全北京，叫刁北的只有一人。此后，这个小我哥刁北七岁的未来的法官，成了上一时代遗留给我哥刁北的唯一朋友。也不是我哥刁北有意保留他这前朝友人，以不割断延续的历史——严格地说，关光与前朝没有关系，他是当世产品，另外，他被我哥刁北救过一命，但不算朋友。是关光主动靠近我哥刁北。一进入我哥刁北的生活，他就灵活自然地，完成了一次人际关系的巧妙转型，由对救命恩人的感谢，演变为对兄长的尊重与对朋友的忠诚。反过来，关光身上那种理想化与实用性和谐并行的东西，也吸引了我哥刁北，他喜欢他不像前朝的理想主义者那么空洞，又不像当世的实用主义者那么功利。如果不是关光的个头并不比我妹刁星高，如果不是我妹刁星公然给有妇之夫当情人还怀过孩子，我哥刁北很想让关光给自己当妹夫。我哥刁北从未给人介绍过对象。我哥刁北看重关光这个朋友老弟，一直超过看重我和我妹刁星这对亲弟弟亲妹妹。在关光那边，他最初发表的几篇论文，说我哥刁北是合作者绝不过分；在我哥刁北这边，在他失去倪可心到找到潘秋菊的那段时间里，最高法院在大木仓胡同教育部南侧的丁香园小区分给新员工关光的那处房子，是我哥刁北在北京的家。只是，住关光那里，时间稍长，与此前和倪可心同住相比，与此后和潘秋菊同住相比，我哥刁北就会不大自在。这与关光这个人无关，他们彼此接受的程度，比关光书架上那些厚厚的法典的内容还深。后来我哥刁北想明白了，是因为出入丁香园没有回家的感觉。我哥刁北常年独处，表面上，似乎排斥家，但间或地，出入倪可心的明星胡同时，出入潘秋菊的先裕祥胡同后团结湖小区时，都有女主人迎送陪伴，他还是觉得温馨踏实。那叫"探亲"。"探亲"有种奇妙的感觉。尽管，他与倪可心没什么话说，而在潘秋菊那里，他名也不正言也不顺。

以"伦流罪"为简称的"破坏社会主义伦理关系流氓罪"，通俗地说，也可以叫"同性恋罪"。现在同性恋不算犯罪，但在许多人眼里，仍觉得它名也不正言也不顺，好像它的可怕程度相当于杀人，而可耻程度与偷盗相当，至于淫秽程度，群居换妻性虐待都比不了它。在当时，倪可心那会，它多大逆不道可想而知。那时候，"同性恋"这个词都不常见。

倪可心犯"伦流罪"，是在下乡插队时，她的同案，是个叫吴忠艳的公社副书记。知青开始大面积返城时，吴忠艳被告了，一个知青家长给县委写信，说吴忠艳对他女儿耍流氓。县里经常接到知青家长控告农村干部的上告材料，一般都大事化小小事化了，各种真真假假的事太多了，尤其以男干部对女知青实施性侵犯的为多，处理不过来。以前，多数情况下，把那觉得受了委屈的知青抽调回城也就行了。可这回的状告得离奇，吴忠艳是女干部，一个女干部对女知青耍流氓，怎么耍呢？怎么实施性侵犯呢？所有领导都为此兴奋，交头接耳奔走相告，好奇心和新鲜感，促使他们要把这事一挖到底。当时正好上边需要有特殊性的迫害知青典型。吴忠艳是老实人，一审，就都说了，把与她好过的女知青都供了出来，包括已经回城工作的倪可心。几个女知青都找到了。接受调查时，控诉吴忠艳的流氓罪行时，别人都配合，只有倪可心态度不好，知道了吴忠艳很"花心"，不止有她一个女伴，也不吃醋，也不肯以揭发批判作为报复。谈了几次，她都硬扛，牙关紧咬，一声不吭，逼急了只说，我们是阶级姐妹革命战友呀，是好同志呀！那时候，"同志"一词还没专指同性恋者，也有别的意思。后来，倪可心挨不过打，就承认了，可又说，吴副书记没用不放我回城威逼我，也没用入党利诱我，是我愿意和她好的，我到现在还想她呢。那些控诉吴忠艳迫害知青的，很快没事了，只有倪可心这个不认为自己受迫害的，成了罪人。

如果说倪家人粗鲁野蛮，都有点歹毒有点邪性，那倪可心就不应该算倪家的人。从小到大，她一直平和善良，沉默寡言，知道羞耻懂得忍让，与她爸妈以及她姐倪可竞她哥倪可强性格迥异——七岁那年对我哥刁北的不耐烦，几乎是她坏脾气的极致。她中学毕业时，下乡插队的事已近尾声，好多同学都耗在城里不走，她爸妈也建议她泡在家里。她不好意思那么干，她服从分配去了房山县的山坳坳里。那时候，倪可竞为了争到一个工农兵大学生名额，正由新疆兵团赶回北京去国家教委院内绝食，倪可强为了当兵，则在他下乡的大兴县，拎着菜刀把武装部干部追得抱头鼠窜。也许，就在北京大学经济系学生倪可竞在未名湖畔给相恋数年的男友写绝交信时，就在广西边境大山里的解放军某部战士倪可强苦练"放下武器！""缴枪不杀！"等越南话时，倪可心在房山县太阳升公社党委副书记吴忠艳的床上发现，她喜欢女人。

"姐，我不走了，留下陪你。"倪可心的回城手续都办好了，她忽然觉得，她已离不开吴忠艳这个"姐姐"。吴忠艳大她十四岁，是五十年代志愿下乡的知识青年，父母都在北京市内。她离异多年，前夫是当地农民，有个儿子与前夫生活。

吴忠艳拒绝了倪可心。"不行可心，这里不是人待的地方。我不能为自己幸福，误你的幸福。"吴忠艳捧着倪可心为她绣的"忠"字手绢，一遍遍亲吻——那时已没有忠于毛泽东的说法了，手绢上的"忠"字，只有代表吴忠艳与忠于吴忠艳这两重意思。"你记住可心，北京城的姑娘，只有生活在北京城才有幸福，一个女人，也只有嫁个男人才算幸福。"

倪可心的爸妈都在铁路系统，是机车车辆厂工人，她也就进了铁路系统，在火车站推车卖货，与我姥同事。是名义上的同事。她到车站时，我姥已退休，只因有层邻居关系，有一层由我哥刁北与倪可强这对同学勾连起来的邻居关系，有时单位发工资或分东西时，倪可心会捎给我姥，同时，又因为她们都是远近闻名的刺绣高手，常在一块儿切磋技艺，她们的交道才越来越多，交情也才越来越深，以至于，倪可心结束劳教一回到家，她爸妈就来和我姥商量，两家可不可以结成亲家。

我妈冷静地跟我爸商量，可不可以暂时离婚？她意思是，离婚了也还是一家人，等我和我妹刁星长大了，她再去西丰与我爸复婚。

我爸用个嘴巴回答了我妈。他刚刚从外边回来，手上沾满岁末的酷寒。冰冷的手也是生硬的手，响声过后，我妈柔软的嘴角流出了血。这是我爸头一次打我妈，他强奸她时也没打她。没打也是暴力。我爸对我妈实施的两次暴力，间隔十七年，再零一天。我妈没哭没喊，没还手没昏厥，转身继续替我爸收拾东西。那些东西，是我爸的珍爱之物，是他过去喜欢的书，包括他每读都有新收益的《红旗飘飘》、《党史资料》、《文史资料》。这些书我妈都没读过，但正是它们，勾出了我妈离婚的念头。这回下乡，我爸决定不带它们，让我妈把它们排斥在行李之外，甚至说，和那堆报纸一块儿卖了吧。我妈知道，这是我爸绝望的标志。我爸很少绝望。一个很少绝望的人绝望了，我妈这个容易绝望的人，没法不绝望。

"你知道，我不是不能和你同甘苦共患难，"我妈用舌头舔着嘴角的血说，"但刁斗和刁星，他们太小，他们不应该遭农村的罪。"

我爸不看我妈。他蹲在墙角，嘎巴巴地挤压两只大手上的每个关节，嘴里发出低浊的骂声："操他妈的，王八蛋！""王八蛋，操他妈的！"能辨得出，他骂的人不是我妈。他面前地上，堆着他刚带回来的东西，也是书，是另一类书，是我妈更不可能去读的另一类书：《水稻》、《玉米》、《高粱》、《养殖手册》、《土壤与气候》、《大棚蔬菜》，还有和新书摆一起的，一套崭新的木工工具。我妈还没注意我爸刚从外边带回了什么，如果注意了，也许就不提离婚建议了，至少暂时不提。这些新东西，能表明我爸没彻底绝望。

"那哪行呀，怎么能不服从组织安排。"在这天之前，已经好几天了，我爸得便便掩饰着绝望开导我妈，"走吧，农村不像你想的那么可怕。再过几年共产主义了，农村城里就全一样了。啊，以后我也不扯了，国命民脉跟咱没关了，咱一家人去过田园生活。"

"不走，哪也不去，除非他们绑着我押着我迁我户口，要不然，哼，我宁可丢工作，也不能丢沈阳的家。"我妈的坚决和顽固是少有的，让我爸不敢把话说得太重，"我来沈阳已经错了，再去农村，就是错上加错。我已经对不起我妈了不能再对不起孩子。"

"可以后，他们大了，也得下乡当农民呀。"

"那是另一回事儿。他们大了，吃什么苦受什么罪，我管不了也没权管了；可现在，他们是孩子，他们的命运我还做得了主，至少部分做得了主，我就得让他们尽量好点。"

"你这么落后，想没想组织上会怎么看我？"

"你年年先进，组织上又怎么看你了。你把展览办得那么好，人家不用你了，不还是一脚踢开。我再影响你也影响不到哪去。"

"你——"

"你不用瞪眼睛，就这么回事儿，他们爱怎么着就怎么着吧。反右时没全枪毙吧，造反时没全打倒吧，知青下乡也有泡下来的吧，怎么轮上走五七了，他们就真能一锅端呢……你呀，数嘴时说得明白，一遇事就胆小如鼠。你想想，是不你给我说过，你说在个长官意志决定一切的地方，不论多严肃的政策，多精密的法规，多权威的命令，都不必当回事儿——你说表面上要当事儿，但心里就当它是儿戏，你的原话我还记得呢：'大政方针上坚信不移，具体问题上敷衍塞责。'你说这是因为，这个长官与那个长官，想法不可能完全相同，即使同一个长官，今儿个一个主意明儿个一个点子也很正常……"

"你看你，净落后话！行行，我说过我说过。可我说的，是单位里的事儿，是说我们作为单位职工，怎么应付身边单位里的那些破事儿。"

"对呀，可国家不就大单位嘛，展览馆也好医院也好，所有单位，不就相当于国家这个大单位的下属部门嘛。我们是国家这个大单位下属部门的职工，还不就是国家的职工。"

我爸下乡的日子一天天临近，我妈思想就是不通，态度还越来越强硬，她打探出各种滞留城里拒不下乡的例子讲给我爸，同时鼓舞自己。这之后，我妈面对的压力就不光来自我爸了，她单位和我爸单位组成的联合小组，让她在寡不敌众的围剿下苦苦挣扎。那些人天天开她的动员会、帮教会、批判会、斗争会，甚至动员帮教批判斗争我和我妹刁星。我爸都住进西丰县釜山公社釜山大队第一小队冰窖似的队

176

部里了，他们还对我妈穷追不舍。这时候，我妈已由护士长被贬为清洁工，在打扫厕所走廊之余，要一遍遍地对联合小组解释说：我儿子有软骨病，我女儿有心肌炎，等把他们病治好了，我一定下去。说来也巧，那几年，小小的我和我妹刁星，身体的确都病病歪歪，我有软骨病，我妹刁星有心肌炎，不特别严重，但也是事实。神奇的是，随着我爸我妈单位的人对驱赶我妈失去兴趣，随着我妈调换了单位，来到市内一家规模大条件好的大医院当护士，我和我妹刁星的毛病又都没了。直到现在，我骨头再未软过，炎症也再未找过我妹刁星心肌的麻烦。

我妈以一个妇道人家的软磨硬泡，战胜了国家这个"单位"的长官意志。那阵子，逢年过节，别的五七战士及其家属，最美妙的去处至多是公社小卖店，唯有我爸，可以堂而皇之地逛一逛沈阳的联营公司，游一游沈阳的北陵公园。家在沈阳和家在村子里，对人的心态有不同影响。我妈成了个让许多"五七家庭"羡慕甚至嫉妒的"五七指示的绊脚石"这件事，时间愈久，愈见分量，它成了我爸可以接受我妈偶尔"骂街"的重要理由。当然，也是我妈能那么坦然地设计与我爸的离婚事宜，让我爸对我妈性格中那种果断和决绝产生了敬畏。他更加确信，如果当初他不娶我妈，我妈的归宿肯定是自杀。后来，我们兄妹三人议论这事，我和我妹刁星这对"五七指示的绊脚石"的直接受益者，对我妈都略有微词，我们引用"夫妻本是同林鸟，大难来时各自飞"这句俗语批评我妈。我们以为，我哥刁北会和我们观点一致，毕竟，如果我妈真为了留在沈阳和我爸离婚，太不"爱情"。没想到，倒是我哥刁北这个非受益者，对我妈的果决赞赏有加，他理由是，支撑一个家庭的并不是爱情，而是责任。他这样说时，不掺杂任何感情因素，与他跟我爸我妈间关系的亲疏毫无关系。他认为，如果一九六九年底，我妈我妹刁星和我也随我爸去西丰农村走五七了，至少我和我妹刁星，被农村毁掉的可能性极大。是的，在农村待上数年的五七战士成千上万，看上去，也并未影响子女前途。可光这么看问题显然粗疏。虽然没有统计学依据，但大部分人，经过一番强暴似的逼迫，都会程度不同地、或显或隐地受到摧毁，是注定的。这就好像，一个人被诬为小偷，后来平反了，可他心头的阴影能褪净吗？他和其他未受诬陷者的心态能一样吗？我哥刁北说，我们不能说农民的孩子就没出息，但事实是，人的出息需要良好的环境。即使人活着不是为出息，单从生命渴望安逸的天性讲，正过着好好的城里生活，却一下堕入农村的艰辛之中，那至少是个毁人的契机。许多五七战士或知识青年后来唱"感谢磨难""生命无悔"的高调，不是假浪漫的矫情，就是真无知的片面。所谓磨难，所谓不悔，那是因为你的命运赶上了这个时代背景，想不磨也不行，想后悔也没用；如果你的命运是正常的升学就业，你肯主动当农民吗？有人为了某种信仰或追求，天生喜欢磨难，主观向往吃苦，是另一回事。可把城里人的被迫下乡与"感谢"和"无悔"混为一谈，好听点讲是糊涂，是好了伤疤忘了疼，难听点说，是另一种意义上的助纣为虐。

我哥刁北慷慨激昂后，又玩笑地说："年轻人，你们还嫩呀。你俩要是下了乡呀，就孩子都能打酱油了，那样的话，你们就能理解妈了。"当时，我和我妹刁星刚参加工作，我们并不亲近的兄妹三人，在一个漫长的白天，第一次进行了亲切而又深入的恳谈。在那之前，我哥刁北是遥远的偶像；自那以后，我哥刁北成了亲近的朋友。

所有下夜班的漫长白天，倪可心都会带上圆形刺绣绷子和彩色丝线，以及柔顺而又羞涩的表情，来四十三号院，和我姥一起消磨时间。这对忘年"绣友"，之所以能成为朋友，更与那种个性气质方面的相通与默契有关，相通和默契抹杀了横亘在她们中间的年龄沟壑。还有一个原因是，她们守护着一个共同的秘密：通过地下渠道，她们能从外贸部门揽来零活，她们手工技艺的成果，将定期跨出国门，去接受那些不闹革命的资产阶级的欣赏和享受。多数时候，天气晴好，倪可心来了，不必进屋，就和我姥坐在院子中间的长方形花坛旁，她们周围，是三幢屋檐长着几丛茅草的灰砖平房。清风徐来，光影斑驳，她们身边竖着一株丈把高的红海棠树。

这天上午，一老一少两个女人，又习惯地坐到海棠树下。她们原本话都不多，这阵子，怕打扰我哥刁北看书学习，就更无声息了。如果院子里的其他人家都上班上学了，不发出声响，两个静坐马扎上的安详女人，就好像不存在。她们存在。我哥刁北房间的书桌，摆在窗前，只要抬头，拨开苹果绿的纱质窗帘，就能隔窗看到她们，看到她们树荫下的剪影柔和优雅，本身就是幅刺绣作品。我哥刁北望着这幅鲜活的刺绣作品背他的题："王安石变法的内容包括……"就是这时，我哥刁北先于两个女人，看到半掩的院门被推开了。不过，由于院门开得粗暴，两个女人把头扭向那里的速度，比我哥刁北也只慢一点。一个街道干部领一对白衣蓝裤的男女警察，气势汹汹地闯了进来。我哥刁北眼睛直了。他腾地站起来，然后猫下腰，觑着窗外，在脑子里检点自己近来的言行。他想不出警察为何又找他麻烦。他的手伸向抽屉深处。那里有钱。他有经验，带点钱，不论外出逃亡还是贿赂狱警，都用得上。是抽屉里的钱被他抓到手里，他想返身去南屋跳窗户时，他看到听到，那街道干部把一根手指向倪可心指去：就是她！然后闪身退到了一旁。警察之一随即出手，是那女的，笨手笨脚地掏出手铐，往倪可心手上戴。倪可心吓得站不起来。坐在马扎上，她身子本来就低，这会又向更低处瘫去。已经站起身的我姥扶她一把，她靠在我姥腿上才没跌倒。

"你们……你们干吗呀你们……"

最初我姥也认为他们要抓我哥刁北，但见他们没再往屋里走，还把铐子戴上了倪可心手腕，她知道了，他们要抓的人，与我哥刁北无关——再误会也不能男女不分呀。可也让我姥更糊涂了，老实巴交的倪可心怎么也犯罪了。我姥没与抓人的警察打过交道，但与抄家的警察打过交道，她有经验，这练出了她的一些胆量。她挺身上前，张开双臂，挡住也凑上来拉扯倪可心的男警察，声音发抖地重复她的问题：

"你们……你们干吗呀你们……"

"干吗？干吗还得跟你做个汇报？"

"可这是我家呀，你们一定抓错人了。"

"没错，抓的就是这个伦流犯。"

"抓——什么？轮流抓呀？怎么能轮流抓人……"

"老太太你别打岔。抓这个叫倪可心的，她是流氓。"

"哎同志，她可是女孩儿，你们误会了吧？"

"哈，女的就没流氓了？你问她自己犯伦流罪没。"

"可心，你怎么轮流了……"

倪可心此时脸色苍白，浑身打抖。她人倒是站了起来，可站立不稳，我哥刁北从后边还看到，她裤裆那里，明显湿了。很快地，两条裤腿上，又有两条分布不均的黑色湿痕向下洇去。她吃力地把竹绷子交给我姥，在牙齿不停的撞击声中，对我姥挤出了"没没没事儿"这几个字。给人的感觉，是她知道警察为何抓她。正在这时，警察押着倪可心往院外走时，我哥刁北冲了出来。他堵在倪可心面前，想把攥在手里的钱揣她兜里。

"嗨嗨嗨，你干吗你？"男警察过来拉我哥刁北。他和女警察都不是明星派出所的，不认识我哥刁北。

"我给她带点钱，请你们……"

"哼，你以为我们带她逛商店去？你谁呀？"

这时候，从我姥嘴里，一句石破天惊的话冒了出来。后来想想，肯定是我姥这句话传进倪家人耳朵后，启发了他们，倪可心一放回来，她爸妈和姐姐倪可竞就找上了我姥和我哥刁北，建议我哥刁北和倪可心这两个一辈子注定要被人指指戳戳的倒霉孩子结合到一起。用国家财贸部年轻后备干部倪可竞的话说：姥姥，只有他们才能彼此体谅，互相温暖，一路依傍着走下去呀。然后，她又转向我哥刁北：你觉得呢刁北？她高傲的笑容里带几许谦卑，或者是她的谦卑里还带几丝没抹净的高傲。已经好几年了，毕业于北京大学的工农兵大学生倪可竞与明星胡同的街坊邻居没话可说，走个顶头碰，她也不会正眼看人，包括对我姥和我哥刁北。这时是一九八〇年夏天，我哥刁北已心灰意冷，读大学只是他眼前的一幅蜃景。而前推一年多一点时间，在他头昏脑涨地温书背题迎高考时，他给倪可心揣钱的行为受到了阻挠，僵在倪可心和警察之间，他敢怒不敢言，连眼镜被警察肩膀撞歪了也没敢扶正。就是这时，他听到了我姥是怎样帮他哀求警察的：

"同志呀首长呀大领导呀，您就抬抬手吧，让我外孙子给她带点钱吧，她是我外孙子没过门的媳妇呀……"

一天傍晚，我哥刁北被熟人拉进一间会议室似的饭店包房，坐在足有半面墙大小的液晶电视机前。电视上，有间真会议室，比宽敞的饭店包房大许多。真会议室前端有主席台，又小又寒酸像张学生课桌，远不及饭店包房的餐桌气派。我哥刁北他们像电视上真会议室里的人那样坐好以后，面容憔悴的美国总统布什匆匆出场，出场在电视上那个真会议室里。布什站到狭窄的桌前，故作镇定，环顾左右，似笑非笑，然后，以不知是掩饰沮丧还是掩饰兴奋的口吻说道："我们抓到了他！"他说的"他"，指的是此前伊拉克最高统治者萨达姆。电视上会议室里的人已经知道这一消息，可布什一公布，还是欢呼起来；看电视的人也都知道了这一消息，可也像电视里的人那样，仿佛由布什之嘴再公布出来，才作数，他们的欢呼也才值得。这种公布，相当于仪式。电视里外的人是有区别的。电视里的人都是外国人，与伊拉克战争有着种种利害关系，萨达姆的是否被抓，能让他们牵肠挂肚；电视外的是中国人，且跟我哥刁北基本一样，与自己本国发生的事都没什么关系，想左右自己都力不从心。但人这东西，只要吃饱穿暖，就喜欢超越功利地去关注点什么，也许正因为他们没资格关注本国，关注自己，才能做到放眼世界，关注布什和萨达姆。他们以酒佐兴，边看电视边议论纷纷，好像美国伊拉克是他们的丈母娘小舅子。他们有的支持美英联军打伊拉克，说萨达姆太残暴了，独裁统治太不得人心，说最好的极权制也比最坏的民主制糟糕百倍；又有的说春秋无义战，布什萨达姆都不是好东西，独裁专制不好，仗势欺人也坏，一切首先都是政治，而叫政治，就不能干净；还有的说一切革命都是物质革命，任何斗争都是经济斗争，所有反抗都是利益反抗，美国就是为了石油，为了在世界上称王称霸当国际警察，才四处伸手干涉一切；再有人说也不能一概而论，许多行为，都是思想积淀的结果，美国人那种建立在个人主义背景下的主观为自己客观为别人的责任感，也有一定可取之处……我哥刁北什么也不说，只埋头吃菜。他的熟人拉他来纵论天下，都以为他能有高言妙论，可他没有。他冲这个点头冲那个微笑，所发之言，与别人的关注点全不搭界：这个玲珑虾仁怎么做的？这个东坡肘子太过瘾了……直到后来，别人越来越集中地议论起电视上萨达姆被抓的镜头，由惊讶到感慨，由感慨到挖苦，由挖苦到嘲笑，由嘲笑到戏弄，由戏弄到……我哥刁北才开口发言。我哥刁北的熟人一致认为，被人堵在地下室的萨达姆，那副蓬头垢面的样子太羞耻了，那种失魂落魄的眼神太屈辱了，尤其是被人撬开嘴巴看牙齿时，就像牲口市上，被人挑拣的驴马骡子，太丢人现眼让人笑话了。他应该舍生取义，杀身成仁！我哥刁北的熟人一致支持萨达姆向希特勒学习，在地下室自行解决自己。

"你们太狠了。"我哥刁北说。这时候，我哥刁北的五十岁生日已经过完，二〇〇三年也快结束了，按他的说法，他已开始成为死人。这次开口，差不多是他"死去"之后，最后一次对吃喝拉撒之外的事情发表意见。"在非常时刻里，在特殊情境中，一个人慌乱一下，软弱一下，胆怯一下，窝囊一下，你们都不允许。"

十一

　　我哥刁北期待立传的念头起于何时？一九七六年？抑或一九七三年？不论起于何时，我都没权利指责嘲笑。确实有许多普通人，不认为自己普通，或明知普通，也愿意认为自己的普通属于转基因产品，别具一格，值得一书。作为作家，多年里，我遇到无数这样的人，说我给你讲讲我呀，我的经历可复杂呢，写出来保证精彩；或者你对他/她了解稍多，他/她就半玩笑半认真地说，可别把我写书里呀，变相肯定自己的被书写价值。某种意义上，我哥刁北敢于直面人性，即使在一个许多大人物都甘为草芥的时代，也能走进人人皆盼青史留名的潜意识领域，勇气可嘉。

　　我能理解一九七六或一九七三的我哥刁北。不论他基于怎样的自信，作为二十多岁的年轻人，一个大孩子，他踌躇满志，异想天开，产生某种狂妄念头，期待被人树碑立传，都不算毛病。初生牛犊不怕虎嘛。一个不怕虎的初生牛犊，虽然可笑，更多的也许还是可爱，带点天真的可爱。可现在，他五十岁了，五十岁的人还不怕虎，还一副天真可爱的初生牛犊嘴脸，就不仅可笑，还有点，可怜了，不知天高地厚的那种可怜。

　　"哥，你不是开玩笑吧？"

　　"大哥你……你真的大哥……"

"不是……没有……你们可能没理解……我不是那意思，我是为了……"

　　我哥刁北没喝多酒，说话时舌头却有点拌蒜。我和我妹刁星只能劝他先不说这个，都表示，他渴望青史留名的念头，在没得到充分解释前肯定荒谬，甚至解释过了，那解释也不见得就能服人，他的念头也不一定就不荒谬。但此时他有点激动，这话题不妨先放一放，先说别的；等他想清楚了，再说不迟。我哥刁北无奈且无助，全没了往日给我和我妹刁星当百科全书知识库的做派。但他的确说不明白。他只强调，他不相信青史留名，不稀罕树碑立传，也真没觉得自己有啥与众不同。

　　"我没那么白痴，没自我感觉良好到以为有资格把我的吃喝拉撒展示给别人，我不为那些……"这我倒相信。早年读《圣经》时，他就认定，人类蠢行的第一根源就是自以为是。"我是想，是为了，让别人，我的亲朋好友吧，比如你们，比如妈，还有，像倪可心刁婵，所有关心我和我关心的人吧，对我，能多点了解认识，能原谅我……在许多事上，在许多时候，我吧，我不和你们交流，我太不好了……"

　　做自我批评，又让我们"了解"和"认识"，并寻求"原谅"，这些话从我哥刁北嘴里出来，像个醉汉，跌跌撞撞的。我们惊讶，更有些心疼。他表达思想时从来干脆利落。不过，他脸皮薄，能把这么别扭的话说到这个份儿上，也够意思了。我和我妹刁星继续打岔，说不说这个，就说起了别的。比如，死亡。话题一转，我哥刁北舌头又利落了。他说，他很遗憾他不是猫，对猫只能徒生羡慕。我和我妹刁星都知道，我哥刁北对什么动物都无兴趣，只愿意琢磨人，不明白他提猫什么意思。这天的我哥刁北不同以往，前半截表述里，他已屡屡出乎我和我妹刁星意料，这一回，我妹刁星以为他要继续出人意料下去，就自作聪明地，接了句蠢话：那我帮你要只猫咪吧，你好有个伴儿。不涉及写传，我哥刁北已经又恢复了坦然镇定的惯常表现，对我妹刁星的插话，他未置可否地微微一笑。这足够了，我妹刁星知道她错会了我哥刁北的意。我哥刁北说，猫有一种特殊本领，知道自己何时寿终。那时刻一到，它们绝不留在家里，避免让主人目睹自己之死心烦或伤心。它们会设法逃出家门，找个僻静隐蔽的没人角落，默默等死，风化消失，成泥作土。所以，那些养猫的人，见自己的猫老了病了，不必为它准备后事，静等它失踪也就行了。可惜呀，人不是猫，我哥刁北说，如果我学猫，躲个地方去自己等死，你们大概得找翻天——烦死我了也找，给别人看哪——那等于给你们添了更大的麻烦……我和我妹刁星都说不能不能，不烦不烦。我哥刁北摆了摆手。我死时，他指示道，不要惊动别人，就你俩，把我尸首弄出去烧了就行，然后用个破塑料袋或破包袱皮，把骨灰装出来，就近找个河岔子水泡子或粪坑便池，倒里拉倒。他轻松地布置后事。至于家里这点破东烂西，他环顾一下凌乱的房间，谁能用上什么就拿走什么，没用的，该烧的烧，该卖的卖，这房子呢，没人住可以先租出去，留着以后，阿斗或小璐结婚生子时，要暂时没好房子，就把这里当个临时小巢……

他逻辑怎么这么乱套？太自相矛盾了。我妹刁星眼神茫然地看我，我一头雾水地看我哥刁北，我哥刁北专心致志地看葱油螺片。

在晋城监狱，黎鹏程以老大哥的口吻对我哥刁北说，作为职业革命家，不该考虑结婚生子那种世俗之事。我哥刁北说我不是革命家，不职业的也不是。但又说，当哲学家，也没闲工夫结婚生子，像康德、恩格斯、叔本华、尼采、萨特……黎鹏程对我哥刁北不肯当革命家有所不满，但对他认同不结婚生子的观点，还那么毫不含糊，略感安慰。老婆孩子热炕头，他轻蔑地说，是消磨人意志的硫酸。他顺嘴以拉萨尔为例。他说，拉萨尔的一生，总因为女人招惹麻烦，三十九岁时，死于决斗，他一个情人的未婚夫打死了他。这个羊毛卷的奶油小生，黎鹏程以半是敬慕半是鄙薄的口吻说，除了是德国社会主义民主运动的创始人，还是情种；如果他斩断情丝一心革命，也许是又一个马克思呢。我哥刁北对拉萨尔没有敬慕只有鄙薄。不是因为他的情种问题，他也不知道他是否真是情种，真是情种，他也不认为就应该鄙薄。他鄙薄他，是因为马克思不喜欢他。马克思反对这个曾经的朋友与战友，在文章里，把他骂得狗血喷头。好多年里，马恩列斯毛的好恶标准，也是我哥刁北的好恶标准。但人有性欲，也是具体问题啊。我哥刁北绕过拉萨尔，想把女人的话题深入下去。可张张嘴，他没出声。黎鹏程的身体佝偻在椅子里，活像一只软缩的阴茎。

他俩都是犯人教员，劳动时间比其他犯人少三分之一，有机会一起备课聊天。我哥刁北是入狱三个月后，与黎鹏程开始做朋友的，那时，黎鹏程服刑近三年了。我哥刁北教数学和语文，黎鹏程教历史和时事。我哥刁北教的语文，以前也由黎鹏程教。以前狱中没合适的数学老师，数学课就一直没开。黎鹏程也是北京人，瘦小得好像可以折叠，最经典的形象就是深哈下腰，以手扶墙，抻着脖子咳嗽和喘。他离不开水、口罩和一种土黄色的小药片。小学毕业后，他再未升学，也没工作，入狱前，每年十月到来年五月待在北京，其他时间，在江西星子县乡下的爷爷奶奶家度过。他父母都在公安部工作，算中层偏上干部，他被抓时，他们尚未官复原职。

"现在外边，可以研究'五七一工程纪要'了吗?"

一旦意识到我哥刁北既能跟他对话，又能让他信赖，黎鹏程就以"五七一工程纪要"作为联络暗号，开始了与我哥刁北的沟通交流。

那天监狱文化室里，只有他俩。黎鹏程行走还不特别费劲，稍微有点一瘸一拐，肥大的蓝灰色囚服罩在身上，使他行动起来，像蚂蚁扛了块数倍于身体的面包渣。他不怎么行动。我哥刁北与他认识一周了，在他身边，像个有经验的仆役，勤快，有眼色，又不卑不亢。我哥刁北给他递书送笔或者倒水拿药，虚心请教给犯人上课时将遇到的问题。此前，他听人议论过黎鹏程，知道他满肚子学问但为人傲慢，也知道他心狠手黑，曾趁别人睡觉时，把囚伴中最霸道的一个家伙的脑袋砸了个口子。像大部分囚伴一样，那家伙也嘲笑过他。他是用尿桶当的武器。黎鹏程眼睛不大，但特别亮，目光发贼，飘忽闪烁。我哥刁北能感觉到，他一直在观察自己，像个挑剔的采购员拣选货物。我哥刁北知道，这种观察中含有好奇，更包含重视。他不喜欢这种观察，却为能受到重视感到满足——黎鹏程可是大名鼎鼎的传奇人物。是这时候，有段时间，两人挨得挺近，黎鹏程给我哥刁北罗列他以前出给囚犯学生的作文题时，忽然地，没来由地，横空插出一杠子地，提了个问题："现在外边，可以研究'五七一工程纪要'了吗?"我哥刁北愣了，没反应过来他什么意思，甚至都没立刻听明白"五七一工程纪要"这几个字。他与黎鹏程那双贼亮的眼睛对上了目光。两人对视片刻，黎鹏程先收回视线，看面前的作文题目，我哥刁北也重新低头，看课桌上写着一堆作文题的那张白纸。"这晋城关的，都是渣滓。"黎鹏程的声音忽轻忽重，如果此时有人偷听他俩说话，听不完整。"但我看得出，咱俩是同道，只有咱俩是那种忧国忧民的、有使命感的、不惜为理想和信仰献身的人。"

这时我哥刁北已神色正常，也明白了黎鹏程提到的"五七一工程纪要"是怎么回事。他坐下，背冲黎鹏程，拿起一篇作文，像与黎鹏程无关一样，声音不大地叨念起来，给人的感觉，是他在叨念一篇作文。"党内长期斗争和文化大革命中被排斥打击的高级干部敢怒不敢言；农民生活缺吃少穿；青年知识分子上山下乡等于变相劳改；红卫兵初期受骗被利用充当炮灰，后期被压制变成了替罪羊；机关干部被精简，上五七干校等于变相失业；工人工资冻结，等于变相受剥削……"我哥刁北不知该怎么回答黎鹏程的问题，只能把"五七一工程纪要"中的这一小段背诵出来，似是而非地应对一下。这段话，是"五七一工程纪要"中最著名的几个片断之一。刚背出它时，我哥刁北曾想闭嘴，这有点炫耀。不能说我哥刁北没虚荣心，没有炫耀的欲望。但他为满足虚荣心炫耀自己的方式，不应该是此时的方式。可黎鹏程关于"同道"的说法，让他感动，他眼泪差点没流出来。他感谢黎鹏程对他的高看。他背过身去，除了不想让可能存在的监视者看出他俩聊天，更为掩饰自己的激动。他也清楚，黎鹏程身上有不安全因素，与他打交道要冒风险。但孤单和空虚是他的双手，它们立刻接住了黎鹏程向他抛来的橄榄枝。

"……战略上两种时机。一种我们准备好了，能吃掉他们的时候，一种是发现敌人张开嘴巴，要把我们吃掉的时候。如果我们受到严重危险，这时不管准备好和没准备好，也要破釜沉舟。"

黎鹏程也不看我哥刁北，也低声背诵。从他声音里，我哥刁北能听出喜悦，是为自己没看错人而滋生的喜悦。"五七一工程纪要"当真成了他俩接头的暗号。黎鹏程对"五七一工程纪要"熟悉的程度超过我哥刁北。我哥刁北只会背他刚才背出的"著名"段落，黎鹏程则能背完一段再背一段，炫耀的成分也远大于我哥刁北。

"……利用上层集会一网打尽。先斩局部爪牙，让他既成事实，逼迫他就范，利用特种手段如毒气、细菌武器、轰炸、车祸、暗杀、绑架、城市游击小分队……"背到这里，黎鹏程停下了，在一篇作文上指点着，悄悄说，"我对这些东西最感兴趣。路线斗争不能光是表面的批判斗争，光触及灵魂，革命必须有明的暗的两个战场，我喜欢智力型的暗中较量，喜欢谋杀——不是那种抢劫强奸意义上的谋杀，是政治谋杀。我喜欢以最小的代价，最隐蔽的方式，最笑里藏刀的面目，将我的对手置于死地。那才够味呀！像对林彪，我要是毛主席，就不等他上天了再打，太兴师动众。当然像搞刘少奇那样搞他也兴师动众，也不妥当。九大都让他当接班人了，再反悔，显得选材失当。最好的方法就是谋杀，哈，在和平时期，谋杀是最激动人心的宫廷活剧……"

黎鹏程分析，林彪出逃时三叉戟飞机之所以会坠毁在蒙古的温都尔汗，绝不是燃料耗尽自行迫降造成的失事，而是毛泽东或周恩来下令击落的。我哥刁北茅塞顿开。不论这分析是否贴谱，从黎鹏程身上，我哥刁北学到了直逼事物核心的方法。

二○○一年九月十一日上午九十点钟，美国民航的四架飞机，几乎同时遭到劫持，两架直扑华盛顿的五角大楼，两架袭向纽约的世贸大厦。五角大楼是政治心脏，世贸大厦是经济中枢。如同大部分时候一样，政治比经济运气要好。直扑华盛顿的两架波音七五七，一架坠落一架飞偏了方向，五角大楼只被剐伤一角，修补之后不留疤痕；而袭向纽约的两架波音七六七，则方向感超强，定位能力超好，分别撞向世贸大厦南北并峙的双子星座时，充分而准确。同为波音，七六七比七五七更胜任飞镖榴弹火箭筒职能。在纽约，傲慢的双子星座大厦是标志性建筑，耸入云霄一如传说中的通天塔。它太鹤立鸡群，让恐怖分子看着来气，便模仿上帝，将它从地球上抹了下去。据说，那些飞机被劫持后，一与地面指挥中心失去联络，有人就意识到，它们可能会变成飞镖榴弹火箭筒，于是打算实施拦截，以阻止它们射向既定目标。当时冲它们发射导弹还有时间。可这样的命令没人下达。四架飞机上，共有二百六七十位乘客和机组人员，他们中，绝大部分是无辜百姓。世界上，滥杀无辜的政府不特别多，即使能为那滥杀找到堂皇的理由。数分钟后，两架波音七六七先后完成了它们的使命，机上机下，总死亡人数超过三千。

那一天的下两天，傍晚时分，我哥刁北一边吃速冻饺子，一边看《古兰经》。这时，潘秋菊的电话打了进来。你来北京好吗？潘秋菊说，我想你。

十多年了，潘秋菊从不主动要求我哥刁北去北京看她，两人电话都不多通。他们以看似淡漠和无所谓的态度对待爱情。他们仿佛都清醒地知道，较少的爱才拥有较多的权利。他们担心丧失权利，那权利，是他们用于自我救助的最后一块巧克力。他们这种脆弱的不确定的感情关系危如累卵，需要提前准备自保措施。这样的结果是，他俩的心心相印更依仗于主观自觉。现在，潘秋菊少有地表达了依恋，我哥刁北知道他必须重视。你怎么了？他问一句。我哥刁北的发问惊醒了潘秋菊，她立刻回收她的依恋。逗你呢，没事儿。你看你情况吧，哪天过来都行，再过些日子也行。我哥刁北说我明早就到。他已来不及提前买票，拿张站台票混上了车。幸好，补着卧铺了。

第二天早上，一进到团结湖小区潘秋菊的家里，潘秋菊的脑袋就吓住了他。那颗脑袋，三分之一裹在白绷带里，像歪戴一顶伊斯兰小帽，露出来的大半张脸也还青紫。它肿过，正在消肿。

"怎么了秋菊？"我哥刁北是直接进门的，他有钥匙。"严重吗？"

"对不起刁北，我不是让你来照顾我，是真想你了。"潘秋菊躺在床上，伸手摸我哥刁北俯向她的脸。有依恋可能性的时候百般依恋，没依恋可能性的时候淡漠和无所谓，这样行使爱情权利是明智之举。"嘻嘻，也没大事儿，缝五针。"她指指床头柜上的X光片让我哥刁北看。别的我哥刁北看不懂，但知道了伤口在左侧发际处。"肯定会留个疤，不过头发能盖住它。"

"喝多了摔的？还是撞车了？"

"打架了。"潘秋菊继续嘻嘻地笑，"妈的，我和黎鹏程这个王八蛋绝交了。"

"黎鹏程？他打你？"

"他那小样儿——是他的跟屁虫，狗奴才……"

"九一一"事件一通过电视走进千家万户，黎鹏程家就聚满了人。多半是年轻人，不仅仅是比潘秋菊小几岁的问题，已经完全是下一辈人了。黎鹏程的朋友如同庄稼，一茬一茬收割不完，前一拨水土一样流失而去，后一拨又会砖坯般地垒砌上来。又好像，黎鹏程家是所学校，不断有刚入学的新生取代毕业的老生。这天的黎鹏程精神矍铄，全无病容，到得较晚的潘秋菊估计，第一拨登门的人，很可能没依惯例等五分钟，甚至开门迎客的，都不是老男仆而是黎鹏程本人。黎鹏程身下的轮椅轻盈灵巧，穿梭在室内狭小的空间里，能鱼一样游走自如。黎鹏程态度明确，支持基地组织的做法。长期以来，黎鹏程一直希望美国多出问题，乱成一团，他认为，只有美国的政治军事经济力量受到持续而普遍的消解，当不了世界老大了，这世界才会失去秩序，而只有让这世界没了秩序争斗不息，中国才能乱中取胜，发展壮大。早在中国改革开放之初，他刚出狱时，就曾预计，二○二一年前后，即中国共产党成立百年时，中国将成为新的世界霸主，能取代苏联美国的地位，至少与它俩鼎足而三，均分天下。后来苏联自行了断了，黎鹏程那个高兴呀，至今还坚持，戈尔巴乔夫与叶利钦，可能受过中国或者美国的策反。他始终把苏联看成中国的头号敌人，理由主要不在于两国之间地连壤接，而在于，两国要争世界老大，首先得争

190

得社会主义阵营的头把交椅。现在头号敌人不击而垮，美国成了中国唯一的敌人，黎鹏程就把全部心思都放在了如何为美国去势上。他很清楚，美国太强大，靠正常手段与它较量，中国很难占到便宜，因此，不宜与它正面过招。但不正面过招不意味着不过招，打不垮敌人并不意味着就得让敌人活得滋润。"敌疲我打，敌困我扰，时不时地刺激它一下恶心它一下，这是我们最拿手的游击战术。"他说，"哼，谁也别假充正人君子，我打不过你，也甩你一脸大鼻涕。"这是黎鹏程的一贯主张。而这回，基地组织替他甩美国一脸大鼻涕，等于实施了他的战术思想，他在轮椅上手舞足蹈，高兴得如同苏联垮台那些日子。这天，潘秋菊来得晚，不知道在场的人已经思想一致舆论一律了，进屋后，她发表的感慨，与满屋子人的情绪不大合拍。

"黎老师，他们这么干太卑鄙下流了！"潘秋菊知道黎鹏程一向的观点，她这样表态，也是一个小小的挑衅。她的潜台词是，难道你打击霸权主义的游击战，就是屠杀平民百姓的恐怖主义？她是黎鹏程为数极少的老朋友之一，她有资格向他挑衅。

"秋菊来啦……"

"潘老师，太激动了吧，"不待黎鹏程发表意见，有个早对黎鹏程思想烂熟于心的小青年站了出来，"欧美那些基督徒们，早这么干过，要说恐怖主义，他们是亚洲人的老师。"

"真是混蛋逻辑。早先还有过人相食的时候呢，这也算咱们现在卖人肉包子的依据和理由？都二十一世纪了，这么伤害平民百姓……"

"潘老师真是个善良的人道主义者，"潘秋菊话没说完，又一个小青年插了进来，"可惜呀，在美国导弹袭击中国驻南联盟大使馆和美国侦察机撞坏中国战斗机的背景下，我听着怎么有点虚假呢，有点以故作姿态掩饰着的崇美主义味道呢？哈——"

"是吗？你耳朵真好使，什么都能听出来。只是，一个把自己的人生理想确立为进入哈佛大学杰佛逊工作室的人，大概没资格指责别人是不是崇美。"

两个为黎鹏程代言的年轻人，潘秋菊都熟，他们一个是攻读核物理的博士，一个是攻读病毒微生物的硕士。因为熟，潘秋菊回击他们就比较激烈，也比较随便，这样，对话越往下继续，"群儒"和舌战他们的潘秋菊，也就都有点较劲，都有一点脖子粗脸红。但也不算什么，在黎鹏程家，这种争论时有发生。算什么的是，潘秋菊发现，对这回的争论，黎鹏程只冷眼旁观，不表态不总结，好像潘秋菊是他训练徒子徒孙的热身对手。这让潘秋菊不快。她来这里，是为听黎鹏程的精辟见解。她一直尊重黎鹏程，只要黎鹏程开口说话，即使那意见是强词夺理的或偏激褊狭的，她也喜欢听，不同意她也会选择沉默。对一个倾听者来说，黎鹏程说什么都有魅力。可现在黎鹏程选择沉默，潘秋菊认为她再待下去没有意义，她不想继续与这几个空谈爱国的狭隘的民粹主义者费唾沫磨牙。她头一次有点后悔来黎鹏程家。可已成习惯了，每遇大的政治事件，她这个始终怀有政治激情的人，不来这里又去哪呢？我哥刁北远在沈阳。潘秋菊不再回应"群儒"的攻击，一边冷笑，一边站到东墙的宣传栏前，看上面的"语录"，她想看完它们就离开黎家：

　　勇敢分子也要利用一下嘛！我们开始打仗，靠那些流氓分子，他们不怕死。有一个时期军队要清洗流氓分子，我就不赞成。

　　我才不怕打，一听打仗我就高兴，北京算什么，无非冷兵器，开了几枪。四川才算打，双方都有几万人，有枪有炮，听说还有无线电。

潘秋菊把宣传栏里的两段话看一遍，又看一遍，再回头看黎鹏程。如果这时黎鹏程也扭头看她，没准她就说不出什么，就抬脚走了。只用目光，黎鹏程也足以将她击退。可这时的黎鹏程在装他的烟斗，慢条斯理，若无其事，仿佛没意识到潘秋菊看他的眼神多么怪异，或者，也意识到了，但有意躲避那束目光。

"黎老师，你让我失望！"潘秋菊开口了。可黎鹏程仍然没有反应，还侧歪着脑袋，不紧不慢地摆弄烟斗。"你标榜的精英的事业，其实就是流氓的事业！"

潘秋菊直接向黎鹏程开火，满屋子人都感到惊讶，除了黎鹏程。黎鹏程缓缓抬起头来，脸上的笑容有点倦怠。他蜷在轮椅里的腿上蒙着毛毯，陈旧的毛毯硬邦邦的，像块磨秃了毛的光板皮子。屋内的大部分人都看着他，他不能不开口说话。可就在这时，在他发出声音的同时，又一个小青年抢先一步做出了反应，他把手里的烟头冲潘秋菊弹来，嘴里不干不净地骂骂咧咧。"嘿哟喂，你妈逼你个臭娘们胆子不小呀，跟黎老师来劲！"潘秋菊这时已经走到门口，她转身冲那个并不认识的小青年回骂一句，又抄起一把椅子上的海绵坐垫，顺手扔过去，以报复他的半截烟头。潘秋菊扔出去的海绵坐垫太泡太软，射程就短，飞到那小青年身前两步就落到了地上。这只是一次象征性还击。那小青年弹过来的烟头，也只是一次象征性进攻。可接下来，为报复潘秋菊的还击，那小青年的二度进攻就有实质性了，他把一只荷花绽放状的圆形玻璃烟灰缸扔了过来。那色彩斑斓的玻璃烟灰缸又大又重，射程远，力道足，像基地组织劫持的波音七六七一样，准确地撞上了潘秋菊左额。

周铁燕说，许明的左乳下方有一块记，紫红色，圆圆的，像没有乳头的乳晕，又像一个孔洞，一枚子弹穿过去后留下的孔洞。那是不不吉利呀？她问，子弹要是从那打进去，可就击中心脏了。周铁燕说，她太矛盾太痛苦了。她说她真心爱我哥刁北，也真心爱许明，可同样真心爱两个人，她问，这成立吗？这可能吗？这算怎么一回事呢？周铁燕说，她十二岁就来月经了，十三四岁时脑子里就总想男人，可琳琳都十七了，对男女的事儿还不开窍，好像脑袋里边只有学习，她问，这孩子月经也才来，会不会有病呢……

周铁燕的问题层出不穷，只要和我哥刁北待在一起，就问个不休，好像我哥刁北是算命先生，是十万个为什么，是电视里有奖知识竞赛的标准答案。她的发问并不烦人，不招人讨厌。她的问题主要是声音和语言，可以是问题但更可以不是问题。她提出它们，又对它们漫不经心，好像她那些问题，是她和我哥刁北的二人世界里需要声音和语言时，适时出现的填充物。她那种带有自言自语性质的提问，是装饰，是点缀，是脖子上系的丝巾或头发上别的发卡，不论她嘴上提什么问题，她微笑的表情都带点心不在焉，似乎那问题是梦的入口，一提出来，她就走进了梦里，而她的梦全妙不可言，从最感伤的梦里她也找得到美妙。她的提问无须回答。回答也行。若我哥刁北回答，她会满脸崇拜地聆听，好学生般地专注认真。若我哥刁北不屑回答，或没空回答，或忘记了回答，她也不会往下追究。她善于自我消化自己的问题。周铁燕的这种特点，让我哥刁北这个讨厌喋喋不休的人特别着迷，他竟愿意听她提问，然后在她的问题前啼笑皆非。那些问题多半愚蠢。我哥刁北仇视愚蠢，他认为，思考和回答愚蠢的问题会降低人智力。可在周铁燕这里，他不惜与她共同愚蠢。共同愚蠢的其他特征是，如果偶尔周铁燕能在他身边待一整天，他允许她看拙劣的电视剧和做作的专题片，他则像个殷勤表现的新任家庭男主人那样，下楼买菜和进厨房做饭。

"我知道刁北，像你这种深邃的男人，嘴上不轻易说爱，可行动上却格外体贴关心，是更大的爱，对吧？"

对这种话剧台词似的感慨，我哥刁北笑而不答。他靠着厨房窗台，戴着新买的老花镜，看新买的《家常菜谱》。这时卧室里的周铁燕，则光着身子匍匐在床上，披头散发，甩胳膊扔腿，用遥控器选择功放机里的碟片或电视里的节目。

"真奇怪呀，在你面前，我这么放肆这么放荡，可在许明面前，除了做爱要脱光，其他时候，穿裤衩背心都不得劲，得穿睡衣。我虚伪吗？"

这天我哥刁北做的菜，是白菜肉墩，即用白菜叶子，包上肉馅，用缝衣线绑出一个个矮胖的圆柱体，比大拇指头短点粗点，在锅里蒸十几分钟。这道菜，菜叶嫩，肉馅香，好吃是没说的，就是做起来耗费时间。周铁燕不让我哥刁北做那些耗时耗力的事，她说要么她做，要么给楼下小店打电话叫外卖，要么什么都不吃也行。她更愿意我哥刁北接受她侍奉。我哥刁北平常主要以挂面或速冻食品果腹，唯一的理由是省时省力。可有时候，偶尔地，或者与潘秋菊在一起时，或者与周铁燕在一起时，他又会花样翻新地做几个菜，把潘秋菊与周铁燕感动得稀里哗啦。他不认为他这是对女人施以小恩小惠，他把这看成是对他自己生活和情绪的适当调剂。我哥刁北把做好的白菜肉墩和放了红枣核桃莲子的大米粥摆到周铁燕床头的小方桌上，周铁燕在笑，晃着遥控器说我马上调台。是该调台了，午间新闻时间到了。周铁燕知道，她在我哥刁北这里可以乱看电视，但有几个我哥刁北固定看新闻的时间她不许霸占。我哥刁北扭头看电视，说这么好笑？说完，也笑了。周铁燕看他也笑了，就按一下选择键，重新播放。我哥刁北笑得更厉害了，也明白了怎么回事。电影这一节的背景是，有户人家的车库门上，用白油漆写了四个大字："库内有车"，意思是我这车库天天有车出入，别的车别停我门口。可有人从这话上看出了门道，竟不嫌费劲地，也用白油漆，把个衣补偏旁加在了"库"前，使"库内有车"变成了"裤内有车"。而更滑稽的是，还是此人或者另一个人，从中又看出了新的意思，唯恐别人略过那新意，再由"车"的方向，往"裤"的方向画了条细线，标了个箭头，在细线与箭头上注行小字："请按箭头指示方向阅读"。这么一来，这句话也成了"车有内裤"。后加的白油漆与原有的白油漆，一望就能分出新旧。电影这节说的是，有个人闲极无聊，看到车库旁新字旧句的组合搭配，驻足欣赏，笑个不停，嘴里不住叨叨咕咕："裤内有车"，"车有内裤"。他边叨咕边笑边走开了，可走几步，又回来，低头趔摸着拾起半块红砖头，去擦那些后补的衣补偏旁、带箭头的细线、上边另加的那行小字。他意思大概是，这样的乐子，我看完笑完就得毁掉，不能让别人也来分享。是正擦时，差不多擦净了四分之三时，车库主人冒了出来，气咻咻地和闲极无聊者大喊大叫。他说闲极无聊者用红砖头磨坏了车库大门，必须包赔。闲极无聊者非常委屈，说我不是没事干磨车库门玩，你不知道，是有人更改了"库内有车"的原话，我在替你恢复原貌。车库主人说，你傻呀，我天天进出车库能不知道上边有啥？用你管！闲极无聊者说你这人真不知好赖，既然知道上边有啥，我搭工夫费力地帮你清除你还怪我，还让我赔，你应该谢我才对。那车库主人说，我谢你个屁，你是吃饱了撑的！你走吧走吧，别鼓捣我门。闲极无聊者说，我就不走，就要把这些没用的字和线都擦干净。车库主人说，你真有病，你管我事干屁。闲极无聊者说，这不光是你的事，也是我的事，因为这字是我写的，我觉得我不该写它，我现在要改正错误。车库主人说，嘿这可真他妈邪了门了，它成你写的了？明明是我自己觉得好玩，后加的嘛……那两个演员的表演，比车库门上的字还滑稽，逗得我哥刁北笑弯了腰，周铁燕则在这一小节播完以后，迅速调出新闻频道。新闻已经播一会了，屏幕上，播音员正说：朱镕基总理一行结束了对爱尔兰、比利时、俄罗斯和哈萨克斯坦四国的友好访问……我哥刁北恰巧抬头，看着电视屏幕，情不自禁地叫了一声，周铁燕以为，他被米粥或白菜肉墩烫了一下。

"怎么了刁北？"

"朱镕基身边，我看到个熟人。"

看完电视晚会，吃完年夜饺子，我哥刁北要走。小三室的房子，住我爸我妈宽宽绰绰，可九个"老刁家人"都挤一起，就紧巴了。只不过年夜特殊，家家年夜都喜欢紧巴。我哥刁北不喜欢，他一个人惯了，不论是否年夜，他都希望人人各得其所，彼此互不相扰。这我们理解，都没留他，只是我妹刁星一个劲嘱咐，下午四点的初一晚餐，定的是地中海海鲜楼。这时已经是初一了。初一晚上的酒店团聚，我哥刁北不会出场，来爸妈家吃年夜饺子，他已破例。他没直截了当地说他不去，而是委婉地说，没要紧事儿他就过去，为表示诚意，还详细询问地中海海鲜楼的地点方位。我妹刁星说了半天，他也没听明白，我提醒他，那天中午你不是陪刁婵和王子玉吃了红卫兵酒家的东北杀猪菜嘛，"红卫兵"对面斜出去五十米就是"地中海"。我哥刁北

196

知道了，他边把烟掐灭边连连点头。我和我妹刁星及晚晴李宇都做好送他的准备。我爸我妈已在他们房间躺下休息了。这时，屋里挺静，阿斗和小璐这两个孩子说话的声音，就清晰起来。

"你去过'红卫兵'吗？我妈领我去吃过杀猪菜。"阿斗说。

"我不稀罕去。"小璐说。

"为什么？光去万豪喜来登？"

"红卫兵不好，是黑社会，正经人不和黑社会同流合污。"

我哥刁北转回身，看小璐。

"你听谁说的，红卫兵是黑社会？"

"是，是我猜的。"

"再别这么猜了，红卫兵不是黑社会。"我哥刁北又点支烟。过年的气氛，让他有了说话的情绪。以前他跟孩子没话。"红卫兵是我们这代人，年轻时，像你们这么大时，或者再大一点再小一点——中学生大学生吧，参加的一种松散的造反组织的统称。跟你们参加的少先队共青团差不多。大部分红卫兵和大部分人一样，都是随大流的，别人干什么我干什么，只不过那个时代，是个鼓励人干坏事的时代，许多红卫兵就也干了坏事。可参加红卫兵时，几乎所有的人，至少从理论上说，造反动机都是好的，都以为自己干的是好事。"

"嘿！造反！"阿斗叫。

"造谁的反呀？为什么造反？"小璐问。

我妹刁星急忙插话。"刘少奇呗。那是'文革'，'文革'没什么为什么。"说着扒拉一下小璐，意思是她太多嘴了。小璐不吭声了，阿斗又来劲了。

"什么是'文革'呀大爷？"

我哥刁北普及完红卫兵的历史常识，真想走了，可阿斗的问题，让他愣一下，只能欲行又止。他看我们。"文革？你们都中学生了课本也不提？哦，按官方说法，文革就是，一九六六年，由毛泽东发动和领导的，到一九七六年，毛泽东死时结束的，发生在中国大陆地区的，政治运动，全名叫无产阶级文化大革命。"

我以为这场对话可以结束了。可更出人意料的问题，却突兀而来。

"毛泽东是谁?"小璐从她妈身后探出头来。

幸好，阿斗又蹦了出来，替几个大人解决了问题。"笨蛋，毛泽东都不知道。毛泽东就是毛主席!"

"啊，我知道知道，想起来了，毛泽东就是毛主席!"小璐有点不好意思。

我哥刁北不再说什么，有点尴尬地冲我们笑，好像他说了什么不得体的话做了什么不得体的事。他说我得走了，你们也休息吧。几个大人都陪他朝门口走。剩在屋里的两个初中学生，分别与大爷大舅道过再见，继续着他们刚才的对话。

"那刚才姑姑说的刘少奇是谁，你知道吗?"

"当然知道! 我不告诉你。"

"不说就是不知道! 要不要我给你上一课呀? 我境界高，可以跟你知识共享。"

"谢谢你了谢谢你全家。刘少奇是个以前的黑社会大头子，想谋杀毛主席……"

政治永远神秘，不谋杀也神秘。人类天生钟情神秘事物，很难说政治不是他们为了玩得心跳发明出来的高级玩具。越是高智力者对它越感兴趣。高智力者不甘平庸，而窥视神秘深入神秘参与神秘，就是不平庸的事。

我爸和我哥刁北即使不算高智力者，也智力不低，他们都是政治"饭厮"。在这点上，不论他俩怎样为敌，也能证明他门血脉相通。

但多年以前，政治像牛市里的股票可关注点更多时，我哥刁北运气不好，大的政治事变走向他时，总滞后半拍。比如吧，那时候两个最有政治色彩的大人物之死，他知道的时间都晚于我爸。在这点上，我爸比他幸运。我爸没失去过自由。我爸常年听收音机，即所谓偷听敌台，在手电筒都是生活奢侈品的岁月，最多时，我家拥有三台型号不一但都好用的熊猫牌收音机。他只有两只耳朵。他常常把三台收音机都扭开，将脑袋插在三者之间。我妈一度怀疑我爸有个外号叫"熊猫"的女朋友。我爸早晚两次听中央人民广播电台的新闻和报纸摘要节目，六点半一次，二十点一次，其他时间，只要扭开，基本都听外国广播。与他外语好坏没有关系。他年轻时学过日语，但他听的不是日语广播，他听美国的或法国的对华广播。也听台湾的香港的。这样，林彪之死与毛泽东之死，他知道的时间都早于一般邻居同事。毛泽东死时上边没瞒，他得到消息只比别人早两三小时，他是中午知道的，一般人下午才知道。林彪死时，上边先不说，先任凭老百姓口头传播。我爸是在一般老百姓口头传播前，在连续听了近三十小时的外电广播后，才相信这不是谣言的。他特意去邮局，自费往北京挂长途电话，偷偷摸摸地，含含糊糊地，与他在北京的老战友交换信息。而这两个重量级人物死亡的时候，我哥刁北都蒙在鼓里，后来仔细算算日子，林彪死后快一个月了，他还为了证明自己没反对林彪，在劳教所的早请示晚汇报之余向林彪献媚呢。

　　早晚各半小时的早请示与晚汇报，有着程式化的开头结尾：首先，让我们敬祝伟大导师伟大领袖伟大统帅伟大舵手毛主席和毛主席的亲密战友林副主席……最后，让我们敬祝伟大导师伟大领袖伟大统帅伟大舵手毛主席和毛主席的亲密战友林副主席……这样的话，全所统一请示汇报时，由关庆祝领着呼喊，若各队分头请示汇报，就由负责各队的其他管教干部领着呼喊，劳教人员的发言表态，放在"首先"与"最后"之间。这天早上，各队分头请示汇报，负责领我哥刁北这队喊"首先"与"最后"的管教干部，两次提到毛主席时，都没提林副主席，晚上"首先"时，他又没提林副主席。我哥刁北政治上敏感，他认为他抓到了那管教干部的一个失误，而这失误，有可能给他提供一次好好表现甚至立功受奖的机会。他没资格公开提示管教干部，他的身份只允许他服从。轮到他汇报时，他别出心裁地请示那管教干部道：报告，我可以唱一首歌表达我今天要汇报的内容吗？管教干部点了点头。没人操心他汇报什么怎么汇报，大家都饿了，都等着挨完汇报时间吃晚饭呢。我哥刁北扯开嗓子，唱了起来。他希望，他的歌声能提醒管教干部，他把林彪忘了，一会汇报结束后应该补上。他唱时，就特意把眼睛盯在管教干部脸上，一副讨好相："想——当——年，井冈山上举红旗，井冈山上举红呀旗，林彪紧跟毛主席，林彪紧跟呀毛主席，他建立革命根据地，他……"这种风格的歌曲很有气势，一唱起来就让人振奋。恰好他一唱上，那管教干部就向他走来，我哥刁北便自以为他小聪明要成功了，就唱得更来劲，还冲那管教干部笑了两笑。可没想到，那管教干部走过来后，啪啪就打了他两个嘴巴，把他歌声打断了，也把他眼镜腿给打断了。"浑蛋，你个小反革命，还敢，敢，歌颂刘少奇一类骗子……"这样，我哥刁北才知道林彪垮台的消息，他为他拍马屁拍到马蹄子上付出的代价，是蹲一星期小号。

不过当时，虽然挨了打，我哥刁北也没敢把"刘少奇一类骗子"与林彪挂钩，他在小号里苦思冥想的结果是，"刘少奇一类骗子"是那首歌的词作者或者曲作者。他不知道那首歌的词曲作者姓甚名谁。是出小号后，他才知道，"刘少奇一类骗子"其实是林彪。中国的新闻媒体有个特点，对某些倒了霉的领导，很长时间不直呼其名，只用外号往具体名字上慢慢过渡。比如，刘少奇的外号是"中国的赫鲁晓夫"，林彪的外号是"刘少奇一类骗子"，邓小平的外号是"死不悔改的走资派"，毛泽东侄子毛远新的外号，是"四人帮在辽宁那个死党"或者"四人帮在辽宁那个代理人"。不一下子把话说透，表面看去，是考虑到普通百姓的心理承受要有个过程，其实里边大有学问。我骂你外号，你要承认，说明你是外号概括的那一种人，不承认呢，也人人知道说的是你。而且这种称谓富有弹性，既能打击专人，又可威吓众人，否则，过早地专人化，那些也需要警示的众人就有可能不在乎了。

毛泽东死后，华国锋汪东兴及一批元老级人物，立刻频繁联络起来，商议如何灭掉王洪文张春桥江青姚文元这四人帮。有一天，邓颖超去叶剑英家，谈到此事。那时，叶剑英与华国锋已达成共识，决计抢先下手，主动出击。这样，他就试探地，先将自己的想法说给前总理夫人。他们彼此倒信任对方，但政治结盟，技巧和谨慎同样需要，也同样重要。这之后，他们有过一段对话。

邓颖超说："比较难办的是那个'演员'。这个人最会演戏，它会利用和毛主席的关系扮演角色，演出一场'贺后哭殿'。它还会利用群众对主席的感情，倒打一耙，嫁祸于人！"

叶剑英说："是的，不过，对付这个'三点水'也不难。解铃还需系铃人。主席生前不是多次严厉批评过她吗？只要把事实真相全部公之于众，她的戏就演不下去。"

邓颖超说："还有那个'眼镜'，诡计多端，也很难对付。"

叶剑英说："秀才造反，三年不成。我担心的是上海的'第二武装'，还有北京的民兵指挥部。不过，只要三军岿然不动，他们那点'御林军'成不了气候。"

邓颖超说："叶帅，你说力争合法，这是上策。要合法，有一个人就首先要站出来。"

……

这段对话里，两人都没点具体名字，而使用了外号，或者说，使用了代号。代号就是外号，是在具体语境下，也许不可能长久使用的临时性外号。"演员"和"三点水"指的是江青，"眼镜"指张春桥，"有一个人"指华国锋。"有一个人"不像外号，连代号都算不上，只是代指，但在叶邓对话的特殊语境里，·说它是外号也行得通。

一般人，小时候都有外号。小时候的外号主要包含游戏意味，是亲昵的和戏谑的，即使有些嘲弄挖苦贬损的成分，其恶毒性也是打了折扣掺了水的。对孩子来说，什么外号都可以喊给本人。成年人不是这样。为尊重计，为稳重计，成年人一般不互起外号，起了一般也叫不出去。但成年人中，若有了外号，又能叫出去，即使那外号特别中性，其间也往往带有强烈的爱憎。多数时候，成年人的外号不能当面流通，即使为表达爱的感情，当面叫也得分时间场合。成年人不愿意别人用对待孩子的方式对其表达爱意。

我妈怀疑我爸有外遇时，是有具体目标的，那是戋爸单位一个矮墩墩胖乎乎笑眯眯的女科长。我妈知道她叫什么，可戋妈向我爸挑衅时，只说"熊猫"。"熊猫"是只存在于我妈这里的那个女科长的外号或代号。我爸也知道我妈的所指，但他假装不知道。倒是女科长本人对这外号或代号一无所知。"哼，又想'熊猫'啦。""尔别胡说，哪有'熊猫'。"在这里，我妈说的"熊猫"，代表的是那个具体的女科长；而我爸说的"熊猫"，代表的是任何与他关系暧昧的女人。事实上，那个女科长从来都不是我爸的"熊猫"，我爸也真的没有"熊猫"，时间稍久，"熊猫"的外号也就离开女科长了。但我知道，在为数不多的有着长期外号的成年人里，我爸算一个，人们叫他"真厉害"。这外号来源稍微曲折。当年有出样板戏叫《海港》，《海港》的唱词里有这样几句："大吊车，真厉害，成吨的钢铁，它轻轻地一抓就起来，哈哈哈……"我爸姓刁，"吊""刁"谐音。但这外号不直接以"大吊车"命名，而是拿下一句"真厉害"说事，这样，它不仅符合成年人起外号那种含蓄的特点，也突出了它的讽刺意味，有点弱者诅咒强者时那种无奈的感情色彩。我爸在单位比在家还霸道。我们家人都听说了我爸的外号，这说明，他这外号流传甚广，但当他面，大概没人敢这么叫，不清楚他是否知道自己有这外号。

　　有一次，我爸借个由子，又攻击我哥刁北："哼，他隔三差五往北京跑，却啥内部消息也打听不着，还总判断失误；我只坐在家里研究研究新闻，就知道中央有什么打算。这叫什么，这叫秀才不出门，便知天下事。"

　　"谁能跟你比呀，你是谁？你是'真厉害'嘛。"不知怎么回事，我妈竟这么还了我爸一句。

　　"混蛋！"我爸勃然大怒，骂起街来。看来他知道自己有什么外号，也知道它的含义。

十二

我妈第一次骂街，没冲我爸，冲我哥刁北。那时我妈我爸两地生活，在我爸印象中，我妈喊破嗓子诗朗诵时，声音也只相当于别人正常说话。

有些孩子闹饭闹觉，不哄不行。我哥刁北不这样，吃得泼辣，睡得痛快，在他那里，我妈会唱的催眠曲派不上用场。但寂寂长夜，母子相依，不为儿子做点什么，我妈觉得是个欠缺。她就唱催眠曲，我哥刁北不需要她也唱，好像在催自己的眠："好妈妈，让我去，跟着队伍插红旗，插到哪，台湾去，才能解我心头恨……"

这是首儿歌，被谱了曲，流行一时，我哥刁北那个时代，成千上万的母亲唱着它哄孩子睡觉，成千上万的孩子听着它入眠做梦。我和我妹刁星的时代，是我哥刁北那时代的延伸，睡觉前，听的是我妈的新催眠曲，但气势与老催眠曲一脉相承："蒋匪帮逃到台湾岛，地痞流氓狗强盗，特务警察毒又狠，贪官污吏赛牛毛……"阿斗和小璐小时候，时代变了，幼儿园更名幼稚园了。幼稚园正是台湾的说法。还有一些时髦的说法，像皮草、管道、国族、愿景……流行大陆前也为台湾专有。阿斗和小璐在幼稚园听的催眠曲，比我妈的催眠曲柔软："阿里山，日月潭，同胞骨肉要团圆……"我妈问阿斗和小璐，你不打他，他肯团圆吗？阿斗和小璐答不上来，他们不关心团不团圆，只

203

关心小虎队：奶／姥，打台湾可别伤着小虎队呀。小虎队是个歌唱组合，几个男孩子，个个比女孩儿长得秀气。这种二尾子的东西，不值一打。我妈赦免了小虎队的帅哥。

"大宝怎么还不睡呀，眼睛又睁开了？"本来我哥刁北已经睡了，我妈反复的哼唱又把他唱醒了。

"妈妈，我也想恨，使劲恨，可我怎么恨不起来呀？"原来，我哥刁北感到了困惑，他把他的困惑表达了出来。

"恨？恨什么？"我妈倒忘了她刚唱过什么。"噢——"她又想起来了，"也不是谁都恨，不能恨姥姥，不能恨爸爸妈妈，不恨中国人只恨台湾人。"

"你不是说，台湾也是中国吗？"

"哦，对对，台湾也是中国，但他们是国民党的中国，我们要恨国民党。"

"为什么要恨国民党呢？"

"国民党欺压老百姓呀，让咱老百姓受苦受难当牛做马呀……嗐，让你恨你就恨，反正国民党不是好东西。你这孩子怎么问题那么多呢？你这问题要是在外边提，你知道是什么性质吗……"

我妈忽然抬高声音，吵了起来。我哥刁北没和她吵，不会吵也不敢吵。我妈是自己和自己吵。她借题发挥，上挂下连，从蒋介石一直骂到医院里一个丈夫去了台湾的女护士。她称蒋介石为"蒋该死"，把她的护士同事叫作"丧家犬的姨太太"。我哥刁北先还哄我妈，后来害怕了，哇的一声哭了起来。他一对小拳头抽搐在胸前，小脸紫涨得如同猪肝，一副又急又气又无奈的样子："妈妈，对不起妈妈，我怎么还是不恨哪……"

我姥从另间屋子走了过来，搂住我哥刁北轻拍他肩背，哼出的催眠曲没有唱词。

"他个孩子懂什么恨！"她埋怨我妈。然后又轻声对我哥刁北说，"宝贝呀，那你就说你也恨了……"

我妈劝我哥刁北别恨我爸。当然，别恨不是目的，她是希望我哥刁北与我爸主动讲和。"他是个老犟眼子，你主动点，别和他一般见识。"说这话时，我妈激动地抖动着手里的报纸，好像那报纸是只筛子，里边藏着她丈夫和儿子和解的密码，只要她抖得到位，那密码就会被筛选出来。那报纸上，没有密码，只记录着一个年龄大于我爸的"老犟眼子"死不认输的临终遗言："如果你们想枪毙我，尽可以枪毙，但是，我决不承认你们这个法庭。"如此大义凛然的人，官衔自然也大于我爸。他叫尼古拉·齐奥塞斯库，死前是罗马尼亚的最高统治者。报纸上除了报道文章，还有照片和一些数据统计。从照片上看，齐奥塞斯库的居所是辉煌的宫殿也是坚固的堡垒，从数据统计上看，协助齐奥塞斯库统治他的人民的党政军主要领导中，有三十多人是他家族成员。可即使这样，曾为他服务多年的军队还是倒戈了，攻陷了他的宫殿与堡垒，控制住了他那些大权在握的家族成员，组成临时军事法庭，审判并且杀死了他。和他一起被处决的，是他妻子埃列娜，从容的埃列娜在丈夫的临终遗言出口之前，已抢先说了自己的临终遗言："我们希望死在同一时间地点，用不着这些暴徒怜悯。"

　　"从根本上说，女人比男人坚强和决绝。"刚才母子议论这张报纸时，我哥刁北这么评价，我妈没反驳。"没准齐奥塞斯库先想求饶来着，可见埃列娜那么从容，他才大义凛然。"我哥刁北继续分析，这回我妈则说不能。

　　"连齐奥塞斯库都做不了自己的主，你个小人物，自然把握不了自己的命运。"我妈把话头又绕回来。随着年龄增大，她话多了。"所以，你爸从来没真正怪过你，他一直说，你倒霉，那不是你犯了错误自己找事儿，那是命。他不是心里没数的人，对你，他把关心藏心里了，和你较劲，只是对你后来不考大学，有点恨铁不成钢。三个孩子里，他从来都觉得你潜质最好，最对他心思——他喜欢天生有目标的人，他说你爱学习爱读书的那股劲儿，你对哲学对政治的那股热情，就是天生的。他总拿你和那个搞了上千项发明的爱迪生比，他说爱迪生是天生的发明家，你不让他搞发明，也许他非常普通，可只要你允许他搞，他就会成为最有价值的人。他说你是生不逢时，否则你就是个哲学上政治学上的爱迪生。他说他最能理解你心中的苦。他认为，大部分人，包括他自己和刁斗刁星，我就更甭说了，都属于干什么都行听凭客观条件摆布的被动者，是齿轮螺钉万金油，这种人活命比你这种人容易，但很难活出境界。他说他们单位的年轻人，为评职称，又是找人替考外语又是找人替写论文的，不光没学术品格，连做人的品格都没有了。可你，虽然是个连正经工作都没有的初中生，却能一点功利心都没有地读书学习，这就是品格，就是境界……"

"哎呀妈呀你这嘴抹蜜啦，都要把我吹上天了。好了我得走了，不陪你聊了。"

"这不是我说的，是你爸的看法。"

"哈，我知道你意思妈，谢谢他对我高看好几眼。"

"啊，这就好，这就好……我做饭去，一会儿你爸就回来了，你俩好好聊聊。"

"妈，我走，我不愿意见他。"

"为什么？你不是说，你不恨他吗？"

"是不恨呀。人性的弱点不是用来恨的，恨也没用，这我一点也没撒谎。可我没说我瞧得起他。妈，他是个让我瞧不起的人，跟他我没什么可说的。"

"我瞧不起你！"潘秋菊喊。

"你可以瞧不起我，但你得瞧得起国家机器！"我哥刁北喊。

在此之前，他们争论半天了。那争论起先还心平气和，发展到大喊大叫，用潘秋菊的话说，是她没想到，我哥刁北懦弱也罢了，还那么自私。是我哥刁北说她幼稚引起来的。你想想呀，戈尔巴乔夫来了。潘秋菊打出了国际牌。我哥刁北嗤之以鼻。幼稚！他不屑地哼了一声，戈尔巴乔夫来了又怎么了？你让我想什么？你以为戈尔巴乔夫是美国扔到广岛的原子弹吗？你以为一个苏联人能当中国的救世主吗？其实，把戈尔巴乔夫一抛出来，潘秋菊就觉得味道变了，她的话已没了力量，我哥刁北说她幼稚，她也就忍了。可忍了脾气没忍住话，她紧跟着又抛出一句名言，中国名言，惹来我哥刁北进一步的嘲笑。天下兴亡匹夫有责呀！潘秋菊说。的确，这不光是她嘴上的口号，她贴身的衣袋里，还装着她咬破手指写的血书，她做好了用生命践行她的责任的准备。此前我哥刁北看过她遗书。我哥刁北不想伤她，可也没忍住话，继续用"幼稚"表达态度。潘秋菊啊潘秋菊，你居然幼稚成了这样？这种自欺欺人的漂亮话也能当真？好，我不否认，这话漂亮，鼓舞人心，可它只能在理论上站得住脚呀。你想想，实践中，任人宰割的匹夫们，也就是你我，对自身都无力负责，又怎么能负天下的责。说天下兴亡大人物有责我倒同意——不，那也不同意。刘少奇大人物吧，还不跟你我一样，连自己的责都负不起来。天下兴亡，只能皇帝负责，天下是皇帝的不是匹夫的。我这里也有句名言，就是个外国皇帝说的：我死之后，哪管天下洪水滔滔。你肯定听过。这话说得非常无耻，非常不负责任，可它表达的意思，正应该是匹夫的心声。一般来讲，一个皇帝级的大人物不操心天下——即使是他身后的天下，是不对的，就好像教师不操心学生走出校门后是否坑蒙拐骗，医生不顾及病人离开医院后是否旧病复发一样不对。皇帝的责任是治理天下，把天下治好了，争取在他死后，天下也能平安无事，至少让惯性保持若干时日的平安无事。而他声言不管身后之事，其实就是对身前之事也懒得尽责。但我们把这话移到百姓臣民身上呢，移到自己身上呢，我看把它当座右铭，倒能帮我们心地坦然不生是非，活得正常。你要明白，百姓臣民不是公民，根本没有操心洪水滔滔的权利……

"刁北我没想到你是个这么自私的王八蛋，和那个该死的皇帝一样卑鄙无耻！"

"行，你说什么都行。但你必须记住秋菊，国家机器从来不是省油的灯，莫斯科不相信眼泪这句话，放之四海而皆准。我只希望你不要非理性地意气用事，而应该理性地认识一切——明白啥叫认识吗？你认识了绵羊就可以搂它玩一阵，可认识了老虎，你就应该宁可绕远也不与它同行。认识不是你一见面就知道我是刁北，知道我曾经当过政治犯好像大义凛然宁死不屈似的，而是要像我自己认识的那样，知道我还胆小怕事，我谁也不敢反对，我被捧到持不同政见者的尊贵位置上——假设这个名分也像君主赏赐的封号那么尊贵的话——完全是这个滑稽的社会在乱点鸳鸯谱。秋菊，我是过来人，我希望你听我的。书本上的名词解释条文定义，那是字眼，是词汇，是文字游戏，现实中的枪杆子以及在枪杆子下呻吟的血肉，那才是政权，才是政治，才是国家。我们只有正确认识国家机器是什么东西和怎么回事，正视它并区分开它应该和可能和想要发挥的作用，才有资格去摆布自己与它的关系……"

"照你这么说，无数为真理而死为正义捐躯的仁人志士就毫无价值了？"

"他们的精神价值永恒。"

"行为呢？行为没价值？"

"秋菊，时代不同，环境不同，许多东西不能这么简单地比附，生硬地对照……靠侥幸心理和青春期冲动去面对社会问题，说白了吧，那也是投机，不是政治投机也是社会形象的投机。别以为法不责众就……"

"你胡说八道！照你这么说，谭嗣同也是投机？闻一多也是投机？江姐也是投机？"

"不说他们，只说你。你明天立刻去黑龙江，躲开这个是非之地。要知道，法的确很难责众，但总要责几个倒霉蛋冤死鬼，我不想让你倒霉让你冤死……"

"我不用你管！我瞧不起你！别以为我跟你上床了就得听你的……"

"你瞧不起我我也要管，你没跟我上床我也爱你！"

想必潘秋菊知道，不知道也感觉得出，"爱"这字眼出自我哥刁北之口，其分量已重不可估。她哭了，哭倒在还很生疏的我哥刁北怀里。此前他们已做过爱。吵架是一场别样的休息。他们又有了力量，再度做爱，然后一起去黑龙江，做爱外加游山玩水——当然，此时，他们都不知道，十几小时后，他们会结伴踏上去黑龙江的旅程。后来的事实证明，我哥刁北的确救了潘秋菊，至少挽救了她政治生命——至于是否也挽救了她的肉体生命，无法验证。再后来，潘秋菊给好朋友介绍我哥刁北时，戏称他为再生父母。他是不老得像我父母？我哥刁北没那么老相。私下里她也问过我哥刁北，对我你几乎没有了解，怎么能一下爱上我呢？我哥刁北想了半天，说，一见钟情嘛，又说，是直觉、顿悟那些东西在发挥作用。潘秋菊撇撇嘴，哼，大忽悠，东北人都是赵本山。

情急之中，我姥"忽悠"警察的一句前言，结出了倪家人攀亲的后果。但我哥刁北与倪可心真"爱"上了，在另一种意义上"一见钟情"了，又让倪家人和我姥觉得顺利得可疑。在他们看来，这门亲事该有些波折，至少在以有个性著称的我哥刁北那里，有可能要多费口舌。却没有。把倪可心塞给我哥刁北，倪家人的想法非常简单，他们确信我哥刁北这个书生，不会欺负媳妇，而我哥刁北的外地背景，倒更好，能帮倪可心顺势离开北京这块伤心地，免得被邻居们的唾沫淹死。让我哥刁北抓住倪可心，我姥的想法则稍多一些。一方面，她对倪可心知根知底，相信有情有义的倪可心是她的最佳接班人，能把我哥刁北一生的吃喝拉撒都照顾好——插句后话，我姥对倪可心的信任对错各半：倪可心的确有情有义，可她几乎没管过我哥刁北的吃喝拉撒；另方面呢，我姥考虑的是"根"的问题，她希望，我哥刁北能尽快有后，然后不论过多少年，她的后代都能名正言顺地活在北京——再插句后话，我姥的希望又落空一半：我哥刁北倒很快有后了，可那后，却名正言顺地活在了东京。自打我哥刁北决定放弃高考，我姥对我哥刁北失去的北京户口越来越惋惜，她后悔我爸给我哥刁北迁户口时她阻挠不力。倪家提亲这件事的出现，让她觉得，这是天意又给了我哥刁北一线生机。她认为，我哥刁北娶了北京姑娘，与北京的纠葛就不会断，即使那是个更愿意去沈阳生活的北京姑娘，只要她信守承诺，不把北京户口换成沈阳户口，她生的孩子就还属于北京，还是天子脚下的臣民——中国户籍管理制度规定：新生儿户籍随从母亲。也正因为这样，倪可心怀孕后，我姥就一手操纵了倪可心名字的近距离迁徙，让它出现在了她的户口本上。几个月后，这户口本上，果然又生生不息地多了个刁婵，我姥比自己长命百岁了还觉得幸福。美中不足的是，这户口本上没有男人。当时，我哥刁北一答应下这门亲事，我姥就有些过分地，鼓励倪可心尽快睡到我哥刁北床上，他们婚事办完以后，我姥见没有把倪可心留在北京的可能，就拼命驱赶我哥刁北也去沈阳。她恨不得我哥刁北能有当初我爸在我妈身上施展的才华。我哥刁北不肯离开我姥，为此祖孙俩都半红脸了。幸好，离开北京前，倪可心的月经二十多天没来，一查，怀孕了，我姥才允许这对新婚夫妇天各一方。

"同性恋的人，还真能怀孕呀？"

我哥刁北送倪可心上火车时，半是惊喜半是遗憾地问了一句。他这个博览群书的人，确实对同性恋女人是否能怀孕有些疑惑，决定与倪可心结婚后，他还找过相关的书，但所得结论囫囵半片。我哥刁北倒也知道，怀孕生孩子有着怎样的基本原理，他的问话，遗憾的成分大于惊喜。某种意义上，我哥刁北是为生孩子和倪可心结成夫妻的，而另一种意义上，他娶倪可心，也怀有一种别样的期待：同性恋女人与男人做爱时没有兴趣不会投入，怀孕的几率便会很小。我哥刁北并不真想生什么孩子。

"那有啥不能，没听说吗，动物园的猴子把女饲养员强奸了，那饲养员还生了个人不人猴不猴的孩子呢。"怀有身孕的倪可心，竟出奇地兴奋。我哥刁北想不好她是因为怀孕了就可以躲到沈阳兴奋呢，还是真为即将当母亲感到兴奋。倪可心倒说她喜欢孩子。

倪可心是唯一能看透我哥刁北心思的人。我哥刁北娶她，是为我姥娶的，一是不想拂我姥的意，再一个，也是更主要的，是为身患癌症的我姥"冲喜"。"刁北呀，咱爷儿俩说句家里话吧，"有一天，我哥刁北与他未来的岳父下完象棋，未来的岳父拉他谈话，"我也多年受党教育，倒不至于迷信地认为结婚冲喜就能医好你姥的病。可你看书多，懂心理学，你要遂了你姥的心，她一高兴，没准就能多挺个三年五载。"就是从这天晚上开始，我哥刁北把倪可心留在了自己床上，并接着与未来岳父谈话的茬，与倪可心又谈起了话。

"你真的，不喜欢男人喜欢女人?"

"真的。"

"那我们在一起……"

"我会对你好，我什么都听你的，我……"

"我不是说这个，我是说，我们这样，你讨厌吗?"

"我不讨厌你刁北，真的，我有点，怎么说呢，有点讨厌这事儿，不是讨厌你这人。没关系刁北，有也行……"

"我实在不太懂可心，别人都是男女凑一块儿高兴，你为什么不这样……"

"对不起。"

"你听我说，我没埋怨你的意思，我和你已经这样了，就说明我对你没有意见。我只是实事求是，是真不懂，就好像不懂许多科学的原理一样。但你我既然要做夫妻，就得做这种事儿，就得生个孩子，你得有心理准备。"

"我有。我做。我生。"

"那我先给你道个歉吧，没办法……"

"你别这么说刁北，该我道歉。"

"还有件事，我不是童男了，我有过女人。"

"你有过——"倪可心惊讶地钻出被单，赤裸着身子。"哦，我没想怪你。"她意识到自己一丝未挂，又钻回被单。她不钻回去，我哥刁北也看不清什么，屋子里黑得一团模糊。我哥刁北能感觉到，倪可心的惊讶，的确只是惊讶，并不是对他有过女人表示气愤。她太了解我哥刁北了，他可不是倪可强那样的花心萝卜，虽然也老大不小了，可除了看书写字蹲大牢，他没机会接触女人。"你开玩笑逗我吧——没关系，我不计较，我也，有过别人……"

"真的。那女人，年龄比我大，我过去喜欢她，现在还喜欢……"

"你是想，还和她来往？"

"如果找得到她，她也没变心的话，我是想这样。"

"我没明白刁北，什么叫，找得到？"

"我和她，早失去联系了，现在她在哪我都不知道。我跟你提她的意思是，也许一辈子我都找不到她，但我可能会一辈子心里有她，把她当我的另一个妻子。"

"你这，刁北你也，太有意思了，把个没影儿的人，当妻子？"

"也可以这么说。但她有影儿，在我心里。"

"你想让我做什么？"

"不用你做什么。我们结婚成家了，对你我就要好，要负责任，我请你相信我什么时候都不会欺负你。我现在把心里的秘密说给你，就是不想瞒你什么，希望你知道，我心里不可能光有你，还得给另一个女人留块地方。"

"那你和她要是再见面了，她还喜欢你也没家的话，你就和我离婚吗？"

"这……这我倒没想过，不过很可能不会，至少我轻易不会和你离婚。我说不好可心。其实我不认为两个人好就得结婚，我对婚姻也没好感，我更愿意没有约束地独往独来。但我们既然在一起了，我得尊重既成事实。"

"有你这话，我能好受点。你放心，她要是来和你好，我不反对，我睁眼闭眼。"倪可心冷静地翻了个身，给我哥刁北一个后背，"另外我也表个态度，我即使再遇到个吴忠艳那样让我喜欢的人，也不会影响我对你好。"

"还有一点可心，"

"唔？"

"我可能，很可能，我还有个……"

"刁北，你是不想说你沈阳的爸妈不是亲爸妈，你亲爸妈在美国呢，是百万富翁，或者在台湾呢，是国民党的高级将领。"

我哥刁北一时语塞，他看不透倪可心是在怄气还是没有了交流的兴致。他试探地去摸倪可心后背，上下划拉，像寻找什么，然后把她翻过来，放平，一边再次爬到她身上，一边嘟嘟哝哝地说对不起。射精时，他极度亢奋，高声喊着学青学青。是在心里喊的，嘴里发出的字音含糊不清。倪可心好像睡着了，关闭了耳朵，如果我哥刁北的吐字发音比葛兰夏青播新闻还清楚，她也不一定能听得到。

南汀劳教所的经历是种资质，它允许我哥刁北给纪学青当逃亡导师：绝不能回青岛；不应该与家人联系；宁可当乞丐流浪汉，也不能被他们抓住！

纪学青身体已复原了，她要走，要回青岛爸妈身边。我姥诚恳地挽留她，说你就躲这儿吧，有我和刁北吃的就饿不着你。三个人里，倒是年龄最小的我哥刁北最为理智，他说不是能不能吃饱的事儿，而是安全，如果咱家没有我这刚出局子的人，学青姐留下啥问题没有；可有了我，一有风吹草动，他们第一个就会来找我的麻烦，天天查户口，你躲得开吗？我敢说，学青姐你们家，现在也成他们查户口的重点目标了。纪学青同意我哥刁北的判断，她记下了聊城乡下的一个地址。那是我姥提供的避难所。十多年前，和我姥一道当营业员的一个祖籍聊城的山东妇女，因为孩子多吃不饱饭，主动回乡务农去了，前几年大串联，那女人在女儿的陪同下，坐免费火车来过北京，在明星胡同住了几天。

"哈，姥呀，我要一说我是你娘家外甥女，可就比刁北大一辈儿了。"压抑的饭桌上，纪学青活跃着气氛叫，"刁北，喊我老姨！"

可这时，一直以成熟男人面目面对两个女人的我哥刁北，忽然哭了，不是啜泣，而是号啕。"你要没事儿，你要平安，叫你姨姥姥我也干哪……"

纪学青忙上前哄我哥刁北。"嗨嗨嗨小外甥，不哭了姨没事儿，姨是带福的人哪……"

屋里的气氛没得到活跃，更压抑了。

这是纪学青住进明星胡同的第五天。此前的几天，三个人都尽量不说扫兴的事，尤其我姥下班以后。我哥刁北是晚于纪学青两天回明星胡同的，他一回来，我姥就说，学青肯定没事了，她是带福的人，她一来，就把刁北"带"出来了。顺这话茬，我姥还说了另一句话，说纪学青有"旺夫相"，她说，学青要不是大学生，我就求你给我当外孙子媳妇了，娶了你的男人呀，一辈子都能逢凶化吉。纪学青红着脸说，姥你看你，我比刁北大那么多呢。我姥说，那怕什么，女大三抱金砖呀。纪学青说，不是三，都快六岁了。这时候，坐在一旁沉默不语的我哥刁北忽然冒出一句：那就抱两块金砖。

　　他们是买完去聊城的预售车票，抱到一起的。车票是倒计时的启动装置。从家往车站走时，他们还抢着说话。我哥刁北说列宁，他说列宁是个幽默的人，读书时，读黑格尔，或费尔巴哈，或普列汉诺夫那些人时，为表示轻蔑，常在他们文字旁边写出带音节效果的笑声作为批注："哈！""哈！哈！""哈哈哈！"纪学青说勃朗特三姐妹，说她们的天赋与早夭，说老大的《简爱》老二的《呼啸山庄》，她都读的原版。他们觉得话没说够，就进售票处了。可从车站往家走的路上，他们没话了。我哥刁北让纪学青讲讲英语的流变，莎士比亚的英语与柯南·道尔的英语有什么不同；纪学青让我哥刁北讲讲卢梭，说他真把他的"妈妈"华伦夫人变成了情人吗？后来又真把自己的几个孩子都送进了孤儿院？他们的问与答都三心二意，都三言两语，后来就光走路不说话了。是回家后，坐了片刻，摆弄车票的纪学青忽然哭了。她哭声不小，好像在接续前一天晚饭时我哥刁北的哭。也像前一天晚饭时纪学青哄我哥刁北一样，这回，我哥刁北哄纪学青：哎哎哎学青姐呀，我以为你只会傻乎乎地笑呢，原来也会哭呀……悲伤和欢乐一样，都容易导致身体接触。他们就不知不觉抱到一起，接触了身体。纪学青说刁北我离不开你，她吻了他，双唇紧扣，两舌交缠；我哥刁北说学青我舍不得你，他省略了"姐"的后缀，又挤出了"喜欢"和"爱"这样的字眼。他们的双手开始了摸索，摸索对方，身体的所有部位都获得了解放，最充分的解放。纪学青说刁北，我不知道还能不能有明天，你会笑话我吗？会瞧不起我吗？我哥刁北说有的一定会有明天的，雪莱说冬天来了春天还远吗！纪学青说那我们就提前过春天吧，这样春天不来的话，我们也算有过春天。我哥刁北说只要我们相爱，我们的冬天也是春天，从现在起，我们这辈子都是春天……这是两个对性生活一无所知的人的首次结合。平素像男人一样泼辣的纪学青，这时完全瘫软了，在我哥刁北不得要领的忙碌中，她不能提供丝毫建设性帮助。她是女人。有过十六个月劳教所生活的我哥刁北，自以为对性有所了解，他相信，他丰富的间接经验，比许多人单一的直接经验都有价值。他是男人，他得当仁不让地带领纪学青深入幸福的中心。但性生活不是理性设计，而是具体操作中的感觉与参悟。当纪学青一丝不挂地完全呈现时，我哥刁北蒙了。他觉得自己非常自卑。他唇上尚无一根茸毛，他肋骨细劈柴一样根根突显，他颤抖的双手，苍白的皮肤，因摘去眼镜而模糊的视线，包括十九岁这样一个说大不大说小不小的年龄，都显得荒谬而又可笑。好在他的阴茎争气，昂首挺立，锲而不舍，留住了他的信心和冲动。他生涩、笨拙、慌里慌张、误打误撞，于一两分钟后，才把间接经验派上用场。你起来一下起来一下，蹲下，控一控，洗一洗；你疼吗？出血了；你上次例假什么时候来的，我算算安全期；对不起学青，我忍不住了，我太快了……

　　这天中午，他们饭都没吃，一直到晚上，就那么挤在我哥刁北的单人床上。这天晚上，他们没事人一样，还是纪学青与我姥睡大床，我哥刁北睡自己房间。第二天早上，我姥上班一走，可能我姥还没走出四十三号院的门洞子呢，他们就又搂到了一起。从买票回来到第二天晚上去火车站，共三十二小时，其中十二小时因我姥在家他们装得没事人一样，其他二十小时，除了去胡同口的公共厕所，他们的肉体总贴在一起，至少有一个部分贴在一起，比如拉着手或搂着脖子。二十小时里他们做爱八次，前一天是半天，三次，后一天是一天，五次。除了第一次的一两分钟让我哥刁北沮丧并羞愧，此后的七次，我哥刁北挥洒自如。他说谢谢你学青，谢谢你让我不再自卑。纪学青也这么说了，她说刁北我更应该谢谢你，你把我变成了真正的女人，我死也甘心……我哥刁北去堵纪学青嘴，他不让她说死。他们就不说死，说活，不光说眼前艰难的活，还说未来从容的活，自由的活，幸福的活，相伴终生不离不弃的活，以及与他们快乐的活相伴而来的新生命的活。他们经由对避孕措施的讨论，言及到了新生命的出现以及他们将不同于今天的必然美好的明天。他们像绝大部分人一样，天然地认为明天必然美好于今天。他们并未为"美好"设置过标准，更没考虑到"美好"像任何事物一样，也会变动和转化。

"我太想给你生个孩子了刁北，"纪学青拿着我哥刁北的手在她肚子上摩挲，好像那里真有一粒种子正准备发芽，"你觉得，要是现在怀孕，我会怀貂蝉还是刁民？"

"貂蝉还是刁民"，其意思，就是女孩还是男孩。这几天，他们聊天时，除了说局势，说读过的书，说英语问题或哲学问题，也涉及了别的，比如，恋爱婚姻。你想找个啥样的对象？纪学青作为老大姐，这样提问并不为过。而我哥刁北，则半是玩笑半认真地说，就找你这样的，聪明、快活、豪爽。有了我姥关于"旺夫相"和"抱金砖"的说法，我哥刁北也什么都敢说了。这时纪学青会红一下脸，再轻轻打一下我哥刁北。那你喜欢，男孩女孩呀？纪学青不就此改变话题。哈，自己的孩子，男女都喜欢，我哥刁北好像早有准备，男孩刁民，女孩貂蝉，名我都取好了。纪学青就笑，啥？刁民？她说，没准上户口都通不过，让革命下一代叫这样的名，那哪行呀。貂蝉恐怕也不行的，"馋"，这个音就不好，又和父母姓氏都不一致——你这"刁"就够稀罕了，再上哪找姓"貂"的女人当老婆呀？还有，貂蝉可是个，古代的，妓女……可现在，他们成了彼此的男人和女人，也许生儿育女，还真就不再是缥缈的事。纪学青接受了我哥刁北早已在心中酝酿过的两个名字，她说她喜欢这两个名字的突兀与乖戾。

"会的学青，你会成为我们孩子的妈妈，"我哥刁北说，"但现在你可千万别怀孕呀。等以后咱俩结婚了，一下就怀两个孕，一胎就生俩孩子，一个貂蝉一个刁民……"

如果没有倪可心和刁婵母女，我姥留的积蓄，加上爸妈资助，足够我哥刁北坐吃山空。他物质欲望极低，能吃饱穿暖又有书看，就挺满足。可结婚了，有孩子了，我哥刁北需求再低，也得考虑工作问题。丈夫和父亲，首先是机器，还得是永动机，然后才是血肉、筋骨、性格、思想。倪可心倒生性散淡，毫无挑剔，既安于你读书来我刺绣的简朴生活，也有办法把个三口之家的寒酸日子过得暖暖烘烘。给我哥刁北带来压力，并激发出他责任感或逃避心的，是岳父岳母。

"别说你还穷人，就算富人，也得干点啥呀。挣不挣钱是一回事儿，关键是叫个人就不能闲着，要不挺高个个子秧子似的在家晃荡，还不憋出病来？"现在岳母胸前的两只大乳房已经合二为一，变成了一个更大的乳房，它们随着她的走动欢呼雀跃，不是上下跳，而是左右摇，让人看去头晕目眩。她腿脚勤快，一趟趟地往来于自己家和我哥刁北家，我哥刁北眼里充满了她横向摆动的乳房。

"你看人家陈景润，住六平方米斗室，媳妇都娶不起，还为四个现代化研究哥德巴赫猜想。你那些书，你那满脑袋学问，到底对国家有没有用呀？"现在岳父是个早衰的老头，反应迟缓，行动笨拙，以往擅长的雄辩已演变为絮絮叨叨。声音不如过去洪亮，下棋得我哥刁北让他车马炮。晚上，他常把我哥刁北叫去陪他喝酒。饭桌摆在床上，俩人各把一边床沿，最好的下酒菜是猪头肉或鸡杂碎。岳父总是边喝酒边看《北京晚报》，同时对各种大事小情发表不着边际的议论，等喝晕了看困了说乏了，便顺势一躺，发出鼾声。

"你看人家孙罗锅，哈个老腰还蹬三轮呢，陈瞎子也去前门卖大碗茶了。"

"人生的路还是越走越宽广嘛，咱可不能学潘晓，不能那么消极悲观。"

倒也没吵没闹，都能心平气和，但生活在这样的聒噪之中，我哥刁北难以忍受。他们住得太近了。那时候，大部分人家还没电视，大部分人还不习惯独处。随着岳父岳母的旁敲侧击，倒也有肉蛋米面，一起来到我哥刁北身边。那些肉蛋米面是玻璃碴子，吃进去能把五脏六腑剖开划破。我哥刁北不是不想养家糊口，但没有北京户口，能欣赏他学识的单位没法用他，而岳父岳母推荐的活，背包扛袋蹬三轮什么的，他又无法接受。"刁北呀，只有肮脏的灵魂，没有低贱的工作，作为八十年代的新一辈，我们应该尽快把被'四人帮'耽误的时间夺回来。可你什么都不做怎么夺呢？"在岳父岳母之外，连早已出嫁的倪可竟都不断赶来谆谆教诲。倪可心让我哥刁北别在乎她爸她妈和她姐姐，"权当他们放屁呢，甭搭理他们。"这点我哥刁北倒能做到，对倪家人说什么做什么他不在乎。如果也有一件倪家的事让他挂在心上，那就是，小时候，他领倪可心回家那回，摸了岳母奶子的男人是哪个邻居呢？

恰好这时，在沈阳，我爸分到了北陵小区的那处房子，还通过关系，为我哥刁北准备了工作。计有三份，供他挑选。我爸还说，如果觉得备选的三份工作不够理想，过来后再找也有可能。"你要还有高考的打算，我举双手赞成，而且我活一天就会供你一天，"我爸在给我哥刁北的信里这样写道，"也许考本科年龄大了，但我打听了，直接考研究生也允许的。"我哥刁北接受了爸妈的前一个建议，来沈阳工作；对他们的后一个建议，他以与我妹刁星开玩笑的方式，间接答复了我爸我妈："我现在再去大学的话，只想直接上讲台当教授，可现在的大学，有这么开明吗？"一般来讲，我哥刁北开玩笑也很少这样口出狂言。

倪可心没带刁婵与我哥刁北同来沈阳。她不愿意再度离京。这个时候，距她当初嫁我哥刁北的那个时候已过去两年。两年足以让天地翻覆，让她的，明星胡同的，以及全中国人的想法和见识、生活态度和兴趣指向、道德意识和价值观念，都发生巨变。她在北京的生活又如鱼得水了，她舍不得家乡。倪可心不愿同往，我哥刁北乐得轻松，有个安身之所他已满足。他后半生的独居生活由此开始。

"你不是为生计生活生存去沈阳的，"潘秋菊后来说，"我看明白了，也听别人说了。"

"那为什么？"我哥刁北敏感地反驳潘秋菊，"你别听别人瞎说，现在议论我的人根本都没有认识我的，谁能比我自己更了解我。"

"当时许多大学里，包括社会上，又出现不少类似你当年'乱翻书'那种学习小组，那种地下团体，他们需要你这样的人，他们找你，甚至，有的还肯给你提供生活费。你是为了躲开他们。"

"不对不对，我就是为了房子和工作去沈阳的。"

"刁北，我知道现在还有人找你，是有海外背景的，都找到我头上了。"

我哥刁北说不出话，脸有些白。

"没征求你意见，我就替你挡驾了。我说我们快结婚了，我不许我的男人再操心那些虚无缥缈的事，我们要安安生生地过小市民的日子。"

我哥刁北抽动一下喉头，慢慢把潘秋菊揽进怀里，抱得紧紧的。"秋菊，我一直以为，你是真瞧不起我这个小市民了。"

我爸得到北陵小区那处房子，有点偶然。

整个"文革"里，他历经数番起落，几次得意几次失意，"文革"结束算总账时，恰好是他失意的时候——毛远新打算用他又不用了，这能证明，当权者是压制他的。他失意的日子与算总账的日子紧紧相挨，失意遮蔽了他的得意。作为小小的政治角色，我爸永远如履薄冰，我哥刁北对他的行为特点做分析时说过，他那是以对家人和属下的粗蛮暴虐，掩盖和排遣不确定的权力系统带给他的恐惧与焦虑。算总账时，最初，作为"三种人"的候选者，他又陷入了当年走五七道路时那种绝望的境地。"三种人"是拨乱反正时期的流行称谓，与过去的"黑五类"等封号一样，系政治命名，指造反派、黑笔杆子、卖身投靠的当权派。本来，有个不喜欢我爸的领导已放出口风，说我爸是"三种人"里的黑笔杆子，要整垮他。可上边有个更大的领导，也不喜欢那不喜欢我爸的领导，说那领导是"三种人"，是"三种人"里卖身投靠的当权派。我爸命不该绝，那不喜欢他的领导在将他定为"三种人"前，自己先把"三种人"的帽子戴到了头上。接下来，更大的领导为证明那不喜欢我爸的领导估计错了一切，就给了我爸好的定性，说我爸不是黑笔杆子，而是受"三种人"迫害的好干部。这么着，我爸不但没成"三种人"，还步步高升，当上了舆论监督局副局长，具体好处就是，虽然单位里许多职工连住处都没有，他却能在已有的住处外，又得到一处三十三平米的一居室住房，使我哥刁北在沈阳有了自己的巢穴。那阵子，我家人共同经历了悲喜交集，一忽压抑，一忽欣悦，很像现在晚晴炒的股票。当时我家人都以为，那个救了我爸的更大的领导，一定与我爸有什么旧情，很瞧得起他，我们为我爸能得到那样一个大领导的赏识感到惊讶，甚至骄傲。我爸一直语焉不详。许久之后，我们才知道，那更大的领导不认识我爸，更谈不上是否瞧得起他，他救我爸，证明的只是我爸命好。如果那不喜欢我爸的领导喜欢我爸，更大的领导整那领导时，我爸则必然跟着倒霉，别说补一处新住房了，原来的住房能否保住，工职和职务能否保住，会不会被送去蹲几天监狱，都得另说。

我哥刁北来沈阳后，像领导选择让谁当"三种人"一样，从容地选择三份备份工作：两份机关办事员的活儿，一份出版社校对员的活儿。前两者都在大衙门口，工作轻松地位高，转正机会大；后者更对我哥刁北心思。两者收入都差不多。他选择了后者。"出版社有书。"这是他的理由。但这只是表面理由。机关有许多空闲时间，不影响读书，而校对，经常面对的恰恰是烂书，久而久之，都会倒掉读好书的胃口。我哥刁北的真实理由，是他不想太多地受惠于爸妈。前两份工作是我爸找的，后一份工作是胡晓娜给的。这时的胡晓娜，在出版社当党委书记。

知道了我哥刁北的真实理由，胡晓娜再三说我哥刁北个性像她，是说他直言不讳，怎么想就怎么说的脾气像她。胡晓娜的确是心直口快的豪爽之人，几次和我爸我妈说到对自己女婿的不满意时，都会提到我哥刁北：要是刁北佳佳都没结婚，他们才是匹配的一对。她的潜台词是：两个孩子分别离婚走到一起算了。

"你这孩子，总跟爸妈生分。"胡晓娜欣赏我哥刁北的直率，但不同意他的说法。"我是他俩共同的朋友，我找的工作，还不也等于他俩找的？"

"不，我觉得您也是我的朋友，"我哥刁北说，"您是作为长辈朋友，帮我取过名后，又帮我找份工作。反正在这件事上，我只领您胡阿姨的情。"

"净说外道话，跟你胡阿姨还啥领不领情的。"

"跟谁都得领情呀。饮水必须思源嘛，如果可能，知恩还必须图报呢……"对胡晓娜，我哥刁北话到嘴边留了一半，而对我和我妹刁星，他直言不讳的特点更为鲜明。他认为，饮水思源，知恩图报，这对一个负责任的人来说，是沉重的压力。所以，除非你是个欠债不还也能心地坦然的臭无赖，只要你还讲究尊严，活在世间，就要尽量少欠人情。如果欠了，还上还好，可有时候，你没能力回报他人，就会让自己非常被动。我哥刁北进一步认为，如果一定要欠人情，最好不欠那种持续绵延的亲人之情，而是欠非亲人的情；非亲人的情一般可以物化，相对好还。"您想想胡阿姨，就我爸我妈生我一回这个大情，我是怎么还都还不上的，现在这么大了，还凡事都让他们操心，以后呀，他们还不得成我的君王，哈，就君让臣死臣不敢不死了，不光死，死了还得感恩戴德……"

"你呀刁北，歪理总一套套的。那你不欠他们欠我的，就有能耐还啦？我倒想听听，我的情你想咋还我呢？"

"嘿嘿，嘿嘿。您看您说的胡阿姨……"

胡晓娜一看我哥刁北发窘，更来劲了。她和我爸，都长于欣赏别人窘迫的样子。"说呀说呀，咋还？"

十三

巩益病家没女主人。那里常有女人出入，也许其间不乏希望成为女主人的女人，或者巩益病也希望把某个出入那里的女人升格为女主人。但不知何故，多年以后，巩益病家仍无半点女人气息。我哥刁北认识纪学青，是在巩益病家。

巩益病是北外英文系学生，会弹钢琴。他花在业余爱好与主攻课业上的精力是颠倒的，他的弹琴时间远远多于念英文时间。他肥胖、和善、好客，有一副洪亮的大嗓门和一对天真的大眼睛。他爸是将军，在所有有权人都自顾不暇时，他爸春风得意。他家住空军大院，在院外的蜂房胡同，又有一处两居室的公寓房是巩益病自己的活动空间。那里宽敞、安全、有吃有喝，是一群喜欢高谈阔论的年轻人最理想的聚会地。巩将军是慈祥的爸爸，没官架子，如果晚饭儿子没回院里家中吃，他常常不用勤务兵，而是自己拎几个饭盒，给儿子送到蜂房胡同。有时他来送饭，身后跟着空手的警卫员，他进屋后警卫员就站在窗外，像一排绿杨树中粗矮的一棵。巩将军像他儿子一样热情好客，在他儿子朋友的眼里，他最大的优点是糊涂、平庸、神经粗糙、反应迟钝。他一点也没意识到一群年轻人聚在一起谈艺术谈读书谈时势谈小道消息有多可怕，他为儿子不像有些干部子弟那样打架搞女人感到满意。不知道他是否有所感觉，他儿子的朋友们，常常在他这个林彪追随者的家中大骂林彪。他出面解散儿子的朋友圈子时，没提林彪。

我哥刁北开始出入巩益病家，是为请教英语问题，那时他想的，也的确只是向巩益病这个乐观随和的大哥哥学习英语。巩益病也指点他英语，但总说，我教你弹琴呗，音乐可是真正的世界语言，没准都是宇宙语言。

一旦进入巩益病家那个圈子，我哥刁北的英语学习就不单纯了，他对哲学的热情，对一切人文科学的热情，在默默地吸纳之后，找到了一个喷射渠道。与那圈子里的其他人比，他还是孩子。作为孩子，他怕人家瞧不起他，可他又喜欢那个圈子，不想被人视为一个打哈哈凑趣起哄的角色。他需要表达自己的思想与见解，以在精神上和智力上与他人建立平等的关系。但他正值青春期，腼腆，话少，肚子里有也倒不出来，或者，是他心里那个表达之前的自审机制特别苛刻，一要说什么，就会先想到，也许要表达的东西普通平庸，毫无价值，也就没有了表达的热情。加之他所置身的场合，其他人多半伶牙俐齿，表现欲强，很少有他讲演的机会，如果有，也只够他以插话的方式发表意见。此后的一生，他一直钟情名言警句，并愿意通过名言警句表态发言，这种看上去被动的早期训练是原因之一：

"博爱不是没有原则的同情。"

"人生最大的快乐是为强者服务。"

"现实没有必然性可言，幻想有必然性。"

"历史只是一串偶然性的连缀，中国历史尤其如此。"

"人本身是渺小的，智慧不是帮人壮大，是让人看到渺小。"

"人们真正关心的只是自己，即使关注别人时，主要想的还是自己。"

"政治家必然是刽子手，不论他们干了什么，最终的效果都是屠杀民众。"

……

在那圈里，我哥刁北对各种高深莫测出处可疑的语录能信手拈来，这样的本领，制造出了让人另眼看他的效果。纪学青就是高看他的人之一。这他后来才知道。后来他还知道，纪学青没想过当巩益病家女主人，而巩益病，可能有那意思，但他意识到纪学青没那意思，很快就也没那意思了。

纪学青是巩益病的大学同学。

那时候，在巩益病家，让我哥刁北奇怪的是，很少能看到他的同学，经常出现的，是些工人、教师、机关干部、下乡知青。当纪学青这个热情的山东姑娘出现时，不光我哥刁北，大伙都感到有点奇怪，甚至私下里互相挤了挤眼睛，以为那是巩益病的恋人。很快大家就不那么猜了，纪学青在这个松散团体里出现的次数，少而又少，好像我哥刁北都没正面与她交流过什么，她就消失了。待后来，我哥刁北与她偶遇，开玩笑说咱俩没缘呀，说我每次去巩益病家都是你不去的日子。纪学青哈哈大笑，说咱俩今天能见到，这缘分大得都没边了，巩益病家，我一共就去过三回五回，你天天长在那也见不到。我哥刁北没问纪学青为什么不再去巩益病家，但纪学青的话让他脸红。那阵子，他的确长在了巩益病家。不为见纪学青，那时他对她没特殊感觉，他是喜欢巩家的气氛。别的朋友，那些工人教师机关干部下乡知青们，都忙，很难保证每月带"零"的日子，即十号二十号三十号都来巩家。但我哥刁北，不论那日子里有"零"没"零"，隔三差五就要去巩家泡上半天。这些人在巩家聚会没经过设计，每月相聚在带"零"的日子，是约定俗成。但天长日久的约定俗成，是问题的苗头，让不讲政治的老行伍巩将军也觉得不太合适。有次聚会，巩将军利用午休时间，走出空军大院来儿子的寓所坐了片刻。他对儿子的朋友非常客气，再三赔笑，好像我哥刁北他们是来斗争他的：

"对不起对不起，打扰了打扰了。我呢，是衷心欢迎各位小将来我家玩，毛主席说了，你们是早上八九点钟的太阳呀，希望寄托在你们身上呀。可有邻居反映，你们的聚会很有规律，这呢，就容易让人觉得，觉得像个秘密组织。嘿，我知道你们不是秘密组织，都是革命小将，组织起来也是为了搞好无产阶级文化大革命嘛。可为了别让别

224

人说闲话，要不你们，能不能，分散了来?"

　　分散来就没意思了。群体、社团、党派，组织在一起都为排遣孤独，而汲取多元思想，分享交叉观念，虽然是事实，但主要也是漂亮的说辞。这个小小的圈子，随即四分五裂。也许就此分裂下去，后来的灾祸便不会降临，至少其中几个人的历史可以重写——包括我哥刁北的。事实却是另一种样子。对小圈子的是否解散，巩益病倒不当回事，他一如既往地弹琴自娱。可我哥刁北还有另外五六个人，像归家的燕子被毁了窠臼，没着没落的，渐渐地，试试探探地，他们重又聚到一起，聚到了梁栋家。梁栋是北京酱菜厂工人，书法爱好者，三代同堂，住房很小，但他家有间装煤球劈柴的仓房可以聚会。他家的各个角落，都摆有装酱菜的瓶瓶罐罐。一九七一年秋初一个周日的中午，作为反动组织"乱翻书学习小组"成员，我哥刁北和梁栋还有另外几人，就是就着那些劣质酱菜喝酒聊天时，被逮捕的。是别人喝酒，我哥刁北没喝。别人是大人，我哥刁北仍是孩子。作为孩子的我哥刁北，躬身伏在窗台上，用梁栋的细羊毫笔在厚实的图画纸上操练书法。不是单纯练字，练字应该在报纸上，图画纸没有宣纸贵重，也没人舍得用它练字。我哥刁北是按梁栋要求，在抄写书名。它抄出来的，是"乱翻书"成员拥有的书，一般隔些日子，梁栋就会拿上一份我哥刁北新抄的书单，去与其他读书圈子的熟人进行交换——不是彻底置换，只是交换着阅读。厚实的图画纸经得起揉搓。"乱翻书"成员舍得拿出去交换的书，封面上，都被我哥刁北用漂亮的楷书写上了"供批判用"：《被背叛了的革命》（托洛斯基）、《赫鲁晓夫主义》（古纳瓦达纳）、《人的远景：存在主义，天主教思想，马克思主义》（加罗蒂）、《新阶段：对共产主义制度的分析》（德热拉斯）、《人·岁月·生活》（爱伦堡）、《格瓦拉日记》（切·格瓦拉）……是这时候，是别人喝酒我哥刁北抄写书名时，一伙自称警察但没穿警服的人闯了进来，他们抓人，并用酒瓶子砸窗台上的端砚。砚台没碎，只震落到地上，酒瓶子的碎片则四处飞进。我哥刁北躲的及时，没被划伤也没被砸伤，但溅起来的墨汁和酒，在他脸上涂花了一片，好像他哭了。

他的确差点哭出声来，但憋住了。

"我洗洗再走行吗？"我哥刁北问。

"不行！"来人答。

黎鹏程组织格瓦拉红色支那纵队，是想效法格瓦拉搞"输出革命"。

埃内斯托·切·格瓦拉是阿根廷人，职业革命家，他帮卡斯特罗夺取古巴政权后，辞掉高官，前往非洲，帮那里一些国家的共产党武装颠覆本国政府，后来回到南美，战死在玻利维亚的丛林之中。他是世界年轻革命者的崇拜偶像。黎鹏程希望自己成为中国的格瓦拉，成为足不出户便能左右时局的格瓦拉。那时候，内部发行的《格瓦拉日记》是他枕边书，而据传为毛泽东所作轶诗《七律·咏志》，始终写在他早期的宣传栏上——他早期的宣传栏，在他写字桌的玻璃板下面：

> 革命岂能作井蛙，
>
> 雄鹰踪迹海天涯。
>
> 血飞星岛征黑浪，
>
> 汗涌塔丘映碧霞。
>
> 风暴险关学闯道，
>
> 冰山绝顶要开花。
>
> 大旗挥舞冲天笑，
>
> 赤遍全球是我家。

"毛主席那辈二十八年红中国，我们这辈要二十八年赤世界。"这是黎鹏程网罗同道时最富蛊惑力的语言。

红卫兵运动降温以后，"革命小将"迷惘困惑，"知识青年"自暴自弃，这时候，没戴过一天红卫兵袖标的黎鹏程挺身而出，撰写了两万多字的长文《红卫兵运动向何处去？》，油印出来广为散发。他的游击纵队成员，基本是这篇文章给他招募来的。通过这篇文章，还有几个法国的日本的年轻人找上门来，自称是他们本国"六八一代"红卫兵的积极分子，他们给他提供了一些国外红卫兵的兴衰情况。视野开阔了，黎鹏程决定，要将《红卫兵运动向何处去？》扩展为一部关于青年的政治学专著。没能立即动手，是格瓦拉红色支那纵队太牵扯精力。他对行动的兴趣大于理论。他对这支民间武装寄予极大期望。首先，短时间内，他们要把毛泽东思想，把中国革命经验，把游击战争理论，输送到越南缅甸老挝柬埔寨去，先让印度支那各国政权都掌握在共产党手里；然后，要进一步建立格瓦拉红色阿拉伯纵队，格瓦拉红色黑非洲纵队，格瓦拉红色拉丁美洲纵队，格瓦拉红色欧罗巴纵队……真正实现"赤遍全球是我家"的伟大理想。

如果就为这个入监坐牢，对潘秋菊及所有的人，黎鹏程不会含糊其辞，不会回避他的跤具体跌在哪道坎上。不那么简单。他和他伙伴们的罪名不值得炫耀，有关方面对格瓦拉红色支那纵队的定性是：林彪林立果父子发动宫廷政变的外围组织。

这样的定性让人委屈，如同一个屠龙高手被指责为杀了条鱼。黎鹏程的纵队成员，没人对林氏父子有什么好感，只是黎鹏程个人，对"五七一工程纪要"这个特殊文本兴趣浓厚。众人被捕后，百口莫辩，只能迁怒于黎鹏程，揭发他这个林氏父子的追随者，利用了大家的革命热情。黎鹏程一度非常伤心。其实官方很快查清楚了，这伙年轻人，与林彪林立果毫无干系。但已做的结论不能更改，陆续释放他们的理由，只能是他们罪行尚轻。黎鹏程也没有罪行，可他会背"五七一工程纪要"，官方认为，让一个会背"五七一工程纪要"的家伙代表他的伙伴们坐穿牢底，至少能证明他们办的不是冤假错案。知法懂法的黎鹏程父母认定这是冤假错案，恢复工作后，他们立即提出申诉。还真管用。我哥刁北认识黎鹏程那会，他刑期已由十五年减为八年了。

我哥刁北看得出来，黎鹏程迷恋"五七一工程纪要"，是它附带的政变想象，能带给他许多具体启发。黎鹏程对非正常状态下的权力搏杀充满热情。对此我哥刁北难以理解。不是不理解权力搏杀不能在非正常状态下进行，而是觉得，作为普通人的黎鹏程，根本没资格渴望介入那一层面的权力搏杀。"要往希特勒的座位底下塞定时炸弹，你起码得是斯陶芬伯格中校吧，得有机会进入那个严加防范的会议室呀。"我哥刁北这么质疑黎鹏程。黎鹏程认为我哥刁北的问题幼稚可笑。"你以为跑到墨西哥杀死托洛茨基的，是斯大林本人吗？"我哥刁北关注制度层面的东西，关注机制的和谐与规则的合理；黎鹏程不然，他只热衷斗争，喜欢阴谋和血腥，有脚下使绊子和背后捅刀子，他就兴奋，至于谁被绊倒了谁挨了刀子，许多时候，在他看来倒无所谓。他们是有分歧的朋友。黎鹏程试图改变我哥刁北，但做不到。我哥刁北没有改变黎鹏程的企图。或者有过，但放弃了，黎鹏程比晋城监狱的石垒围墙还要坚硬。黎鹏程羡慕西方人那种在理性支配下的赴死勇气，给我哥刁北讲国外那些政治谋杀故事时，许多细节栩栩如生。对自己的记忆能力，我哥刁北一直自信，可没想到，这黎鹏程比他厉害多了。

"我有书读。"黎鹏程常常这么得意地宣称。

"我也有书读。"我哥刁北也常常这么与他叫板。

他们指的，都不是狱中允许读的书，马恩列斯毛和服刑手册等。但他们用自己的心灵之眼阅读的一本本无形之书，又肯定不属于同一类型。

"我这身体越来越糟了，刁北，如果我出不去，死在这里，我希望你出去后，能把我给你讲的这些写成本书。"有时候，黎鹏程悲观时，对我哥刁北是有所嘱托的，"就叫《政治谋杀》吧，中国人需要这么本书，照照镜子，看看自己多没血性。"

"你太偏激了，"我哥刁北说，"中国历史上，最不缺少的就是形形色色的政治谋杀，李世民武则天，都兄弟相煎母子相残呢，从荆轲到孙中山……"

"我不是指孙中山同盟会那种，他们的确有西方式的东西，动机、目的、手段、方式，理论与实际相结合，值得推崇。可在中国，孙中山那种比较理性的，以主义信念理想为出发点的权力更迭政治角力，

228

实在太少。中国人基本是为个人利益个人权势去冒险的，道义和公理只是旗号，喊的是'均贫富'，可解救的，不是公众而是自己，自己取代别的富人后，让帮自己富了的其他穷人继续受穷。至于荆轲那种，只是职业刺客，更不入流。你看国外那些人，许多情况下，基本上是有个不计自我的带有正义性的大抱负的。中国人从根儿上缺少一种信仰式的东西——哦，咱就以李世民和武则天为例吧……"

听黎鹏程这么说话，我哥刁北会很茫然，那个在他眼里与荆轲那种职业刺客全无区别的黎鹏程，在自我表达中，怎么又成了个为主义和抱负献身的孙中山式的英雄呢？他担心他错看了黎鹏程，又担心他受到黎鹏程的蛊惑与煽动。这时的我哥刁北，已经学会对自己的思想和意识负责任了。

"鹏程，"我哥刁北在想，用个什么理由，能既不接受他的嘱托，又不让他对自己感到失望呢？"真对不起，我不能答应你。"从心里讲，不管怎样，我哥刁北是看重黎鹏程的，他不希望他对自己失望。在晋城监狱，唯有黎鹏程能让我哥刁北感到，他仍然是个有思想有意识的人。他不能没他。"其实吧，我也一直有一本书，要写出来……"

"哦？"我哥刁北的话，果然把黎鹏程从他的血腥世界里拉了出来，"你的，书，写什么的？起名字了吗？"

"是写——名字我还没想好呢，也许叫……"

费文华住东四，离我哥刁北家只有一箭之地。

一天晚上秋雨淅沥，天黑得早，费文华摸黑找到明星胡同时，我姥还没做好晚饭呢。这是费文华头一次来我哥刁北家。他把一只大牛皮纸档案口袋交给我哥刁北，让我哥刁北一阵激动，他以为费文华是为他写作《新桃花源记》送材料来了。不是。不用费文华把那张写有地址和名字的纸条给他，从费文华的表情中他就看出来了，那档案口袋里的东西与他的乌托邦大作没有关系。费文华没注意我哥刁北情绪的低落，只嘱咐他，明天一早把这东西按地址给巩益病送去。纸条上巩益病的名字，我哥刁北不陌生，以前费文华提过，要帮我哥刁北介绍个英文老师，他说那人是他朋友，叫巩益病。但这天，费文华不仅没提《新桃花源记》，也没提学英文的事，只神色紧张地说，你告诉他，我这段时间得离开北京，过一阵子我回来了，会找他们，别让他们找我。又说，你也一样，不许对别人提我们有来往，更不许说今天的事儿。说完费文华匆匆走了，身下的自行车咿呀叫唤。

这天夜里，我哥刁北睡不着觉，预感中，他知道他正介入一件大事，而睡不着的主要理由，是他太想知道他将替费文华传送的东西是什么了。偷看别人的东西不好。道德感能帮他控制行为。可这个并不很厚的档案袋，只有一根细绳将两个分别钉在纸袋封盖和纸袋上的圆纸片拴在一起，把细绳一绕，那档案袋就能张开嘴巴。如此不加防范的东西，若打开一下，算不道德吗？费老师没说可以看，可也没说不可以呀。如果费老师怕我看到里边的内容，至少可以用订书机压一下呀。我哥刁北这样想着，辗转反侧，越睡不着越想那档案袋，越想那档案袋越睡不着。挨到半夜，他起身开灯，下意识地一伸手，就绕开了档案袋上细细的白线绳。档案袋轻而易举地张开了嘴巴，一叠脆而薄的美农纸嘶嘶啦啦地发着响声，被我哥刁北掏了出来。美农纸上边，是块和美农纸一样大小的淡黄色大字报纸，皱巴巴的大字报纸上，最醒目的是"通缉令"三个黑色大字。我哥刁北吓得哆嗦起来。他看看周围。周围没人，只有他自己的影子印在墙上。他镇定一下，眼睛尽量离开"通缉令"，去看纸页上端的那两行字。那两行字司空见惯，有助于人麻痹神经：第一行是"毛主席语录"，第二行是"千万不要忘记阶级斗争"。我哥刁北略微平静了，再看右上角的那幅照片：照片不大，但挺清晰，是个头发和目光都直愣愣的农村青年，穿学生服。这之后，我哥刁北战战兢兢地看"通缉令"正文：

肖瑞怡，男性，现年20岁，家庭出身贫农，本人系新化一中学生，家住新化县科头公社桃林大队。

该犯由于忘本变质，走向了反革命道路。在这次文化大革命中，肖犯借"四大"之名，替阶级敌人翻案；勾结保守势力，蒙蔽一部分群众，破坏文化大革命，竟发展到整毛主席的材料，恶毒攻击谩骂伟大领袖毛主席、林副主席、周总理、江青同志；鼓吹"三自一包""四大自由"，为刘少奇大唱赞歌。当被我革命造反派发现揭发后，肖犯竟准备行凶（未就），我广大无产阶级革命造反派与肖犯展开了猛烈的斗争，肖犯自知站不住脚，于68年6月17日深夜畏罪潜逃。

为了誓死保卫毛主席，保卫以毛主席为首，林副主席为副的无产阶级司令部，加强无产阶级专政，希各地驻军、专政机关、革命造反派大力协助捉拿归案。如拿获，请通知新化一中红代会。

肖犯只有早日自首，才是唯一出路。

湖南新化第一中学红代会

一九六八年八月二十日

后边那叠复写在美农纸上的文字，是一封信，一封以"敬爱的主席"为抬头的信，我哥刁北认识，那是费文华的笔迹。他心脏再度激跳起来。他以为这是费老师写给毛泽东的信，想通过巩益病的爸爸转给林彪，再转毛泽东。但很快他就看出来了，这信是"通缉令"上那个肖瑞怡写的：

敬爱的主席：

我是湖南新化一中的学生，本身的地位就已经够谦虚了，但我总想做一件不谦虚的事。我不能让思想永远谦虚下去，永远束缚在牢笼中，而想大胆解放出来，让我积压的思想浩荡奔流……

接下来，洋洋洒洒一万余字，分成六个小标题向毛泽东进言：一，改革土地制度；二，清除人为的阶级斗争；三，废除个人崇拜活动，解放人民思想；四，严行干部参加劳动的制度；五，法要当，刑要严；六，实行革命的军国主义。把这长信一气看完，我哥刁北心惊胆战。他更不困了，他饿。他轻轻下地，走到门口，又回到床边，用被子盖住他刚刚看过的东西，然后再出门，进厨房，掰半个混合面的凉馒头吃，同时听听我姥那屋。我姥那屋，轻微的鼻息声起伏均匀。

回到床上，我哥刁北重翻肖瑞怡的长信，有些地方还抄了下来，许久之后才有困意。他把一沓信和单篇的"通缉令"码好，往档案袋里放，可放的过程，他感觉到袋里有什么东西阻隔了一下，往袋里看，见还有一张折叠着的单篇纸。应该是费老师写给巩益病的信吧。这回我哥刁北不想看了。但不拿出来看看，他觉得他的困意会再度流失，为了能睡一会，他也得看看它。这时已经凌晨四点。

我哥刁北展开那张备课笔记本上撕下来的横格纸，上面费文华的笔迹，再次吓得他四肢发软。他比刚才更恐慌了：

尊敬的毛泽东主席：

请您以一个共产党员的名义想一想：您在干什么？

请您以党的名义想一想，眼前发生的一切意味着什么？

请您以中国人民的名义想一想，您将把中国引向何处去？

文化大革命不是一场群众运动，是一个人在用枪杆子运动群众。

我郑重声明：从即日起退出中国共产主义青年团……

好在这张纸上字数不多，溜一眼，我哥刁北就看出来了，这也不是费老师给毛泽东写的信，它也是别人写的，费老师抄的。这信后的署名，是北京外国语学院东欧语系德语专业四年级一班学生王容芬，时间是两年前：一九六六年九月二十四日。我哥刁北松了口气，是他最后看到的这个时间，让他松了口气。

电话里的人说北京话，声音苍老，口气谦卑。我哥刁北反感这种说话的口吻。不是这种说话法让他陌生，而是相反，他太熟悉了，那口吻就像他自己的——他一度就这么说话——他讨厌这样说话和听人这样说话。在南汀劳教所，在晋城监狱，用这样的口吻说话是他需要自我训练的课业之一。至于声音中的那种苍老，倒与规训无关。

"我是刁北。您哪位呀?"我哥刁北态度生硬。

"嘿，嘿嘿，真不容易联系呀刁北老弟，三十年没见了，您可能都不记得我了。不好意思不好意思，打扰了，我是，嘿嘿嘿，费文华，您想想……"

"费老师!"

"嘿嘿，是我呀刁北老弟。可不敢称师啦，叫我老费吧。"

"费老师，您好吗费老师，您在哪?"

那天晚上分手以后，所有人都与费文华失去了联系，不久之后，费文华在老家长沙被抓了起来。费文华进去的消息是巩益病公布的。巩益病说，费文华是条汉子，咱这些朋友他谁也没咬。费文华是受长沙一个朋友圈子牵连被抓进去的。这样，巩益病家这个圈子就少了个费文华，但多了一个我哥刁北。

"老弟呀，我这是无事不登三宝殿呀，是想请您帮个忙呀!"费文华说他挂的是长途，他在北京，他得与我哥刁北见面谈谈。"我实在脱不开身去沈阳了，只能麻烦您尽快跑一趟了，嘿嘿，机票钱酒店钱您甭考虑，我这边……是您大侄儿，出了点事儿。"我哥刁北有点发蒙，机票酒店，这费文华口气都这么大了，怎么还要找他帮忙，他又有什么本事帮人的忙呢? 他倒帮几个中学生补过历史和哲学原理的课——可他大侄儿——他想到了当年费文华襁褓中那个眉头紧锁的儿子，三十出头了吧，难道还要补历史和哲学原理? "是这么回事儿呀刁北老弟，您大侄儿吧，他有个公司，前几年在海南做，最近回到北京发展，可这刚一回来，就遇上了麻烦——唉唉，咱这地头蛇倒变成外来户了，现在呢，只有求倪可强出面帮这个忙，才能救他……"

"来，拉个名单，估量一下，"我爸把一叠红横格信纸铺饭桌上，往上写几个老战友的名字，"看看谁能有能力帮咱的忙，能救咱。"

我哥刁北正夹红烧肉，听了我爸的话，将筷子悬在空中，眯着眼想。我姥正盛饭，见这边的爷儿俩都直了眼睛，也不敢动了，愣愣地盯着饭锅，好像也在想。

　　"老倪家大丫头，可竟行吗？"我姥小声问。

　　"韩—汉—嗐—哼……她哪行呀。"我哥刁北的声音由高到低地降幂挤出，又归于无。他把红烧肉塞进嘴里，堵住了有可能继续说出的话。

　　"你说韩什么？"我爸问。

　　"没什么。"我哥刁北示意我姥给他盛饭。

　　我哥刁北几乎提供给我爸的人名信息，是韩志雄。他认为，如果韩志雄出来说话，他多半能通过政审关卡。他话没出口。他把韩志雄这个名字与红烧肉大米饭拌在一起，咽进了肚子。想一想要张嘴求人，求一个基本上不能算相识的陌生人，我哥刁北浑身不自在。

　　"这孩子呀，嘴那么硬，万事不求人，这算好事儿还是坏事儿呢？"我哥刁北小时候，我姥和我妈就这么议论过他。

　　那几天，我哥刁北频繁出入天安门广场，唯一新结识的人是韩志雄。也不算结识，就是说过几句话。我哥刁北第一次听到韩志雄的名字，是被抓以后，接受审讯时，人家反复问他和韩志雄什么关系。他反复解释，我从来没听说过这个名字。后来他知道谁是韩志雄了，那是在报纸上，他一眼就认出了韩志雄的照片，还在广播里，听到了著名诗人艾青为韩志雄写的颂诗：《在浪尖上》。这时的韩志雄，是名声极大的四五英雄，还当上了团中央委员。我哥刁北猜，韩志雄接受审讯时，肯定也不止一次地被问过同样的问题：你和刁北什么关系？但现在，时过境迁，地位悬殊了，我哥刁北若找韩志雄，说麻烦你给我做一下证，我不是江青的小爬虫，韩志雄能答应吗？如果他说，你谁呀？我们认识吗？我哥刁北非难堪死。

　　韩志雄比我哥刁北活跃多了，他应该早就上了政府的黑名单。后来我哥刁北才知道，他三号半夜就被捕了。可以说，韩志雄被捕前的几小时里，和我哥刁北待在一起。不是熟人相伴那种待法，就是他们缘分大，几小时里，隔一小会就能见上一面，再隔一小会又能见到，好像有人刻意安排。他们自己也觉得好笑。他们都判断得出，这不是刻意安排，否则，他们是要对对方存戒心的。

间或见面，又都知道彼此钟情于同一件事，这让他们由熟悉而亲近了。相视一笑，问句你好，简单地交流，这就是当时他们的全部交道。之所以离开广场时他们能握手话别，是因为我哥刁北对一首小诗很感兴趣，再与韩志雄交臂时，指给他看了，而韩志雄，也挺喜欢那首小诗，为此，他们就有了朋友的感觉。

那首小诗叫《向总理请示》，是一张小纸片，挂在纪念碑下的栏杆上，不太显眼。我哥刁北抄完，一抬眼又看到韩志雄了，就说你看看这首，很巧妙。

"'黄浦江上有座桥，江桥腐朽已动摇。江桥摇，眼看要垮掉；请指示，是拆还是烧？'"韩志雄念出了声音，然后转向我哥刁北，"真挺巧妙，江桥摇！——我也得把它抄下来，回去誊在大纸上，明天找个醒目些的位置贴上。"

后来就半夜了。我哥刁北打算回家，走到广场东侧的小树林时，又见到了韩志雄。"我也得回家了，"韩志雄说，并与我哥刁北紧紧握手，"明天见吧。"他们没通报各自的姓名、工作单位、家庭住址。

下一天和再下一天，我哥刁北去广场时，再没看到韩志雄。他没介意。人那么多，要是再与韩志雄频繁邂逅，倒真成刻意了，是老天爷的刻意。让我哥刁北略感遗憾的是，他也没见到大张纸抄写的《向总理请示》。

我哥刁北与倪可强，多年没见了。他没刻意想去见他，他大概也没想要见他。但我哥刁北知道，他这个老同学加大舅哥，早已是京城的一个人物，十个北京城的出租司机，能有七个知道他名字，有五个，至少三个吧，还能讲几段他的轶事。他已不是世间的实体，而是由故事创造的艺术角色。我哥刁北要组装出一个完整的倪可强，必须借助各种传说。

当年打对越自卫还击战时，后来的战斗英雄、二等残废军人倪可强，在著名的法卡山前线待了两年。他是警卫排排长，其主要工作，是观看指挥所里的首长忙碌。有一天，后方来个大首长视察，要往前去，指挥所里的小首长劝阻无果，只能带倪可强一行陪同前往。绵延的法卡山阒静无声，抬头云淡风轻，低首新绿萌芽，要不是还有满目断树焦土，没人敢说这里是战场。后方大首长迎风登临曾被中越两军反复占领过的六号高地，要过小首长手里的望远镜，目光如炬怒视前方。"忘恩负义的兔崽子们，都躲你姥姥家啦！"大首长咕哝道。大首长一站直身子，小首长就紧张起来，大首长再举起望远镜，倪可强也紧张起来。小首长往大首长身边凑，倪可强往小首长身边凑。可小首长示意倪可强靠近大首长，倪可强只能示意他的手下靠近小首长，而他靠近大首长。本来，大首长带了专门警卫，倪可强和他带的警卫，只保护小首长就行。但现在小首长示意他加强对大首长的保护，他只能从命，插进大首长的专门警卫中，准备保护大首长。"忘恩负义的兔崽子们，都躲你姥姥家啦！"大首长终于结束了瞭望，边把望远镜递给小首长，边叫喊道。就是这时，不知与大首长喊声偏大是否有关，一串轰隆隆咔嚓嚓的呼啸声被引发出来，一串来自越方的炮弹，准确地落在此刻由中方控制的法卡山六号高地。倪可强不愧是警卫排长，一群人里，他最早做出了有效反应。此时恰好小首长上前半步接大首长递还的望远镜，两个首长几乎合二为一了。倪可强的反应是，双臂一展再奋力一拥，将两个首长都压在身下。六号高地后面，中方炮火随即发出，盖住了越方挑逗式的攻击，掩护着毫发无损的大首长和带了点皮外伤的小首长，顺利撤到安全地带。倪可强是被抬下来的，他被炸飞了左臂炸折了左腿。幸运的是，虽然他从此失去了左臂，但左腿无大碍，被接好后，只是走路微跛。更幸运的是，他没像好几个战友那样，把小命丢在法卡山上。当时，他被送到南宁治疗，是我哥刁北陪同岳父去看的他，那会儿我姥刚死不久，倪可心在她妈的帮助下照料刁婵。我哥刁北仍然记得，躺在病床上的倪可强豪爽乐观。你叫我哥！他晃着右手一遍遍喊，你叫我哥！拿我哥刁北成了他妹夫这件事反复开玩笑。

后来，倪可强作为成员之一的那支英模报告团在全国巡演，去沈阳时，我哥刁北与他又见了面，不光去他住处看过他，还听了他的事迹报告。事迹报告中的倪可强，已不是警卫排长而成了侦察排长，也不是因保护首长而是为完成侦察任务成了残废，当然了，他的胳膊腿也不再是炮弹炸的，而是地雷炸的。本来，去住处看倪可强只为礼貌，再客气地问他能否出来喝一杯，也就尽到了地主之谊。我哥刁北没想听他报告。他也反对我哥刁北听，他说他正闹情绪呢。他说，最初报告团的四个成员里没他，是请来给他们当表演指导的话剧团导演觉得，四个报告者都操浓重的南方口音，恐怕会影响报告效果，最好换个说北方话的，调剂一下。有关领导接受了建议，在几个报告候选人里一拨拉，拎出了能卷着舌头说北京话的倪可强。操，丫看重的不是我，是京腔。这时候，我哥刁北已是出版社校对员了，胡晓娜听我爸我妈说了倪可强的事，非逼我哥刁北通过倪可强找报告团领导，用个晚上时间，把倪可强单独请到出版社大礼堂讲了一场，胡晓娜还公开了我哥刁北与倪可强的关系。我哥刁北这个气呀，说胡阿姨您这不寒碜我嘛。胡晓娜说你这孩子怎么说话呢，怎么这么不理解我的一片苦心，我这是为你能转正做政治铺垫呀。那段时间，常有人篡改着电影《英雄儿女》里的台词与我哥刁北开玩笑：你有一个英雄的大舅哥，还有一个模范的大舅哥。我哥刁北绷得住脸，你玩笑开得再热火朝天，他也不呼应，让你自己都笑不起来。

接下来倪可强就结婚了。受伤之前，家人给他介绍过几个女朋友，总是通几回信就中断交往，有的连面都没见过。家人分析的原因是，倪可强会说，可不善写，而远在部队的倪可强交女朋友，除了书信往返没有他途。住院期间，倪可强和我哥刁北聊天时，唯一的泄气话只与女人有关。妈的，我彻底没戏了，他盯着远远近近的女护士们，和她们白大褂下露出的光腿说，这帮娘儿们，更看不上我了。但他又很会自我安慰：操，也没大意思，这么些年，丫娘儿们我也玩得差不多了。四肢健全时的倪可强婚事不顺，缺胳膊瘸腿了，却艳福不断，有好几封求爱信来到他面前。一番挑拣后，一个叫江洋的女职员成了他妻子。江洋是门头沟一个矿工的女儿，中专毕业，优秀团干部，经常给矿区广播站写歌颂矿工赞美煤的抒情散文。两人结婚时，曾在法卡山被倪可强救了一命的首长之一，小首长，来参加了婚礼。这时小首长已调进北京，成大首长了，他把倪可强当成兄弟。婚礼次日，《北京日报》不仅发了消息配了照片，还选登好几封江洋写给倪可强的情书："人民的英雄"，"共和国的保卫者"，"新时代最可爱的人"……绵绵情话，在报纸社论般的文字下涓涓流淌。婚后他们先生儿子，再吵架，然后分居，江洋离开明星胡同又回了门头沟。他们吵架和分居的理由很简单，就是有文学情结的江洋渴望倪可强成为作家，希望他能写出新时代的《林海雪原》或《烈火金刚》。当时，有好几个在老山者阴山落下残疾的军人英雄都成了作家，有个姓刘的能写小说，有个姓史的会写诗歌。可倪可强，连封像样的情书都写不出来，还坦然承认，那篇让许多女孩子芳心萌动的演讲稿，是别人写的，连稿子上说的事迹都属于别人。江洋只能接受既成事实，但又说：你基础不好没关系，努力就行；你连武装到牙齿的越南侵略者都能打垮，还打不垮艺术征途上的拦路虎吗；那演讲稿虽然不是你写的，但是你背的呀，背得出就融化得了，融化之后，你不也就能写出来了嘛；来来，"文王拘而演周易"，你先学学《报任安书》……倪可强倒学了几行《报任安书》，可一听说写这文章的司马迁是个被皇帝去了男根的阉人，就说江洋是变着法讽刺他床上活儿不行。他不是阉人也是残疾人，床上活儿的确不是很行。他觉得受了侮辱，三拳两脚就打跑了江洋。他也知道，健全人床上活儿不行的也大有人在。那阵子，倪可强心情不好，网罗几个小兄弟到处打架，称王称霸渐有声名，由民族英雄变成了黑道大哥。那时他已着手塑造自己的独特形象：理板寸头，穿材料上乘的旧军官制服，挂银白色的金属手杖。他腿微瘸，不用拄拐，但那手杖成了他形象中的重要标志。有人说，那手杖其实是件兵器，打架时，他一动把手处的机关，那手杖前边就能支出一柄三棱尖刀。孩子上小学前，江洋提出离婚要求。开始他不同意，后来同意

238

了。他们办完离婚手续当天，一个经常和江洋探讨文学问题的门头沟矿区工人作者，被人打断了左胳膊打瘸了左腿。江洋找到参加过她婚礼的部队首长告倪可强状，把倪可强当兄弟的部队首长批评了倪可强，鼓励他在没有硝烟的商场上也成为英雄。不久之后，倪可强成立了血染的风采商贸公司，在板寸头、材料上乘的旧军官制服和银白色的金属手杖外，又在鼻梁上架了副平光眼镜，变色的那种。

很快，倪可强和他的"血染的风采"声名日隆。最早起步时，他们靠军方背景，第一桶金赚得轻松而又丰盈，当然对军方的回报也不是小数。后来有大领导发话，不让军队参与经商，借助军方力量有了难度，倪可竟又帮倪可强实现了转型。随着公司不断扩大规模，各种人才济济一堂，"血染的风采"在地方上也深具影响力，除了在经济上越来越财大气粗，在政治事务上也能呼风唤雨。近些年，倪可强被人们神话化的两件大事，就一件在经济上一件在政治上：经济上的传言是，正在建设的国家大剧院，有相当大一块肥膘是"血染的风采"的口中食；政治上的传言是，于怀柔崎峰茶山口饮弹自杀的前北京市副市长王宝森，其实是倪可强设局做掉的……

十四

"一三六四四零三……"我哥刁北把刚记的电话号码念一遍，又说她这段时间一直在北京哈。没错。关光说。既是肯定电话号码，也是肯定"她"的动向。我哥刁北去看台历，说过两天我一到北京就和你联系。关光说这么快就来呀？他看不到我哥刁北看台历的动作，只能听到他说的话。他在电话另一端。我哥刁北说快吗？我等三十年了。关光说我没说那个，我意思是，现在北京"非典"……我哥刁北说我知道这东西，它的特点之一是仇视爱情，逼着人们戴口罩交往，让情侣之间无法接吻。关光说真这样，不夸张，它传染力特强，只要病菌携带者在一米内冲你咳嗽一声，你立马玩完。这么恐怖？我哥刁北说，那我再想想。

我哥刁北没用多想，他那么说，是为截住关光的劝。他知道传言总有夸张的成分，但更知道，无风不会起那么大浪。

说这种后来被他命名为"杀死"的怪病杀伤力强，他完全同意，可说它强到风卷残云那样的程度，能原子辐射般波及扩散，他不能苟同。他没科学依据，只凭笨理推测。如果"杀死"势不可挡，在沈阳他也没法自保，除了大官大款家有密室暗堡夹壁墙，普通百姓，谁防得住别人咳嗽？我哥刁北更愿意把"杀死"等同于车祸。有人开一辈子车毫发无损，有人刚拿到本本就会翻沟撞树。抽烟人不一定都得癌呀。我哥刁北已注意到，"杀死"病人拉人下水，基本是发病之后才十拿九稳。许多与病人朝夕相处的家人没挨冷枪，倒是抢救病人的医护人员频遭暗算。是的，与之有关的因素很多：许多医院不比垃圾场干净多少，而许多医护人员，又不比流浪汉卫生习惯更好。但这种现象仍能证明：传染有规律，"杀死"可预防。若真的随便什么人冲你咳嗽一嗓子就能把你一"杀"即"死"，那你也是命太薄了，没准坐家里都能赶上楼塌。所以，即使身在疫区，只要小心，见到不发烧不咳嗽的也躲着点走，北京就和北极一样安全。

　　我哥刁北放下关光的电话，立刻向潘秋菊公布他的赴京计划。没想到，潘秋菊的反应比关光还激烈。以前我哥刁北一决定赴京，潘秋菊的态度永远是欢迎：下周过来？那好，上海的会我安排别人去。可这回，她却说，你疯啦你这时候过来，赶紧改变计划！这么说过，她意识到了她的生硬，又缓和道，你想我惦记我我都知道，可这时候来，风险太大，你还是先坐家里看战争直播吧。电视里，战争直播的确热闹，这两天，萨达姆和手下正日日给自己的人民打气，说他们有能力打败美英联军，而民调显示，伊拉克人民对萨达姆的支持率达百分之百。潘秋菊说，要不这样，再过几天我去沈阳。要不是怕别人说我临阵脱逃，我现在就去了。这时候，潘秋菊并不知道，除了关光，我哥刁北的亲朋好友里，包括我们家人也包括周铁燕，都不知道，我哥刁北这回进京，并不像以往那样是游逛散心，这一回他确实有事。可我哥刁北住院以后，他的亲朋好友，我们家人和潘秋菊周铁燕这些人，却一致骂张文康是罪魁祸首。

　　一天下午，我哥刁北正为个农民工写临终遗言，在电视里，首次见到了数日后受到免职处罚的卫生部部长张文康。此前，电视里播的节目与死去的农民工有关，看完，我哥刁北一按遥控器，张文康就占领了整面荧屏。那个被电视称为民间维权英雄的小伙子，性格执拗，一直战斗在反欠薪讨工资的第一线上。奔波一年后，一个偶然机会，他见到了建筑工地所在区的区委书记。区委书记来工地视察，小伙子奋不顾身地冲上去，双膝跪下，哭天抢地，求区委书记解决问题。区委书记没法再推诿，当即把房地产商臭骂一顿，为农民工兄弟做了回主。于是，连续几天，就区委书记为农民工兄弟讨薪的义举，沈阳媒体做出强势报道。媒体主要宣传区委书记，下跪的农民工只是配角。可恰在这时，一波刚平一波又起，下跪的农民工小伙子，竟以死将媒体宣传推向了高潮，在接下来的新闻事件中，抢了一个主角位置。这农民工小伙子命不太好，刚拿到工钱，在建筑工地配合电视记者拍完感恩镜头，干活时，不知因为兴奋还是疲劳，竟不慎从脚手架上摔了下来，刚送到医院就咽气了。死前，他可能想到了好不容易讨回的工钱还没派上娶媳妇的用场，就有点遗憾，就用力大喊："党丫，这钱都是给你挣的呀！"他未婚妻姓党，小名叫丫。可有关领导听了汇报，认为这农民工喊的是"党呀"，而后边半句，"这钱都是给你挣的呀"，有交党费的意思。小伙子不是党员，但在村里，写过申请。有关领导这么分析的理由是，一个一直思想进步靠近组织的普通农民工，当他的工资问题在区委书记的亲自过问下得到解决后，他临死时感激党，要以非党员身份交纳党费，既合情理又合逻辑。这回我哥刁北要干的活，是把"这钱都是给你挣的呀"这句含混的话，明确改成交党费的意思，但又要符合农民工朴实的表达口吻。有关领导让墓园公司与死者家属商量，最好别把死者骨灰带回老家，而是埋在沈阳，立碑提醒各级党组织，要多多关注农民工政治上的身份认同问题。正当我哥刁北苦思冥想，不知如何改造"这钱都是给你挣的呀"这句话时，张文康出场了。

　　我哥刁北对新闻抱有成见，但新闻又是他度日的食粮。他关注新闻，主要是猜度新闻背景，判断新闻华袍下遮掩的肉身。这一点他和我爸一样。当张文康作为新闻角色，不断"负责任地"告诉电视观众北京无事时，我哥刁北反倒提高了警惕。也就是说，张文康不足以让他上当。但要说服阻挠他进京的人，张文康却是合适的借口。不用借口，我哥刁北也可以抬屁股就走；可利用个借口，对关心他的亲朋好友来说，也是尊重的意思。在固执之外，我哥刁北有灵活性。如果张文康一脸奸相，一望而知是那种欺上瞒下的政客，我哥刁北不会打他这张牌。但这张文康，看模样儒雅敦厚，听口气诚实中肯，还一个劲自称医学专家。这样的人信誓旦旦，欺骗性强蒙蔽性大。我哥刁北就抛出了他：没事儿没事儿，多虑了多虑了，你们别一开电视就看伊拉克，也该听听张文康的。亲朋好友们没话说了，一方面是张文康让他们无话可说，另一方面，更主要的方面，是我哥刁北居然信任电视里的新闻人物，这让他们无话可说。怀疑是种可贵的素质，但也可怕。现在，我哥刁北不再偏激，从怀疑的云端重返信仰的土地，这是一个喜人的信号，让爱他的人感到安慰。他们宁可他不可贵，也别可怕。只有身在北京的潘秋菊感到了蹊跷。她是在我哥刁北影响下茁壮成长起来的怀疑主义晚生代，对我哥刁北这个导师怀疑精神的骤然消弭，她表示不解甚至愤怒。听说我哥刁北已买好赴京的车票，她爆发了：

"刁北你什么意思，是听了什么闲言碎语要来查岗吗？要监督我？你怎么那么没劲！"

"别瞎说，我什么也没听说，我不见你都行，我住关光那都行。我就是想北京了，该去走走了，待个三天五天我那劲儿过去了，就回来。"

"神经病！你居然不相信我，去相信电视和张文康，你个大傻瓜！"

潘秋菊骂我哥刁北大傻瓜时，我哥刁北刚在一个朋友聚会上，笑话几个朋友是大傻瓜。那是几个相信伊拉克人民百分之百支持萨达姆的民调结果的朋友。他们拉我哥刁北聚会时，巴格达刚刚落入美英联军之手，电视上，那些前几天还"百分之百支持"萨达姆的伊拉克老百姓，正自发地涌上街头，去推倒萨达姆塑像，去庆祝萨达姆垮台。

每隔两三个月，至多三四个月，我哥刁北都去北京走走，对他这节俭之人来说，这是一项奢侈的习惯。他的习惯与旅游无关。政府和商家把"旅游黄金周"这碗"粥"端给公众之前，他的习惯就养成了，并且，除了北京，他既不旅其他风景也不游其他名胜。也可以把他的行为解释为"探亲"——先探倪可心，再探潘秋菊。可有两三年时间，在倪可心已经出走，潘秋菊尚未出现时，他也照样往北京跑，住关光那，且出使的频率没有过变化。说他"探"关光这个"亲"解释不通。其实，他去北京，没具体事，就是在沈阳待久了，想活动活动身子脑子，而一活动，本能地，北京就成目的地了。他受控于潜意识中的识途老马。对游山玩水，他无兴趣。他喜欢北京那种首都的气概，中心的感觉，集大成的纷纭意象，他喜欢吹吹北京的风晒晒北京的太阳。尽管，在春天，北京的沙尘比沈阳的猖狂；在夏天，北京的烈日比沈阳的毒辣。

这是我哥刁北头一次坐飞机。波音七四七拔地而起，有一瞬间，他耳膜好像受到一把小刀的切割。他很委屈，甚至想哭。但找不到理由。此前，系安全带时，他摆弄半天找不好锁扣，身边一个满嘴黄牙的男人指点了他，笑得黄牙纷飞。这就是委屈和哭的理由吗？飞机在北京落地后，他说不用开房，晚上他不住酒店，去团结湖朋友那住。可费文华不听，径直把他带到了南礼士路的礼士酒店1118房。我哥刁北就没能先向潘秋菊报到，他不知道该怎么解释。费文华指着酒店南窗外一大片远远近近的高楼大厦说，倪总的"血染的风采"，就在这些写字楼里；但具体哪一幢，我不知道。在电话里，倪可强也没明确告诉我哥刁北他巢穴在哪，也没邀我哥刁北去他的一亩三分地走走看看，他只对我哥刁北找他表示惊讶。倒没反感的意思，是单纯的惊讶。他问我哥刁北，是看到他爸妈了还是看到他姐了。

此前我哥刁北拨通手机时，是个小伙子接的。我哥刁北说这是倪可强的电话吗？我找倪可强。那小伙子不正面回答我哥刁北，只礼貌地问：您是谁，您在哪，怎么和您联系，不，您座机电话是多少。我哥刁北耐心地接受先期审问。几分钟后，房间电话呔了，倪可强的声音随即出现。

"嗨刁北，你来啦。这么多年不露面，是不把对可心的仇记我身上了？想死你了！"

倪可强还是过去那个爽直的人。多年修炼，让他这土包子开出了花，可性格中那些本质的东西没大变化。我哥刁北鼻子酸了一下。

"你好吧可强，我也挺想你的。"

"就是应该想吗，当年我答应你的事儿还没办呢。"

"答应我的事儿？什么事儿？"

"操，瞧丫臭记性。当初我躺医院里，你安慰我，说我肯定还能重回法卡山，我说拉倒吧，祖国的山河也轮到别人保卫的了……"

"噢，我记得记得，你说等把越南人彻底打败了，你领我去六号高地，看看你险些丧命的地方，再悄悄给自己立块'不死碑'。"

"哈哈，对嘛，当时你还说，那块'不死碑'上应该写句话。我这大老粗可还记得你让我写什么呢，你忘了？"

"嘿嘿。不好意思可强。"

"操，'和平比阵地重要'，你让我写这个。"

"有点，有点丧失原则哈，对你们军人来说……"

"好啊，我喜欢它，不丧失原则。军人也愿意和平呀，和平才能做生意赚钱；喜欢打仗的，是那些不用上战场的人。刁北你等着，哪天我安排一下，我陪你参观我流过血的地方，再提前把'和平比阵地重要'刻我'不死碑'上，带过去，偷偷埋了。哈，一千年后有人挖出来……"

"不行了可强，去不了了，我听说，法卡山的六号高地那一片，现在是越南的了。"

"越南的了？为什么？当时抢回来了呀，他们又抢过去了？"

"不是抢去的，是前两年，中越划了个新边界线，划给他们的。"

"这——这他妈我去自己保卫过的地方还得办护照？"

"办护照你也去不了。那里是人家边境，边境不是旅游景点。"

"操——"

我哥刁北很少冲动，但与倪可强说着说着，忽然之间就有点冲动。他很想说，可强咱不说法卡山说说你吧，不说过去说说现在。你的情况，我听过很多，可对你，我能从嗓子眼一直看到屁眼，你再风光再跋扈，也只是别人手中的工具，你早晚逃不脱替罪羊的命运。你现在撤得出来吗？明撤不行，就学你妹妹，暗中撤退，保住你那条残疾的小命，比糊糊涂涂不明不白地死掉强一百倍……我哥刁北什么也没说，冲动一过，他迅速把话题转到见一面上。倪可强也冷静下来，他说他忙得睡觉都没有时间，但仍愿见见我哥刁北。他以本能的谨慎问我哥刁北是不是自己。我哥刁北顿一下，说还有个朋友。我哥刁北顿一下，不是犹豫是否该对倪可强实话实说，而是"朋友"这字眼，他说得艰难。他看费文华一眼，有点不好意思，为没称他老师表示歉疚。费文华显然喜欢"朋友"的说法，这看得出来，他一个劲点头。可接下来，我哥刁北说话方式突然变了，似乎刚才的小心翼翼让他耻辱，而他急于摆脱耻辱。费文华对此始料不及，他没法阻止和更正，只能哭丧着脸，听我哥刁北公事公办。我哥刁北说可强，虽然我的确也挺想你，但我并不是非见你不可，甚至见你的兴趣不特别大，可这个朋友——小学时教过我们的费文华老师，还记得吗？是他想见你，我没法拒绝，我是特意从沈阳过来替他找你的，请你给我这个面子。只要你们见了面，我心里就安生了，至于他想求你帮的忙你是否肯帮，能帮到什么程度，他又如何答谢你，那就全是你们的事了，与我就无关了。可强，除了当初我求你偷书，这算我第二次求你，你放心，事不过三，刁北不会麻烦你第三次……我哥刁北的话，让倪可强沉吟一分钟之久，而费文华，连续一小时满脸羞愧。一小时后，我哥刁北和费文华坐上倪可强派来接他们的凯迪拉克，费文华才缓过劲来，嘟嘟嚷嚷地没话找话道：有一年，也不在哪，我忘了，看高行健的小剧场话剧，突然就碰到巩益病了，他说你去看过他；嘿嘿，你也没找找我……

　　我哥刁北一靠近巩益病家门口，耳朵里就有钢琴曲声流淌起来。没错，那琴声，正是水一样流来淌去，对它的濯洗他很熟悉。不是熟悉此时的旋律，是熟悉那钢琴发出的声音。熟悉让我哥刁北感到亲切。他眼睛一热。他没立刻推门进屋，他怕屋里人看到他那双发热的眼睛。这时候，更熟悉更亲切的大嗓门里的声音也流了出来，还未见其人，就闻到其声了。倒不是巩益病已知道我哥刁北站在门外，在打招呼；那大嗓门里流出来的，不是说话声，是唱歌声，是伴着音乐旋律，巩益病的大嗓门唱歌的声音。巩益病的嗓子说话好听，唱歌不行，以前弹琴，他单纯弹，不唱。此时他是边弹边唱。多了项内容，也就多了个作用，那歌声，起到了让我哥刁北眼窝冷却的作用。依过去习惯，巩益病弹琴时不能打扰，我哥刁北便没敲门，而是蹑手蹑脚地自己进屋——巩益病的另一个习惯是，只要在家，除了睡觉，房门一般只虚掩着。我哥刁北悄悄靠近钢琴，显出随意的样子，好像他一直待在隔壁，这会刚巧走了出来。巩益病发现了我哥刁北，惊奇而又惊喜地扭过头来，同时，一双手僵在琴键上方，嘴巴也凝固在了"啊"的口形上。他这样，与以往的习惯又不一样了。以往，即使来客让他惊奇惊喜，且不论惊奇惊喜多么强烈，他的手指也不会僵住，也要一曲弹完，回味片刻，再招呼来人。我哥刁北赶紧摆手，意思是你不用停，继续弹吧继续唱吧。巩益病明白他意思，但还是站起来，与我哥刁北紧紧握手。

"你出来啦刁北，真是太好了！"

"我，我早就，就十六个月……"我哥刁北以为，巩益病在说六年前的往事。

"嗨，我不是说上回，上回你回来我也听说了，可你没来我这你这家伙。你这回，四五这回，我也知道，他们来我这了解过你。"

"这，这，怎么会呢……我们这么多年没来往了，这回进去，我只字没提任何熟人。"

"我知道你没提。哈，他们不是吃干饭的，他们连你小时候尿多少回床都知道。"

"哦，哈，就是，我这回，是昨天到家的。"

"昨天才出来？他们也真是的，别的四五英雄早放了。"巩益病在地上忙来忙去，快活的样子，像他刚才弹出的旋律和唱出的歌。他给我哥刁北拿烟倒水。我哥刁北觉得他一点没变，甚至他身上的衣服都是七八年前天天穿的。"那外边的情况，在里边知道得详细不？拨乱反正，抓纲治国，举国上下，同心协力……"

"你接着弹吧，我听一会儿。我现在有点明白了，你为什么那么喜欢音乐。"我哥刁北不想多说话。他忽然觉得，在一点没变的巩益病那里，刚才让他感觉到的熟悉与亲切，又全没了。他现在看巩益病忙忙活活地招待他招呼他，心里很烦。

"哈，你进步了！好，我刚谱了首歌，是《歌曲》杂志跟我约的稿，你听听。"

巩益病重新坐到钢琴凳上，试了几个音，自弹自唱起来。

十三陵水库闪金波，
荡起心中幸福的歌。
忆当年，毛主席挥锹天地动，
山也乐来水也乐，
三面红旗添异彩，
跟着毛主席战妖魔……

密云水库闪金波，
荡起心中甜蜜的歌。
看今天，华主席挥锹引春风，
军也乐来民也乐；
抓纲治国鼓干劲，
跟着华主席平坎坷……

把歌听完，又抽支烟，我哥刁北就匆匆告辞了。他的理由是刚出来，有不少朋友需要拜访。出门前，好像即兴想起了什么，他顺嘴问：

"哎巩老师，你以前那个女同学，山东人，叫纪学青的，现在怎么样了？"

"纪学青？啊，你认识她？"

"我，我认识呀……你们毕业时，她去内蒙古工作了，可不知啥时就离开了。"

"啊，内蒙古？不知道。我好多年没她消息了，过去的同学，我都没来往。"

"如果——如果你想找过去的同学，去学校查查档案，至少能了解到他们上学前老家都哪的吧，这做得到吗？"

"哈，也做不到，我们那拨的档案，造反时都烧了，是几个挨过处分的家伙联手烧的。他们太绝了，为清除自己的污点，把别人的亮点也抹掉了。你，有什么事儿吗？"

"那——她家，纪学青家，是青岛的吧？你知道她爸她妈在什么单位吗？"

"她爸妈？青岛的？哈，我还以为她济南人呢。"

倪可心离开北京去东京时，做得挺绝。事先不光没通知我哥刁北，对她爸她妈，她姐她哥，也没吐露半点口风。她和爸妈家住那么近，在相当一段时间里，还要卖家财卖房子，竟能做得滴水不漏，这份精明，让所有人都感到诧异。她家倒没什么值钱东西，有些只值个十块八块，她也设法出手卖掉，实在卖不掉的，为避免打草惊蛇，她也没送爸妈家去，而是给下一任房主留了下来。但有样东西，我哥刁北的两箱子书，她冒着打草惊蛇的危险，借辆板车，拉出明星胡同，拉到了潘秋菊编辑部的四合院里。

倪可心对文化方面的事一无所知，对编辑和编辑部怎么回事稀里糊涂，在本能之外，她没好奇心，她的生活热情，只限定在衣食住行范围之内。但这样一个非知识妇女，编出的谎话竟十分圆全。她对潘秋菊说，我哥刁北要这些书，这些书虽然不多，但也不少，邮寄它们也是笔开销。她坦率承认舍不得邮资。她问潘秋菊，是不是编辑部总要邮寄书刊，如果请潘秋菊捎带着，今个三本明个五本地寄走它们，是不是可行，而如此占一下公家便宜，会不会给潘秋菊带来麻烦。她说，我哥刁北并不急着用这些书，半年寄不完寄一年，什么时候寄过去都没关系。潘秋菊没等倪可心把话说完就答应了，她说嫂子放心吧，小事一桩。她俩共同帮我妹刁星渡难关时，处得挺好，毕业后，有次我妹刁星去北京出差，三个女人外加刁婵还吃过回饭。当时潘秋菊对倪可心说，嫂子你有事一定吱声，刁星回沈阳了，大哥也在那边，你一个人带刁婵不容易，用得着我千万别客气。打那以后，她月月给倪可心寄《经济月报》，俨然倪可心是她需要长期保持良好关系的重点作者。倪可心对《经济月报》那种杂志毫无兴趣。那时潘秋菊没结婚，住办公室，倪可心送去的两只书箱，成了她生活区与办公区之间的又一道屏障。十天后，我哥刁北接到潘秋菊寄他的第一批书，十本，正纳闷时，倪可心已经到达东京十小时了。又过几天，我哥刁北接到了潘秋菊寄来的第二批书，也接到了倪可心的一千元汇款和一封挂号信。那信很长，里边夹张倪可心与刁婵新拍的合影照，还有倪可心对她私自出走前因后果的详细供述，其中，既说到了汇来的一千元钱是她办理出国手续剩下的余款，也说到了她把书箱子送给潘秋菊的事。就是在那书箱子里，潘秋菊发现了梁栋录我哥刁北诗句的书法。那幅字卷成一卷挤在书箱一角，都压皱了。潘秋菊犹豫之后留下了它。最初她没别的理由，她没觉得她会与我哥刁北有什么关系，不必睹物思人；她也看不出那字是好是坏，甚至不靠猜测臆断，她都无法把那诗句完整地读出；她更不知道梁栋是个日益走红的书法家，一九八〇年代中期，他的字每平尺已能卖到一百多元，比她两个月的工资还高。当时，她把那幅字收藏起来，只有一个可笑的理由，即上面写有她的名字，尽管，那是"深秋"与"菊尽无花"这两个词，不经意的搭配组合。不是写作者对她名字的有意书写也让她亲切。把我哥刁北的书全部寄完之前，她已从我妹刁星那里知道了倪可心的不辞而别，她想告诉我哥刁北书箱子里还有幅字。不知为什么，她没告诉。她找人裱上那字，善为珍藏。结婚之前，布置新房时，她丈夫从她的闺中物里发现了它，非常惊奇。

"怎么，你还有梁栋的字，可值点银子呢。"

"不是我的，"她的第一反应是向丈夫说明情况，尽管她头一次知道梁栋的字"值点银子"，"是我替同学收藏的。"

如果丈夫继续追问哪个同学，潘秋菊会说出我妹刁星的名字。她丈夫见过我妹刁星，她也没必要保守秘密。丈夫没追问，只是面露遗憾地欣赏那字。"真好。"他不住地说好，好像他明白书法。潘秋菊知道，她丈夫像她一样是书法的外行。那时候，没家没孩子的我妹刁星常去北京，每次都与潘秋菊见面，可从来不知道潘秋菊手里有这幅字。结婚之后的潘秋菊家里，倒是由潘秋菊丈夫自作主张地把这幅字挂到了墙上，但那时，我妹刁星开始怀孕生孩子带孩子了，去北京的次数少了，与潘秋菊为数很少的一两次晤面，地点从不是潘秋菊裕祥胡同的新房，而是随便某个街头茶社或咖啡厅。

"你十七岁诗写得就这么好，像兰波。"

"是的太像兰波了，二十岁以后就不会写了。"

我哥刁北和潘秋菊好上后，潘秋菊常念墙上的诗，还问我哥刁北为什么后来不写了。她倒不读诗，兰波的天才事迹属于她大学时期对外国文学的课堂记忆。我哥刁北没说过他后来也写过诗。有一次，他把一本《天安门诗钞》送给潘秋菊，还翻到第五十九页，差一点就向他的崇拜者展示他的又一件作品了。不知什么事打断了他。

我爸也写过诗，比我哥刁北写得还少，平生只得一首，七绝，题目叫《步陆游〈示儿〉诗原韵示吾儿刁北》。这是我哥刁北的偏得。陆游原诗为："死去元知万事空，但悲不见九州同；王师北定中原日，家祭勿忘告乃翁。"通俗晓畅，胸臆高远。我爸的诗却格局逼仄，半吞半吐，在别人看去，还有点晦涩难解："秀才观天喜室空，不慕嚣攘鱼龙同；前车有鉴慎上路，平安最是不倒翁。"但我爸相信，我哥刁北能理解它。可惜的是，这在当时没法验证。当那个经常在我妈我姥间出任传送带角色的列车员轮上班，把我爸那封只写了首七绝的信交给我姥时，我哥刁北已当不成不倒翁了：他没接受前车之鉴，没作为不出门的秀才守在空屋子里冷眼旁观天下事，而是与其他鱼龙混在一起，去了喧嚣熙攘的天安门广场，结果，他第二次被戴上了手铐。我爸的信没被别人看到。抄家的人把我姥家翻得底朝天时，它还躺在我姥兜里，而那之前，我姥拿到它时，刚好是我哥刁北被人塞进吉普车的时候。他们没翻我姥衣兜。我爸这首七绝的写作时间是一九七六年四月三日早上，我哥刁北是两天后的五号下午被捕的。后来，我哥刁北和我爸吵架时，蛮不讲理地质问我爸，你既然预感到了问题的严重性，为什么不拍电报把诗发来，或者直接提醒我："不许去广场！"

"你这是混账话！"我爸说，"还拍电报？还'不许去广场'？就这让人看到了，没准我也得吃不了兜着走。"

我哥刁北便"哼"一鼻子，挺满意的样子，好像他挑起话头，只为验证我爸是个明哲保身的胆小鬼。应该说，我哥刁北对我爸的判断是准确的。那些天，我爸利用公家电话，日日与北京的战友长途联络。他没什么特殊目的，只是对任何政治性的风吹草动都感兴趣。是这种兴趣，让他预见到了广场是个是非之地，使他想到，他那个像他一样对任何政治性的风吹草动都感兴趣的大儿子，肯定会是广场的常客。他想阻止他。但他心思细密，还能想到，万一最后的结果，是邓小平的势力压倒了江青的势力，去广场被认为是革命行动，那他阻止儿子去闹革命，岂不也是毛病。

"这时局要是叫你一分析呀，一滴水都能榨出油来。"我妈埋怨我爸。

"当然了，一滴水里连太阳的光辉都有，完全可以有油。"我爸教训我妈道，"这就是政治，政治是没里没表无形无状似是而非千变万化的。你呀，一个不读书不看报的人，永远不可能摸到政治的毫毛……"

"有本书上说，生活的百分之八十在于适时出现。那个时刻，你出现了，可另一个同样合格的人没能出现，这就决定了你生活的样子。"

"你是指我生活里，出现了你？"

"我是指某种偶然性。我喜欢偶然性，它是个有魅力的神秘女郎，它引导我们。"

"'永恒之女性/领导我们走'？"

我哥刁北听潘秋菊顺嘴背出这么一句，脸红了。"嗬，你读过郭沫若译的《浮士德》？这个结尾，有好几种译法，还有一种是，'永恒女性自如常／接引我们向上'……"

"不好意思。我哪读过《浮士德》呀，是在一篇写歌德的文章里，见人引了这句话，就记住了。也不知道是谁译的……"

"不过歌德这句不是说偶然性，他大概是表达……"

"不管他不管他，反正你在我生活里适时出现了，你就是我的神秘女郎。哈，我亲爱的神秘的偶然性呀——"潘秋菊这么说话有玩笑成分，甚至带点揶揄，但她心里明白，她的好运，的确可以解释为是我哥刁北给带来的。

一九八九年的炎炎酷夏中，各单位都掀起了揭批整顿热潮，那些支持学潮的人，用中央领导的话说，那些"长胡子的"，都程度不同地受到了整肃。潘秋菊供职的《经济月报》，有正式在编职工十二人，其中六人挨了处分，包括反对潘秋菊他们在道义上及物质上支持学生的老总编，六人里，又有四人被调离工作岗位，也包括老总编。在那些思想激进行为活跃的人里，唯有潘秋菊太平无事。单位开会互相揭发时，也有人告潘秋菊的密，说她写过什么标语，拟过什么口号，有过什么言论，传过什么谣言。但这时候，法不责众就成立了，几乎所有人都写过标语拟过口号有过言论传过谣言，上级领导认为，挨个追究打击面太大。就不了了之了。而潘秋菊，在关键时刻去黑龙江出差，也等于在个特殊时刻，以特殊方式拒绝卷入学潮之中，这充分表明，她是个有党性原则有政治觉悟的好干部。于是，潘秋菊不光躲过了处分，作为过去的中层干部，编辑部新搭领导班子时，她还荣登了副总编宝座。总编是从外边调进来的。

"我不是你的神秘女郎，我只是道具，"我哥刁北说，"是天意利用我这个道具，在以它的方式保护你。我说的偶然性受天意掌控。"

潘秋菊以为我哥刁北谦虚，反驳道："天意是个不可知的东西，我是唯物主义者，我只认你这个道具，我对不可知论的天意不感兴趣。"

"你别这么大叫大嚷，要遭天罚的。"我哥刁北认真地说，"那你说说，这世界上，又有什么是可知的？"

潘秋菊想继续反驳，又忍住了，没往下说，她知道她说不过我哥刁北。我哥刁北善于狡辩。但周铁燕没管我哥刁北是否善于狡辩，她要说，而她一说，还真让我哥刁北哑口无言，无从发挥狡辩特长了。

"什么偶然性？什么天意？刁北你这个书呆子大笨蛋大傻瓜，我怎么能信你的呢？你把我也拐带笨了拐带傻了！我告诉你，许明这事儿，我有干系，你也躲不了清静。你和我一样也是凶手，也是奸细也是变相的告密者，也是杀人犯！许明那么愿意当官，可以后，再也当不成官了，能不能保住命都不知道……刁北呀刁北，你可坑死我啦！我一辈子都恨你，我恨你恨你恨死你了……"

许明被双规的第二天晚上，十点多了，周铁燕忽然来找我哥刁北。头一次，她进屋时面无笑容，事先也没打声招呼。她只待十五分钟，其中前五分钟骂我哥刁北。她是在四处求告的奔走间隙，抽空来的。我哥刁北能猜到，她是由东门进的北陵小区。北陵小区东门，与省政府的西门也就是正门斜向相对，中间隔条北陵大街。而省政府西门也就是正门附近，有几个省里大领导的居所。我哥刁北把周铁燕迎进屋里，一声不吭地听她哭喊叫骂。周铁燕越骂越急眼，骂到五分钟时，发疯一样扑向我哥刁北，掐他咬他捶他打他。他们都穿着衣服，站在地中央，我哥刁北皮肤上只留下一些浅浅的痕迹。哭喊叫骂和掐咬捶打，总共用去十分钟时间。这之后，周铁燕累了乏了，松弛下来，趴在我哥刁北怀里默默哭泣，像个孩子，哭闹过后行将睡去。我哥刁北紧搂着她，说不出话，泪水打湿了她的头发。这无言相拥的一段时间，是他们间凝固了的最后五分钟。

市里一个大领导被捏碎睾丸，丢了性命。他是因抢救不及时生生疼死的。杀人犯是个妓女。那之前，大领导先咬掉了妓女乳头，光右乳头，也没彻底咬掉，还连着三分之一。他们没闹矛盾。他们一向玩得挺好，大领导是那妓女的回头客。可这天两人嬉戏玩耍时，大领导模仿孩子吃奶，不知怎么就有点冒失，把牙齿当成了老虎钳子。那妓女嗷地叫了起来，疼出了眼泪。妓女从事的职业特殊，比之从事其他职业的普通百姓，在安全感和人格尊重方面更缺乏保障，一般神经比

254

较敏感。那个妓女就是这样。这会见大领导下死口咬她，就忽略了大领导只是玩得高兴没了深浅，误以为大领导也欺负她，一发急，冲大领导睾丸下了狠手。是本能反应，也是简单的报复心使然。此前她拢着那对睾丸轻轻揉搓，像老年人把玩叮当作响的健身钢球。大领导的睾丸不是钢的，不叮当作响。事后妓女特别后悔，都被从快从重判死刑了，还一个劲检讨自己的阅人能力，说我应该看出他是大领导呀，要是看出来了，就是两个乳头都被他咽肚子里了，我也不敢捏他卵儿呀……妓女的悔恨是真诚的。那时候，媒体上报道过一些类似新闻，某妓女因赢得某领导好感，就成国家公务员了，还入党提干了。捏睾丸的妓女也有上进心，主流社会对她有吸引力，她渴望也能有国家身份并入党提干。她错失了一次可能的机会。她悔青肠子也没用了，大领导还是拖拉着一副破碎的睾丸告别了人世。大领导死得不够体面，他家人就没好意思向组织上提太多要求，只以家属名义，通过天堂墓园，请我哥刁北代写临终遗言。问题出在这时。大领导的家人，不仅向墓园方面详细了解了我哥刁北这个临终遗言代写者的基本情况，还要面试，约他去市政府后身的为民花园，要通过交流，考察一下他是否够格代死者发言。市里领导多数住在为民花园。我哥刁北不愿像过季的时装那样被人挑拣。他已为数千死者写过临终遗言，一般程序是，要么死者家属提供一个基本想法供他参考，要么他对死者做个粗浅了解，凭心情写，像遇毓那样的，连叫什么名字都搞不清楚的多了去了，没一个死者家属还要先考核他。我哥刁北对天堂墓园领导说，首先我觉得他们没资格考核我，他们不是人事局组织部，我也不是后备干部；其次，如果他们一定要见我一面，可以来我们这，来公司，而不是我上门应试；最后，他们信不着别人可以自己写呀。

墓园头头说不动我哥刁北，请集团头头亲自出面。郎甜给我哥刁北来了电话。

"刁兄呀，你别光看他那死法挺恶心人的，可在市里省里，他人去余威在呀……"郎甜的意思是，干好这个活，侍奉好这个特殊的死者家属，关系到的并非一单小钱。"你给我个面子当回三孙子吧。"

郎甜话说到这个份上，我哥刁北还能说什么呢？他只能点头应承，好吧郎总，没问题。但事情的结果，给郎甜带来很大问题。我哥刁北未能按时去见大领导家属，这本是一个特殊情况。可大领导家属想多了，认为这叫人走茶凉，是天堂墓园甚至天朗集团对死去的大领导和大领导的未亡人没有了尊重。处理完大领导后事不久，心胸狭窄的大领导的未亡人就责成有关方面，查了天朗集团，害得郎甜花不少钱才把事情摆平。我哥刁北受的连带惩罚是，连续三个月只拿一半工资。损失不特别大。但我哥刁北自觉羞愧，顺势向郎甜递了辞呈，他理由是，这临终遗言一写十年，将近十年吧，天下好话全说尽了，再写下去没新词了。郎甜批准了他的辞呈，没一句挽留。

　　那天，按约定，我哥刁北应该十一点准时站在为民花园大门口。那天上午天气晴好，冬日的阳光暖洋洋的，我哥刁北一路步行来到市政府附近，先看准为民花园大门的方位，再折转身，踱向市府广场。这时距十一点还有段时间。市府广场中心有一片圈起来的台阶基座，基座渐次增高，环拱起三根高高的立柱，每根柱子上端，都顶着个状若蜷缩于母腹的胎儿或者蜗牛那样的东西，成鼎足之势雄视三个方向。三根立柱是坚硬的扁方体，它们顶上的附着物则是浑圆的东西，又不成比例地小，乍看上去，不甚协调。大概设计者也考虑到了这一问题，便以颜色找齐，把立柱与它顶上的附着物全涂成金色，使它们的整体如同三根放大的金条都长了脑袋。那大金条上的附着物脑袋，不是胎儿也不是蜗牛，立柱下的说明文字称，那东西名曰太阳鸟，是沈阳的象征。我哥刁北仰首眯眼，把眼镜摘下又戴上去，想努力从那蜷缩的胎儿或蜗牛的形状中看出飞翔。看不出。平日无事，我哥刁北哪也不去，若偶尔有事，他便把那事作为引由，早早出门，沿街观光。眼下的城市建设日新月异，他需要借助外力督促了解市情。这时我哥刁北对太阳鸟的打量已告一段落，他收回目光，平视周遭。他看到，偌大的市府广场不同往昔，修茸一新的一畦畦花坛规划有致，可以想见，过一阵子春暖花开时，这里必然俊逸秀美，如花园一样。我哥刁北情绪愉悦，他面朝市府大楼，琢磨着该为那院子里刚刚死去的

大领导编纂怎样的临终遗言:

"为了快乐地生活下去,就努力让我们置身的世界和其中的生活变得滑稽可笑吧。"

"渴求知识的愿望出乎人类天性,每个头脑健全者,都应该勇敢地面对任何知识并心甘情愿地为之献出一切。"

"为官一任两袖清风,造福一方问心无愧……"

第三条没编完,我哥刁北就打住了,他估计,人家家属不会是让他设计这种类型的临终遗言,如果需要这种类型,官方编纂者比他高明。大领导死亡方式的不体面不会影响人们对他一生的盖棺论定。他思谋着怎么修改前两条。他听说过那大领导的几则轶事,如果它们属实,前两条大概与大领导家人的要求更接近些。据说,那大领导在酷好女色之外,还有两大特点。第一,有幽默感,爱开玩笑,多庄重的事到他那里都轻松了,给他当下属的最大特点是较少心理压力,但相应的毛病是,他的上司认为他不够成熟稳重;第二,他尊重知识热爱文凭,多年来,他把其他领导喝酒打麻将游山玩水的时间都用在了学习上,他这个早年中学都没读完的下乡知青,已陆续拿到中文学士、党史硕士、法律博士三个文凭,但留给别人的话柄是,按规定,没受过高等教育的领导干部弄个本科学历就可以了,且文凭费的五分之一要自己出,可他比别人多弄了硕士博士不说,费用还百分之百公家报销,更过分的是,他的文凭,都是从北京上海那边好大学买的,价位比沈阳当地大学高出几倍……

时间差不多了,我哥刁北推敲着脑子里的临终遗言离开广场,朝条小道走。为民花园重新出现了,拐个弯,有保安守卫的小区大门映入眼帘。我哥刁北再次看表,掂量起来,是应该快步过去呢,还是缓步上前?正在这时,一个从对面跑过来的人几乎撞倒了他,他晃一晃站稳,把目光由手表移上那人的脸,而对面那人,也正惊讶地看他:

"刁北?"

"你——佳佳……你怎么了?"

撞他的人是个妇女,个子不高,面容憔悴,敞怀穿件不太干净的红羽绒服。她是快步跑过来的，已经跑不动了，由于撞到了我哥刁北，就更跑不动了，便顺势停下，两手支膝，弯腰喘气，可她眼里急切的目光又在强调，她得继续冲刺。佳佳是胡晓娜的女儿。这时我哥刁北忽然记起，胡晓娜家，也住前边为民花园。

"我，找我妈，找我妈……"

"怎么了？胡阿姨怎么了？"

"她去广场了，去自焚了……"佳佳起身又跑。经过短暂的休息，她奔跑的力量又恢复了，可心劲却泄了，这样，她接下来的奔跑不再像刚才那么快速有力，而是晃晃荡荡。

"什么什么？自焚？"我哥刁北回身跟上，像佳佳的陪跑教练。"怎么回事佳佳？你什么意思？"

"她写了份临终遗言，放写字台上，说她要声援北京，去市府广场自焚……"

"她她她……"

我哥刁北目瞪口呆，却也明白怎么回事了。前几天，几个法轮功练习者在天安门广场纵火自焚，险些毙命，幸好被公安人员和电视记者及时发现，救了起来，这几天，电视里正连续报道这个新闻。看来，胡晓娜也是练法轮功的，没在北京，去不了天安门广场，就跑这市府广场依葫芦画瓢来了。但想明白这些，我哥刁北也更糊涂了。他知道，胡晓娜前些年信基督了，还信得大张旗鼓，那年她的丈夫佳佳的爸爸因病去世，她拒绝组织搞追悼会，非要走基督徒的送葬仪式，让我哥刁北代写的临终遗言，活脱脱是教堂唱诗班那些老头老太太吟出的唱词。一个党龄达半个世纪的离休老太太，为此险些挨了处分。怎么几年没联系，她又改信法轮功了，还执着到要以身殉"功"这么个程度？我哥刁北没空多想，这些念头只一闪而过。他三步并作两步地超过佳佳，以金灿灿的太阳鸟为终点线，重新往他刚刚离开的市府广场跑。

"胡阿姨穿什么衣服？"他边跑边最后问了一句。

穿过广场与市府大院间的宽阔马路，我哥刁北一眼就看到，冷清的广场中央，太阳鸟雕塑西侧面朝市府的一小块空地上，也是刚才他伫立良久的那个地方，正有一个系驼色围巾的老妇人笔直地站着，她仰首望天，似乎在做默默的祈祷。她瘦削矮小，身上的旧式黑呢子大衣又肥又长，不太合体。我哥刁北距她尚远，且看不到她正脸，但从轮廓上仍能认出，那确实是胡晓娜。他继续看到，胡晓娜已经做完祈祷，低下头，小心地从呢子大衣里掏出一只大饮料瓶。她旋掉瓶盖，盘腿坐下，开始把瓶中的液体往身上浇，又往头发上浇……我哥刁北往极限提速，开始后程冲刺。他没敢喊叫，怕惊动别人。他在心里求胡晓娜晚一点点火。胡晓娜拿出打火机的时间不早不晚，正是我哥刁北奔到她身边的那个时候。她刚想点火，筋疲力尽的我哥刁北就扑了上去。叭，那个宽大的白色金属打火机，从受到冲击的胡晓娜的手里甩了出去，砸在不远处太阳鸟雕塑底部坚牢的基座上。

十五

舆论监督局的日式小院古色古香，围墙很高。围墙的原色看不出了，几个工人正往上边刷砖红色涂料，帮助它旧貌换新。墙头水泥帽里龇牙咧嘴的碎玻璃碴子，也新镶的，它们以晶亮闪烁的阴损之光睨视着有可能出现的爬墙者，一如南汀劳教所或晋城监狱的高压电网那么歹毒。我哥刁北沿墙根走，遇到一圈人，想绕过去，却听到了我爸的声音。

"小伙子，你不要有怨言嘛，你想想，我们为什么反对资产阶级自由化，还不就是因为这样做符合人民利益，而你是谁，你是人民之一员呀，也就是说，反对资产阶级自由化符合的就是你的利益，你怎么能不维护自己利益呢……"

"嘿嘿，我没利益，我不用维护……"

"你这样想真让人痛心，怪不得鲁迅要哀其不幸怒其不争呢。那我问你小伙子，在万恶的旧社会和丑恶的资本主义社会制度下……"

"好了好了大叔我铰还不行吗我还得干活呢大叔你别磨叽了……"

"他是我们局长。"

"好好局长大叔！"

我爸看到了我哥刁北。他没走出人圈和我哥刁北打招呼，继续盯着人圈中心。人圈中心那个小伙子是粉刷围墙和镶玻璃碴子的工人，蓬头垢面，满身浆灰，下身穿条裤角能罩住整个脚面的喇叭裤。他哈下腰，刷刷两声，把两只裤角都撕开了。朝上撕的，撕到腿弯处，里边连衬裤都没有，凉风扑向他的光腿。我爸满意了，热情地转身迎向我哥刁北，好像他忽然巧遇了上司或同僚。他问我哥刁北是不是找他，有什么事，又介绍他身边的办公室主任。那主任是新提的，也热情，和我哥刁北使劲握手，同时做自我批评。你看我这觉悟，找来干活的工人竟敢穿奇装异服。幸好刁局长利用午休时间过来视察，发现了问题。他的自我批评是间接说给我爸听的。我哥刁北说找我爸有事。我爸说不能晚上回家说吗？我哥刁北说急。他们就一起往院里走。在院门口，值班门卫正教训一个梳披肩发的女人，要求她用皮套把头发扎上再进院。不管你哪局的，门卫说，来我们这办事儿就得守我们规矩，哼，让你扎上是便宜你了，要我们单位的，干脆得剪掉。这时办公室主任已去大门另一侧看围墙了，我哥刁北小声说，过分了吧？我爸则声音很大地说：防微杜渐！资产阶级，就是通过一条裤子一根头发侵蚀我们灵魂的。

刚坐进我爸办公室时，我哥刁北非常客气，都有点谦卑。嘿嘿，想求你点事儿爸。他就是这么开口的，以至于我爸没能立刻反应过来他什么意思。我哥刁北求人，这太反常了。后来我哥刁北分析，如果他还像以往那样，以冷漠为主调面对我爸，甚至来点颐指气使，也许我爸慑于他气势，能立刻答应他的要求，他俩也就不会闹翻。在我爸心里，对我哥刁北暗怀愧疚，适当满足长子要求，以换回他对他的好脸，这种买卖是做得过的。他的苦恼在于，我哥刁北对他从无要求，连对我妈都无要求。此时是个难得的机会。可惜的是，因为要求人，我哥刁北就比较为难，一为难，就乱了阵脚，就捡起了一条虽然通用可行，但并不能为他所纯熟驾驭的求助方式：他给我爸的感觉是低三下四。一个骨子里执拗骄傲的人，突然低下高昂的头，那颗错位的头颅，就怎么看都不像一颗还长在肩膀上的正常脑袋，倒像只气球被画上五官，由线绳牵拉着随意飘动。我爸误读了我哥刁北，以为他真成了气球，从此以后，充气或放气，踏碎或放飞，就任他摆布了。我爸嘴角，掠过丝冷笑，虽然不易察觉，却也寒意袭人。这一瞬间，他不是父亲，我哥刁北也不是儿子，他们是两个都渴望征服对方的成年男人。我爸眼里单纯的信息迅速复杂起来，打在我哥刁北脸上时，如同透过一片滤镜。

"是，是这样——"我爸这样的目光，我哥刁北并不陌生，让他没想到的是，这目光出现在此时此刻，其杀伤力竟那么强大，与以前审讯他的专业人士那种目光中的锐利与毒辣又不一样。对这种目光的刺激性，他缺少足够的心理准备。但他还得硬着头皮继续说话。

"你手下有个叫徐新雷的，你能放过他吗？"

我哥刁北把话说完，与我爸对视一眼。他的心理期待是，下面该我爸的了：要么哈哈一笑，要么皱眉摇头，要么提出"你们认识"或"他求你了"之类的问题。这是起码的交流规矩。可我爸的表现，完全不在我哥刁北的意料之中：他没表情，没声音，没动作，什么都没有，眼神几乎都没动一下。这一来，我哥刁北阵脚更乱了。我爸这样对待与他说话的人，比打骂更有威慑力量，并能制造出一种特殊的羞辱效果。他明白了，为什么我爸的下属都怕他恨他叫他"真厉害"。他脸红了，然后转白。他的意识获得了恢复。他回到了自己。

"你这样合适吗爸？别说我不是你下属，即使是，你这样，也是不尊重人。"

"哦？哦。"我爸在心理上已获得优势，如果我哥刁北继续软下去，哪怕再软一小会，他这遭打压，也许就能告一段落。后来，他正是这么对我妈说的。可我哥刁北只略微谦卑就迅速反弹，这让他的心理准备也不够充分。他不是演员，角色转换没那么快，很难眨眼间就由傲慢的官僚变成愧疚的父亲。也是他们这次谈话的地点不好。局长办公室是刚性的碉堡，不是柔性的庭院。"谢谢你的文明礼貌教育。不过咱们坐这，是你主动来找的我，又是你来求我办事儿。"

"你说我求你也不错。可不是我拣好听的说，其实我是帮你，是帮你恢复点人情人性，帮你做一个友善点的、懂点怜悯的人。"

"你——哼！好了好了今天就到这，你走吧，有话回家说。"

"别，既然说上了，不妨说开，我不希望你在市侩加党棍的路上越滑越远。"

"注意你的用词刁北——这里是办公室我不想跟你多说！"

"你是我爸，我必须说。"

"太客气了，我看你要当我爸了！"

我哥刁北笑了一下，我爸没笑。我哥刁北就也不笑了，但也没有离去的表示。他开始演说。他把局长办公室这个不利于双向交流的环境，变成有利于他单方面发难的进攻掩体。如果他和我爸身处的是其他地方，我爸注定猖狂反扑，或一走了之，那样，前一种情况是，他也得接受我爸的火力击打，而后一种情况，会让他的枪弹枉射虚发。可在我爸办公室近身肉搏，门外是我爸同事，是无数双也许居心叵测的眼睛和耳朵，我爸便躲不能躲喊不能喊，只能任我哥刁北蹂躏宰割，被动地坐在审判席上，当窝囊的被告。这是我哥刁北一吐为快的天赐良机。他就不管不顾，大吐特吐，畅快淋漓。连续一个多小时，我哥刁北把正理歪理，该说的不该说的，有根据的想当然的，条分缕析的胡搅蛮缠的，都倒出来。而这些话里，再没有一个字是关于徐新雷的。倒好像，徐新雷只是他宣泄的借口，徐新雷本身无足轻重，他的借口使命已经完成。我哥刁北并不逼我爸太甚，虽然刀刀见血，弹弹入肉，但声音不高，语气平和，只是表情比较严肃。如果这时有人进屋，只要没听清他说的什么，就一定不会认为他是控诉我爸，只能以为，这爷俩是在讨论什么重大的家庭问题。比如，家里有个穷亲戚生了重病，是应该无偿捐助五百元呢，还是倾囊借出两千元？如果以借的名义拿出全部家底，很可能也是肉包子打狗；还不如献出五百不求收回，权当家里从没有过这一笔钱，只是，这样容易得罪亲戚。他们不是讨论出借两千还是捐赠五百的问题，是儿子在一层层剥父亲的画皮。我爸气得呼呼牛喘，掰折了手里的两根铅笔。他不是特意要掰铅笔。我哥刁北一开始审判，他就习惯性地从笔筒里抽出根铅笔，以缓慢但却均匀的节律，一下下轻戳桌上的稿纸。他本意是以此保持镇定。如果换个敌手，他靠这种从容不迫的防守，没准就能打败对方。

可我哥刁北没吃他那套，把台独角戏唱得风生水起，这么一来，我爸的防守体系被打破了，他鼓捣铅笔的手法就有些变形。他开始下意识地攥它捏它，结果，劲使大了，也使巧了，三攥两捏，咔吧一声，那铅笔就折成了两截。我哥刁北吓了一跳，有些歉意地停顿片刻。但由于没彻底停顿，我爸就继续鼓捣手里的半截铅笔。半截铅笔力臂较短，我爸有意攥它捏它，它也不再容易折断。铅笔不再发出咔吧之声，让被动防守的我爸非常恼火，他就从笔筒里抽出一支整根的铅笔，继续攥它继续捏它，并用劲更大，更不讲手法。第二支铅笔又咔吧了。这回的咔吧，没产生效果，我哥刁北没再停顿，也没了歉意。我爸终于忍无可忍，开始反击，他一手抓起两支半截铅笔，绕过写字台向沙发扑去，以四根带着斜茬的断笔作武器，齐齐扎向我哥刁北。我哥刁北没想到我爸能不宣而战，又赶上他坐在低矮的沙发上，躲闪起来就有点狼狈，有点连滚带爬。但他年轻，反应快，搡我爸时他手一搪再一带，就把我爸按进了沙发，他则乘势站了起来。这对同样好面子又分里外的父子，都牙关紧咬不弄出声音，能不惊动外人就绝不惊动。这时，已将我爸牢牢按住的我哥刁北，有机会腾出一只手攥成拳头，打我爸身体正面的任何部位。他也就真的腾出了右手。我爸知道，他不是儿子对手，望着儿子缓缓回收的右手，他闭上了眼睛。在心里，他希望儿子的拳头别落他脸上，如果打脸，容易留下痕迹，那会招来同事的猜疑。我哥刁北收回右手后，没变成拳头再挥出去，而是抹一下自己右边的面颊。他的眼镜下端，右颧骨上方，被我爸左手的两截铅笔刮了一下，留下两小条短短的檫子。对不起。我哥刁北咕哝一声，左手也抬起来，松开了我爸，退着身子往门口移动。他怕我爸起身追赶。我爸没追，都没看他，独自伏在沙发扶手上哭泣起来。哭泣的人是丧失斗志的人。我哥刁北安全撤离了我爸的局长办公室。

后来，徐新雷啥事没有，没受到开除党籍处分，更没受到开除公职处理。有人说，这是因为清除精神污染运动只昙花一现，持续的时间太短，我爸未及将他捏扁。但我妈告诉我哥刁北，这是他的求情发生了效力。我爸做事雷厉风行，真想捏扁小小的徐新雷，几个月的运动周期足够他发力。私下里，我哥刁北同意我妈的意见，但他认为，他的求情发生的效力其实有限，最主要的，还是我爸心态发生了变化。他没敢把我爸心态的变化归功于他与我爸的彻底决裂。再后来的若干年里，反对资产阶级自由化时，八九学潮时，直至我爸离休后的三讲时，我爸都有机会捏扁诸多的徐新雷第二第三第四第五……他谁也没捏。八九学潮后搞大清查，在他的势力范围，他居然为清查定了个"三个负责"的基本调子："第一，对自己负责；第二，对他人负责；第三，对历史负责……"他的下属议论纷纷，认为这是"人之将死其言也善"。那时候，他马上要告老回家了。告老回家后，他又发力捏扁过毕文武，但那是另一码事，是有前提的。毕文武先得罪了他，他才伺机实施了报复。自徐新雷起，他再没主动向谁出手。

徐新雷下乡时是知青典型，名声很大，回城后摊上份上等工作，直接进我爸他们局任中层干部，还干得挺冲，有着宽阔的上升空间。徐新雷是美男子。有一天，他和一帮人给朋友过生日，在朋友家跳交际舞，不知怎么惊动了警察，被抓了。跳交际舞有时算健康有益的社交活动，有时又算流氓活动，这得看给它定性的领导怎么判断。当时配合"清污"，也"严打"，认为跳交际舞算流氓活动的说法占上风，警察就来"打"徐新雷他们了。"严打"讲的是从重从快，一个比较骇人的例子妇孺皆知：有个待业青年，酒后强吻饭店女服务员，逮着后，第四天就毙了。徐新雷他们搞"流氓活动"，没送上法场算捡了便宜。参加跳舞的十来个人，多数父母都有官衔，不像那个吻饭店女服务员的待业青年，父母是工人。徐新雷他们命保住了，但名誉保不住，上边让他们每个人单位的领导去公安局领人，还要求回去以后严肃处理，并迅速反馈处理意见。我爸对徐新雷没有恶感，还有好感，只是对他的长相有点不满：一个男的，长那么帅。但他相信，徐新雷长得再帅，也不是流氓。可他仍然决定，对他做出双开处理：开除党籍开除公职。这样处理，多挑剔的上级也不能说他不够"严肃"。历史的经验告诉我爸，在运动风头上，绝不可让一文不值的妇人之仁拐带了自己。凡事激进比保守强。激进了过后可以平反，保守则容易眼前吃亏。我爸是好汉，好汉不吃眼前亏。再有就是，清除精神污染运动开始以后，我爸单位没反面典型，这让他忧虑。一场运动来了，只喊喊口号表表决心，只铰铰喇叭裤剪剪披肩发，未免有走过场之嫌，体现不出与党中央保持一致的坚定性来。就是这时候，对徐新雷的双开决定已经做出但尚未公布时，徐新雷听到了风声，他四处托人辗转求情。在他有病乱投医的过程中，有个认识我哥刁北的人，把这事说给了我哥刁北。

"真的刁北，跳舞时，没黑灯也没贴面，就正常跳，还都是女的主动请徐新雷。他就是长得帅，女的愿意跟他跳……"

"如果他长得丑，又主动请女的跳了，跳的还是黑灯舞贴面舞，那就得丢掉党票丢掉工作吗？"

几年以后，我哥刁北就职的出版社出了本写斯大林搞大清洗的书，被个上级领导认为有政治错误，为此，全社员工歇工一周，人人过关自检自查。但有些员工，没什么检的没什么查的，像司机，像发行员，像资料员，像我哥刁北这种临时工校对员。可又不能不上班。他们就猫在书库，玩扑克下象棋跳棋军棋围棋。作为象棋高手，我哥刁北不上阵厮杀，棋友们也愿意有他在身旁观风望景，好在争斗结束后评点战事。这天，他正评点一局和棋，有个司机制止了他。

"嘘——刁北别出声！徐新雷——"

所有玩扑克下棋的人都往书库门的窗玻璃上看。只见胡晓娜等几个社领导，点头哈腰地陪个中年男子闪了过去，进了书库对面的小会议室。

"谁呀？干吗吃的徐新雷？"一个发行员问。

"操，徐新雷都不知道，就是说咱丑化斯大林那个……"

我哥刁北听到徐新雷的名字，也往书库门的玻璃窗上看。来不及了，他晚半拍。对面小会议室的门，正缓缓关上，我哥刁北看到的只是，几条不同的腿及其腿拖拉着的几只不同的脚，被栗子支色门板遮挡了起来。我哥刁北无缘看到徐新雷究竟长得多帅。

"来来，刁北，不管他。你接着说棋。"

有时周日下午，不去巩益病家或梁栋家聚会，我哥刁北愿意去东单体育场。每周这个时段，总有些象棋高手，由全北京的各个角落会聚过来，博弈对局，切磋技艺。在这个高手云集的露天竞技场，我哥刁北上阵的机会不多，大部分时间，他是看客或者听客，不想看不想听时，他会在棋摊边缘席地而坐，读兜里的书。就活跃在整个体育场里的人来说，下棋说棋的是少数，只聚在东北角一隅，玩其他项目的，跳高跳远太极武术撞拐踢键排球篮球的，也是少数，分布开来，都一伙一伙地各占一隅。在体育场里占绝对优势的，是踢球看球的。体育场中央最大的地盘是足球场。足球场是块大磁石，经常能把其他一堆一块的人吸引过去，从来不受足球场吸引的人不多，在那些为数不多的意志坚定者里，我哥刁北算一个。我哥刁北也踢过球，在体育课上。除了上踢球的体育课，他对足球没有兴趣。上踢球的体育课时，他对足球也没兴趣。但他是好学生，好学生的标志之一，是上自己不喜欢的课也态度认真并积极参与。平常他从不像倪可强他们那么疯踢足球疯看足球。他认为，足球就是展示粗野的蛮力，很原始，没什么意思，象棋则不然，象棋展示灵动的智力，充满一种内在的力量。外力可以度量，内力却无影无形神秘莫测。我哥刁北钟情于看不见摸不着的东西。

　　可这天下午，我哥刁北也成了蛮力的观赏者。

　　这天他一进东单体育场，就发现情形与往日不同，不光东北角没有下棋说棋的，其他角落，热衷于其他玩意儿的，也都没了，这天的足球场磁性超强，把体育场里的所有人都吸引了过去。很快，我哥刁北看明白了，这天的足球场为何格外有魅力，那些与十一个中国小伙子踢球的另外十一个小伙子，竟是一水的非洲黑人。黑人有点稀奇，却也无特别之处，我哥刁北为其他为数不多的意志坚定者的不坚定感到遗憾。既然不喜欢足球，外星人踢也不必凑那个热闹。他转身想走。他甘当整个东单体育场里最孤单的人。可这时候，球场那边，有两个宣武的象棋高手发现了他，招手叫他过去，他迟疑一下，捏捏兜里的书，只能慢腾腾地凑向他们。他可以有个性但不能没礼貌。

　　两个宣武的象棋高手告诉他，那支黑人球队，是好几个非洲大使馆的工作人员组成的联队，而中国球队，是北外学生。好几年没看外国人踢球了，宣武的象棋高手之一说，人家就是玩得花哨，业余点也看着过瘾。他是个喜欢足球的象棋高手。场上比赛比较沉闷，双方球员，都试试探探犹犹豫豫，我哥刁北看不出一丝一毫"过瘾"的"花哨"，不过瘾的也没有。他能看到的是，比赛进行四十分钟了，场上比分还是零平。

　　正在他有点坐不住时，他感觉到，有人在他背上拍了一下。我哥刁北先没意识到，以为有看球的人撞到了他，但想一下，这不像一次不经意的碰撞，而是确实有人拍他。他就滞后半拍，迟缓地回头。他的身后并没熟人，不熟的人也没紧挨着他的，看球人之间都有距离。他掉回头来继续看球。可几秒钟后，随着一个黑人把脚球直接发出界外，他后脑勺上，再度被人拍了一下。这一回他急忙回头，还是没人紧挨着他。有几个刚进体育场的看球人拥在他身边，可他们中，没一个他看着眼熟的。第三次，我哥刁北重新看向足球场，但只看一眼，连北外学生队的守门员发门球的过程都没看完，就猛回头向后看。他刚好看到，蹲在他身旁几个人脚下的纪学青正慢慢起身，已伸出手想再来拍他。两人哈哈大笑。主要是纪学青哈哈大笑，她是真开心，发出的笑声掩饰不住，顺流而下；我哥刁北也笑，也开心，但没哈哈，他的笑声透着尴尬，多少有点敷衍的意思——不是敷衍纪学青这个人，是敷衍她放肆的笑。周围有人不满地瞪他们。纪学青视而不见，我哥刁北很不自然，他与宣武那两个象棋高手打声招呼，拉着纪学青退出人圈。往大呼小叫的体育场外走时，纪学青告诉我哥刁北，她是和好多同学一块儿来的，是给校队加油来了。可他们这么臭，纪学青评论道，一个个在校门里横着膀子走路，世界冠军似的，可让几个非洲外交官老头一逼，一脚好球都传不出去。纪学青有点刻薄，黑人队的使馆工作人员没一个老头，年龄大的顶多三十。这时，两人已坐到体育场外的马路牙子上。在马路边上，不论两人嘀嘀咕咕还是高声大嗓，都不打扰别人。不打扰别人我哥刁北也不高声大嗓，他嘀嘀咕咕，沉着、缓慢、用短语，像大哥哥；高声大嗓的是纪学青，她活泼、欢快、操长句子，更像一个调皮的妹妹。这两个人，生理年龄和心理年龄都不一致。我哥刁北比纪学青城府更深的地方在于，在两人交谈最兴奋的时候，他也没提梁栋及他家那个圈子的事；而纪学青，没说几句就开始褒贬巩益病家那个圈子，逐个评价巩益病的朋友。他们聊得越来越投机，直至体育场里球赛结束。纪学青才一惊一乍地叫，哟，我是想去对面邮局打电话的，一见到你，光聊天了。我哥刁北说，可球踢完了，你得和同学一块儿回去呀，电话回去打吧。纪学青想了想说，不和他们一块儿走了，走，陪我去邮局。

打长途电话需要排队，纪学青打完电话回到我哥刁北身边时，外边天色都有点暗了。我哥刁北倚着窗台，正拿着卡片背英语单词。

"嚯，比我用功多了。有什么需要请教的吗？"纪学青是顺嘴开玩笑。

"还真有。"我哥刁北貌似随意的应答，明显在心里经过彩排。他的表述倒很流畅，但不自然。"你要没事儿，去我家吃晚饭吧，"东单体育场离明星胡同只两三站地，"估计我姥也快做好了。你回学校的末班车九点才发，时间绰绰有余。"

"这——好吗？"

"不愿意给我当先生呀？"

纪学青正等着毕业分配，回学校也没事。可去我哥刁北家，还要吃饭，她没心理准备。但她是个开朗姑娘，稍一犹豫，就答应了。她没法不接受我哥刁北向她求教。我哥刁北邀纪学青，的确真心，只有一点点客气的成分。那种客气，也是给自己留的后手，万一纪学青拒绝受邀，他不至于尴尬。一来，前些天他刚得到本英文小册子，*WHAT I BELIEVE*，是罗素写的，谈信仰，他对着字典细嚼慢啃，有些吃力，他希望纪学青能帮他解决些问题；二来，他更觉得，能把个大学生作为朋友领回家去，会很有面子。以后的中国，也许不会再有大学生了，他这个向往大学生活的年轻人，美梦已经永难成真。在这种情况下，能与中国最后一批大学生中的一员交成朋友，是荣幸的事。他也知道，领纪学青回家，不是为了对谁炫耀，除了姥姥，他也不会向任何人介绍纪学青。是这件事本身，能让他体会到自豪和满足。这两年，他倒也交往了其他能让他体会到自豪和满足的大朋友：巩益病也是大学生，费文华是中专生，梁栋虽然只读过技工学校，但温文尔雅，学识广博，不比任何一个读过大学的人差一丝一毫。可在他们眼里，他只是孩子，是乳臭未干的弟子学徒，只有端茶倒水跑腿学舌才是他本分。在他们的高谈阔论中，他偶尔也有机会插话发言，且言辞精彩，观点独到。但那些大朋友，总把那看成是他这好学的孩子在吊书袋子，哪怕对他的说法心里折服，表面上，也只宽厚一笑，像一群大人集体原谅一个孩子的幼稚。我哥刁北感到委屈，几次想离开他们。但那些大朋友营造的氛围，是无际沙漠中仅有的溪流，不逐水而行，他就得渴死。为活下去，他必须原谅他们对他的忽略。恰在此时，他忽然发现，应该属于费文华巩益病梁栋那个阵营的纪学青，却与费文华巩益病梁栋们并不一样，能对他另眼相看，肯与他平等交流，他心中没法不充满感动。

"巩老爷子出面搅局啦？哈，以我对巩益病的了解，也许是他让他爸那么干的——他可不是个看上去那么单纯的人。"

"你真觉得他们多出色？我不那么看。我不再去，就是觉得他们基本是一群自以为是的迂腐之人，象牙塔里的空谈家，不着边际的浪漫主义者。那么多书得看，搭不起时间呀。"

"哪里，我可没觉得比别人高。我承认他们都比我读书多，学问大，思考深刻，和他们聊天挺获益的。但这种聊天，偶一为之行，习惯性地总往一块儿凑，就不新鲜了。人们需要彼此取暖，可首先还得自己发热。"

"我不是挑好听的说，也没恭维你的必要。我真觉得你挺优秀的。倒不是说你的寻章摘句多唬人，是你那种思维方式，总有点出人意料的地方，让人耳目一新。而且你记忆力太好了，你要读大学最合适学外语——哦，哲学兼外语。我觉得，只要具备两个特点就是天才，记忆力超好，洞察力超强。你至少有一半的天才素质……"

纪学青这个快人快语的女大学生，一点不高高在上，一点不矫揉造作，她说话不走脑，都是即兴发言，对我哥刁北的评价也是如此。正是这种不走脑的即兴，能见出真诚。我哥刁北不是没判断力的人，不至于被夸奖几句就得意忘形，他把纪学青引为朋友，是他看到了她的真诚并无伪饰。另外，如果纪学青不把他看成平等的朋友，就没必要在他面前现身，现身了，也不必坐在马路牙子上，口无遮拦地海阔天空一个小时还不肯分手，还拉他陪她打长途电话。她再清闲再无聊也不必这样。她有时间概念。这天晚饭后，他们的交流更融洽了，直至深夜。纪学青没去赶末班车，她留在明星胡同，和我姥睡一张床。

"我不该跟他吵，"长途电话里，潘秋菊对我妹刁星说，"我要不吵他，他就不能冒雨回沈阳，就不能被人弄医院去。"潘秋菊说着说着哭了起来，"我从来不跟他吵不跟他闹，总像哄孩子那么让他，这么多年，我们只是第二次吵架……"

潘秋菊避开我哥刁北的"杀死""疑似"身份，称他是"被人弄医院去"，这说明，她把我哥刁北的入院看得挺悲观。我们远离疫区，对"杀死"的感觉没那么强烈，说到它有时像说笑话，即使得到了我哥刁北的"疑似"信息，也只一般化地焦急惦念，没觉得问题会多严重。可潘秋菊认识的人里，已被"杀死"杀死俩了，在她那里，死亡及物。有可能及到我哥刁北这个物的死亡，让她无所顾忌，暴露了她与我哥刁北的私密关系。这时，我妹刁星已接到我哥刁北的"多余的话"，从字面背后，她猜到我哥刁北似乎是为了寻找旧日情人去的北京。她没想到，在旧情人之外，我哥刁北还有女人，并且那女人是她好友，是潘秋菊。我妹刁星长于在两个以至更多个男人间周旋，却忽略了我哥刁北也可以有此特长。她很惊讶。惊讶让她有点恍惚，竟少见多怪地问了句蠢话：

"怎么秋菊？你和我大哥，好这么多年了？"

潘秋菊已经不顾一切。"是的刁星，我一直爱他，爱你大哥，爱刁北！"

潘秋菊不像周铁燕，总把"爱"字挂在嘴边；在这点上她像我哥刁北。也正因为这样，"爱"的力量就格外强大。她肯定还记得，"第一次吵架"，正是我哥刁北以"爱"作为进攻的旗帜，她才缴械。

"我是爱你才劝你这些！"这面旗帜，我哥刁北是晚上竖起来的。那时将近十点，他与潘秋菊刚刚做完第一次爱，他们分别坐在床头和床尾，全身赤裸，措辞激烈，像一对语言的相扑对手。而十小时前，中午，我哥刁北表达相同的意见时，语言和身体一样，被米色夹克和黑蓝色牛仔裤罩了起来。"你是刁星的好朋友，我是为刁星才劝你这些的。"当时他们两人都不知道，从这天晚上起，他们就有资格在"爱"的旗帜下打击或者团结对方了。当然，他们多半把这面旗帜珍藏起来，不让它太过招摇。这时候，我哥刁北也还没看到潘秋菊揣在内衣兜里的遗书，后来他看到了，给一个警察写临终遗言时，还用上了其中的话："为了完善生命，我愿意牺牲生命。"用那话时，他向潘秋菊申请过授权，潘秋菊不好意思地说，赶紧用赶紧用，那种酸倒牙的话，用给别人就不算我的了。而这时候，我哥刁北只是坦率地发表意见，在他发表意见的过程中，潘秋菊越来越不客气，越来越对他不以为然，她言辞激烈地指责了他。"秋菊你听我说，我不想拿大道理跟你争，"我哥刁北说，"你讽刺我挖苦我我也不想争，我不介意你翻我小肠。你说我明哲保身说我胆小怕事说我不爱国没责任感不算男子汉我都由你，但你得让我把话说完。咱俩今天这个巧遇，是老天爷让我帮你来了，你们总编派你出差，也是老天爷借他之手保护你呢。不管学生怎么折腾，他们也是学生，你不是，你是国家干部，共产党员，即使你和学生同岁，真有事儿，也是拿你开刀而不是学生。社会进步，政治清明，这人人渴望，但这不是一朝一夕的事儿，历史上没有游几天行绝几天食就能改朝换代的——好好好，你没想改朝换代——不论你想干什么，当权者也不会听你的。你是人家的案上鱼，人家又不是你的俎上肉，人家凭什么听你的呢？比如说吧，你在编辑部当头头了，可你不按自己的意志办都按别人指的路走，这可能吗……

你说得没错，理论上是谁对听谁的，可真理不像泾水渭水那么分明，没证明你错别人对时，你会听别人的吗？即使证明你错了，你就真能痛改前非？想想生活中吧，别人给咱提个穿衣吃饭那种小意见咱都不愿接受，大是大非问题上，咱能轻易让别人左右？秋菊，领导和你我一样是人，也会固执，也会较劲，也会硬拿不是当理说……我再接着前边插一句，渴望社会进步政治清明，不光一朝一夕实现不了，能否实现都得另说，有没有那回事都得另说。孔子那会儿，这肯定已经是明确理想了，可两千年过去了，你觉得实现了吗？如果你认为它能实现，至少也得容些空吧，不给两千年时间总得给两百年吧？至于我，不瞒你说，我认为那种精神意义上而非物质意义上的进步与清明，根本不存在……好好，咱不扯那么远。照你们这么大张旗鼓地让执政党没面子，如果上边真急了眼，不搞改革开放了，再搞反右或者'文革'，你想想，你是不就成了时代的罪人——你是从另一个角度拉历史倒车呀。还有，要真的又反右了又'文革'了，就冲你煽风点火引诱无知青年，下你的大狱你信不信？打碎你脑袋你信不信？你想讲理，根本没你讲理的地方。秋菊你为了给学生送几桶水就送掉小命，冤不冤呀！"

两人话不投机，却都没觉得多，争吵为两人继续待在一起提供了理由。我哥刁北就没太想走，只虚说一句我得走了。潘秋菊没看出我哥刁北的虚，她实实在在地挽留，声称要与我哥刁北的犬儒主义斗争到底。要不是这时有人找她，她都不会让我哥刁北出屋，她说中午随便对付一口吧，晚上我请你。我哥刁北不无做作地说，我还得当一下午批斗对象才能吃上你请呀？潘秋菊说，一下午够不够还很难说呢，除非你真说服了我——把我批倒斗臭了。

后来潘秋菊告诉我哥刁北，这时她仍然认为，他只是个一朝被蛇咬十年怕井绳的懦夫，已由一个持不同政见的斗士变成了一个前怕狼后怕虎的市侩。她为他痛心。之所以她还愿意与他交流，是被他的表达迷惑住了。她喜欢听他说话。"你和黎鹏程一样，讲谬论时，也充满魅力。我明白古希腊为什么流行雄辩术而中国为什么有百家争鸣了。"

她又说，"你声音也好听，性感，能听得人身上心里都痒酥酥的。"

临近中午，潘秋菊问我哥刁北想吃鸡蛋炸酱面还是面条卧鸡蛋。这不一样嘛，都是把挂面和鸡蛋放在一起。我哥刁北调侃一句，是想缓和此前的争论。对吃什么他没挑拣。潘秋菊敏感，以为我哥刁北在影射此前他们的争论，就说，不一样，活得有良知和活得没骨气……这时，桌上电话响了，是几个朋友找她吃饭，就餐的馆子离她家不远。她说我不去了，有朋友在。电话里的朋友说你把朋友也带来嘛，又说男的也没事儿，我们不吃醋。她在笑声中答应了，走吧刁大哥，省得光吃面条鸡蛋我慢待你。潘秋菊说。别，我哥刁北说，我和他们不熟，扫人家兴，你去吧，我真该走了。潘秋菊说那怎么行，我愿意跟你聊，宁可不和他们吃饭也愿意跟你聊。我哥刁北为难了一会，只能同意。出门后，在路上，潘秋菊忽然站住，郑重地说，当他们面，我不叫你大哥了，就叫刁北，行吗？没问题，我哥刁北说，直呼其名最好，人际交往中，名字之外的任何称呼，都含有不平等因素在里边，陌生人间的礼貌客气除外。如果以后咱俩还有机会见面，就咱俩时，我也希望你叫我名字。潘秋菊脸红一下，说那快走吧，刁——北。

也许他俩的感觉是这时出现的，也许，吃饭时潘秋菊那帮朋友的影射、暗示、想当然的判断，又对他俩的感觉起了催化作用。这天晚上，他们做过爱后，吵了一架，吵完又做，再度做完就不吵了。潘秋菊说，我喜欢听你下午在饭桌上的奇谈怪论，可是，你解释那么严肃的话题时那么玩世不恭，是不有点……我哥刁北说，其实那不是奇谈怪论，不是玩世不恭，我觉得我说的，也的确是一起事件的起因之一，是种天意机缘起因法。潘秋菊沉默着想了一会，说我明白刁北，也许我明白了，我知道你想告诉我什么；谢谢你那么费尽心机。然后他们又想做爱。只是想，也试了试，没做。是没做成。他们太累太乏消耗太大了，都未及关灯，就互相搂抱着睡了过去，在同一个被窝里。潘秋菊家床上只有一条被子。

从一九九八年三月五号早上我哥刁北主动离开周铁焘被窝，至二

○○三年七月十号晚上许明被动让人拉出周铁燕被窝，五年多时间里，周铁燕共向张集市慈善基金会汇过十九笔捐款，计一百零四万元。前四笔每次两万元，中间八笔每次五万元，后七笔每次八万元。周铁燕捐款的日期是固定的：三月五号，五月三号，七月四号，十二月二十九号。这四个日期，前一个是毛泽东题词"向雷锋同志学习"的日子，后三个分别是周铁燕、周铁燕与许明的女儿琳琳以及许明出生的日子。她也想过，每年应该捐款五次，把九月三十号也算进去，那天是我哥刁北的生日。除了雷锋，在周铁燕看来，许明琳琳和我哥刁北，都是她可以为之去死的人，她爱他们超过爱自己。最终她舍弃了我哥刁北的生日。她避免用她的文学思维思考问题时，能意识到，那么干对许明和我哥刁北都不公平。他们是两个无关的男人，她不该将他们编进同一根绳索。她捐的钱，是许明的收入不是我哥刁北的。当然了，也不能说许明与我哥刁北完全无关。通过周铁燕的肉体与情感，他们的交流是无形无状的，是超时空的。一九五四年十二月二十九号，许明出生于张集市张集蒙古族自治县哈达户哨公社他不郎营子大队第一小队，在一对汉族农民夫妇三男四女七个孩子中，他排行第六。周铁燕是个想象力丰富的文学爱好者，许明那么出色，她的文学想象提醒她，应该以捐助的方式替许明回报养育他的家乡故土，并且，也可以让不义之财变得有益。周铁燕相信破财能免灾。事实上也的确如此。破财不但免去了灾祸——比如，沈阳的最高统帅慕遂新马向东成了腐败典型后，沈阳市有一大批各级干部受到牵连，许明却未损半根毫发——还成了良性投资，慕遂新马向东那批人腾出来的金交椅，让许明比较顺利地坐了上去，使他的财路更加畅通。周铁燕对这样的情形既感到恐怖也觉得好笑。张集蒙古族自治县没有常设的慈善基金会，往下的乡村两级行政区划里，更不存在这类组织。就周铁燕的本心来说，她更愿意把她的捐款直接寄往哈达户哨公社——现在叫乡，甚至干脆寄到他不郎营子大队——现在叫村。周铁燕汇寄捐款时，寄款地址是虚构的：沈阳市皇姑区步云山路汇宝小区二十三号楼3-6-2室，寄款人的名字也系虚构：雷为民。

不知捐款未能径寄乡里村中，是好事还是坏事。也许是坏事。乡村没有新闻媒体，没有新闻媒体的地方，麻烦就少。可惜周铁燕的捐款只能寄到市里，市里有新闻媒体，新闻媒体的记者都长着猫一样的鼻子，他们四处闻嗅新闻的腥昧。一笔笔在固定时间来自同一地区同一个人的慈善捐款，是条腥味四溢的大鱼，很快，就逗得张集的记者们撒开大网，来沈阳搜寻"雷为民"了。张集距沈阳不远。沈阳有更多的新闻记者，张集沈阳两地数家媒体的新闻记者，是竞争对手也是朋友，当他们发现以一己之力捕捉"雷为民"有些困难时，他们就联手上阵，钩网齐下，甚至用上了刺鱼的标枪与宰鱼的刀。基本愚蠢的周铁燕，唯一的一点小聪明用在了汇款邮局的选择上，她的十九次汇款，分别寄自十个邮局。这给新闻记者们制造了麻烦。只是小麻烦。他们像刑侦警察办案那样，把那十个邮局作为犯罪现场，请邮局职工充任证人，回忆三月五号那天，五月三号那天，七月四号那天，十二月二十九号那天，是个什么样的人以"雷为民"之名往张集汇款。同时，他们还请笔迹专家和精通测字术的算命先生，破译"雷为民"汇款单上的蛛丝马迹。经过近一年努力，到二〇〇三年七月四号之前，他们已基本掌握了周铁燕的大致情况：女性，四十岁左右，身高约一米六，白皙，微胖，目光清澈，穿着朴素，没有明显的沈阳口音，看去像个知识分子。这一下，就天网恢恢疏而不漏了。七月四号，周铁燕在和平区乐购超市旁边的邮局汇款时，早已成为记者线人的邮局职工，立刻电话通知了记者，然后放下工作，向领导请假，更衣出门，模仿着电影里的标签式特务，尾随周铁燕去乐购采买。直至半小时后，与其热线联系的记者赶到。周铁燕拎着一大堆东西上出租车，往北陵小区赶，记者的出租车紧随其后。记者的身份，是在北陵小区南门外亮出来的。在省实验小学旁边下出租车时，周铁燕下意识地回了下头，看一眼身后，她看到了后边也正下出租车的青年男女。两个记者还是稚嫩，他们以为他们的盯梢被发现了，就没再继续演这场戏。同样能证明他们稚嫩的是，骚扰他人冒犯他人时，他们脸上还有羞愧。他们上前一步，掏出记者证表白起来。这是不幸中的万幸。如果两个记者更"职业"些，完全可以一直盯到周铁燕消失在某一栋楼的某一扇门后，找来电视同行，再破门暴露身份，那样的话，他们于"第一时间"记录的"第一印象"，将会是周铁燕在我哥刁北床上，披头散发通身薄汗的"人物与事件"。他们的稚嫩糟蹋了他们这则新闻中更具冲击力的猛料。

这是一个本当让人放纵享乐的周末。利用琳琳中考结束放假休息这段时间，许明带女儿去了非洲，看埃及的金字塔和肯尼亚的野生动物保护区去了。是个商人请他们去的。也请周铁燕了，周铁燕以单位有会为由，没与丈夫和女儿同往。按计划，周铁燕将与我哥刁北厮守四十八甚至更多个小时，她买来的食物，足够他们足不出户吃两三天的。记者毁掉了这浪漫的两三天，以及比这两三天的浪漫重要得多的许多别的。

"你们干什么你们？我名字保密我是家庭妇女我没工作单位我……"

"大姐大姐你误会了我们是要颂扬你呀你是活雷锋是慈善天使是真心英雄你一心为民品德高尚五讲四美中华风范三个代表传统美德……"

周铁燕成了一大块香甜肥美的特制蛋糕，在越聚越多的新闻记者的伶俐刀叉下，很快就被分食净尽了。

三天后的七月七号是周一，刚过完浪漫或不浪漫休息日的人们一到办公室，开完空调泡完茶水，立刻在张集一家沈阳三家共四家报纸上，看到了那篇发表于头版头条位置的长篇联合报道：《寻找"雷为民"》，肩题是"历时一年，费尽周折，明察暗访，跟踪追击"。又过三天，许明和琳琳从非洲回来了。八天没过性生活的许明有些急迫，来不及发现周铁燕情绪低落，他就迅速洗澡关灯，钻进了妻子的毛巾被里。恰在这时，门铃响了，是组织上，来宣布对许明的"双规"处理——让他在规定的时间规定的地点交代问题。临出门，许明埋怨地瞪妻子一眼。他不是怪她的"雷为民"之举，这时他还不知道发生了什么；他怪她不配合，让他的性欲仍是涸辙之鱼。这可以理解。周铁燕心事重重，是枯水季的河床，要帮助丈夫的性欲之鱼畅游起来，得多给她一点时间，让雨季先来滋润一番。可组织上的双规决定比许明的性欲更急，不容空。不久之后，许明被移交司法机关，判十六年。这个刑期，对周铁燕稍稍是个安慰。小干部许明的受赌额比陈希同高挺多，但服刑期限与大领导阵希同一样。

从中午到晚上，朱镕基出访爱尔兰、比利时、俄罗斯和哈萨克斯坦四国的电视新闻，我哥刁北看了四遍。如果播八遍，他会看八遍。没播那么多遍，或者播了，是别的台播的，他没看到。周铁燕说看准了吗？是你熟人？我哥刁北说没看准，看不清楚，就是像。周铁燕没问那是个怎样的熟人，也没问别的。周铁燕喜欢乱提问题，但从来不问有可能让我哥刁北为难或他不愿意涉猎的问题。对于禁忌的所在，她有直觉。一个话多的人却本能地不过多刨根问底，这让她显得尤其可爱。她一点不蠢。傍晚周铁燕一走，我哥刁北立刻给我妹刁星打去电话，让她找电视台熟人，弄个带子，把中央电视台这十来天的新闻节目里，与朱镕基访问爱尔兰、比利时、俄罗斯和哈萨克斯坦有关的内容，都录下来。我妹刁星依令而行，也什么都没问。她相信我哥刁北知道办这事有多麻烦。而明知麻烦还办，只能说明他需要办，非常需要，不到"非常"的程度，他不会麻烦她。办这件事，倒不是有多大难度，是它耗人时间。如今，许多人已懂得这样的道理：时间比金钱更值得珍惜。果然，我哥刁北也表达了这样的意思，辛苦了刁星，我知道这挺麻烦，你多费心。我哥刁北把任务布置下去的第五天，我妹刁星完成了任务。反复看过我妹刁星求人刻的光盘，他又去街头小店复制一份，再用特快专递，将复制的那份寄给关光，并在电话里对关光做了交代。你好好看看，这是朱镕基前些天去四国访问的新闻集锦。作为深知我哥刁北性格特点的小兄弟，关光也不多问什么。其中有个妇女，总共在画面上出现三次，一次在哈萨克斯坦是正脸，站人堆儿里，一次在比利时是侧脸，站吴仪旁边，还有一次是回来后，钱其琛他们在人民大会堂迎接朱镕基，她背冲镜头，也在人堆儿里，但辨得出是她。她两次穿西服一次花衣服，胖乎乎的，中等个偏高，你多看几遍在哈萨克斯坦那段正脸的吧。看完了，设法帮我打听一下，这女人叫什么，多大了，干什么的——哦，她肯定是这次朱镕基出访的随行人员，可能是外交部或哪个部委的；还有，她老家哪的，哪毕业的，丈夫和孩子的情况……能打听到什么就打听什么。辛苦了关光，我知道这挺麻烦，你多费心。

的确麻烦，的确费心，据关光称，他调动起的社会关系超过三十人，才把一份令我哥刁北满意的清单交了出来——那清单是在空白十个月后，逐步完善的，从最初出现纪安妮的名字，到出现纪貂蝉纪飞燕纪德的名字，到出现纪安妮的电话，到出现纪貂蝉纪飞燕的工作单位……又花八个月。总共一年半，完全是煎熬，我哥刁北几次失去了耐心。几次，他都想将这项任务转交倪可强。他认为，即使倪可强真是骗子，也是个有些真本事的骗子，他与上层的关系和距离，肯定比关光近数倍甚至数十倍。他没找倪可强，与倪可强是他妻子的哥哥没有关系。他说过"不会麻烦你第三次"那样的话。那是一句随意的表白，没人会当真，倪可强可能早把它忘了。可我哥刁北当真，他忘不了它。他的自我约束与别人无关。

跨出国贸大厦转门，顶着淅淅沥沥的春雨，我哥刁北往团结湖方向走。由国贸大厦去团结湖，距离不远，可也不近，我哥刁北是货真价实地往那里走。出租车和公交车一辆辆驶过他的身旁，他对它们发出的喊叫和溅起的水花不理不睬。起先他走得匆忙、放任、激烈。很快，他就像个把仪态和风度看得重于生命的真正绅士了，步伐稳健，不急不缓，目光镇定，旁若无人。他没撑雨伞也没披雨衣。绅士不是不能被浇成落汤鸡，而是成落汤鸡了也从容不迫。长时间的沐雨而行效果不错，一小时后，回到潘秋菊住处，我哥刁北已拿定主意怎么办了。他决定回沈阳。无论如何，他得避免让纪学青/纪安妮的不仁激出不义。那么想想也就罢了，真那么干，那不是他。依我哥刁北原来的计划，是先礼后兵，如果纪学青/纪安妮继续跟他打马虎眼，拒绝承认貂蝉的存在，他就甩开她，去直面女儿。可是，贸然出现还是唐突，万一貂蝉承受不了这突发事变，真受了伤害，我哥刁北岂不成了

279

罪人。他没法保证继续留在北京他成不了罪人，他能保证的是，如果即刻离京回沈，空间距离至少会延迟他成为罪人的时间。

我哥刁北身上透湿，从外边的双层休闲上衣和牛仔裤到里边的裤衩背心，他全扒下来，扔进了浴缸。潘秋菊这里，他每个季节的换洗衣服不少于一套。他没忘把湿衣服里的东西都掏出来。钱、烟、打火机、手机，全湿了，湿得比他想象的厉害。他把粘成一叠的湿钱小心分开，铺在窗台上晾，又从潘秋菊的抽屉里拿出几张干钱揣进兜里；他把水淋淋的烟和打火机扔进垃圾袋，从一只放他东西的抽屉里，拿出里边扁长纸盒里只剩了一盒的顺牌香烟，以及一只新打火机，加上几本这几天新买的书，一枝水性笔和一个巴掌大的小记事本，塞进他出门常背的牛仔包里。他看看表。潘秋菊下班回家至少还得两个小时。他用已经擦干的手机给潘秋菊挂电话。渗水的手机不能用了，用北京的卡不行，用沈阳的卡也不行，更换过电池还是不行。潘秋菊家没座机电话。她家楼下有磁卡电话，可我哥刁北懒得买卡。也许，留个纸条更合适些，是客观因素让他不必直面潘秋菊解释他的反常之举。在纸条上，他为他们这几天的争争吵吵表示了歉意。他说争吵的责任在他。校对留言时，我哥刁北情绪沮丧，以后潘秋菊还能允许他进这个屋吗？这样的问题他不能不想。

出屋关门下楼，上出租车。到北京站了，我哥刁北仍然神思恍惚。不能说与他的恍惚无关，进售票大厅后，通过那个安检小门似的体温监测器时，他特别犹豫。如果他不犹豫，可能长腿一迈就过去了，是犹豫，让他站在那里哆哆嗦嗦。门上的红灯倏地亮了，警铃刺耳地叫了起来。我哥刁北还没反应过来怎么回事，他身边的人已经全跑开了，戴口罩的还敢扭头看他，那些没戴口罩的，仿佛是所有没有围观嗜好的文明中国人的大集合，看都不看，就远远地跑向四面八方。也有朝我哥刁北冲上来的，是几个穿着厚重隔离服，用帽子眼镜口罩把自己包裹成一只大猩猩的医务人员。"咕噜咪，咯吱叽喳，喇嘛唔啪啦哇呀……"他们对我哥刁北说着什么，同时笨拙地指指点点。他们说的不像汉语，也不像英语日语西班牙语，甚至都不像宇宙语太空语。我哥刁北不解其意。但他们的手势国际通用，甚至地外生命也看得懂，加之他们的白手套上，捏着体温计和听诊器，我哥刁北明白他们要干什么。

"三十八度三！"

被那些医务人员绑架般进行体检和揪出车站拉上汽车的过程，也是我哥刁北浑身上下被各种帆布塑料以及蒸馏水消毒剂覆盖的过程。他们倒一直吵吵嚷嚷地问我哥刁北什么，又想解释什么，我哥刁北也一直吵吵嚷嚷地问什么，并解释什么。可所有的嘴都吵吵嚷嚷，所有的嘴又都被重重叠叠的口罩盖着堵着，他们和我哥刁北，交流的就只能是吵吵嚷嚷，谁也听不清谁说什么。是被塞进做过隔离处理的救护车后，我哥刁北喊累了，嗓子哑了，说不成话只能咳嗽时，才听到一个医生对面包车的司机叫："三十八度三！"

我哥刁北继续恍惚。"三十八度三"？是个地名吗？司机将把车开往那里？

十六

我哥刁北两度被抓的场景，都没上演在家里，没上演在我姥眼前。放出来后，我姥没问过他，当时是种怎样的情形。有时说话，不经意抵达了那场景的边缘，祖孙两人都很敏感，会适时地关闭幕布，在幕后巧妙地置换新景。倒经常有别人问，好奇地，主要是关心地，带着对那样一种权势淫威的恐惧和愤慨，问我哥刁北怎么被抓的。包括我爸、纪学青、关光、倪可心的爸妈以及我姥不太熟悉或根本不认识的我哥刁北的什么朋友。他们问不出个子午卯酉。对那话题，我哥刁北并不反感，他还愿意由此出发，去讨论与那话题连带的别的，比如法制建设、思想罪、暴政，但关于他被抓的具体情形，他总是淡淡一笑：不说也罢。也许正是他的不提不念，不光不提不念他的被抓，对许多别的事，也像对待一次失败的性生活那样不提不念，增加了他的神秘感与复杂性，把别人揣摩他的欲望勾了出来。我姥不从神秘感复杂性的角度揣摩他，只心疼他，担心他把什么都憋在心里，会出毛病。倪可心被抓，我姥是从头看到尾的，她能联想到，我哥刁北被抓的情形，不会复杂到哪去，也就三两分钟的事。但有种本能的忧虑一直提醒她，那简单的场景，对我哥刁北这样一个性格的人来说，可能造成长久的心理刺激，那刺激，也许会持续三年五年，也许会持续十年八年，还也许，会持续二三十年直至一生。说我姥死了对我哥刁北未来的忧虑，不算过分。我姥就是个愿意把什么都憋在心里的人，她懂他。在我哥刁北的亲朋好友里，大概唯有我姥，只从肉体凡胎的角度看我哥刁北。别人也清楚他肉体凡胎，但别人都比我姥有文化，比我姥站得高看得远，就总把我哥刁北比作精神的水晶思想的钻石，如同斯大林，认为共产党员是钢铁，由特殊材料淬制而成。水晶和钻石象征了恒常，不会毁损，是供人留存和瞻仰的；肉体凡胎则是俗常的有机体，卑微，脆弱，易受病菌的感染侵蚀。我姥死前，把以她的方式安抚我哥刁北当主要工作。她不是政治委员或心理医生，她的安抚，不带有组织强迫性也不分诊治疗程。她把她那些模糊的思想、朴素的理念、基本的经验，像均匀地撒在每锅菜里的盐一样，分配在我哥刁北日常生活的每一天里，让我哥刁北能平衡地得到口味调剂与微量元素补充。归纳起来，经过提炼加工，我姥说的所有的话，表达的大体是一个意思：人这一生，大事小事都要经历无数，其中既有坏事也有好事，甚至坏事多于好事；人是靠对好事的回顾与向往支撑自己的，因此人在琢磨过去时，说到过去时，只能琢磨好的讲述好的，回避坏的忘掉坏的；一个人，如果必须琢磨和讲述倒霉经历，也应该是那曾经的倒霉已成故事，与己无关时，而那时候，往往是一个人已经被老天爷派来的夺命小鬼弹了脑门；死亡只会让人失去生命，不会给人的生活制造麻烦，瞎说乱想则为害甚大，那是催生麻烦的酵母肥料。如果把我姥的意思简化一下，有一句话四个字也就够了：取消思想。她知道，我哥刁北是个嘴上寡淡心里浓烈的人，如果可能，她倒愿意我哥刁北掉过来，嘴上浓烈心中寡淡。那不可能。况且，要是能一概不浓，心嘴皆淡，就更好了。不知我姥的"淡心"工作究竟有无作用，有的话，那作用多大，反正我哥刁北五十岁这天，经过几番矛盾和犹疑，对我和我妹刁星所表达的，与我姥那些早年的意思竟如出一辙。

"一个人，"我哥刁北望着手中的酒杯说，"只要死亡的影子还没现身于日常生活，就应该尽量少回顾梦魇，少检点卑微，否则，生活尚未完结，那回顾出来的梦魇和检点出来的卑微，就有能力产卵甩籽，去繁殖新的梦魇新的卑微，把人搅得不得安宁。"

"那你，为什么要，要写传呀？"

"这还用问，我已经被老天爷派来的夺命小鬼弹了脑门呀。"

我哥刁北终于找到了他的表述思路。或者，那思路早已在他心里，只是具体表述时，他多少有些难以启齿。现在他的唇齿都启动了，按照他设计过的思路稳步前行，这让我和我妹刁星猝不及防，一下子，都目瞪口呆了。看来，他说他死了，至少精神的他已经死了，并非虚言。不光他表达的意思与我姥相近，对这场倾述，他选择的时机与对象，也明显在模仿我姥。我姥死前，把我们家的旧事交付给他，他是她最亲近的长外孙子；我哥刁北，肯于向他人回顾与反省自己的一生时，是否也因为他已看到了自己的死期？二十年来，我和我妹刁星已由他的弟弟妹妹进入了他的朋友行列。他熟人较多，朋友极少。

我哥刁北开始正经八百地对我和我妹刁星说话时，我们冗长的生日晚餐已经结束。他面色微红，但全无醉意。总共我们仨也没喝多少酒。我们清醒的状况，更像三个审慎的生意伙伴斟酌合同。我哥刁北开宗明义地说，某种意义上，他是个骗子，是招摇撞骗者，只不过，他的招摇撞骗不涉及具体的利益目的，是精神性的。我和我妹刁星大气不出，注视着他的红唇白齿。他的说法耸人听闻。诚恳、严肃、字斟句酌，但也确实耸人听闻。他继续说道，当然，是时代安排给他一个骗子的位置，是社会让他出任了骗子的角色，这是他无力改写的基因图谱。他唯一可为自己辩护的是，他这骗子，从未主动行骗，而他的毛病，也属于人皆有之的人性弱点。他说，他知道他不值得人们尊重和崇敬，但被尊重被崇敬感觉太好了，他喜欢享受那种精神优越，他便没勇气戳穿自己的画皮，默认甚至怂恿了针对他的小小的造神运动。我哥刁北的表达渐趋平实。他说，他只不过是个偏爱思想的读书人，与大部分普通人没什么两样，一无所长，一事无成，可仅仅因为他的经历中有些传奇因素，便赢得了叛逆者反抗者的荣誉奖章，又被非主流的民间历史书写成英雄——另类的英雄。这是我自己的喜剧，他说，又是无知庸众的闹剧。他说，以他对人性的了解，没人不首先渴望得到主流的接纳，香车宝马，锦衣玉食，指点江山，一呼百诺，那才叫真正的实现自我。所谓义无反顾的叛逆与反抗，那是被动的选择，正因为这样，接受招安，才是所有异数的终极目标。高估异数的境界就是怀疑上帝，怀疑上帝对人的设计有过闪失，那是不可以的。历史历史着，这是海德格尔的话，我哥刁北说，我们必须承认，同样的道理，逻辑逻辑着，规律规律着，生活生活着，人性人性着……他的绕口令，把他自己也说笑了。他不再绷得那么紧，我和我妹刁星也得便喘了口气。他说，其实社会生活特别简单，它设定一些基本的游戏规则，人人都守着这规则玩保证太平无事。可任何规则都派生禁忌，而禁忌必然产生反弹——毕竟，人的内心比社会生活复杂，复杂导致了人与人的不一样，更导致了口是心非，于是，每个人都渴望用自己的规则替代别人的规则。当然了，绝大部分人无力制订规则，无那能力也无那权力，他们只能在表面顺从禁忌的同时，在心里反感，并且为增加反感的合理性与解恨度，转而去塑造自己的代言人，以此作为心理的寄托，至于那代言人与心理的寄托对象是否真有资格，倒不重要了。我哥刁北说，他已经厌倦了作为一个符号而不是一个人的生活。他说，如果他光读书而不是与几个爱好相同者密切往来，如果他去了人潮涌动的天安门广场但没被迫登高发言，如果他有正常的家庭生活而妻子没偷偷地私奔日本，如果他历史上的不良记录没成为他读大学的阻力，如果按他的能力水平，他能得到一份以校对员标准为起点的固定的、文化性质的工作，如果他的阅读兴趣在理工农医上，只与人们的衣食住行有关并且只服务于衣食住行，如果他也关注哲学历史思想政治，但并不卖弄名言警句也不追求出语惊人，如果别人虚构他的形象时他能从最初就还原自己恢复本相……那么，他还会成为人们心目中反抗与叛逆的一个标签吗？很可能，他说，他只是一个不特别平庸的小公务员，一个不十分腐败的小干部，一个不过分误人子弟的小知识分子。是历史的阴差阳错造就了"这一个"他，他成了他人抗议禁忌其实是屈从禁忌时的借口，一个自欺欺人的借口。他说，少年时代，他更渴望的是和倪可强他们去打架拍婆子，去呼朋引类宣泄感官，可他胆小、羞怯，前怕狼后怕虎，不愿意让我姥操心，就只能让乏味的哲学帮他打发时间，而他渐渐爱上哲学，则是哲学满足了他的另一种虚荣，帮他提早进入了成人世界，使他的小聪明找到了合适的展览空间；他说，青年时代，他最羡慕的不是遇罗克，不是费文华或者梁栋，而是蓝翎李希凡或聂元梓蒯大富这种能博得最高权威青眼的人，他希望他有资格只批判别人只抓别人，可不幸的是，他成了个两度被别人戴上手铐的人，而被人戴手铐时，他想到的，也不是理想正义真理尊严那些东西，如何有效地推卸责任栽赃污告以保全自己，成了他思考的唯一问题；他说，他太想写出自己的书了，除了《桃花源——共产主义实验县》，他至少还构思了十份思想著作哲学著作社会学著作的题目和写作提纲，可他头脑空洞，文字涩滞，写不出来，他只能摆出不屑一顾的姿态，转而以在嘴巴上刻意标新立异，在行为上假装虚无散淡来欺人蒙事；他说，不论从个人的角度还是社会的角度，他都只喜欢破坏而无能力建设，只能靠离经叛道的形象来维持自信涂抹虚荣，他把游手好闲作为精神贵族的标签，把放弃追求当成蔑视群伦的资本，他不愿负责任，不想尽义务，不肯踏踏实实地为任何事情多尽心力，对社会对亲人对朋友，他都是一个冷漠的人，自私的人，无用的人；他说……

"别说了大哥，你不是这样的人，在所有人心目中，你都是……"

"哥，你这么，血淋淋地解剖自己，我不怀疑你的真诚，也不怀疑一定程度的真实，可你把内在动机和客观事实这么生硬地对立起来……"

这样的谈话，前所未有，我哥刁北对自己动真格的了。我理解了他为什么要过这个五十岁生日，他想与自己的过去诀别。诀别，允许有个世俗仪式。我惊讶之后，受到了感染。我想我应该参加进他的这场自我审判，参与解构关于他的神话。神话出之于生活，但生活不是神话。已经好些年了，我对我哥刁北那种盲目追星的热情，那种无条件的崇拜景仰，早已减弱甚至消逝，他在我心中，已不再只是离奇的故事、诡异的传说、特立独行的生活样板。他是一个平面化世界里个性元素比较突出的普通人。但现在，他如此激烈地贬损自己，我又不能同意。我尊重他，一如既往。我欣赏和迷恋他的才智、学识、个性、人品以及敢始终如一地轻慢常人眼里那些幸福指标的勇气和力量。在一个异化无所不在的世界上，他能尽量不失自我地活着，即使有表演成分，也属难得。这世界上，又有哪个人不是演员不在表演呢？我欣赏和迷恋他作为一个普通的生命个体，在与时代生活的勾连纠缠中，能划出自己独特的轨迹。那轨迹可能自觉度不够，有些被动无奈，因而别别扭扭不阴不阳。但有独特这条，也足够他引为骄傲。我把我的意思表达了出来。我妹刁星懵懂地看我，我哥刁北审视地看我。我没去揣摩他们看的意思，继续表达我的想法。我认为，虽然就在几小时前，我哥刁北否定了他那个说法，"人是大自然放出的屁"，但我敢断定，它的理论基础，仍然是我哥刁北心中的底色。我这样说，我哥刁北没反驳我。我说，他以屁喻人，并非借此对社会上的势利眼与等级制发怨泄愤，想通过屁的意象强调众生平等，万物同一。他奉名言隽语为圭臬，以引经据典为所长，这的确有些皮相和做作、天真和幼稚，但这并不说明他就是个易受蛊惑的浪漫主义者，唯书唯上的教条主义者，如果非要给他戴顶帽子，可以说，他是个以败为胜的个人主义者，缺少彻底性的虚无主义者，心服口不服的理想主义者。我坚持认为，他在寂寞中的隐忍，在等待中的积蓄，是对一个难以预期甚至遥遥无期的辉煌时刻的忠诚企盼。他以屁喻人的核心意思并不深奥，他只想说，我们这等区区生命，根本不配自以为是，没有理由感觉良好，我们人类，不过是老天爷疏通肠胃时，放出的屁，有的是闷屁，有的是蔫屁，有的是似有若无的小哧溜屁。这些屁，放出来就放出来了，无声无息才对，有等于无才对，一点都不该渴望还能炸出个响来，溢出些味来。只有为数很少的人，才配被称作响屁臭屁，他们是领袖、伟人、名流，是能耸动视听惹人关注的角儿和腕儿。我哥刁北的苦恼在于，他很清楚人人皆屁，所有的人物们都是一丝气流，可他又同样清楚，人物们和非人物们作为气流又流法有异。

287

他认同自己闷屁蔫屁小咻溜屁的地位，又不能不对响屁臭屁心向往之。这造成了他的内心撕裂。他知道，作为响屁臭屁，同为皇帝的刘邦与溥仪成色不同，同为妓女的小凤仙和李师师质量有异，他还知道，基督佛陀也好，孔子孟子也好，但丁达·芬奇莎士比亚也好，即使都是重量级的响屁臭屁，在不同人眼里，那响与臭的高下优劣也迥然有别。可也正因为知道这些，他的撕裂便无法弥合，如果真有可能，他成了低等级的响屁与一般化的臭屁，他内心仍然不会好受。他只能以消极的办法解决问题：提前抹去自己响与臭的可能性。这既取决于他对自己缺乏真正响和臭的素质的基本判断，也源于一种心比天高命比纸薄式的清醒。他的痛苦是种必然。大部分人与他不同。首先，他们不认为人类只是大自然里无足轻重的一丝丝气体；其次，对自己默默无闻的闷屁蔫屁小咻溜屁的命运能安之若素，甚至误以为闷屁蔫屁小咻溜屁就是响屁臭屁；最后，真成响屁臭屁了，也不计较响得是否隆重，臭得是否悠久，只要响了臭了就心满意足，至于如何做到更响更臭，是否还能更响更臭，则取骑驴看唱本摸着石头过河的态度。所以，我断定，我哥刁北现在废弃前言，自我否定"人是大自然放出的屁"这一论断，不是宇宙观问题，只是方法论问题……我一口气把要说的话说出来，有些冲动。我想冷却一下自己情绪。我起身去厨房又拎出三听啤酒，给我哥刁北我妹刁星和我自己分别起开。我哥刁北面无表情，把我推过去的啤酒又推回来；我妹刁星托起啤酒左右端详，若有所思。

"你们还想听我说吗？"我哥刁北掐灭烟头，低声问。

"想，"我和我妹刁星同时醒过腔来，"想听想听你说你说……"

人类某些奋斗的特点，在于其目标的不可能实现，其实，一切精神性的终点，都会随着人们向它们迈进而往后退去。我哥刁北稍不留神，格言句式又溜了出来。他咧嘴，微笑，继续说。他说以前的他，自以为是个有勇气践行屈原诗句的人，虽然知道所有的目标都虚幻不实难于抵达，可也乐于上下求索。不问收获只问耕耘嘛。可事实不是这样，无休止的追求太累人了，这世界上，只有少数人能体会到那种劳而无功的幸福，他现在承认，他不是少数人而是多数中的一个，所以，他要给自己虚妄的过去来一个了断，如果他言过其实或矫枉过正了，请我们理解。我和我妹刁星都表示理解。我为他不接我的话茬略感遗憾。我哥刁北说，熟悉他的人，总认为他破罐子破摔，认为他的述而不作是消极度日，浪掷才华。有恨铁不成钢的意思，更有替他责备社会有眼无珠的意思。我哥刁北说，他从未把自己看成破罐子，因而也没破摔过。他的所谓消极度日浪掷才华，只是混淆视听的假象，事实是，他并不知道如何积极，他也根本没有才华。他的"不作"，是无力"作"。他说，人人都有自己的"本相"，一个人能活出"本相"，即散发的是自己的汗味肉味，不论当皇帝还是当乞丐，都算制造出了生命的意义。那也就行了。生命本无意义，就像鲁迅说的路。路是人走出来的，生命的意义是人活出来的。我一直觉得，他说，像我姥那么一辈子，除了惦记我和我妈加上刺绣，就再什么都不懂，是没意义。可现在想想，与她相比，我饱读诗书悲悯天下，却连自己活命都得倪可心接济，上不能孝敬父母，下不能养育女儿，对朋友——比如你俩，是我亲人也是我朋友，不能给予任何帮助，我这又算什么狗屁意义呢？我哥刁北说，人呀，永远是些茫然不知所措的渺小的东西。我这辈子，总拿怀才不遇当挡箭牌，其实我就是个累赘废物，立刻死掉才算造化。当然了，如果我这身皮囊还在，上帝不立刻将我带走，我也不会拿不合适的了结方式让亲人跟着丢人现眼——毕竟我还不是猫嘛。我哥刁北抓起我的啤酒罐，喝一大口。哈，真痛快。

我哥刁北解脱似的伸个懒腰，不深沉了。我和我妹刁星都听出了些滋味，希望他能再说下去。他提到了"意义"呀，这是我俩最想从他那里打探个究竟的东西。可是，他结束了对"意义"的"务虚"，重新开始务"传记"这个实了。

"刁斗，我把话说到这份儿上了，你能答应我了吗？"

"什么？"我怔怔地看我哥刁北，又看我妹刁星。

"给大哥写传呀。"我妹刁星提醒我。

"哦，哦哦。"我尴尬地搓手，把我喝空的两个啤酒罐推向一边，仰脖灌第三听。照理说我不该拒绝我哥刁北的任何要求，为他写份流水豆腐账也没什么难的。可此时，我不能不想到，也许这本所谓的传，就是我哥刁北的临终遗言，是他向命运签署投降书前，最后的反抗表演与叛逆展览。就像他忽然看重五十岁生日这个世俗仪式一样，他完全可能，也忽然看重起一份荒唐的临终遗言来。只是，他这个十来年里替别人写了两三千条临终遗言的人，也想体验一下被人"代拟"的感觉。如果我答应他，但又迟迟不能把他的临终遗言交他验收核准，也许，他就会永远临而不终。"我写，哥，我答应你。"

吃过晚饭，见我姥还抹眼泪，我哥刁北心软了，说好吧姥，我答应你，今晚保证把信写好，明早你邮。此前，整顿饭的工夫，面对我爸发来的电报，"清空杂念温习功课全力以赴备战高考"，他一直不吐口，不答应给我爸我妈写信。他只说，他们这么一而再再而三地跟我断绝关系，我出不出狱的与他们无关，考不考大学也与他们无关。我姥倒可以再给我爸我妈发封电报，说我哥刁北顺利到家了，在这之前，收到我哥刁北将获释的信后，她已往沈阳拍过电报。她很希望，我爸能去接我哥刁北。文化革命已不搞了，恢复与我哥刁北的关系应该可以了吧？我妈也是这么想的，她对我爸说，你接去不？你不去我去。我爸坚决阻止了我妈。先别轻举妄动，还是再看看形势，我爸说，关心惦记不在一时一事，他又说，儿女情长上不必穷讲究，关键是多考虑一下他的未来。我爸说的未来，是指高考。现在我哥刁北真到家了，我爸我妈错过了主动向我哥刁北示好的机会，让我姥失望，她转而希望，我哥刁北能亲自写信，掉过来向爸妈示好。毕竟我爸的电报也是示好的意思，算个低一等级的示好方式吧，对它也要有个交代。现在我哥刁北答应她了，她很满意，她感激地看一眼我哥刁北，小心翼翼地回自己房了。我哥刁北起身送我姥，在我姥那屋门口站一会，重回自己屋，对着墙角的小书架久久发呆。架上的书，一尘不染，好像一直苦在书库里没上过架。我哥刁北的小书架不是书库，他的书，攀上他的小书架前，大部分都在一些大书架上摆放过多年，两三分旧都算新的。而且，书招灰，总没人动，苦上灰也大。我哥刁北知道，他的书能一尘不染，是我姥经常摩挲的结果。他不在家，在我姥眼里，它们是他替身。平常我姥报纸都不看。我哥刁北眼睛模糊了。他想到了他答应过我姥，今晚会给爸妈写信。他翻出钥匙，打开他那张小书桌的抽屉。抽屉里有空白笔记本和空白稿纸，写了字的，都搜走了。他下意识地翻动抽屉里的纸本。在一个空白笔记里，他看到一样带字的东西，是封电报，夹本子里。他好奇地把它抓了起来，刚一搭眼，就险些没大声叫喊出来："北京市东城区明星胡同43-1号刁北可于三号前来电话二四九三貂蝉的妈妈于二一二客房"，一遍，两遍，三遍……他没忍住，叫喊声终于冲出了喉咙："姥——"刚才他的眼睛只是模糊，这时已经泪流不止。他边喊边奔向我姥那屋。在我姥那屋门口，几乎和应声而出的我姥撞到了一起。我姥还没睡。

"对不起刁北，"我姥好像知道我哥刁北何以如此，她的脸上满是羞愧，"我正想呢，该怎么告诉你。这电报，是你刚走那会儿，收到的；我看你时没带上它，也没提它，是怕，影响你心情——"我哥刁北相信，这是我姥的真实想法，可她接下来说的，也真实吗？"这电报写得，不明不白，我怕它给你，惹新麻烦。像那句，貂蝉的妈妈，就像暗语，就像江姐甫志高他们，杨子荣座山雕他们，说的那种话，我不敢应呀，不敢回那个电话呀……"

我哥刁北喉结滚动。他很高大，我姥很瘦小。他很想说，姥你应该应，应该回那上边的电话，如果你应了回了，你不光能听到你那有"旺夫相"的外孙子媳妇的声音，没准，还能听到你重外孙女的稚嫩声音呢。他没说。过了一会，他说他饿了。这时距吃完晚饭不到两小时。"姥，我又饿了，给我炒个木须肉吧，哦，酒呢？"刚才晚饭时，我姥曾把一瓶二锅头摆在桌上，他一口没喝。

这是一顿漫长的酒局，由中午开始，至天黑结束。大家喝酒都很节制，在这非常时期，聚会的目的不是麻醉神经，而是厘清思想。这是"工作午餐"。环绕着那张大圆桌的，算上我哥刁北和潘秋菊，共九个人，另外四男三女七个人中，有三男一女是潘秋菊朋友。这顿酒局除了漫长，还很阔气，光空运的阳澄湖大闸蟹，每人就分两只。那七个人中，有在声援学生的组织中当头头的，手中有大把市民捐款，他告诉大家不要客气。咱们吃了这顿还有没有下顿就说不好了，大家一定好好吃，使劲吃，权当是吃就义饭了。那人以调侃的方式说话，但言语之间不无悲壮。别人也以不同的方式跟着悲壮，模仿电影里慷慨赴死的殉难者。只模仿一小会。

我哥刁北比别人年龄大，又是混饭的角色，整个饭局前半截，三点以前吧，就基本没说话，只听别人议论时局，交换信息。是三点后，话头由当前回溯到过去，扯起了闲篇，我哥刁北才插上话。那七个人中，有两个年龄稍大的听说过他。"刁，刁——北？怎么这名字，噢，噢噢……"我哥刁北略现窘色，潘秋菊则稍露得色。

最初，他们提"文革"，我哥刁北没想接茬。那两个听说过他的人一直动员他发表意见，在前三小时里，就动员他，恭敬地、仰慕地、信赖地动员他，他一概拒绝。潘秋菊说你们就体谅他吧。那两个人点头称是。对对，理解理解。其他人莫名其妙，听那两个人对他们喊喊喳喳后，恍然大悟，也对我哥刁北肃然起敬。可这会，不说当前说过去了，我哥刁北觉得再不开口，都对不起潘秋菊。他不想对不起她。他也想过起身告辞，但舍不得她，又留下了。他隐隐觉得，他更希望潘秋菊与他一道离去。潘秋菊身上有什么东西吸引了他。她嘴唇温润如同果肉，嘴角刚毅恰似果壳。我哥刁北似乎从她身上看清了自己，不是看清了嘴唇嘴角，是看清了他过去的懵懂与热情。他不会再激活它们，却不妨碍持续而愉悦地欣赏它们，通过回忆和迁移的方法。潘秋菊是活跃的人，一直和别人聊得津津有味，忽而义正词严，忽而嬉皮笑脸。但她时刻没忘记他，并且感觉到了他的尴尬厌倦，也没提议两人离去，这说明她别有他图。她似乎想以自己的喋喋不休作为导火索，引燃我哥刁北话语的炸弹。尤其是间或有人把他们视为一对志同道合的地下情侣，闪烁其词地开她心时，她更是以一种不动声色的方式默认下来，并怂恿我哥刁北登台表演。她越来越渴望炫耀他了。对这一点，我哥刁北能看清楚，于是，一番踌躇后，他配合了她。

"文革起因于马连良的迂腐。"

我哥刁北此话一出，众人皆惊："马连良？唱戏的马连良？"

"对，就是他。"

"怎么能是马连良的迂腐，分明是姚文元的邪恶嘛。姚文元那篇文章叫啥？《评新编历史剧〈海瑞罢官〉》吧？是这篇文章引出了文革嘛。"

"操，文革是江青搞起来的。这娘儿们歹毒，红颜祸水，狠毒莫过妇人心。"

"哎，你怎么说话呢？江青就代表所有女人啦？"

"嘻嘻，还有保江派了。"

"对，文革怎么着也应该算江青弄起来的，她和毛主席最近，是毛主席老婆呀。当时毛主席成立个中央文革小组，江青正式跳了出来……"

"那之前江青就跳出来了，她替林彪开了个部队文艺工作座谈会……"

"咱不是说文革起因吗？我们思考问题，应该尽量上溯源头。在我看来，凡事的起因都有明暗两种。文革的暗起因是什么可能太复杂，中央不公布调查结果我不敢妄猜，我只能寻找明起因，从看得见摸得着的地方琢磨分析，而我觉得，这明起因，就是马连良……"我哥刁北慢条斯理。

"哎刁兄我明白你意思了，姚文元要批判什么得先有目标呀，他批判的那出戏，是马连良演的。可还得先有写戏的人呀。写《海瑞罢官》的，是吴晗对不？要按你的逻辑，文革是吴晗挑起来的？"

"你这么说也行，那就吴马吧。"

"吴马……叫晗良多好，又'寒'又'凉'，像知识分子——像中国人的心。"

"哎，秋菊这命名好，寒凉，晗良联手挑起了文革。"

"胡说，他们怎么能——"

"唔，是挺好，寒凉。"我哥刁北想一下，还冲潘秋菊竖一下大拇指。"这吴晗，不好好当他的明史专家，不专心当他的北京副市长，非得瞎胡闹地往文艺上凑，写出戏出来，贻害中国，说他惹来文革的火烧了全中国大部分人的身也不能算错。哈，寒凉……"我哥刁北仍然慢条斯理，别人在他的慢条斯理中发出杂音，但渐渐地，他的慢条斯理就成了黑洞，一点点吞吸掉了其他杂音，饭桌上，便只剩了他的慢条斯理。"……如果没《海瑞罢官》，毛泽东能不能找个别的由头搞文革我说不好，但文革肯定是《海瑞罢官》引出来的，而引逗着吴晗写这出戏的，就是马连良，所以这事儿的老根在马连良那。他一个唱戏的，不懂政治，民盟开会时，乱提建议，见了副市长吴晗，就一遍遍地请人家这明史专家写海瑞戏，人家不写，他就使劲夸人家那几篇关于海瑞的文章，《海瑞骂皇帝》呀，《论海瑞》呀。你们想想，什么人让人那么一通夸能不飘呀，吴晗就飘了——哈，我这是小人之心这么看的。他们俩，一个懂戏不懂政治，一个懂政治不懂戏，共同弄出这么一出政治戏来，还不就把中国拖进了深渊……"

到这时候，饭桌上那些不同意我哥刁北"歪批三国"的人，也都制造不出什么杂音了，他们摆出学习的架势。他们多半傲慢，不是主动学习，那架势是情不自禁摆出来的。我哥刁北瞄潘秋菊一眼，他看出了潘秋菊的满意。他话更多了。

"那，这俩倒霉蛋为啥都对海瑞感兴趣呢?"

"这不怪他俩，那时候，全中国凡是跟风跟得紧的，都对海瑞有兴趣。这得往前推。五九年春天，针对大跃进的浮夸风，毛动员大家讲真话，主张提倡海瑞精神，刚直不阿直言敢谏什么的，他们也是落实部署响应号召。"

"是没执行好没响应对，马屁拍到蹄子上了。"

"对，没执行好没响应对。像吴晗，一个学者能混到副市长的位置，至少能证明他不缺心眼还挺油条吧，在他的文章《论海瑞》后边，为了防患未然，他还特意加一段骂右倾机会主义的话，意思是彭德怀那种提意见，是机会主义算不上海瑞，可不行，还是没整明白。在中国，遇事你喊喊口号帮帮腔行，一动真格的，就容易招麻烦……"

"哎老刁，你这是影射咱们——"

"哪里哪里，没那意思。但说到这我不妨多插一句。马克思说过这样的意思，在特定的历史时刻到来之前，直接的革命活动不会取得胜利，充当向导的，只能是历史而不是事业。所以他的一生，只用词语战斗，从没拿起物质性武器，示威游行什么的……"

"那老刁你说，什么时刻是特定的历史时刻？"

"好了还说当时吧。当时，像周扬胡乔木他们，那些文化官，都到处煽风点火，动员笔杆子们写海瑞，写就是跟毛跟得紧。可周扬胡乔木，光动嘴没动手，至少在这事儿上，没吃上挂落；吴晗呢，又是文章又是戏的，倒紧跟了，结果跟出了毛病，落下了把柄，最后弄个自杀而死。"

"哎刁兄，我觉得紧跟这词儿挺好玩的。你们那代人，特别愿意说紧跟啥的，晚辈想请你分析分析……"

"小兄弟不是讽刺我吧……"

"没有没有，我真心的，你是师长辈呀……我们由衷地认为你是老革命。"

"作为盲从这种行为的紧跟，没什么好说的，迷信权威，随大流，这是人性，集体无意识吧。值得说说的是吴晗马连良这种具体人紧跟的心态。无非两点吧，首先——我再小人之心一回，就是想讨好。中国的官场，历来有投机传统，真跟对了飞黄腾达。另外一点是，这些人的官场太极段位太低，记吃不记打，没真正接受反右教训。当然了，反右和文革有点不一样，反右给谁提意见都不行，文革是打谁骂谁都随便，弄死人也基本没事儿。但它们异曲同工。反右也是先鸣放后收口吧，文革同样是——像后来的红卫兵，一利用完就赶乡下去，也是这个道理。知识分子呀——也不光知识分子，所有的人，人的弱点，就是没记性。人是一种有记忆但没记性的动物，所以别怨别人，别觉得委屈，没记性必然倒霉。你像马连良，反右时，本来已经内定为戏剧界大右派了，幸好碰上了贵人，彭真保他，他才没事儿；可靠贵人保命，那是撞大运——就像靠清官统治安居乐业，怎么着心里也不托底——结果这回，彭真自己都泥菩萨过河，他马连良不倒霉才怪了呢……"

"这么说好像吴晗马连良活该倒霉了，我不同意。"

"人家老刁没有指责'寒凉'的意思，是吧老刁？他只是客观地说，'寒凉'的没跟好导致了他们的下场。"

"这太虚无了，谁也不是毛主席肚子里的蛔虫，谁都存在没跟好的可能。"

"不是虚不虚无的问题，就是在个极权政治的体系下，你适应这个体系的水平问题。同样紧跟，想讨好，为什么姚文元就没出毛病？"

"哎哎别争了再听听刁兄的。"

"哎，老刁，你说文革起因于'寒凉'的迂腐，也行，可他们那戏，六一年演的，到六六年文革差好几年呢，这因起得太长了吧？你懂政治懂党史，是不再找找别的原因。"

"这事儿真没别的原因，就是'寒凉'。你想想，折腾成文革这么个天翻地覆的事儿，还不得有几年铺垫过渡呀，又不是街上流氓打架，今天吃点亏，明天就回来报复。君子报仇十年不晚呢。像姚文元写评《海瑞罢官》那篇文章，十易其稿，光时间就花进去七八个月。当时他在上海写，江青在北京坐镇指挥，来回传递草稿都是秘密的，把草稿夹《智取威虎山》的录音带里，江青毛泽东他们一遍遍修改。那篇文章六五年十一月份发出来的，又隔半年，才有毛的《我的一张大字报》……"

"是呀，然后就有了文化大革命，十年浩劫。"

"关于'十年'这个提法，我也有不同意见……"我哥刁北谈兴渐浓。

"这还有别的说法？"众人把脑袋都探向我哥刁北。如果说他们这顿饭吃得时间太长，我哥刁北要负一部分责任，他下午三点之后的口若悬河，像钉子一样钉住了所有的人。"说说老刁，刁兄，你是高人哪，咱秋菊妹子可真有眼光……"

"我的民间看法是，真正的文革到九大就结束了。咱先想想搞运动的目的是什么，我认为是权力分配，而九大一开，权力问题就解决了嘛。文革以搞垮刘少奇邓小平这些人为始，以确立理想的接班人林彪并将江青扶上中国政治舞台为终，一起一止，一沉一浮，这场运动不是很完整吗……"

这天饭局结束时，酒量有限的我哥刁北没醉，一向海量的潘秋菊却醉了。也许佯醉，我哥刁北看不出来，只能扶她回家。进了裕祥胡同，来到潘秋菊家楼下，我哥刁北劝她自己上楼。你自己上吧，我在这看着……潘秋菊狡黠地一笑，转身正面看我哥刁北。我真没想到，你这么一个风口浪尖上走过来的人，原来处处都胆小鬼。她的呼吸中有酒味，说出的话没酒意。我哥刁北装糊涂。我又怎么了？潘秋菊说，他不在家，我没跟你说吗？他在新疆拍纪录片呢……

周铁燕哪也没去，就在家。朋友以肯定的语气给我哥刁北传递信息。只是不开手机也不接座机电话。这后一点，朋友不说我哥刁北也知道，那两个电话，他打过无数次。她家人找她，都打那个照顾她的小保姆的手机。你找她？我帮你要个那小保姆的电话？不用，我哥刁北说，我不找她，又不熟，找她干吗？就是顺嘴打听一句，觉得她太倒霉了。

我哥刁北早早出门，步行前往市府大路，混进门卫制度特别严格的金贵家园。幸好他来过这里，知道周铁燕家的具体位置。他计划，拿出六天时间，分别用三个上午和三个下午，在金贵家园七号楼前的小游廊看书。看书是幌子，他要看的，是从七号楼的二单元里，是否会走出周铁燕来。

会。我哥刁北来金贵家园的第一个上午，在小游廊的弯曲长凳上没坐俩小时，就看到二单元的绿漆防盗铁门被打开了，看到周铁燕在小保姆陪伴下，走了出来。我哥刁北是有备而来，可还是紧张慌张，下意识地，他把手里那本加长大三十二开本厚书竖到脸前。《福柯的生死爱欲》，如果周铁燕恰好往这边看，视力又能达到八倍望远镜的清晰程度，她能看到这个书名。我哥刁北能看到的，则是书页上，他刚在下面画过杠杠的一段话："道德价值观是无法得到的，甚至谈论真实都不可能，这是苦恼的一部分原因。尽管看上去很荒唐，但借由形式，透过赋予无形事物以形式，艺术家很可能会找到一条合适的出路。"周铁燕没往小游廊这边走，我哥刁北松口气，目光也就比较从容地，沿着书页边缘的"合适的出路"，追上了周铁燕和小保姆脚下那条透迤的青石甬路。两个女人目标明确地走向小区门口，出门后，过横马路，隐没在八一公园的绿荫之中。

我哥刁北一路跟进，但没敢靠近。这时人丢了，他慌乱起来，大步流星往前追赶，装着烟、水、笔记本和《福柯的生死爱欲》的书包不规则地拍打他屁股。很快他又看到了她们。她们坐在公园长凳上，面朝着他。我哥刁北能清楚地打量周铁燕了。她的穿着一如从前，干净利索，朴素大方，但她这个人，却面色苍白，眼窝塌陷，痴呆的目光空空荡荡。她仿佛看到了我哥刁北，又仿佛没看到，她视线游走在我哥刁北身上，嘴上的自言自语却是说给小保姆的，或说给虚空。小保姆不时点头或唔唔两声，心思没在耳朵上，目光飞动顾盼左右。公园里，干什么的人都有，打牌的，下棋的，吊嗓子遛鸟扭秧歌的，也有中老年男女在打情骂俏，热闹极了。但很快，小保姆的表情不耐烦起来，哎呀别说了别说了，总这几句总这几句。我哥刁北从远处瞪她。周铁燕不说了，低三下四地冲小保姆笑，满脸歉意，目光也离开我哥刁北，垂向地面。

这时他们距离不足十米。我哥刁北凑了过去。小保姆警惕地打量我哥刁北，又捅捅周铁燕。周铁燕抬一下头，明显看到了我哥刁北，可眼神里没露半点惊讶，就像很随意地盯一眼旁边那棵黑黢黢的松树一样。她把目光转向别处，再垂向地面。

"铁燕儿，铁燕儿，我是刁北……"

小保姆显得放松了一点。"你——认识阿姨？"

"是呀是呀，我们是朋友，我听说了，哦，她家的事儿……"

"阿姨现在不认识人了，也不记得家里的事儿了，你，你别刺激她吧。"

"哦，好的好的。可是，她这是怎么了，吓的?"我哥刁北坐到周铁燕旁边，抓住她一只手使劲摇，小保姆说哎哎哎，我哥刁北只能又松开。"铁燕儿，你怎么了? 连我你都认不出了? 我是刁北呀铁燕儿……"

周铁燕不看我哥刁北，慢慢起身，把一只手伸给小保姆。小保姆拉着她，往来路走。我哥刁北想阻止她们，犹豫一下，没那么做，起身随在她们身后。"你，她要是清醒过来，"我哥刁北把看向周铁燕的目光转给小保姆，"你告诉她，给我打电话，我叫刁北。"对我哥刁北的名字，小保姆显然没有印象，她面无表情。"我不知道怎么能帮她，安慰她，我只希望，"我哥刁北把目光重新放在周铁燕脸上，"铁燕儿，想开一些，坚强起来! 你应该没事，不会有事的，你一定要相信我。许明很快会出来的，你快点好吧……"

我哥刁北相信，对这次沈阳之行，纪学青/纪安妮一定做过长时间酝酿和充分设计，她有各种心理准备。她问我哥刁北住哪离北陵小区更近一些，那是姿态，其意思是，我没想主动和你鸳梦重温。我能报销，不用你交房钱，她半玩笑半认真地说。我哥刁北也有准备，至少准备了一周，这一周里，他先在心理上，接受了纪学青/纪安妮与他交流时，继续戴着那副陌生的、僵硬的、冷冰冰的面具。他们一周前在电话里的对话，仍延续了三个多月前在国贸咖啡厅里对话的风格。刁北下个周日你有时间吗? 我想去沈阳。哦? 有时间。你来出差? 不，想和你说说话。那我就订往返票了，周六到周日回来。我怎么找你? 拿到票后，你告诉我航班号和落地时间，我去接你。电话里，包括下一次通知飞机到达时间的电话里，他们都没提住宿的事。但现在，机场大巴由桃仙机场往市内开，在后排坐上，他们小声涉及了这个问题。这是个必然要涉及的问题。就一夜，你要没什么不习惯的，我哥刁北说，也可以住我那。停一下，我哥刁北没忍住，又加一句。那里条件再差，也比明星胡同强。纪学青/纪安妮没有反应。此前，我哥刁北没看她，他们都避免与对方对视。这时我哥刁北扭了下头，见纪学青/纪安妮正看向窗外。窗外的街景没什么特点。我哥刁北看到，纪学青/纪安妮的侧脸上有泪水流淌。我哥刁北手足无措，忙用废话替她揩去泪水：这是浑河桥，那边是五里河公园，这边的夏宫是个大游乐场，那边的万豪酒店和喜来登酒店……

在北陵小区东门外的绿江酒家，他们随便吃口东西，路经水果店时，我哥刁北说家里已经买了些水果，问纪学青/纪安妮还需要什么。路边人多，噪音很大，纪学青/纪安妮烦躁地说什么都不要，让我哥刁北讪搭搭的。拐进北陵小区，一下安静了，一排粗壮的杨树搭出一溜细长的荫凉。纪学青/纪安妮不好意思地看一眼我哥刁北，为她刚才的烦躁不好意思。我哥刁北没看她，看偏前方的马路对面。纪学青/纪安妮顺着我哥刁北的目光也往偏前方看。那里站三个中学生，分两伙，距离约五步。其中一伙由两人组成，一男一女，正搂在一起，亲一下嘴说一句话。另一伙是个单个男生，以山地自行车为道具，一只脚支地，一条腿吊在自行车峭拔的车座上。他身体平平地哈向车把，慢慢吸着手里的香烟，同时麻木地看面前亲嘴说话的男生女生。没有嫉妒的表情，也没有羡慕或者嘲讽的表情，像个百无聊赖的老人，心不在焉地冲电视发呆。他们应该是一起的，是同学，至少两个男生是同级同学。女生比他们略小一点。假设两个男生读高一，那女生就读初二或初三，若那两个男生正读初三，那女生顶多刚读初一。道路很窄，我哥刁北和纪学青/纪安妮虽然走在马路这一侧，但走到与马路那一侧的三个学生平行的位置时，也等于和他们成一块儿的了；是一伙人，被短短的距离分成了三堆。那男生女生说话声不大，可我哥刁北和纪学青/纪安妮还是能听到。此时，搂抱着的他们已分开身体，男生冲吊在自行车上的伙伴做个手势，那小伙子便扔掉烟头，直起身子，做好出发准备。而那小巧的女生，一副不情愿的样子，她朝向我哥刁北和纪学青/纪安妮这边的那张脸上，神色忧凄，目光迷离，似乎带着一丝绝望。她双手扯着男友肥大运动衣式白色校服下摆，好像挽留，又像乞求，乞求与男友同去某个地方，至少，她想知道，男友正打算去哪或做什么去。男生的上身向前倾压，压得很低，仍高出女友大半个头，他双手搭着女友两肩，细瘦的身体弯弯曲曲。这时，他们大约最后谈妥了什么，虽然女生仍不情愿，但男生的亲吻，已属告别演出。

"以后记住，老爷儿们的事儿，老娘儿们别跟着瞎逼掺和，知道不？"男生那条处于变声期的嗓子如同柳条，发出的声音是根鞭子，抽向女友时，是种柔软的击打。

"知道。"女生可怜巴巴地使劲点头。

我哥刁北一进屋，就听到一声可怜巴巴的哀求：老天爷，你饶了我吧……我哥刁北四处看看。他这屋没别人，声音是从墙壁上传过来的，墙壁上，镶着块被固定下来不能开关的小玻璃窗。他这侧的小玻璃窗上，窗帘卷向一侧，没拉上，玻璃窗另一面，青灰色的窗帘也没拉上。他往玻璃窗另一边看了一眼。隔壁房间，有个男青年坐在床上，直愣愣地看他，好像一直在等人出现，或者把窗口当老天爷了，在祈求它。他满脸通红，不知是因为发烧还是其他原因。我哥刁北不习惯这样偷窥式地观察别人，特别是他的观察被观察者发现了，让他有点不好意思。他冲男青年礼貌地一笑，收回目光。可他目光刚刚收回，脸还没从那个比脸大不了多少的小窗口移回来，就听到，有怒气冲冲的叫骂声跟了过来：操你妈的笑什么笑，幸灾乐祸呀！我哥刁北顿一下，没再往窗子上看，顺手拉一下窗帘。怒气冲冲的叫骂和可怜巴巴的哀求，发自同一条嗓子。

我哥刁北打量房间。这是一长串间间相挨的隔离病房中的一间，门上标个"6"，算第六病室。旁边住男青年的那间是第七病室，另一侧的第五病室，听不到声音，可能没住人。与第五病室相连的小窗子上挡着窗帘。看得出，这一长串隔离病房是新间壁的，除了房子不是新的，刚刚粉刷过的墙壁和才涂了油漆的地板，都能证明，这里不曾有人住过。家具很少，但那些东西——床、椅子、略大于床头柜的一只小柜，包括水壶水杯饭盒，明显的离开工厂或商店还时间不久。不大的房间看去很宽敞。卫生间则不然，狭小多了，洗手盆坐便器淋浴器挨挨挤挤，都白的，白得发青，如同雕塑家工作室里堆的石膏。洗手盆旁，除了毛巾香皂一次性牙具，还立俩瓶子，但装的不是洗头液润肤膏，上面贴的标签醒目地标明，它们分别是"碘伏"和"过氧乙酸"。"碘伏"与"过氧乙酸"的大字下面，都标有"非口服"的大字和说明用法用量用途的小字。病室门上，也有窗户，里外都没帘，从玻璃窗口能清楚看到门外的走廊。这扇窗户是活动的，没被钉死，但它窗划安在外边。它的功用是从走廊往屋里看。这时走廊上没人停下往屋里看，每一条白色的影子都来去匆匆——是感觉上，这些医护人员来去匆匆；具体行动起来，他们做不到来去匆匆，而是笨手笨脚，一副心有余而力不足的样子。乍一看去，他们穿得太多，但都装扮了什么，我哥刁北分辨不出，是几天以后，他才知道，这些医护人员在进入隔离病房区域时，要经过怎样复杂的程序。在人的防范面前，死神真会知难而退吗？他们的宿舍，也与外界隔离，当然和病室的隔离情况不太一样。他们出宿舍前，要戴好帽子，戴好两层口罩，用棉花塞住鼻翼两侧缝隙，再穿内层隔离服和隔离鞋，通过专用通道，进入第一更衣室。在第一更衣室，他们戴第一层手套，穿第二层隔离服并换胶鞋戴鞋套，这时他们还是轻盈的天使。但一到第二更衣室，他们就是笨拙的宇航员了，他们得穿上臃肿的猴服及其裤子，猴服的帽带必须系紧，裤子的裤脚要罩住胶鞋，然后戴第二层手套，戴第三层口罩以及眼罩，并再用棉花塞住缝隙，同时，再戴鞋套，鞋套外边还要用大塑料袋牢牢系住。这之后，他们才能通过缓冲间，进入病室区，在我哥刁北以及其他疑似"杀死"病人眼前"来去匆匆"。我哥刁北分辨不出那些来去匆匆的影子哪个是哪个，偶尔的，透过眼罩，才看得出他们是男是女。我哥刁北头一次注意到，男女的眼神太不一样了，最秀气的男人眼睛与最粗陋的女人眼睛放在一起，孰男孰女也一目了然。我哥刁北做一会通过眼睛辨男女的游戏，由窗外的白色影子上收回了目光，重看门里。窗口上方，有条手写标语："'三个代表'指方向'非典'恶疫一扫光"，标语下，贴着一张宣传海报："'非典'

302

小常识"。海报印制得粗糙简陋，缺少专业水准，像上面的手写标语一样，明显是急就章。我哥刁北只溜一眼，就又看到了那几个字：发烧，干咳，四肢乏力……这几天，他看到听到的都是它们。对它们，人类太过习以为常，造物主就不高兴了，把这看成人类的轻狂，便让习以为常呈现出狰狞可怖的另一侧面，以点拨警示和教训人类。我哥刁北摸摸额头，下意识地咳了两声，踩着轻飘飘的步子，像个真病人那样挪往床边，想躺下休息。这时，他听到了敲窗子的声音。是"7号"男青年在敲墙上那扇窗子。

"大哥，对不起大哥，你能拉开窗帘吗?"

我哥刁北拉开窗帘，看那个满脸通红的男青年。

"我不骂人了，也不打扰你，你这窗帘开着，让我多透点亮儿就行。"

每个病室都有窗子，不暗。我哥刁北爽快地说好。"7号"感激地说了谢谢。他似乎还想多聊几句，见我哥刁北没有兴致，就转身去端自己的水杯。我哥刁北也想聊天，可有点不敢，怕他再冲动，再骂人。我哥刁北顺手从包里的几本书中，把最厚的一本抽了出来。那是他前一天刚买的《亚当·斯密传》，还没读呢。在床上躺好，他先翻开"中译版序言"，只溜几眼，就读出了声音："……五十三岁之前，他只被人看作一个哲学家，而五十三岁以后则只被人看作经济学家。其实，他的作品主题涉及天文学、语言学、修辞学、哲学、历史学、经济学和政治学等多个方面。"读完这些，他想在书页空白处写几句心得。手头没笔。他太乏了，懒得动弹，就没去包里拿笔。他把书合上，睡了过去。

不知过了多久，我哥刁北感到有人摇他。他不情愿地睁开眼睛。他没想到，在这样一个环境与心境下，他能睡得如此踏实。是个胸前挂着"031"小白牌的护士。她说对不起。她又高又壮，似乎皮肤偏黑。我哥刁北坐起来时，她先去桌边晃晃暖壶，再谨慎地用双手捧起暖壶，往剥去消毒纸套的白瓷杯里倒开水。她的行头让她动作僵硬。很快，她的僵硬让我哥刁北吃了苦头。她要求我哥刁北伸出手来，让她采指血。她一次次扎下手中的针头，可只扎疼了我哥刁北，没扎出血，第三次才收集到一点点鲜红。她表示了歉意。我哥刁北夹体温表时，她对着巡诊车上的一张表格，仔细配药，再依照表格上的项目，逐一提问，以打挑或者打叉的形式记录我哥刁北的回答。她的最后一个问题是生活上的：请问"6号"有什么生活方面的要求吗？有，我哥刁北指指桌上半空的烟盒说，能帮我买条烟吗？"031"边说可以边记下来，这才看体温表，并指导我哥刁北服下不少于七种的药。鸡尾酒疗法？我哥刁北顺嘴问道，带点卖弄和调侃。

是这时候，"第七病室"的叫喊声和扭打声传了过来。先是一些嘀嘀咕咕的说话声，其中的女声，显然也是护士。紧接着，"7号"的声音骤然大了："操你妈的，我不是我不走我不想死！我就在这哪也不去我传染你……"随着一阵扑扑腾腾的声音，和"7号"嘀嘀咕咕的女护士也喊起来，她喊"救命"，喊"你干什么你"，喊"小王"或者"小黄"。估计"031"就是"小王"或者"小黄"，她扔下我哥刁北往隔壁跑，走廊上还有其他杂沓的声音往"第七病室"汇拢。我哥刁北隔窗看去，见"7号"正被几个"白影子"拖出去，估计是男医护人员。我哥刁北的视线被"白影子"挡住了，看不到"7号"，但他能听到"7号"的鬼哭狼嚎："我操你妈呀，老婊子传染我，小婊子传染我，你们不得让我得，你们不死让我死，我不想死呀操你妈的老婊子小婊子……"病室区很快又安静了，戴"031"胸牌的"小王"或"小黄"回来后，大概怕我哥刁北受"7号"影响，也发作起来，拉着巡诊车的离去好像逃跑。她没忘记从外边把门锁死。逃跑带起一阵微风，有两张表格从车上飘落。我哥刁北捡起来看，都不是他的。他拍着门喊"嗨嗨"，喊"你回来"。"031"停在五米开外，不肯回来，只警惕地看我哥刁北，同时求助似的看她周围来往的"白影子"。"白影子"都忙，没人理她。或者，只要她不开口，"白影子"都觉得多一事不如少一事。好在她很快看清我哥刁北手里的表格了。她扔下巡诊车"跑"了过来，边打开门上小窗接过表格，边说谢谢。"并不是每个人临死时都会发疯。"我哥刁北说。"031"尴尬地笑了。她的笑比哭还难看。受到护目镜和多层口罩包裹挤压的脸不适宜笑，哭也不适宜。

后来他们熟了。所谓熟，就是"031"不再担心我哥刁北也会发疯。她说你不会死，你基本被排除了，你没事儿。和我哥刁北聊得多了，她已变得坦率直接。在证明我哥刁北被排除前，她就感慨说，得"杀死"的人容易崩溃，容易变态，容易疯狂。我哥刁北解释说，崩溃变态疯狂，都不是"杀死"造成的，是死亡造成的，或者说，是对一种突如其来的无从把握的死亡的恐惧造成的。"031"很欣赏我哥刁北，说他是全医院最冷静的人，似乎比医护人员还沉着冷静。她还问，如果你被确诊"杀死"，甚至没救了，也这么冷静？是我哥刁北解除"疑似"后，她这么问的。我哥刁北看出来了，坦率直接，是她性格的本色。她姓黄，未婚，二十七岁，无恋爱对象，是连写三封请战书才进的隔离病房。我哥刁北说我希望至死都能保持冷静，可谁知道呢？小黄说我要不死在这里，他们答应让我入党。

是因为那两张飘落的表格，他们关系近起来的。小黄说，如果你把表格藏起来或撕了，我非挨处分不可。她说"7号"那天吵闹，是因为被确诊了，被送往昌平那边新建的小汤山医院去了。不知道他现在是不是还活着。她说。她还说，"7号"骂的"老婊子"和"小婊子"，分别是他妈和他妻子。先是他妈有病，他妻子去护理，然后他妻子又病了，他再去护理，他一护理就也病了，也有了非典和疑似非典的说法。他被送来隔离时，他妈和妻子经过抗真菌治疗，好像好了，都回家了，她们是被当作一般发烧治的。他认为她们能好是因为把病传给了他。其实，他妈和他妻子一回家就又发病了，他骂她们时，她们已经死了。小黄给我哥刁北讲完什么，都叮嘱要保密，可忍不住，她每回来我哥刁北的"第六病室"，都讲点什么，也提问题。好像她是用她的讲来交换我哥刁北对她问题的答复。你说"杀死"能过去吗？这是她的主要问题。她分别把我哥刁北当成"杀死"总头目、医学专家、卫生部长。

出院前夜，我哥刁北上半宿没睡，下半宿一直做噩梦，凌晨三点就醒了，读包里那本轻松些的小册子：《伯林谈话录》。前一天，全面体检后，借小黄的手机，他与外界通了电话。潘秋菊、周铁燕、我妹刁星、关光，他打出去四个电话，连听四遍惊讶感叹喜悦激动甚至哭泣。这四个人，在他住进医院的三至五天里，分别收到过他写的信。那些信挺长，经过院方消毒处理，也经过审查。院方担心信件传播病菌，更担心传播某种信息。他们要避免有人像张文康那样乱传信息。在这点上，医院的工作量比监狱大，监狱只担心信件传播信息。接到我哥刁北信的四个人，都第一时间就写了回信，也都挺长。数日后我哥刁北挂给他们的四个电话，比信短多了，皆言简意赅简断截说，然后他把一百元钱塞给小黄。小黄不要，两人几乎撕扯起来。是为了不破坏小黄笨重的着装，我哥刁北才没继续撕扯。

吃过晚饭，我哥刁北早早睡下，他怕一激动，体温再上去，那免不了又得来一番检查。不知睡了多久，一些来自隔壁的声音惊醒了他。是"第五病室"发出的声音。现在住"第七病室"接受观察的，是个大学生。前一个"7号"被带走后，"第七病室"又粉刷过。太麻烦了，那屋本来还新的一样。"第五病室"一直空着，"5号"是两天前住进来的。这两天，"5号"几乎没说过话，也很少弄出响动，加之两屋间小窗户上的窗帘没被拉开，在我哥刁北感觉中，他这人仿佛并不存在。他存在。是存在过。作为一个具体的人，我哥刁北终于看到他时，他才不能再算存在。严格地说，惊醒我哥刁北的声音先来自走廊，由走廊一直响到"第五病室"，再由"第五病室"响回走廊。我哥刁北觉得声音不对，谨慎地把自己这边的窗帘拉开一角。这是下意识动作，他没希望看到什么。可他视线竟没受阻挡。也不是有人有意不阻挠他偷窥隔壁，是"白影子"忙碌时，不小心把"第五病室"的窗帘刮开一块，约为窗子的三分之一宽。那是半巴掌的缝隙，足够我哥刁北的目光逡巡隔壁。那屋比我哥刁北这屋紧巴。各间病室规格一样，紧巴，是里面摆放的各种机器设备造成的，此时"白影子"正往外搬那些救命的家什。床上蒙着白布，白布下躺个人——应该是死人，想必就是这两天与我哥刁北为邻的"5号"。我哥刁北感到惊讶，这"5号"死得也太快了，更让我哥刁北惊讶的是，医护人员实施抢救时，竟无声无息，没影响到他。小黄说过，尽量无声无息地说话走路做一切事，以避免引发恐慌情绪，也写在医护人员的军令状里。这时"第五病室"只剩俩人了——不算死的，是两个像小黄一样的女护士。没有小黄。两人掀开蒙尸体的白布，晃动喷雾器在"5号"身上扫来扫去，像刮大白，更像连发扫射，因为喷雾器没接触到"5号"身上；之后，她们哈腰，用浸过消毒液的棉球堵"5号"身上的各个孔洞，耳朵鼻子口腔肛门之类；再之后，她们用浸过药水的布单裹他，裹好几层，裹结实后，将他塞进一只大塑料袋里。一切就完了。关灯。离去。锁门。

我哥刁北对隔壁的观察不少于半小时，却始终没看清"5号"的脸，不知道这个还在疑似阶段就被杀死的家伙长什么样、多大年纪、死去的时候表情如何。起先，围在"5号"身边的人更多一些，他看不清楚比较正常；可后来，人少了，只有两个护士忙忙叨叨，他还是什么都看不清楚。是两个护士移动脚步时，总交替着错身，对我哥刁北的视线进行遮蔽。她们不是成心。我哥刁北唯一看清的是，死去的"5号"是个男人。她们用布单裹他时，他的阴茎暴露出来，在女护士之一的腹部摇晃几次。它很大，仿佛是硬的。

十七

　　上楼进屋，我哥刁北想就他简陋的居室说几句什么。纪学青/纪安妮拦住了他。不是特意拦的，是不等他开口，甚至还没坐下，就捉住他眼睛，先说话了：刁北，我憋不住了，你听我说好吗？我哥刁北说好呀好呀，你说你说。他站在厨房门口面朝屋里。我在这儿烧水泡茶，不耽误听。

　　在此之前，纪学青/纪安妮一直矜持犹疑，欲说还休的矛盾心态让她心事重重。她比三个月前憔悴一些，也许这是一次短途飞行留下的烙印。她也瘦了，这可不是一次短途飞行能制造的效果。有的瘦身计划，正好以一个季度为一周期。好在一个季度已经过去，在接下来的一分钟后，或者十分钟后，再或者一小时后，来自北京的外交官员纪安妮就变了，也许是突然地，也许是逐渐地，又恢复成了三十年前那个来自山东的女大学生纪学青：心直口快，快人快语，快刀斩乱麻，萝卜快了不洗泥……

　　纪学青/纪安妮将她的故事从头讲起。

　　头是纪学青告别我哥刁北和我姥，离开北京来到聊城。对纪学青来说，这是一个人生地不熟的清冷小城。走在破败的街巷里，她觉得这里有点像德耳布尔前旗。纪学青望着我姥那个好姐妹的地址，没勇气搭乘驶往乡间的汽车。她想到了爸妈。如果在这里被抓，很可能她

308

一辈子都见不到爸妈了。她默默地哭着。寒风打在她的脸上，她的哭泣变得冰冷，而冰冷导致了她的清醒。她相信，只要她谨慎点小心点，加之她熟悉青岛的一切，德耳布尔前旗人如果真在青岛，要抓住她也不那么容易。她擦干眼泪，又上火车，瞪着一双警醒的眼睛回了青岛。她先住到一个小学同学家，然后在爸妈上班的路上连日观察，最后又通过小学同学，在爸妈那里暴露了自己。德耳布尔前旗人的确去过她家，还与当地公安机关取得了联系。纪学青便没踏进家门，与爸妈的几次见面，都约在外边。爸爸请来乡下老家的一位表妹，妈妈则悄悄替女儿打点行囊，几天之后，纪学青在表姑妈的陪伴下潜离青岛，在沂蒙山区的何家店住了下来。这里距青岛三百公里，距她的祖籍纪家店三十公里。多年前，表姑妈就是由纪家店嫁到何家店的。何家店纪家店一带的人敦厚淳朴，乐善好施，战争年代，那个保护伤员的"沂蒙红嫂"的传说，就流传在这里。表姑妈是何家店的妇女队长，作为干部，她与老家纪家店的人仍有来往，她了解到，找纪学青的公安没去过纪家店。差不多就是这时候，纪学青对何家店已经熟悉的时候，她发现，她没来月经，然后，有经验的表姑妈和有专业知识的赤脚医生都告诉她，她怀孕了。

这是一个晴天霹雳。纪学青首先想到要当个罪人，不论孩子出生前还是出生后，她都想过要当罪人：杀死它/她。当她肚子里的孩子还是它时，不光她要杀死它，表姑妈，在青岛得到消息的爸妈，都建议她杀死它。怀孕是喜事，可对于具体的纪学青来说，却是灾难性的错误。纪学青知道这不是自己的错，也不是我哥刁北的错，更不是她肚子里那个未来的刁民或貂蝉的错；怀孕这事本身是个错误。要补救这错误并不困难，表姑妈有能力帮她轻松地做掉胎儿，她只要去一趟乡卫生院就可以了。

"如果我一定说是我们的爱情阻止了我去卫生院，我认为也不错，那不是我故意说好听的。"纪学青/纪安妮没坐沙发，她身体笔直地坐椅子上。一只水清茶绿的玻璃杯是她手里的道具。"可我必须承认，从你把我送上火车，从我们最后一次分开身体，穿好衣服，我就知道，我们的爱情已到此为止，在那样一种环境下，我非常清楚，爱情没法天长地久。我只能说，我不知道我为什么忽然决定违背所有人包括我自己的意志，不去卫生院，留下我们这个不合时宜的孩子，哦，貂蝉。"

"哦，貂蝉……"我哥刁北下意识地，嘟哝这个鲜活的名字。

其实，在此后数个月的怀孕期里，纪学青始终犹豫不决，包括貂蝉出生后，她仍然起念要杀死她。她已成了何家店农民。她的历史中，已经没有了在北京读大学和在德耳布尔前旗工作的记录。她是青岛知青，下乡时回了纪家店老家，与未婚夫同居后挨婆家人欺负，就来何家店投奔表姑妈了。可三十公里的距离实在太近，交通再不便，信息再闭塞，何家店的人也知道了纪家店没有过纪学青其人。一股无形的压力缓缓而来，已有警惕性高的人，从阶级斗争的角度考虑问题了。这时面对刚满月的貂蝉，纪学青的想法是先杀死她，再杀死自己。表姑妈是个精明女人，她知道有貂蝉在身边纪学青会非常为难，大概只有死路一条，如果貂蝉不在身边，纪学青倒能少些负担。当然，取消负担的人，不能是纪学青自己。某天早上，纪学青一起来，就发现貂蝉没在身边。貂蝉经常不在身边，那个懂事的、不喜欢哭闹的、和任何人都容易亲近的健康女婴，是许多人的宝贝。她以为她在表姑妈房间。可很快，老实木讷的表姑父告诉她，强悍果断的何家店妇女队长带着貂蝉出远门了，去了哪里她没说，她只让丈夫告诉表侄女，也许她得离开何家店了，没准再过几天，何家店的造反派，再敦厚淳朴乐善好施，也会耐不住性子的，会没完没了地找她麻烦。慈悲向残忍的转化快于后者转化为前者。他们倒抓不住她"国际间谍"的把柄，可她这个外乡人生了私生女呀。当地不乏未婚母亲，一般没人过问；可一旦有人想要过问，资产阶级女流氓的帽子也是现成。至于孩子，表姑父说你姑妈让你尽管放心，她有办法安置好她，等这阵风头过去，或你自己稳定下来，孩子能随时回你身边。表姑父说，表姑妈唯一歉疚的是，没为纪学青设计好下一个去处。纪学青相信表姑妈留下的每一句话。她又等一天，晚上了，见表姑妈还没回来，也没消息，就在两个表弟护送下，离开何家店，回了青岛。表姑妈被何家店造反派打死的消息，是二十天后传到青岛的，表姑妈至死没说她把纪学青母女藏哪去了——造反派认为，纪学青也是她带走的。如果造反派来青岛找纪学青，也许能找到，但打死人了，事情闹大了，他们的革命便没彻底。至于貂蝉，所有的人，包括纪学青，都不知该去哪里寻找。多年后，纪学青回趟何家店，为表姑妈立了块碑，还对陪她前来的县领导讲了表姑妈保护她这"国际间谍"的感人故事。提到生貂蝉时，她没说她是未婚母亲。又过几年，她再来为表姑妈扫墓，一个与她有关的"沂蒙姑妈"的故事正在民间流传，与"沂蒙红嫂"的故事一样，被旅游团的导游小姐说得催人泪下……

"法国有个作家叫纪德你知道吗？"

"知道，拿过诺贝尔文学奖。"我哥刁北想说我曾给你写过短信，告诉你你丈夫纪德我也知道，但没说。也许她真没收到那条带有讹诈或威胁嫌疑的短信，那样最好。

"我丈夫也叫纪德，在法国留过学，祖籍也是纪家店，跟我没亲戚关系。我认识他那会儿，他也是'国际间谍'，正被'控制使用'。他是潜艇专家，参与过新中国第一艘潜艇的设计制造，他一倒霉，妻子就离开他了。他没孩子。我们后来生的女儿叫飞燕。八四年他参与新艇的水下试验时，那艇出问题，漏水了，又浮不上来，他在艇里被淹死了。"

"哦，学青，能快点告诉我你怎么找到貂蝉的吗？"

"我的事儿，没对他隐瞒一丝一毫。他知道你。他对貂蝉非常好，比对飞燕还好……"

"我，谢谢他——"

"表姑妈刚死那段时间，我不敢出面——主要不是怕何家店的造反派发现我，是我没脸见表姑父和表弟表妹，逢年过节，都是我爸我妈替我去何家店看他们，慰问他们，如果他们情绪好，再请他们帮忙想想，表姑妈有可能把貂蝉送到哪里，然后根据他们猜测的线索，往各处写信或打电话。都没结果。再后来，开始承包责任田那会儿，有个即墨的妇女队长，来沂蒙学习，顺道到何家店看表姑妈，她说她和表姑妈是当年听大寨郭凤莲的报告时在省里认识的，一认识就成好姐妹了。知道了表姑妈的情况后，她对表姑父没说什么，只把我爸妈的地址要了下来，然后，她来青岛找我，说貂蝉都好，在她家呢。我立刻跟她去了即墨，看到了貂蝉，带回了貂蝉，还在即墨的县委招待所，给你拍了电报……"

这天晚上，我哥刁北打算睡沙发，被纪学青/纪安妮制止了，她说是不我太老了，对你没吸引力了。纪学青/纪安妮的话是笑着说的，是玩笑，她看得出，对她身体，我哥刁北没排斥的意思。不在于她保养得好，而在于，他的确还喜欢她，爱她，即使三个月前她伤害了他，他对她的喜欢与爱，也只动摇了一点点。现在那被动摇的一点点喜欢与爱又恢复了。当然他也看得出来，她对他，大约没有了喜欢和爱，她允许他睡在她旁边，睡到她身上，睡进她体内，只缘于一种久远的记忆和残留的惯性。还有，睡可以睡，见貂蝉却万万不行。纪学青/纪安妮郑重声明，她是基于对我哥刁北的信任，以及对他有可能做出的某种唐突举动的预警防范，来沈阳实话实说的。貂蝉一切都好，她说，她为她有个作为潜艇专家的烈士父亲感到骄傲，她与飞燕从来都是一奶同胞。她的记忆，是一列火车，行驶的轨道始终平稳，你不能用一块突如其来的大石头去颠覆它。而我，请你别误会，我绝不是从虚荣的角度考虑问题，哪怕貂蝉的亲生父亲是外交部长，是总统首相，是联合国秘书长，我也不允许谁再在她脑袋里设置新的记忆程序。我哥刁北还想争辩，说你想让她在童话里度过一生？让她永远不知道自己身世的真相？更想说，你阻挠我和貂蝉父女相认，是怕自己平稳的历史受到颠覆吧？他没说出口。纪学青/纪安妮以不容置疑的口吻，剥夺了他争辩的权利，一如剥夺了貂蝉真实的出处。纪学青/纪安妮最后与我哥刁北拉开一点距离，半是乞求半是威胁地，为三个月前我哥刁北的北京之行和她的这次沈阳之行画上了句号：

"原谅我刁北，更请你服从我。刁北，我相信你是真正的绅士，即使有一天，貂蝉就站你面前，没我同意，你也不会认她，而是不动声色地走过去，头都不回……你明白吗？"

"我不明白哥。"

"什么？"

"我知道二哥不明白什么。你的传，为什么不自己写？不写自传？"

"我，他作家呀——唔，刁斗，我希望真实，我害怕第一人称让我虚假。在我印象中，所有那些伪善和谎言，那种做作的、粉饰的、自以为是的、自我标榜的、硬拿不是当理说的东西，都从第一人称里冒出来的。可你来写我，就是第三人称的我了。"

"是这样？我明白了。我尽量做好，争取让你的传跟我的小说一样真实。"

"蒙大哥哪二哥，你写那么多小说哪个是真的？怎么能拿胡编乱造的小说跟真人真事的传记比真实？"

"真人真事只是事实，事实不是真实。"

"对，我不为陈述事实，只为呈现真实。"

"可你小说总喜欢用第一人称。"

"那好像是两回事儿哈刁斗。在小说里，第一人称制造的只是真实的效果，那是修辞，传记里的真实——"

"某种意义上，小说里的'我'可以与我无关，传记里的'我'则必须是我。"

"这是哑谜还是绕口令呀，我越听越糊涂了。"

"糊涂就糊涂吧，你作证就行刁星，记得今天刁斗答应我的事儿。今天是，二〇〇三年九月三十号，我五十岁生日。"

我哥刁北和我郑重握手，我妹刁星又笑嘻嘻地加上一只手。半夜了。马上十二点了。

各位看官：

　　以上文字，皆为我哥刁北所写。我的意思是，这部关于
我哥刁北的书，不是我写的，是他自己写的，只不过，他借

313

用我的口吻，采用了第三人称的叙述方法。他五十岁生日那天，我确实答应过为他写传，可一直没动笔，或也没想动笔。是看到这本书后，为完善它，我和他聊了几次，对他二〇〇三年九月三十号之后的情况做了些了解。有的东西他说得详细，有的东西他说得含糊，有些东西，他避而不谈。至于这本书署名"刁斗"而非"刁北"，也是他的意思，对此我想解释几句。其实，他用第三人称写自传，借我的嘴说他的事，也可以署自己名字。当时我一看到这部书稿，就对他提到了美国女作家格特鲁德·斯坦因，我甚至认为，他以如此手法写作本书，很可能受了斯坦因启发。可他对斯坦因的名字从未耳闻，更没读过她的作品。我告诉他，斯坦因是美国心理学家和哲学家威廉·詹姆斯的学生，而威廉·詹姆斯的弟弟亨利·詹姆斯，也是享誉欧美的著名作家。这回我哥刁北上点路了。他也没听说过亨利·詹姆斯，但他知道威廉·詹姆斯，还读过他《心理学原理》的一小部分，读不下去，放下了，后来又读到他《实用主义》的一小部分，倒很喜欢。他还曾试图找到全本的《实用主义》，没找到。我把格特鲁德·斯坦因的《艾丽斯自传》拿给他看，说你看看，这是斯坦因自传，她自己写的，可书中叙述者，却是她工作秘书和生活伙伴，一个叫艾丽斯的女人，在这点上，你的书和《艾丽斯自传》一模一样。《艾丽斯自传》就署斯坦因名字，你这么干没关系。我哥刁北摇了摇头。为什么我得知她一样？他说，要是早知道已经有人用别人的口吻写自己了，我还不会这么写呢。然后他说，如果能出版，就用你名，你当专业作家，有任务量，让它给你的任务量凑个数吧——当然了，前提是你不觉得它辱没你。这之后，他不再与我继续讨论，连出书后的稿费问题都不讨论。他独自去厨房，给除了已故我爸之外我们其他七位"老刁家人"做饭。据长年出入各种高档酒店的我妹刁星估计，我哥刁北现在的烹饪手艺，考个二级厨师证没有问题。我手抚他的自传手稿，望着厨房里他忙碌的身影，想不好他为何放弃版权。也许，他真没考虑太多，确实是只想帮我这专业作家完成任务定额。可这样的话，他这个一辈子以读书为业并那么渴望著书立说的人，就不会再有自己的书了。我相信，到目前为止，他完成的作品只有这一件，而据我观察，除了这本书，他也不会再写别的书了。是因为自传不属于他更看重的著作类型吗？

这就是这本书的来龙去脉。整部书，只有这一小节，加上下边一节，出之我手，而再下边，全书最后那个年表，也是我哥习北自己拟的。这年表他拟得特殊，不同于我见过的任何年表，我不知道他什么意思。我问过他，他拒绝解释。说好多年前的事了，忘了当时怎么想的，也忘了为何把它拟成这样。整理此书时，我曾打算把它删掉。可思来想去，为保持全书原貌，为尊重我哥习北心血，还是保留了它，用它作为全书的结尾。另外，他原稿前边，有一段题记，是这样写的："涉及生命叙述，本没有什么精确的记载。其开端可以是时间流程的任何一个点，这就像人们欣赏绘画时，第一道目光可以落在一幅绘画的任何一点上，重要的在于，渐渐地，整体重新显现。"我问他这是否是他的语录，他说不是，肯定不是，但他忘了谁的话了。好像是个法国人的。他说。我说用没有出处的话当题记可能不好，那删了吧。他笑着说，这书已经是你的了，你随便处理。

几年一晃就过去了，二〇〇三年九月三十号已成历史，我们兄妹三人那天的聚谈，已渐渐淡出我的记忆，肯定更淡出了我妹习星的记忆。每个人都忙，她尤其忙。我们身处的时代像个大号陀螺，带着我们不停旋转，也不知能否带着我们转离原点，能离开的话，离开的距离又是多少，即使能离开也离开得足够远了，又会怎样。这几年，我在按组织要求写作主旋律报告文学的同时，在按制片商要求写作反腐的打黑的爱情的底层的电视剧的同时，还依着自己心愿，写了长篇小说《代号SBS》；我妹刁星也越混越好，步步高升，成了报社副总编辑，成了区人大代表，要一个会议接着一个会议地开，一个后门接着一个后门地走，有两年过春节，全家人聚在我妈和我哥刁北的新居紫荆花园，包括她丈夫李宇和她女儿李小璐都到齐了，唯有她，却去加班——我相信她是加班工作，与情人约会，她不至于连我妈和小璐都忘到脑后。别的春节，全家人里只少我爸，那两个春节，是她和我爸双双缺席。我爸死了，没办法；她虽然活着，也没办法。随着她仕途顺风顺水，她越来越是公家人而不是我们这个小家的人了。好在她开心愉快。我和我哥刁北也开心愉快，尤其我哥刁北，与以往已大不一样。如今他是个珍惜血缘关系顾及亲人情谊的人。不知他的变化，与我爸之死是否有关。我爸死后，我哥刁北与我妈相处甚洽，头一年，最常回家看我妈的，不是我和我妹刁星，倒是他。一年以后，他主动与我妈商量，又责成有本事上天入地的我妹刁星，把他北陵小区的房子和我妈南市小区的房子卖掉，合起钱，再拿些积蓄，在紫荆花园买了个一百八十多平米的四室两厅房子。这回我们全体"老刁家人"住在那里，也能各得其所互不相扰了。全体"老刁家人"一年集中到一起的时候，不会超过十个晚上，可我哥刁北强调，住一晚上也要有家的感觉，他把紫荆花园里的"我家"和"我妹刁星家"布置得舒适温馨。我家三口有我们的住处，我妹刁星家三口有他们的住处，平常一百八十多米的紫荆花园里，只有他和我妈母子相伴。我妈也已垂垂老矣，但做些日常家务还没问题，她说她有能力照顾她的长子，也愿意照顾她的长子。她将近五十年没照顾过他。我哥刁北不用我妈照顾，他坚决让我妈接受他的照顾。后来，这对母子达成协议，能一块儿干的活就一块儿干。他们每周打扫六次房间，四室两厅，一天一个区域，周日可以休息一天。而每天三顿饭，一般早餐我妈负责，午餐晚餐两人一同忙活，买菜也是同去市场。两人坚持早睡早起，除非天气特别不好，一般情况下，不论春夏秋冬，每天都去百鸟公园健身晨练。最初我哥刁北起早困难，要我妈叫，有时叫了也不起来。但很快，一两个月后，他生物钟就调了过来，早上一过五点，他在床上就躺不住了。我哥刁北的单独行动是，一周有那么两三个下午，要去百鸟公园与人下棋。公园里不乏象棋高手，我哥刁北刚出山时，自信心被杀得七零八落。他离开出版社后，有十多年没下过棋了。好在他态度端正又聪明依旧。他认真观摩，用心琢磨，再买几本棋书仔细揣摩，没过多久就没对手了。近两年，在百鸟公园象棋界，连设局骗钱的那几个家伙都惧他几分，一提老刁，无人不晓。当年遇罗克的预言，延期四十年后终于实现了，尽管没实现在北京的明星电影院"这片儿"，而是实现在了沈阳的百鸟公园"这片儿"。

我哥刁北已不怎么看书，是不再看那些哲学的思想的社会学的书。他看报纸，看休闲杂志，并让我定期提供武侠小说和悬疑小说。也背英文，背唐诗宋词，其目的是活动脑子。他电视新闻也看得少了，但坐在电视机前的时间大大增多，他现在能忍受电视剧了。歌颂爱情的日剧韩剧，歌颂帝王的旧剧古剧，歌颂反腐倡廉的正剧悲剧，歌颂日常生活的喜剧闹剧，他都能陪我妈看得津津有味。所有的连续剧都很漫长，只要决定看哪个了，我妈和我哥刁北基本能做到一集不落，如果恰好演某集时，他俩中的一个没在家里，另一个看过后，一定会详细做出转述。一年中，我哥刁北仍去北京三至四次，与潘秋菊约会，一般每次待一周，至多不会超过十天。有几回，潘秋菊有机会来东北出差，不论去哪，都停一下沈阳，在紫荆花园住两三天，那两三天里，她和我妈像真正的儿媳妇与婆婆那么相处。我妈不讨厌她，她对我妈也挺尊重。潘秋菊来沈阳，若恰好我妹刁星去紫荆花园，赶上了，就说说话，吃个饭；若没赶上，潘秋菊我哥刁北还有我妈，都不提是否需要通知我妹刁星，过后我妹刁星知道了也没有意见。有一天，胡晓娜死了，这回不是自焚，是心脏病突发正常死亡后，被火葬场焚的。佳佳来电话，求我哥刁北代写临终遗言。我哥刁北非常为难，说佳佳我早不干这个了，我什么都不干了，我也死了，我早就死了，现在活着的这个刁北，和以前那个刁北是两码事儿了。佳佳不理解我哥刁北在说什么，任凭我哥刁北怎么解释也听不明白。她能听明白的只是，我哥刁北不替胡晓娜写临终遗言，与胡晓娜练没练过法轮功没有关系，他就是搁笔不写了，即使死的是市委书记省委书记，他也不会替他们写。佳佳不高兴地撂了电话。但给胡晓娜送葬时，我哥刁北陪我妈去了，我妈还对许多人说，我儿子女儿的名字都是晓娜取的，他们也等于是晓娜的孩子。这对佳佳是个安慰，说明我妈和我哥刁北没瞧不起她妈。从火葬场回来，我哥刁北和我妈在一家书店门前下了佳佳他们的车，要打车回家，我妈问我哥刁北想不想进书店逛逛，她知道，我哥刁北过去上街只进书店。我哥刁北笑着说，我又不看书，逛什么书店，我可没义务替刁斗买书。也是，我哥刁北过去的书，都给我了。紫荆花园四间宽大的房子里，没有能称之为书房的房间。倒也有个小书架，是我看那里还有几本工具书、几本健身的饮食的唐诗宋词的汉语英语的书，就买上它，送过去，随便安置在一个角落。这时候，我哥刁北和我妈刚说完话，说完不替我买书那句话，一扭脸，竟看到个熟人迎面走来，一个刚好走出书店的熟人，一个我哥刁北的熟人。是周铁燕！略显苍老的周铁燕来到路边，也为叫出租车。她和我哥刁北同时看到对方，都一愣，但都没回避这次邂逅，还都挺高兴，急忙凑近互相问好，我哥刁北还给我妈介绍了周铁燕。做介绍时，没附带任何说明。周铁燕虽然显得苍老，但仍然快活，一如往昔的天真单纯，脸上始终挂着惊奇的微笑。显然，她失忆症好了，羞涩和激动，能说明她一切都很正常。我哥刁北一直不枉信她真的病了，别的病可以，感冒发烧腮腺炎颈椎病都可以，但说她失忆了，即使他曾亲眼所见，也不愿相信。不光不愿，是根本不信。他认为，周铁燕的那些举止是有意为之，很可能，它们出之于她那个在沈阳官场盘根错节的家族成员的共同编导，也许他们认为，周铁燕佯病有助于解救许明。这样的猜测，我哥刁北没法求证，即便周铁燕还上他床，她不主动说，他也不能唐突求证。不过有件事，他可以求证，周铁燕也坦率地做了证实，许明的确出来了，是押了两年零九个月后，弄出来的。我哥刁北没求证别的，也没听说别的，是周铁燕主动把别的也一并说了。她仍把我哥刁北当知心人。周铁燕说，为弄出许明，花的疏通费超过百万，已经判完刑了，再翻案改判特别麻烦。周铁燕又说，刁北我骂你你别怪我，那时我完全傻眼完全蒙了，我必须胡说八道宣泄一下，可除了许明，我只有你呀，我不找你又找谁呢？她表白时，涌上面颊的潮红撑开了皱纹，大大的泪珠滚落下来。她的双手，紧紧抓着路边的铁栅，好像那是我哥刁北身体的某一部分。但你知道刁北，我从来都爱你，即使现在，我不能和你再在一起，也爱你，也喜欢你，也把你看成精神的支柱……我哥刁北也鼻子酸了，他悄声说铁燕儿你平静些，别让人看见。他悄悄瞄了我妈一眼。我妈站在十米开外，正仰头看公交站牌上的一个个站名。周铁燕使劲咽回泪水，说好我不这样我听你的，可刁北，你能不能告诉我，说你也爱我，至少当初，你爱过我……我哥刁北忙说是的，说铁燕儿我一直——可周铁燕又笑着打断了他。别说了别说了，你看刁北，我总难为你，你别烦啊，我相信你也一直爱我。她抹一下眼睛，清清嗓子，从皮包里掏出几本书给我哥刁北看。几本书都与股票有关。这是我给许明买的，她用冷静下来的声调说，许明真了不起，他没垮，聪明还在，这几年，他炒股票，是沈阳证券界名气不小的操盘手了，现在他挣的钱，比当初多多了；可怎么说呢刁北，他好像有点，走火入魔吧，为他不能再回官场，怎么着也乐不起来，他说如果现在还让他当官，他宁可再次倾家荡产……我哥刁北和周铁燕分手时，两人都没问对方换没换手机，没索要对方的或留下自己的电话号码。

　　我哥刁北没再找过纪学青/纪安妮，她也没找他，自然了，他更没找貂蝉。有几回，在北京，他试图去貂蝉上下班的路上看女儿一眼。但他最终管住了自己。倪可心还定期寄钱，我哥刁北怎么表示不要她也照寄，而且还多了条寄钱理由。她说她的刺绣作坊特别红火，挣了很多钱，而她的刺绣手艺那么高超，应该有些我姥的功劳，我姥算她半个师傅。师傅活着时她没能力孝敬，现在让我哥刁北替我姥接受孝敬，也能寄托她对我姥的感情。她没回过中国，刁婵也没再回来。刁婵已在高雄安家，和王子玉有了一儿一女，她生儿子和女儿时，倪可心都去台湾看过她。刁婵从网上给我哥刁北发来过她家四口人的合影照片，但没对我哥刁北发出过去台湾走走的邀请。王子玉邀请过，我哥刁北应了个含糊话。

　　至少从外表看，我哥刁北的身体比以前健康。以前他面有菜色，身体偏瘦，是缺少锻炼和案牍劳形的结果。五十岁以后，渐渐地，他红光满面了，心宽体胖了，有点像离休前后直至得病的我爸，从身材外貌到举手投足，都像。他脑子依然灵活，日常生活中，在废物利用方面，在计划开支方面，在按营养配方设计食谱方面，他头脑的优势都很明显。但我和我妹刁星再请教什么，包括阿斗小璐请教他什么，除了知识性的，他多半敷衍，多半以嘿嘿一笑打发我们。他说我真的已经死了，你们别再难为我了，起码我也是个饱食终日无所用心的老朽吧，是个社会的局外人吧，我再也不会自不量力地胡言乱语误人子弟了。这几年，我认识的一些朋友，在网上开论坛写文章，重新判断"文革"问题，深入思考当下问题，生硬地对比毛泽东时代与邓小平时代的优劣好坏。有些观点言之凿凿，比如说，"十年文革奠定了中国民主的坚实基础"，比如说，"市场化、私有化是中国改革开放的一大杀手，是中国官方和社会全面腐败的真正根源"。我不同意这类观点，在这样的问题上，我与主流意识形态站在同一立场：全面否定文革，承认市场化、私有化的利大于弊。这倒不是作为党员，我得与中央保持一致，这是我用自己的眼睛看世界后得出的结论。可我的思想准备和思考深度，不足以让我在与朋友们的辩论中势如破竹，我请我哥刁北为我提供一些理论利器。我把那类文章发他信箱里，或打出来给他送去。发他信箱的不知他是否看过，送去的打印稿他根本不看。A4打印纸光滑挺括，他用它们更换垫橱柜抽屉的报纸。那阵子，他称我为"思想家刁斗"或"政治家刁斗"，而以前，他只称我为"文学家刁斗"或"小说家刁斗"。都是玩笑，但后者只有戏谑，前者含有嘲讽。不过有一回他差点认真，说了句正经话：我看不出还有个毛泽东时代与邓小平时代之别，我只知道，有个刁北时代；如今刁北死了，但刁北时代还在延续。对他的话他不多加阐释，说完拉倒。我能理解他的意思，但阐释不好。我只知道，他这样说不是狂妄，不是幽默，不是抱怨牢骚，不是信口开河。

这样，就到了前些日子。

前些日子，沈阳大雪，大雪部分地破坏了沈阳交通，也部分地破坏了我妈身体。昏死的我妈被一二〇急救车送进省中医学院，在我妹刁星找来的一堆专家和能帮专家显示专家水平的机器的抢救下，我妈数小时后又睁开了眼睛。也没什么具体的病，就是年龄大了，心肺功能和免疫能力都退化了，天气不好，气压一低，她就与沈阳虽然日新月异但依然脆弱不堪的交通一样，被击垮了。我妈住院那一个月，我哥刁北日夜陪护，除了隔两三天回家洗个澡再眯一觉，根本不用我和我妹刁星。不用我们也常跑医院，只是来去随意不必守点，有时看完我妈，时间太晚，我或我妹刁星离开医院后，就不回自己家，去紫荆花园休息一下。紫荆花园与省中医学院只两三站地。有一天，我妹刁星从医院回到紫荆花园，睡不着觉，大半夜的，擦地抹灰打扫房间。捣腾我哥刁北一个装衣物的五斗橱时，在一个大塑料口袋里，她发现了五本打印书稿和一份遗嘱。五份打印件是同一部名为《年表》的书稿，署名"刁斗"，书稿上边那份我哥刁北署名的遗嘱，包含的只有一项内容，就是倪可心这么多年给他的钱，他基本没花，都存银行了，他死后，希望匿名把这些钱捐给随便哪所有哲学系的大学，用于买哲学书。遗嘱中未提书稿《年表》。他的遗嘱执行人是我和我妹刁星，落款日期就是最近，我妈住院后。这五本《年表》和一份遗嘱让我妹刁星有点发蒙，她连夜把我叫去，问我我哥刁北这什么意思，说看他现在这样，活一百岁都没问题，怎么我妈一病，他就写起遗嘱来了。她埋怨我这么快就写出了"刁北传"。我说这份名为《年表》的"刁北传"不是我写的，我又说，咱不管他什么意思，全力让我妈康复，也许救的就是两条生命，我妈好好的，他就能奔一百岁活。我妹刁星睡去以后，我捧着《年表》看了通宵，第二天又看一上午，然后把五本《年表》和一份遗嘱带回了我家。一周之后，积雪消融，我妈出院，我们刁家渡过了灾难。待我哥刁北休息几日，身心状态也恢复了，有一天，晚晴留在紫荆花园照顾我妈，我和我妹刁星把我哥刁北约到我家，跟他谈话。这是继他过五十岁生日那回，多年之后，我们兄妹三人的又一次长谈。没等我们开口，我哥刁北一见桌子上的《年表》和遗嘱，就孩子一样害起羞来。不是对遗嘱感到害羞，是五本《年表》让他脸红。他坦率承认，当初把写他传的活儿派给我时，就想到了我不能写，或者口头答应了，实际上却要无限期拖延；假设他猜错了，我真的信守承诺去采访他，那么，他也会以种种方式阻挠我工作。也就是说，这个活儿，从根上他就打算去自己干。他之所以郑重其事地求得我同意，还让我妹刁星现场作证，只为利用我名义时，通过第三人称观照自己时，在心理上，能有所依凭有所承载。他的解释没有漏洞。写作这东西，为自己找个叙述的支点至关重要，心理支点和形式支点，都坐实了才能动笔。那时候，一过完五十岁生日，他就日夜兼程写了起来，到搬进紫荆花园时，整部书稿已基本写完。当然完了也就完了，搁笔之后，他再未动它。也抚摸过也打量过，但再没翻看，他是担心，若重新过目，不待看完，他就会将它付之一炬。毕竟是心血，他舍不得那么残忍地对它。他说他一动笔就已意识到了，为自己写传，这事除了荒谬没有别的，可从打出第一行字起，他就没法刹住闸了。他就想，也许这事并非没有一点意义，万一把它写出来后，事实证明，还有点意义，那他将感到非常高兴，因为那将是他这一生干的唯一一件有意义的事。他这样说时，认真而诚恳，眼镜片后边有泪花闪烁。他还说，他在电脑上写完它后，为了不受诱惑再去磨磨叽叽地修改，立刻把它打出了五份，然后就删除了电子文本。我和我妹刁星问他为什么要打出五份，他脸更红了，嘻嘻地笑，笑完重新认真和诚恳。我当时的想法是，这书我是给五个人写的，我姥，我爸，我妈，貂蝉，刁婵。哈，他说，其实打五份也是荒唐之举，五个人里，有两个死人，它对他们毫无意义；另两个呢，百分之九十九点九九九也看不到它，万一她们看到它了，也不会有半点兴趣；我只需打出一份给我妈就行了。可后来想想，一份不打也许更对，让我妈看它，那不添她病吗？她这么大岁数了，何必让她看这没用的玩意儿想过去那些没用的事呢。所以呀，我哥刁北说，刁斗你要觉得它有用，能顶你专业写作的任务量，就把它拿走随便处置，反正到现在为止，它跟我不再有任何关系。我哥刁北长出口气，像甩下一个沉重的包袱，远远地把五本《年表》推到一边。这之后，他拿起那张单篇纸遗嘱，一字一字仔细端详，好像那是别人的东西，他头一次看到，又好像，他回到了在出版社当校对科临时工的那个时候。我和我妹刁星陪他沉默，良久之后，趁他点烟，抓空子请他就遗嘱做出解释，为什么在我妈生死未卜而他自己生龙活虎时，他写遗嘱。听我们发问，我哥刁北愣了一下，好像我们提了个可笑的问题，十分幼稚甚至无聊。你俩真是少见多怪，他近乎无奈地带出点苦笑，谁说身体健康就不能考虑死亡？除了生病，突发事件多了去了，车祸溺水遭暗算，都会死人。人都得死，死前留个遗嘱，或留个临终遗言，像活着就该好好活一样正常，这有什么可解释的？他无辜地摊开双手。

我哥刁北年表

一九五三年：我爱中国。我希望死后我有一部分留在那里，就像生前
　　一贯的那样。美国抚育了我。我希望我有一部分安葬在赫德逊河
　　畔，也就是它就要流入大西洋到欧洲和人类的所有海岸去的地
　　方。我感到我自己是人类的一部分，因为我知道，几乎每一个国
　　土里的善良的人都是人类的一部分。

——埃德加·斯诺（1905—1972）

一九五七年：众议员让-巴蒂斯特·萨莱是个机械方面的能工巧匠，一
　　七九四年法国大革命时他被判处死刑。在波尔多的大广场上，他
　　正准备接受行刑，断头机出现了故障：铡刀卡在刀槽里落不下来
　　了。刽子手忙得一头大汗也没发现原因何在。脑袋套在承颈圈孔
　　里的萨莱对刽子手进行了指点，铡刀的故障被顺利非除了。两分
　　钟后，萨莱的脑袋落进了断头机一端的篮子里。

一九六一年：芝诺这个东罗马帝国的皇帝喜欢狂喝滥饮．有一次醉酒
　　后，他妻子阿里阿德涅将他放入一个以巨石封口的陵墓里，命令
　　卫士守住出口，既不许任何人靠近，也不准以皇帝发怒为借口打
　　开陵墓。芝诺酒醒后大喊大叫，威胁哀求，但卫士们照章办事不

理睬他。一星期后，陵墓被打开了，人们发现已经饿死的芝诺把自己两条胳膊上的肉都啃没了。阿里阿德涅立即宣布她的情夫阿纳斯塔修斯为继任皇帝。此前新皇帝是老皇帝的卫士。

一九六六年：英国空想社会主义者莫尔是《乌托邦》一书的作者，担任过下院议长、大法官等要职。一五三五年，因反对英王离婚重娶，被定为叛逆罪。按法律规定，犯叛逆罪将接受肢解，但国王临时决定对他施以痛苦少些的斩刑。他在狱中已被折磨得虚弱不堪。七月六日，他往断头台上爬时，对老熟人司狱长说："请帮我上去。至于下来，我自己已安排好了。"

一九六八年：我学习改造不好，对毛主席革命路线认识不够，革命小将和你们的行为都是对的。但我体弱多病，也给国家浪费小米，请你把我送走吧。革命敬礼，希进步。

筱白玉霜（1922—1967）

一九六九年：……自我死亡之日起，我的俘虏和奴隶恩里克（马六甲城人，现年二十六岁），即脱离奴隶或从属地位，可以随他的意愿行动。其次，我愿意从我的遗产中拿出一万马拉维第帮助他。我所以给他这一笔钱，是因为他已经成了基督徒并将为我的灵魂而祈祷上帝。

麦哲伦（1480—1521）

一九七〇年：保尔·拉法格不希望自己活到七十岁以后。"我要在无情的衰老一点一点地剥夺我生活的乐趣和快乐、剥夺我的体力和智力、麻木我的能量、摧毁我的意志、使我成为自己和别人的负担之前，结束自己的生命。"在遗书中，他这样写道，"我将极其安乐地死去，因为我坚信我为之奋斗了四十五年的事业在不久的将来必定会取得胜利。共产主义万岁！国际社会主义万岁！"一九

——一年十一月十一日，拉法格和妻子以皮下注射氢氧酸的方式死在他家厨房里。他妻子劳拉是马克思的二女儿。

一九七一年：罗伯斯庇尔是法国大革命时期的政治家。他死后，有无数人替他代拟了无数的临终遗言，其中一条是："路人不要为我的死而悲伤——如果我活着，你可能就会死去。"

一九七二年：古希腊哲学家亚里士多德避难隐居埃维厄岛时，日日琢磨厄里帕海峡。这个海峡将埃维厄岛与希腊分割开来，以水流每日多次改变方向而闻名。亚里士多德百般思索也解不开这个自然之谜，跳海自尽时，他无奈地说，"厄里帕，你吞没我吧，我无法了解你。"

一九七六年：一、孙中山先生之遗教，如第一次代表大会的文件，是我的朋友们的方针。二、革命委员会的宣言和毛泽东先生、民盟的最近宣言，同志们应作为方针。三、要确信反帝国主义、反封建、反内战、反饥饿是我们的目标，并且是一定成功。四、蒋是封建头子，帝国主义走狗，非铲净不可。五、我没有什么东西，有几间房子，都交李德全夫人。六、我死后，最好焚成灰，扔到太平洋。如果国内民主和平，真的联合政府成立了，那还是深埋六尺种树，不然我的肥料白白地完了。七、至于我的几个孩子，虽然还有未毕业的，只要他们能自爱，有双手，就不会饿死。以上这是预备被人打死的遗嘱。写完还要加上一句，假如我死不了，民主的真联合政府成立，我决不担任政府任何职务。我只愿意住在外国，写我的生活，免得别人以为我是为做什么官打独裁的……

冯玉祥（1882—1948）

一九七八年：……我的墓地就是已经安葬了我女儿安娜的那块墓地，我妻子将来有一天也要安葬在那里……仪式将由我的儿子、女儿、女婿、儿媳，在我的办公室的协助下进行安排，务必使之极其简单。我不要国葬。不要总统、部长、两院各单位和行政、司法机构参加……

夏尔·戴高乐（1890—1970）

一九八一年：耀邦同志暨中共中央：亲爱的同志们，我自知病将不起，在这最后的时刻，我的心向着你们。为了共产主义的理想我追求和奋斗了一生，我请求中央在我死后，以党员的标准严格审查我一生的所作所为，功过是非。如蒙追认为光荣的中国共产党员，这将是我一生的最大荣耀。

沈雁冰（1896—1981）

一九八三年：瓦尔登特隆氏病是罕见的白血病，人们感染它的几率只有二十五万分之一，可六年里，它竟连续击中了四位国家元首：法国总统乔治·蓬皮杜（1974），阿尔及利亚总统胡阿里·布迈丁（1978），以色列总理戈尔达·梅尼（1978），伊朗国王穆罕默德·礼萨（1980）。没人发现它与权力有什么关系。

一九八七年：十五世纪，哲人卡比尔决心在印度创立一种能包罗湿婆和穆罕默德的宗教。但他的死，却给他的弟子们出了难题：按哪种宗教礼仪举行葬礼呢？经过长时间争论，他的遗体被劈成两半，一半按印度习俗焚烧，另一半按伊斯兰教仪式埋葬。

一九八九年：在巴西，工程师兼飞艇驾驶员桑托斯－杜蒙特被称为"航空之父"，他研制过多种飞艇、航空器和飞机。一九三二年七月二十三日，瓦加斯总统派军队驾飞机轰炸圣保罗的暴动者，桑托斯－杜蒙特非常痛苦。他认为他为之献身的技术犯了罪，他发明的东西参与了屠杀同胞，这他也有责任，遂于当晚自缢身亡。值得一提的是，二十二年后，第二次出任总统的瓦加斯在他的军队要求他辞职的呼声中，也以自杀结束了生命。

一九九〇年：我现在一死，人们一定认为我是畏罪，其实我何罪可畏？因为我对于张达民没有一样对不住的地方。别的姑且不论，就拿我和他脱离同居的时候，还每月送给他一百元。这不是空口说的话，是有凭据和收条的。可是他恩将仇报，以怨报德，更加以外界不明，还以为我对他不住。唉，我有什么法子呢？想之又想，唯有一死了罢。唔，我一死何足惜，不过还是怕人言之可畏，人言之可畏罢了。

阮玲玉（1910—1935）

一九九二年：韦内齐亚诺是文艺复兴前期的意大利画家。一天晚上，他在一条昏暗的小巷里遭人偷袭。他就近爬到他的同行和朋友安德列亚·德尔·卡斯塔尼奥家寻求庇护，但伤势过重，很快死在了这个同行与朋友的怀里。多年后，奄奄一息的卡斯塔尼奥做死前忏悔时，他承认，因为嫉妒，偷袭韦内齐亚诺的人正是他，他希望韦内齐亚诺死后，他们共同掌握的某种绘画技法可以为他一人垄断。但资料显示，韦内齐亚诺死于一四六一年，卡斯塔尼奥则于一四五七年就先他而死了。显然，这则流传甚广的轶事纯属虚构。

一九九三年：由于过度挥霍，法国作家大仲马晚年生活十分拮据，一八七〇年因脑溢血进入弥留之际时，他儿子小仲马在他衣袋里只找到一个铜板。小仲马为之感伤，在此之前，他曾多次表示要接济父亲，可均遭拒绝。大仲马瞧着那一个铜板，安慰儿子道："那正是我初到巴黎时的全部所有呀。你想想，我过了半个世纪的奢华生活，却连一个铜板都没花掉，岂不太便宜了！"

一九九七年：大仲马在小仲马怀里咽气之前，固执地要求儿子明确答复他，他死之后，他的作品是否有可能流传下去。"放心吧，你的许多作品都会流传下去。""真的？你能发誓吗？""我发誓爸爸。""那么，我可以离开这个世界了。"说完，大仲马闭上了眼睛。

二〇〇〇年：四十五岁时，老约翰·施特劳斯因猩红热去世，病是他的一个私生女传染给他的。当有人在他情妇埃米莉的公寓中发现他时，他赤身裸体地躺在地上，肮脏不堪，身旁的床已经散了架子。衣橱和抽屉里都空空如也，连他的长睡衣和应该铺在他身下的床单也没有了，埃米莉拿走了能带走的一切。几天以后，当他的灵柩缓缓通过维也纳街头时，有十万人，也就是维也纳人口的五分之一，自发地陪伴在这位奥地利乐队指挥和作曲家身后为他送行。他的朋友汉斯·魏格尔说："斯特劳斯死得像条狗，安葬时却像个国王。"

二〇〇一年：一九四五年四月三十日，纳粹头目戈培尔目睹了希特勒与爱娃的双双自杀，随后，他欲与苏联进行停战谈判，又遭到苏军元帅朱可夫拒绝。他已走投无路。五月一日晚上，他和妻子共同毒死了他们的六个孩子，然后安排勤务兵对他和妻子的头部开枪，再安排副官最后用汽油焚烧他和妻子的尸体。就在勤务兵举起手枪的那一瞬间，他突兀地做了个停止的手势，再次叮嘱副官道："你必须彻底烧掉我们的尸体！"

二〇〇三年：科学家居里夫人分别于一九〇三年和一九一一年获得诺贝尔物理奖和化学奖，一九三四年辞世；政治家丘吉尔在一九五三年获得过诺贝尔文学奖，一九六五年故去。前者死前曾嘀咕道："哦，累极了！"后者死前曾抱怨说："唉，烦死了！"

后记　剩余的麦穗

写小说的妙趣之一，是它总能以种种稀奇古怪的方式给你带来神秘体验，让你惊讶精神活动之委曲，感叹心灵世界之诡谲。我喜欢神秘。

二○○○年夏天，我电脑出现过一次毁灭性"崩盘"，抹去了那之前我写在电脑里的全部文字。懒惰的我没任何备份。当时，我写了一篇万字长文，哀悼我电脑里的二三十个小说开头，思考我写作中遇到和想到的种种问题。那篇文章叫《消失的小说》，其中有一段话是这样说的：

> 停工待料的原因很多，但我敢肯定，绝不是我对"文革"故事丧失了兴趣。不，在我的写作历史上，以后，若由于才力不逮，我只给自己一次把小说写成批判稿或控诉书的机会，我所选择的内容，也不会是直接危及到人的／我的当下生存的任何事情，而只能是貌似远去的"文化革命"。

引发我这番意气之辞的，是一部叫《安乐窝九号》的长篇开头，有三万余字，它将讲的，是一幢陈旧破败的住宅楼里各色人等的"文革"故事。它起笔于毛泽东发动"文革"三十周年。我以为它在我的写作史上已成死胎，因为从它的雏形看，它的确有批判稿与控诉书之嫌。我的艺术道德不允许我拿批判稿控诉书滥竽充数。但写作的神秘性在此彰显，我自己都没想到，数年之后，它竟能长成个近三十万字的壮年男子，名字也变成了《我哥刁北年表》。

我这样说，不是要表明"安乐窝"和"我哥刁北"是同一篇小说。我很清楚，即使"安乐窝"最终被我搭好建成，它与"我哥刁北"也非同类，从故事设计到结构方式，从出场人物到情节安排，从叙述语调到风貌旨趣，它们不会有半点相同。那我为什么要把它们中的前者看成后者的胚胎，又把后者看成前者的果实呢？

容我慢慢道来。

《安乐窝九号》也不是开始就叫这个名字，在它只是一片空无时，在它只有几百几千字时，在它超过了一万字两万字时，它也叫过《节日》和《饕餮》，如果它没夭折于三万字，而是径直长成了三十万字，我不知道它还会不会叫别的名字。叫什么也许并不重要。但命名从来都是仪式，而仪式，正是神秘的因或者果。是这时，发生了电脑"崩盘"事件，"安乐窝"随即化为废墟，"这一条"通往神秘的写作之路仿佛断了。它没断。我说过，我电脑里和"安乐窝"一道化为废墟的，有二三十个开头，时间一久，在我记忆里风化湮灭，成了它们唯一的命运。这很正常，时间是死亡的秘密恋人。可再谨慎的私情也能导致怀孕，而拒绝婚生，恰恰是许多艺术品的光荣所在。"安乐窝"成了奇迹的幼芽，它没像它的同伴那样成为"消失的小说"。是的，它实在的生命确已消失，但死亡与时间这对喜欢恶作剧的父母，却把它作为一粒虚有的种子留了下来，诱惑般地，向我展示和开启它的顽强。其实我看不清它，就像看不清阳光如何驱除黑暗，微风怎样拂过面颊，但阳光的明亮与微风的凉爽，我又确实能感受到。套用瓦尔特·本雅明那个著名的比喻就是，"安乐窝"在我心中展开的方式，不是由一只纸船展开为一张白纸，而是由一株花苞展开即绽开为一朵鲜花。它不作为具体的构想存在于我头脑中，而是作为飘忽的幻影、模糊的意念、无形状的呈示与不确定的发现，存在于我的感觉之中。感觉是我生命的养分，尊重它是我的不二选择。就这样，"安乐窝"这颗时间与死亡私孕的种子，借我之腹发育了起来，渐渐地，我终于能看清它了，看到它正由一只青蚕变成飞蛾，正由一幢陈旧破败的建筑变成一个命途多舛的壮年男子。二〇〇四年初，我再度开始分娩它，并以《我为我哥写悼词》对他重新命名。大约又是写出三万字后，我腹中另一粒虚有的种子，忽然破空而来，这个叫"SBS"的家伙，像个霸道的小弟弟那样插队加塞，要抢在"我哥刁北"前出生面世。"我哥刁北"大人大量，安静地看着小弟弟茁壮成长，直到二〇〇六年金秋时节，我的《代号SBS》定稿之后，它才悄然踏上成熟之旅。我愿意多说一句的是，在它十七个月的分娩旅程中，它还接受过我为它举行的另两次命名典礼：一次叫《死前史》，一次叫《亡》。

在《我哥刁北年表》里，主人公刁北是个书生，喜欢格言警句。如果由他总结他自一九九六至二〇〇八的漫长旅行，他也许要说：写作的确是神秘之事，但写作不为制造神秘，而是为了戳穿神秘。

最后我想引维克多·雨果写死亡的两行诗结束此文，我认为它与"我哥刁北"有些互证的关系。它与我这篇短文也有关吗？我希望有。

严峻的收割者，手执着大镰刀前进
一步接一步，沉思着走近剩余的麦穗

图书在版编目（CIP）数据

我哥刁北年表／刁斗著 . -- 北京：作家出版社，2018.4
ISBN 978 - 7 - 5063 - 8648 - 7

Ⅰ . ①我… Ⅱ . ①刁… Ⅲ . ①长篇小说 – 中国 – 当代
Ⅳ . ①I247.5

中国版本图书馆 CIP 数据核字（2016）第 006635 号

我哥刁北年表

作　　者：刁　斗
责任编辑：李宏伟
装帧设计：刘十佳
封面题字：韦散木
出版发行：作家出版社
社　　址：北京农展馆南里 10 号　　　邮　　编：100125
电话传真：86 – 10 – 65930756（出版发行部）
　　　　　 86 – 10 – 65004079（总编室）
　　　　　 86 – 10 – 65015116（邮购部）
E – mail: zuojia@zuojia. net. cn
http: // www. haozuojia. com（作家在线）
印　　刷：三河市兴博印务有限公司
成品尺寸：152 × 230
字　　数：289 千
印　　张：21
版　　次：2018 年 4 月第 1 版
印　　次：2018 年 4 月第 1 次印刷
ISBN 978 – 7 – 5063 – 8648 – 7
定　　价：42.00 元